U0732218

本书由冼为坚学术研究基金资助出版

佛山文丛

模拟与汉魏六朝文学嬗变

⊙ 陈恩维 著

中国社会科学出版社

图书在版编目(CIP)数据

模拟与汉魏六朝文学嬗变 / 陈恩维著. —北京：
中国社会科学出版社,2010.7
ISBN 978-7-5004-8912-2

Ⅰ.①模… Ⅱ.①陈… Ⅲ.①古典文学－文学研究－
中国－汉代～魏晋南北朝时代 Ⅳ.①I206.2

中国版本图书馆 CIP 数据核字(2010)第 137346 号

策划编辑　冯　斌
责任编辑　丁玉灵
责任校对　韩天炜
封面设计　人文在线
技术编辑　戴　宽

出版发行　中国社会科学出版社
社　　址　北京鼓楼西大街甲 158 号　　　邮　编　100720
电　　话　010－84029450(邮购)
网　　址　http://www.csspw.cn
经　　销　新华书店
印　　刷　新魏印刷厂　　　　　　　　装　订　广增装订厂
版　　次　2010 年 7 月第 1 版　　　　　印　次　2010 年 7 月第 1 次印刷
开　　本　710×1000　1/16
印　　张　21.5
字　　数　318 千字
定　　价　38.00 元

凡购买中国社会科学出版社图书,如有质量问题请与本社发行部联系调换
版权所有　侵权必究

总　序

　　2008 年 6 月，我随原佛山市市长梁绍棠、学校党委书记陈汝民等领导到香港拜访校董冼为坚先生，席间谈及近年内地的文化研究和人文科学的发展，先生兴致勃勃，谈锋甚健。席散之际，又约我们次日下午到位于士丹利街的陆羽茶室饮茶，继续谈文论道。我知道，冼先生身为万雅珠宝有限公司董事长，又是酒店、银行等多家大公司的股东，日理万机，惜时如金，实在不宜多扰。然而，待及握手言欢，促膝而坐，但觉春风习习，不禁流连忘返。先生前席相询，不遗凡庸，谦和热情，令人感佩不已。他向我详细询问了佛山人文社会科学研究的状况，包括文科学者的构成，当前学术的重点，以及面临的困惑。他获悉学校汇集了来自全国各地的文化学者，还有一批青年才俊脱颖而出，在文学研究，特别是地方文化研究方面建树颇多，十分欣慰，当即表示，愿捐出一百万元人民币，资助人文社会科学研究，特别是佛山地方文化研究。

　　作为一名从事古典文学研究的高校教师，我虽然在一定程度上也算耐得住寂寞，并常以"无用之用，是为大用"自我宽慰，但我知道，"无用之用"的文学无论过去、现在还是将来都难成"大用"。魏文帝《典论·论文》所谓"文章者，经国之大业，不朽之盛事"不过是夸张之语，清代诗人黄景仁感叹的"十有九人堪白眼，百无一用是书生"倒是普遍事实。当今世界，是一个急剧变化、令人眼花缭乱的世界，也是一个高度物质化的社会。置身注重实惠、讲究实用的时代，处在崇尚实际、追求实益的香港，著名实业家冼为坚先生却对人文科学、对文化事业如此重视，如此眷念，这是我没有想到的。后来我才知道，冼先生对人文社科研究的资助由来已久，且一以贯之。他曾多次慷慨解囊，资助香港中文大学、广州中山大学等高校的社科研究。正是鉴于人们对学术研究的支持多以自然科学为重，很少惠及社会科学，他才精心呵护人文领域的。这份热忱深深感动了我，令我倍感温暖。

回到学校，我向邹采荣校长汇报了香港之行的收获和感受，也向文学与艺术学院全体教师传达了冼先生的深情厚谊，闻者无不为之振奋，由衷感动。虽然，学院每年都能争取一些课题，获得一定的经费，但得到来自实业家的学术资助还是第一次！我们自能体悟这一百万元所包含的意义。它承载着先生对学术的敬重、激励和厚望！我们唯有加倍努力，以实绩报答先生。

文学与艺术学院拥有一支高效精干、特别能战斗的教师队伍，汇集了一批英才。中文、英语、艺术设计、工业设计等专业互相协作，高度融合，发展边缘学科，促进地方文化研究，取得了可喜的成绩。以艺术设计系教师为主体的团队承担佛山"数字祖庙"项目，运用数字技术对古建筑加以保护，得到政府拨款495万元，这在文科学系中是极为罕见的；工业设计专业开办十余年就获得国家教学成果二等奖，引起同行专家的关注；仅有24名教师的中文系10年间获得国家社科规划项目2项，教育部和广东省社科规划项目18项，每年发表论著60多篇（部），论文覆盖《中国社会科学》、《文学评论》、《外国文学评论》、《文学遗产》、《文艺理论研究》等高档次刊物；大学英语教学部也多次获得教育部和广东省新世纪教育研究课题。由于学院充分发挥了学科交叉的优势，联合攻关，创出了科研的新路子。2009年还获

广东省社科联批准建立我校第一个省级人文社科研究基地——广东省
广府文化研究基地。

　　入选《佛山学者研究丛书》（第一辑）的著作，或为省级社科规划
项目的结题成果，评级都在优良；或为优秀的博士论文，得到导师的
高度评价和推荐。今后我们将本着宁缺毋滥、严肃认真的态度，继续
编辑出版《佛山学者研究丛书》第二辑、第三辑，奉上本院教师的最
新研究成果。同时，我们也希望得到学界同仁的批评指导。

李克和

2010 年 3 月

序

陈庆元

模拟，是人类的一种本能。小孩模拟大人的动作、语言；一般人模拟歌星的唱腔、唱调以至于神情；画家写生，把静物尽可能地用他的笔模拟在画板上；舞蹈家模拟飞禽走兽（如孔雀），用他们的肢体加以展现。小孩不论，一般人模拟歌星无非是消遣消遣，乐一乐。而上面说到的画家、舞蹈家，则是一种创作，他们模拟得越像、越传神，就越能让欣赏者得到美感，也就越能得到人们的赞誉。但是，一谈到诗词赋的模拟，读者、特别是评论家马上就非常警觉。当然，文学创作的模拟和写生、舞蹈表演的模拟还是很不相同的，前者模拟的对象是静物、飞禽走兽，而后者则是人类精神活动的成果——诗赋词等。诗赋的模拟，如果仅仅是亦步亦趋，甚至是如印印泥，那就谈不上创作，甚至可以视之为蹈袭了。三十多年来，对汉魏六朝诗赋（主要是六朝诗）模拟之作的研究，就是针对创作而言的。

汉魏六朝时期，文学现象十分丰富，诗体和赋体的体式，嬗变剧速。赋体，由骚体演变为大赋，又由大赋演变成抒情小赋，最后由抒情小赋演变成骈赋。诗体，由四言和骚体演变成五言、杂言、七言，到了齐梁，五言诗又嬗变出被称为"新体"的讲究四声的诗体。再如乐府，曹操改造《薤露行》、《蒿里行》，用以写时事。《宋书·乐志》所载那些"晋乐"所奏的歌诗，例如本于汉代的《东门行》或曹操的《短歌行》，当代学者强烈感受到的是"思想性"的差异，而忽略了为了演奏而对这些前代作品进行改造的目的。齐梁的乐府，对前人的变革更加激烈，谢朓用军乐《鼓吹曲》来写道路从行，唱出"江南佳丽地，金陵帝王州"这样的丽句。在汉代原本是严肃却不免板滞的郊庙歌词，而沈约却力图将其文学化，"杂用子史文章浅言"，在其身后，不免遭到萧子云等人的激烈批评。若无新变，安能代雄？六朝文人创新的观念，又推进了这个时期文学的发展。

然而，自两晋以来，明显模拟前人的诗歌却又大量出现，几乎所有称得上大家的诗人，翻开他们的集子，很难找不到他们的拟、学，以及仿效之诗作。高华如陆机，他不免写下《行行重行行》等拟古诗十余首。平淡如陶潜，也有《拟古诗九首》、《拟挽歌三首》。才高气傲的谢灵运，《拟魏太子邺中集》，与他的山水诗似乎大相径庭；俊逸如鲍照，《拟古诗八首》、《学陶彭泽体》和他的那些乐府诗也颇不相类。长于清怨的沈约，看重古诗《青青河畔草》，也有一篇拟作。诗体总杂的江淹，那组多至三十首的《杂拟》，几乎成了他的代表之作。清新如庾信，由南而北，他的《拟咏怀二十七首》，虽然学的是阮籍，亦是集中杰构。谢朓看似是一个例外，小谢集中没有一首"拟"、"效"、"学"的作品，但是他的《三日侍宴曲水代人应诏九章》等"侍宴"之作，与颜（延之）谢（灵运）的《三月三日侍宴西池诗》，似也不免有"学"的成分。

一方面是强烈的新变，另一方面又不断地模拟，在魏晋南北朝诗歌发展的进程中形成了看似背道而驰的"两极"。三十多年来的文学史家和古代文学研究者，看重"新变"，并对其做深入的探究，这是非常必要的。但是，在看重"新变"这一主流的同时，是否也需要关注非主流的"模拟"的问题？况且，"模拟"果真与这一时期文学、特别是诗歌的发展进程一点都没有关系？而且，同样是模拟，是不是都是因袭或复蹈前人；同样是模拟，是一般的习作，还是诗人作家另有寄托；同样是模拟，在形式上有没有突破前人，艺术上有没有超过前人？不同的时代，文学新变的内涵是不尽相同的；不同的时代，文学作品模拟的内涵也是不尽相同的。就诗人和作家而言，新变之作，是千差万别的；模拟的作品，也是千差万别的。三十多年来，对魏晋南北朝模拟之作的研究，包括港台学者在内，应该说取得了不小的成绩，有些个案的研究，也相当的深入，例如对江淹的杂拟诗的研究，就有不少很好的研究成果。但是，把"模拟"作为魏晋南北朝一种比较独特的文学现象来加以审视、研究，并作一个整体的把握，似乎还存在欠缺，也还有较大的发挥空间。

恩维是广西师范大学胡大雷教授的硕士研究生，获得硕士学位后又到苏州大学从王钟陵教授治中古文学。胡大雷教授、王钟陵教授都是我多年的朋友，恩维从两位教授那儿学到不少学问，也学到良好的治学方法。恩维在苏州大学获博士学位之后到广东一所大学任教。我认识恩维，是他在广西师大获硕士学位的前夕。两年前，恩维说，想来福建师范大学从事博士后的研究工作，邀请我做他的合作教授。我们一起讨论了在站工作报告的选题。现在，恩维完成的这部稿子，就是他的出站报告。

最初的选题，集中在魏晋南北朝诗的方面。在写作过程中，恩维觉得，魏晋南北朝诗存在着模拟的现象，赋也同样存在，而且，两种文体一起研究，可以加深对这一时期文学模拟现象的了解。再者，如果也研究赋作，势必上溯到两汉，两汉赋作的模拟也是很有特色的文学现象，也很值得重视。诗赋两种文体同时研究，两汉与魏晋南北朝文学的模拟现象打通研究，也就成了这部稿子的一个特点。这部稿子还有不少亮点，例如把模拟现象放在文学演进的背景来加以动态的考察，避免了单一化，既瞻前也顾后，前后观照，可以看到不同时期模拟文学现象的各自的特点和中古文学嬗变的轨迹。模拟之作是否注入了作者的情感，有没有抒情的成分？模拟之作能不能展示作者的创作个性？模拟之作，有没有创新，在文学发展的进程中能不能起某些促进作用？此外，文稿还讨论了模拟之作与中古文论的问题。所有这些，恩维在文稿中都作了很好的阐述。整部书稿的架构比较完密，观照到汉魏六朝模拟文学现象的方方面面。

1999 年 1 月，刘跃进先生和范子晔先生合编的《六朝作家年谱辑要》（黑龙江教育出版社）出版，这部书中最年轻的作者是我的一位出生于 70 年代的在读硕士研究生。子晔先生对我说，六朝文学的研究队伍中，20 世纪 50—60 年代都有做得不错的学者，70 年代的出类拔萃的，好像还没见到。二十多岁的年轻硕士生，要做得好，的确要有一个过程。子晔先生还对我这个学生寄予厚望。恩维也是出生于 70 年代，虽然距 1999 年已经过去十年了，恩维是不是属于出类拔萃者，我不好断定，但是，他从硕士到博士，又在博士后流动站工作，所从事的研究都是六朝文学（上溯到两汉），已经积累有年，而且这部书稿又马上要出版了，相信他在今后能够对六朝文学的研究有进一步的贡献。恩维为人谦和朴质，读书写作都很勤奋，所在学校又为他提供了不错的条件，在六朝文学的研究方面有更多的创获，一定是可以做得到的。恩维出站的日子临近了，又要回广东去了，将来见面的机会可能不会非常多，但是，常常在刊物上见其文，不是如见其面，如闻其声吗？

序文写到这里，似乎可以搁笔了。近来为一家出版社作一陶集的注释与解读，正在校清样。因此也就想起 1980 年端午从段师熙仲先生（1897—1987）处借得影宋本《陶集》。先生在书后附记了一段话，大意是：民国十五年（1926）从兴化李审言先生治陶，审言先生课以《拟陶诗》一首，记得有"谷风散微雨，新苗日以新"二语。时年六十有三，距肄业时已三十三年矣。段先生记此事为1959年，去今整整五十年矣！汉魏六朝文学的模拟现象，似乎已经是很遥远的事了。作为研究者，恩维选择这个课题，而且能做到这个地步，实属不易。我和恩维都是教师，我想，作为一个教师，李详（审言）先生的教学方法是不是对我们也有启示？课陶，师生一齐作篇《拟陶》试试；课谢，大家一齐作一篇《拟谢》试试，是不是更有益于教学，更能促进教学？是不是对陶、对谢能有进一步的了解？是不是也就大体上知道了"模拟"的滋味了？古调虽自爱，今人多不弹。恩维大概不会责怪我不合时宜吧！其实，审言先生去咱们这个时代还不算远。

2009年岁杪

目 录

上　编

导　言

　　汉魏六朝时期，向来被视为中国文学的"自觉"和"新变"时期，但翻检严可均《全上古三代秦汉三国六朝文》[①] 和逯钦立《先秦汉魏晋南北朝诗》，[②] 模拟之作可以说是随处可见。汉赋有所谓"模拟期"，其模拟作品之多，无须多说。至于拟古诗，萧统《文选》"杂拟"类所录作品多达 63 首，数量居各类诗歌第二位。据统计，光是在诗题、诗序或诗题下的标注中明确说明了拟作性质的魏晋六朝拟古诗就已多达 369 首。[③] 魏晋南北朝的主要作家，则几乎人人皆有模拟之作。胡应麟感慨："建安以还，人好拟古，自《三百》、《十九》、乐府、饶歌，靡不嗣述，几于汗牛充栋。"[④] 一句话，模拟现象始终存在于汉魏六朝文学的演进中。

　　汉魏六朝文学中拟作的大量存在，乃不容否认的客观事实。然而，古往今来，人们对于中古文学的研究，多集中在其"新变"与"演进"，而对模拟现象则多有意无意地忽略与轻视。缘此，本书首次明确提出"模拟

---

　　① 　严可均：《全上古三代秦汉三国六朝文》，中华书局 1999 年版。（以下凡出自该书的引文，均只随文标出分册书名和卷数）

　　② 　逯钦立：《先秦汉魏晋南北朝诗》，中华书局 1998 年版。（本书没有另行标明出处的诗作，皆录自本书，以下不再出注）

　　③ 　冯秀娟：《魏晋六朝拟古诗研究》，硕士论文，台湾大学中国文学研究所，2003 年。

　　④ 　胡应麟：《诗薮》外编卷一，上海古籍出版社 1979 年版。

与汉魏六朝诗赋嬗变"这一课题,将模拟现象置于汉魏六朝文学演变的历史进程中考察,以管窥长期以来由于思维定式遮蔽的文学史景观。当然,不可否认,前贤时彦对汉魏六朝模拟现象进行了多方面的关注,留下了一定数量的富有启发性的成果。故此,在论题展开之初,本文先对前贤时彦的研究成果做一系统的清理、反思,意在弄清学术家底后,再展开自己添砖加瓦工作。

一　古代研究述评

从理论上讲,对于模拟的研究可以说是伴随拟作的产生而产生。模拟的过程,本身就包含着拟作者对于所模拟作品的理解、模拟方法的运用、模拟效果的追求等,这些都可以看作对模拟的一种准研究。

对模拟的理论研究,是从汉代就开始的。这种研究,首先是从对模拟动机的考察开始的。《汉书·贾谊传》载:"谊既以适去,意不自得,及度湘水,为赋以吊屈原。屈原,楚贤臣也,被谗放逐,作《离骚赋》,其终篇曰:'已矣。国亡人,莫我知也。'遂自投江而死。谊追伤之,因以自谕。"① 贾谊模拟《离骚》作《吊屈原赋》以表达自伤。显然,他已经把模拟当作一种抒情手段。又,《汉书·扬雄传》中提到"蜀有司马相如,作赋甚弘丽温雅,雄心壮之,每作赋,常拟之以为式"②。所谓"拟之以为式",即把模拟当作一种学习艺术表达与创作技能的方式。王逸《楚辞章句叙》在叙述汉人对屈原的模拟时云:"自终没以来,名儒博达之士,著造词赋,莫不拟则其仪表,祖式其模范,取其要妙,窃其华藻。"(《全后汉文》卷五十七)模拟之所以发生,是因为拟作者或者为原作的内容、或者为原作的形式所吸引,目的是获得创作上的启发,王逸道出了一切模拟者的基本动机,也说出了模拟的基本意义。其次,汉代研究者揭示了模拟对于个人创作和文学发展的意义。桓谭《新论·道赋》载:"扬子云攻于赋，王君大习兵器，余欲从二子学。子云曰：'能读千赋则善赋。'"① 桓谭想向扬雄学赋，扬雄让其广泛阅读他人赋作。阅读与写作并不直接同一，为什么能读千赋则善于写赋呢？显然，扬雄已经认识到，模拟是将阅读所获得的写作知识转化为写作能力的中介。不仅如此，他还将对模拟的认识，上升到了文化继承的高度。其《太玄·玄莹》云："夫道，有因、有循、有革、有化。因而循之，革而化之，与时宜之。故因而能革，天道乃得；革而能因，天道乃驯。夫物不因不生，不革不成。故知因而不知革，物失其则；知革而不知因，物失其均；革之非时，物失其基；因之非理，物丧其纪。因革乎因革，国家之矩范必，矩范之动，成败之效。"② 这里谈论的虽然不仅仅是文学问题，但也可以看作扬雄对于其文学创作中模拟行为的一个哲学升华。所谓因与循，就是创作中的模拟继承；所谓革与化，就是创作中的创新变化。扬雄的贡献在于把模拟与文学的传承发展辩证统一起来，这代表着汉代作家对于模拟的认识的最高水平。

　　魏晋南北朝时期，人们对于模拟及拟作的价值与意义有了更进一步的认识。首先，人们对于拟作的艺术价值做了中肯的批评。一些拟作的艺术价值得到了充分的肯定。如钟嵘《诗品》将陆机《拟古》和谢灵运《拟魏太子邺中集》视作"五言之警策"，又称赞江淹"诗体总杂，善于模拟"③；萧统《文选》有"杂拟"类，收拟诗 63 首，入选数在各类诗歌中占第二位。当然，也有一些作品因模拟而遭到了批评。如庾阐模拟《二京赋》、《三都赋》作《扬都赋》，谢安批评其"事事拟学，不免俭狭"④，便是典型一例。其次，他们认识到了模拟是文体形成的必不可少的条件。如傅玄《七谟序》、《连珠序》（《全晋文》卷四十六）、陆机《遂志赋序》（《全晋文》卷九十六）分别阐述了模拟对于"七"体、"连珠"体和"序志"赋等文体（类）形成的意义。刘勰《文心雕龙》文体论部分以专题形式研究

① 桓谭：《新论》，上海人民出版社 1977 年版。
② 郑万耕：《太玄校释》，北京师范大学出版社 1989 年版。
③ 曹旭：《诗品集注》，上海古籍出版社 1994 年版。
④ 徐震堮：《世说新语校笺》，中华书局 2001 年版。

了各种文体的发展史，其中对模拟之于文体形成的意义多有论述。如《杂文篇》论"对问"体时说"自对问以后，东方朔效而广之"，认为历代拟作"虽迭相祖述，然属篇之高者也"；论"七"体时说"自《七发》以下，作者继踵"，"枝附影从，十有余家"；论"连珠"时说"自《连珠》以下，拟者间出"①。由此可见，刘勰自觉地把拟作纳入了文体研究的视野，从文体学的角度拓展了对拟作的研究。再次，一些人直接将模拟作为批评的手段。江淹《杂体诗三十首序》云："今作三十首诗，学其文体，虽不足品藻渊流，庶亦无乖商榷云尔。"② 江淹将模拟作为一种"品藻"与"商榷"的手段，其实质是发现了拟作所具有的理论批评价值。

唐代对于模拟和拟作的研究，最有特色的是刘知几和元稹。刘知几的看法虽是针对史学而言，但实际也适用于文学创作。其《史通通释·模拟》首先指出"夫述者相效，自古而然"，然后对模拟之体进行了分类："盖模拟之体，厥途有二：一曰貌同而心异，二曰貌异而心同。"他还对这两类拟作进行了比较，认为"盖貌异而心同者，模拟之上也；貌同而心异者，模拟之下也"③。他的这一看法，启发了后人以"神似"与"形似"为标准来判定拟作艺术价值的高下，实际上建立了一条评判拟作艺术价值的标准，也带动了对于拟作的分类研究。与刘知几不同，元稹并没有论述模拟的专文，但他对于"元和体"形成的解释，揭示了模拟对于作家个人和流派风格形成的意义。其《上令狐相公诗启》云："稹与同门生白居易友善，居易雅能为诗，就中爱驱驾文字，穷极声韵，或为千言，或为五百言律诗，以相投寄。小生自审不能以过之，往往戏排旧韵，别创新词，名为次韵相酬，盖欲以难相挑耳。江湘间为诗者，复相仿效，力或不足，则至于颠倒语言，重复首尾，韵同意等，不异前篇，亦自谓为元和诗体。"其《白氏长庆集序》亦云："予始与乐天同校秘书之名，多以诗章相赠答。会

---

① 范文澜：《文心雕龙注》，人民文学出版社 2000 年版，第 255—256 页。
② 胡之骥：《江文通集汇注》，中华书局 1984 年版，第 136 页。
③ 刘知几撰、浦起龙释：《史通通释》卷八，上海古籍出版社 1978 年版，第 219、224 页。

予遣掾江陵，乐天犹在翰林，寄予百韵律诗及杂体，前后数十章。是后，各佐江、通，复相酬寄。巴蜀江楚间泊长安中少年，递相仿效，竞作新词，自谓为'元和诗'。"① 这两处记载虽对模拟行为及拟作的艺术价值多有批评，但客观上说明了模拟与"元白诗派"形成的内在关联。其实早在元稹之前的初唐史官们对于模拟之于作家风格形成的影响就有所揭示，如《梁书·吴均传》载："均文体清拔有古气，好事者或㑢之，谓为'吴均体'。"②《周书·庾信传》："既有盛才，文并绮艳，故世号为徐、庾体焉。当时后进，竞相模范。每有一文，京都莫不传诵。"③ 在上述史书作者的眼里，模拟对于一个作家的"体"（即个人风格）的形成是至关重要的，而元稹把模拟与一个诗派的形成联系起来，可以说是进了一大步。

宋元以来，人们对于模拟和拟作有了更进一步的突破。一方面，人们对于模拟之弊端有了比较深入的认识。洪迈《容斋随笔》卷七"七发"条云："枚乘作《七发》，创意造端，上薄《骚》些，盖文章领袖，丽旨腴词，固为可喜。其后继之者，如傅毅《七激》、张衡《七辩》、崔骃《七依》、马融《七广》、曹植《七启》、王粲《七释》、张协《七命》之类，规仿太切，了无新意。傅玄又集之以为《七林》，使人读未终篇，往往弃诸几格。柳子厚《晋问》乃用其体，而超然别立新机杼，激越清壮，汉晋之间，诸文士之弊，于是一洗矣。东方朔《答客难》自是文中杰出，扬雄拟之为《解嘲》，尚有驰骋自得之妙。至于崔骃《达旨》、班固《宾戏》、张衡《应间》，皆屋下架屋，章摹句写，其病与《七林》同。"④ 洪迈反对"规仿太切"的作品，而"要求超然别立新机杼"，实质是要求仿作在立意上要有所创新。西晋傅玄《七谟序》品评的对象与洪迈基本一样，但是他认为拟作"承其流而作之"、"引其源而广之"，对拟作的肯定多而否定少。洪迈、傅玄二人的差别，实质是时代的差别所致。魏晋南北朝时期是我国文

①　冀勤：《元稹集》下册，中华书局 1982 年版，第 663、554—555 页。
②　姚思廉：《梁书》第三册，中华书局 1973 年版，第 698 页。
③　令狐德棻：《周书》第三册，中华书局 1971 年版，第 733 页。
④　洪迈：《容斋随笔》上册，上海古籍出版社 1978 年版，第 88 页。

学的生长期，各种文学的规范正在形成中，所以傅玄对于作品中出现的雷同不很在意，而更注重拟作对文体发展的意义。而在洪迈所处的宋代，诗文已经成熟并且发展到了高峰，各种规范已经建立甚至有些僵化了，对于此时的文学来说，打破规范才是更重要的，所以洪迈不满拟作"蹈袭一律，无复超然新意稍出于法度规矩者"（《容斋随笔》卷七）。宋人多持此说。如张戒《岁寒堂诗话》云："其始也学之，其终也岂能过之，屋下架屋，愈见其小。后有作者出，必欲与李、杜争衡，当复从汉魏诗中出尔。"[①] 姜夔《诗集自叙》亦云："作者求与古人合，不若求与古人异。求与古人异，不若求与古人合而不能不合，不求与古人异而不能不异。彼惟有见乎诗，故向也求与古人合，今也求与古人异；及其无见乎诗已，故不求与古人合而不能不合，不求与古人异而不能不异。"[②] "求与古人合"，是指以模拟为主；"求与古人异"是指有所创新。姜夔认为只从模拟中求与古人合，不是归宿之处，欲自成一家，必须摆脱依傍，自出机杼。这些看法都可以说是对洪迈理论的发展。金代王若虚从模拟与求真的矛盾来反对模拟，则可以说是开辟了反对模拟的新视角。他在其《诗话》里批评了人们"往往持论太高，开口辄以《三百篇》、《十九首》为准"后，说："然世间万变皆与古不同，何独文章而可以一律限之乎？"他提出"夫文章求真而已，须存古意何为哉"[③]。把模拟与求真对立起来，可以说是对模拟最尖锐的攻击。元代杨维祯《吴复诗录序》云："古风人之诗，类出于闾夫鄙隶，非尽公卿大夫士之作也。而传之后世，有非今公卿大夫士之所可及，则何也？古者人人有士君子之行，其学之成也尚已，故其出言如山出云、水出文、草木之出华实也。后之人执笔呻吟，摹朱拟白以为诗，尚为有诗也哉。故摹拟愈逼，而去古愈远，吾观后之摹拟为诗而为世道感也远矣。间尝求诗于摹拟之外而未见其何人！"[④] 他发展了王若虚的理论，进一

---

① 张戒：《岁寒堂诗话》卷上，丛书集成初编本，商务印书馆 1939 年版，第 2 页。
② 姜夔：《白石道人诗集》，上海书店 1987 年版。
③ 王若虚：《滹南遗老集》，丛书集成初编本，商务印书馆 1935 年版。
④ 杨维祯：《东维子集》卷七，钦定四库全书本，上海古籍出版社 1987 年版。

步指出了模拟对与个性的泯灭，也启发了明代公安派从"性灵"出发反对模拟。

　　另一方面，宋人又认识到了模拟的积极意义。如朱熹《论文》云："古人作文作诗，多是模仿前人而作之，盖学之既久，自然纯熟。"又云："前辈作文者，古人有名文字，皆模拟作一篇，故后有所作时左右逢源。"他回忆自己学诗的经历说："向来初见拟古诗，将谓只是学古人之诗。元来却是如古人说'灼灼园中花'，自家也做一句如此；'迟迟涧底松'，自家也做一句如此；'磊磊涧中石'，自家也做一句如此；'人生天地间'，自家也做一句如此。意思语脉，皆要似他底，只换却字。某后来依他如此做得二三十首诗，便觉得长进。盖意思、句语、血脉、势向，皆效他底。大率古人文章皆是行正路，后来杜撰底皆是行狭隘邪路去了。而今只是依正底路脉做将去，少间文章自会高人。"① 朱熹从练习写作的角度阐发了模拟的积极意义，把模拟当作作家创作成熟的必经阶段，避免了对拟作的单纯否定，后人对模拟的肯定多从这一角度出发。如魏庆之说："若令人不学不看古人作诗样子，便要与古人齐肩，恐无此道理。"② 张炎在论述如何填词时也说："作词者能取诸人之所长，去诸人之所短，稍加玩味，象而为之，岂不能与美成辈争雄长哉！"③ 张表臣说："善学者当先量力然后措词，未能祖述宪章，便欲超腾飞骛，多见其喈嘆而狼狈矣。"④ 他们讲的"学样子"、"象而为之"、"祖述"都是模拟的意思，二人都从学习创作的角度肯定了模拟。

　　明代复古之风大盛，复古派大多把模拟当作复古的手段，因而拟作的数量大大超过了前代，对于模拟和拟作的理论研究也空前活跃起来。明代中期以来，李梦阳、何景明等人倡导文学复古。李梦阳认为："学不的古，苦心无益。又谓文必有法式，然后中谐音度。如方圆之于规矩，古人用

---

①　黎靖德：《朱子语类》，中华书局 1986 年版。
②　魏庆之：《诗人玉屑》，上海古籍出版社 1978 年版。
③　蔡桢：《词源疏证》卷下，中国书店 1985 年版，第 2 页。
④　张表臣：《珊瑚钩诗话》卷一，历代诗话本，中华书局 1983 年版。

之，非自作之，实天生之也。今人法式古人，实物之自则也。"（《答周子书》）又说："夫文与字一也。今人临摹古帖，即太似不嫌，反曰能书。何独至于文，而欲自立一门户邪？"（《再与何氏书》）① 李梦阳把模拟等同于书法临摹，认为通过模拟可以掌握写作的法式（规律），然文学创作有法而无定法，李梦阳模拟的最终结果便只是守住了他所理解的古人成法而已。其同道何景明指出了这一点。他说："追昔为诗，空同子刻意古范，铸形宿模，而独守尺寸。仆则欲富于材积，领会神情，临景结构，不仿形迹。……仆尝谓诗文有不可易之法者，辞断而意属，联类而比物也。上考古圣立言，中征秦、汉绪论，下采魏晋声诗，莫之有异也。……今为诗不推类极变，开其未发，泯其拟议之迹，以成神圣之功。徒叙其已陈，修饰成文，稍离旧本，便自杌陧，如小儿倚物能行，独趋颠仆。虽由此即曹、刘，即阮、陆，即李、杜，且何以益于道化也？佛有筏喻，言舍筏则达岸矣，达岸则舍筏矣。"② 何景明同样认为"诗文有不可易之法"，但是他不满于李梦阳对于古法的句拟字模。他要求"推类极变，开其未发"，实际是提倡经由模拟而走向创新。换句话说，李梦阳以模拟为目的，而何景明以模拟为手段。《明史·何景明传》说"梦阳主摹仿，景明则主创造"③，不为无见。何景明的意见自然更能为人们所接受，后七子的领军人物王世贞云："信阳之舍筏，不免良筬，北地之效颦，宁无私议？"他区别对待各种不同类型与层次的拟古，给予了不同的评价："剽窃模拟，诗之大病。如'客从远方来'，'白杨多悲风'，'春水船如天上坐'，不妨俱美，定非窃也。其次裒览既富，机锋亦圆，古语口吻间，若不自觉。如鲍明远'客行有苦乐，但问客何行'之于王仲宣'从军有苦乐，但问所从谁'；陶渊明'鸡鸣桑树颠，狗吠深巷中'之于古乐府'鸡鸣高树颠，狗吠深宫中'；王摩诘'白鹭''黄鹂'，近世献吉用脩亦时失之，然尚可言。又有全取古

---

① 李梦阳：《空洞先生集》，明代论著丛刊本，伟文图书出版有限公司1976年版。

② 何景明：《与李空同论诗书》，载《何天复先生全集》，明代论著丛刊本，伟文图书出版有限公司1976年版。

③ 张廷玉等：《明史》，中华书局1974年版，第7350页。

文，小加裁剪，如黄鲁直《宜州》用白乐天诸绝句，王半山'山中二主，雨晴门始开。坐看苍苔色，欲上人衣来'，后二语全用辋川，已是下乘，然犹彼我趣合，未致足厌。乃至割缀古语，用文已漏，痕迹宛然，如'河人分冈势''春人烧痕'之类，斯丑方极。模拟妙者，分歧逞力，穷势尽态，不唯敌手，兼之无迹，方为得耳。若陆机《辨亡》、傅玄《秋胡》，近日献吉'打鼓鸣锣何处船'语，令人一见匿笑，再见呕哕，皆不免为盗跖优孟所訾。"① 显然，王世贞否定的只是近乎剽窃的"全取古文者"，他实际仍是标榜复古模拟的。

　　明代中后期能真正站在与前后七子相对的另一个阵营里来反对拟古的是公安派和竟陵派。袁宏道《雪涛阁集序》尖锐指出："近代文人，始为复古之说以胜之。夫复古是已！然至以剽袭为复古，句比字拟，务为牵合，弃目前之景，摭腐滥之辞，有才者诎于法而不敢自伸其才，无之者拾一二浮泛之语，帮凑成诗。智者牵于习，而愚者乐其易。一唱亿和，优人驺从，共谈雅道。吁！诗至此，抑可羞哉！"② 以袁氏为代表的公安派，从性灵说出发反对拟作的"失真"，另一方面则从"代有升降，而法不相沿"（《叙小修诗》）出发来反对模拟的墨守成规。承认"法"的存在，但是认为"法"是变化的，这样就避免了走入复古派信守古法的死胡同。关于"法不相沿"的原因，他也有进一步的说明："文之不能不古而今也，时使之也。……夫古有古之时，今有今之时，袭古人语言之迹，而冒以为古，是处严冬而袭夏之葛也。骚之不袭雅也，雅之体穷于怨，不骚不足以寄也。后之人有拟而为者，终不肖也。何也？彼直求骚于骚之中也。至苏、李述别及《十九》等篇，骚之音节体致皆变矣，然不谓之真骚不可也。"（《雪涛阁集序》）这里从文学外部说明了创作必须随时代而发展，字模句拟根本无法做到与古作真正相似。这一点直接启发了竟陵派"求古人

---

① 罗仲鼎：《艺苑卮言校注》卷四，齐鲁书社1992年版。
② 钱伯城：《袁宏道集笺校》，上海古籍出版社1981年版。

真诗"（钟惺《诗归序》）①的口号的提出。既学"古"，也求"真"，即是针对一些拟古者遗神取貌的弊端而发的。

清代以来对于模拟的研究，基本承袭了明人的理路而将历代所取得的理论成果集大成。顾炎武《日知录》卷十九"文人摹仿之病"条，对摹仿的弊端做了深入检讨："近代文章之病，全在摹仿。即使逼肖古人，已非极诣，况遗其神理而得其皮毛者乎？且古人作文，时有利钝。梁简文《与湘东王书》云：'今人有效谢康乐、裴鸿胪文者，学谢则不届其精华，但得其冗长；师裴则蔑弃其所长。'……效楚辞者必不如楚辞，效《七发》者必不如《七发》，盖其意中先有一人在前，既恐失之，而其笔力复不能自遂，此寿陵余子学步邯郸之说也。……若其意则总不能出于古人范围之外也，如扬雄拟《易》而作《太玄》，王莽依《周书》而作《大诰》，皆心劳而日拙者矣。"②朱彝尊则指出模拟之弊根源在"其言之无情而非自得"。《钱舍人诗序》云："缘情以为诗，诗之所由作，其情之不容己者乎。……后之称诗者，或漫无所感，于中取古人之声律字句而规仿之，必求其合；好奇之士，则又务离乎古人，以自鸣其异；均之为诗，未有无情之言可以传后者也。惟本乎自得者，其诗乃可传焉。盖古人多矣，吾辞之工者，未有不合乎古人，非先求合古人而后工也。……华亭自陈先生子龙倡为华缛之体，海内称焉，二十年来，乡曲效之者，往往模其形似而遗其神明。善言诗者，从而厌薄之，以为不足传，由其言之无情而非自得者也。"③袁枚则发展了明代公安派、竟陵派以来的以性灵反模拟的思想。其《续诗品·著我》云："竟似古人，何处著我？"明确反对那种袭貌而遗神的错误学古倾向，但是同时又宣称："不学古人，法无一可。"④《随园诗话》卷二亦云："后之人未有不学古人而能为诗者也。然而善学者得鱼忘筌，不善学者刻

---

① 李先耕：《隐秀轩集》，上海古籍出版社1992年版，第235页。
② 黄汝成：《日知录集释》，上海古籍出版社1985年版，第1462—1465页。
③ 朱彝尊：《曝书亭集》卷三十七，商务印书馆1935年版。
④ 刘衍文、刘永翔：《续诗品详注》，上海书店出版社1993年版，第177页。

舟求剑。"① 强调了在"学古"的基础上追求创新，实际上将模拟和创新辩证地统一起来，有效避免了理论偏执。

历代对于模拟的正反两个方面的批评，尽管涉及的文学史和文学理论问题相当广泛，但多是针对各自所处时代的文坛现状的随感式的语录，缺乏将模拟现象与文学史的发展联系起来的视野，尚没有认识到模拟实际上是一个关涉文学的本质和发展的重大理论问题。

二　现当代研究述评

20 世纪以来，人们对于模拟和拟作的认识，逐渐走向深入，一些在传统诗文评中的萌芽的理论观点，得到了提升。如朱光潜的关于模拟与学习创作的关系，便明显发展了朱熹的观点。朱光潜在其《谈美》中谈道："姑且拿写字作例来说，小儿学写字，最初是描红，其次是印本，再其次是临帖，这些都是借旁人所写的字做榜样，逐渐养成手腕筋肉的习惯……推广一点说，一切艺术上的模仿都可以作如是观。""艺术家从模仿入手，正如小儿学语言，打网球学姿势，跳舞者学步法一样，并没有什么玄妙，也并没有什么荒唐。不过这步功夫只是创造的始基。没有做到这步功夫和做到这步功夫就止步，都不足言创造。诗和其他艺术一样，须从模仿入手，所以不能不拟古人，不似则失其所以为诗；但是它必须归于创造，所以又不能全似古人，全似古人则失其所以为我。创造不能无模仿，但是只有模仿也不能算是创造。"② 王瑶《拟古与作伪》③ 一文，则明确区分魏晋的拟古和明末的作伪，这就有效克服了历代诗文评不注意时代特点的泛泛而谈，启发人们进一步讨论汉魏六朝拟作的时代特性。但是和朱光潜一样，王先生把拟古和作画的临摹等同起来，仅把拟古当作练习写作技巧的手段，则表明他还没有充分认识到拟古在其他方面的意义。程千帆先生在

---

① 　袁枚：《随园诗话》第四十三条，人民文学出版社 1982 年版，第 49 页。
② 　朱光潜：《朱光潜全集》第二卷，安徽教育出版社 1987 年版，第 79—82 页。
③ 　王瑶：《中古文学史论》，北京大学出版社 1998 年版。

为《史通·模拟》作笺注时，明确了"模拟与创作"的关系，乃是对刘知几论点的升华。他说："窃谓欲明模拟与创造之关系，必就三事言之。一者学习之程度，二者事理之异同，三者模拟与创造之界说。"① 程先生对于模拟与创作的关系的考察，纠正了以往文论中出现的把模拟与创造对立起来的错误认识，但是受"笺注"这一特定批评形式的限制，程先生没有具体讨论模拟对于一个作家乃至一段文学史的意义。

真正对汉魏六朝这一历史时期的模拟现象进行系统研究的是周勋初先生。周先生《王充与两汉文风》、《魏晋南北朝时文坛上的模拟之风》两文虽然写作时间不同，但完全可以看作成系列的研究两汉魏晋南北朝文坛的模拟之风的专文。前者深入研究了汉代模拟文风形成的原因，模拟大师扬雄的模拟理论以及王充的反模拟理论，对我国文学史上的模拟与反模拟理论作了比较深入的清理。后者着重对模拟现象本身的研讨，将魏晋南北朝的模拟分为"形式上的模拟"、"拟人化的模拟"、"风格上的模拟"三种情况，用事实证明了"模拟与创新之间并不存在不可调和的矛盾"②。周先生对模拟之风的描述和评价，发展了王瑶和程千帆二位先生的观点，开启了对汉魏六朝的模拟文风的系统深入的研究。

20 世纪 80 年代以来，一批中古文学的专家学者对中古模拟现象进行了深入思考，取得了显著的成绩。一是个案研究的深入。在文学史上以"善于模拟"著称的一些作家，如扬雄、陆机、鲍照、江淹等人的拟作受到了充分的关注，如曹道衡《论江淹的拟古诗》、③ 胡大雷《论江淹拟古诗的两大类别》、④ 毛庆《如何评价陆机拟古诗》、⑤ 刘则鸣《上追汉魏，不染时风——鲍照拟乐府诗略论》⑥ 等文，对向来不受重视的拟古诗进行了深

---

① 程千帆：《文论十笺》卷下，黑龙江人民出版社 1983 年版。
② 周勋初：《周勋初文集》第三卷，江苏古籍出版社 2000 年版，第 395—403 页。
③ 曹道衡：《论江淹的拟古诗》，《中古文学史论文集》，中华书局 1986 年版。
④ 胡大雷：《论江淹拟古诗的两大类别》，《首都师范大学学报》2000 年第 5 期。
⑤ 毛庆：《如何评价陆机拟古诗》，《中州学刊》1987 年第 1 期。
⑥ 刘则鸣：《上追汉魏，不染时风——鲍照拟乐府诗略论》，《内蒙古大学学报》2000 年第 6 期。

入的研究。二是综合研究初具面貌。如宗明华《先秦两汉辞赋的模拟观象分析》、① 钱志熙《齐梁拟乐府诗赋题法初探——兼论乐府诗写作方法之流变》、② 胡大雷《文选诗研究》③ 第二十三章"杂拟类"以及俞灏敏《文学的模拟与文学的自觉——魏晋六朝杂拟诗略论》，④ 深入考察了一个时期的拟作、拟诗一体、拟诗类型以及拟作和时代文学思潮的关系。中国台湾学者梅家玲的博士论文《汉魏六朝文学新论——拟代与赠答篇》，⑤ 则以谢灵运《拟魏太子邺中集诗》为个案，"试图为被误解的拟作、代言现象，在文学史上重新定位"（第1页），认为"着眼于'以生命印证生命'的拟代文学所以应运而起，实因它适时提供一具有'近似的再演'质性的文学（以及生命）形式，使文学既得以借鉴前人的生命经验，为一己的存在定位，也能在既有文本的影响下，更缔新猷，体现'曾经'与'现时'为一，寓'传统'于'创新'之中的、深具辩证性的传承意义"。梅文充分注意到了"拟代"的积极意义，回击了人们轻率地加在拟作身上的诸如"为文而造情"、"剽窃"等偏见，能给人以深刻的启示。但是我们应当注意到，梅文考察的重点仍然是模拟之于个人的意义，对于模拟与具体的文学史进程的关系则鲜有论及。

　　世纪之交，一些年轻的学子尝试着对魏晋六朝拟古诗做更为全面细致的研究。2002年上海师大赵红玲完成了《中古拟诗研究》⑥ 的博士论文，将拟诗作为一种诗歌的类型，对其作了包括发生环境、发生过程、形态发展等多方面的考察，并以陆机、谢灵运、江淹、庾信等人为个案，考察了拟诗的存在状态，讨论了拟诗所具有的潜诗学价值，进而探讨中古拟诗的

---

① 宗明华：《先秦两汉辞赋的模拟观象分析》，《烟台大学学报》1995年第4期。
② 钱志熙：《齐梁拟乐府诗赋题法初探——兼论乐府诗写作方法之流变》，《北京大学学报》1995年第4期。
③ 胡大雷：《文选诗研究》，广西师范大学出版社2000年版。
④ 俞灏敏：《文学的模拟与文学的自觉——魏晋六朝杂拟诗略论》，《学术月刊》1997年第2期。
⑤ 梅家玲：《汉魏六朝文学新论——拟代与赠答篇》，台湾，里仁书局1997年版。
⑥ 赵红玲：《中古拟诗研究》，博士论文，上海师大，2002年。

文化影响。但是，赵文的研究对象集中于陆、谢、江、庾四人，对中古其他诗人的拟作涉及甚少，因此难以真正将中古拟诗和中古诗学的发展进程全面联系起来。2003 年台湾大学冯秀娟的硕士论文《魏晋六朝拟古诗研究》，[①] 在考察全部魏晋南北朝诗歌的基础上，谨慎地审定了魏晋六朝拟古诗的数量、并且根据模拟对象对拟古诗进行了细致的分类，对魏晋六朝各个时期的拟古诗之间的演进痕迹进行了初步的勾勒，为后来者提供了可靠的拟古诗材料。

三　本书的思路与方法

从以上的历史回顾可以看出，人们对拟作尤其是汉魏六朝拟作的研究正逐渐走向深入，而近年来年轻学子的关注，则更使这一课题有了继续向纵深处开掘的可能。前贤时彦的研究，无疑给后来者提供了资料、理论和思想的资源。但是，毋庸讳言，目前的研究还存在种种不足，主要有以下三点。

首先，对于拟作的研究集中在拟诗而相对忽略拟赋。赋作中的模拟现象较之诗歌更为突出一些，轻赋重诗的研究格局，不利于全面认识拟作的性质及其对于汉魏六朝文学的意义。其次，目前对模拟的考察多横向的研究少纵向的考察，孤立的研究拟作类型与模拟行为，没有把模拟与汉魏六朝诗赋演进的具体进程结合。再次，对于前人研究成果的继承和发展均明显不足。前人的研究中涉及的一些深层次问题，如模拟与情感的抒发问题、模拟与法式的获得问题、模拟与文学的发展问题、模拟与文学理论的关系问题等，还缺乏全面吸收与深刻批判，从而也限制了自身的理论视野。

其实，模拟与汉魏六朝文学的关系得到重视，除了汉魏六朝文学中拟作数量的确引人注目外，还在于其与文学发展的深刻关联。汉魏六朝乃文

---

① 　冯秀娟：《魏晋六朝拟古诗研究》，硕士论文，台湾大学"中国文学研究所"，2003 年。

学的生长期，而模拟则关涉文学生长发展的一系列问题，所以从模拟的角度来探讨汉魏六朝文学中的诸多问题，是一个富有启发意义的角度。有鉴于此，笔者不揣浅陋，特以"汉魏六朝模拟诗赋"为对象，以"模拟与文学史嬗变"为理论视角，欲在前人的基础上有所拓展、有所前进。与前贤时彦相比较，我把研究的时段扩大到了汉朝，而研究的对象则兼括诗赋，这样做不仅仅是为了避免和他人在研究对象上的雷同，同时也是为了更全面地把握模拟对于处在生长期的汉魏六朝文学的影响。本书主要有两个研究目的：一是说明模拟的基本属性及其价值；二是阐述模拟对于汉魏六朝诗赋演进的作用。本书具体涉及模拟与文体形成、模拟与作家个人成长、模拟与时代文风、模拟与文学新变、模拟与文学思想和理论等几大问题，而这些问题实际又可以归入"模拟与汉魏六朝文学嬗变"这样一个总题之中。

这里首先还要回答一个问题：研究模拟之作何以能够考察汉魏六朝文学的嬗变？首先，对一些重要的作家个体、文人群体的拟作的考察，有助于我们透视个人的成长和文学流派的兴衰，并在此基础上认识一个时代文风的形成与变革。其次，从历代由于模拟而形成的作品链中，我们可以环环相扣地考察出文学体裁、文学思想、文学风格的凝定与嬗变，从而由此透视文学发展的内在脉络。再次，作家之间的模拟，实际是有意无意地搭建了比较的平台，这便提供了排定文学史秩序、疏清文学发展线索的可能，从而可以发现新的文学景观。最后，模拟现象涉及文学的继承和发展问题，具有辩证性的传承意义。继承与发展的矛盾乃是文学史运动的基本矛盾之一，而模拟行为及其产品，乃是关合、承载这一基本矛盾的中介和载体。因此，本选题就具有在这一对矛盾的斗争与转化中描述汉魏六朝文学的历史嬗变的意义了。通过模拟和拟作来考察汉魏六朝诗赋的发展嬗变，可以说是把握了文学生长的原生情状。

本书分上、下两编。上编共五章，目的在于通过全面的考察，把握模拟的本质属性、发生、发展过程、拟作的类型和模拟的文学史功能。第一章考察了模拟的概念与特性，意在分析模拟的基本属性；第二章讨论推动模拟行为的理论基础，意在在广阔的思想文化背景上认识模拟与文学史的关系；第三章动态考察模拟的发生过程，意在说明在模拟过程中文学创新的生成；第四章对模拟的产物——拟作作类型分析，意在说明模拟文本的形态类型；第五章从模拟者的文学史意识以及模拟参与文学史演进的方式两个层面，论述模拟与文学史演进的关系。下编共六章，目的在于具体考察模拟如何推动汉魏六朝文学演进。第六到十章分别按汉代、建安、两晋、南北朝的时序，在具体的文学史行程中展现模拟之于文学史演进的作用，第十一章则试图探讨模拟对与中古文学理论的影响。

本书所面临的难点问题，主要有两个。首先，是模拟诗赋的界定问题。尽管笔者对模拟诗赋的界定下了一定的工夫，在具体操作时又将作品标题及题序以及后人的公评作为判定拟作属性的主要依据，并且十分注意拟作与原作的比较与对读，但仍有一些问题不容易说清楚。比如说，一些作品本为拟作，但原作已经散佚，这就在客观上给拟作的认定带来了困难。此外，还有一些拟作由于模拟程度的不同而存在争议。这样的问题，曾让笔者一筹莫展，好在茫茫中看到了葛晓音先生的一段话："研究某一类诗歌题材或形式的纵向流变，较难掌握的是研究对象的界定，以及贯穿其中的主线。中国诗歌的任何一种题材或形式都不可能具有严格的界定范围，一定会有部分作品界线不清，与其他种类相混淆。所以几乎选择单一诗类进行渊源流变研究的课题都难免遭到概念界定的质疑。笔者认为对待这个问题，只能持通达的态度，不应像物理化学试验报告一样，不容许模糊的现象和结论。问题的关键不在于把某种文学现象界定得多么清楚，而在于是否抓住了这一诗类的内容和表现的基本特征，能否有条理地论证其如何踵事增华的过程。"① 美国著名汉学家宇文所安则从文化传统的角度，对此作出了解释，他认为"中国思想史的各个领域，关键词的含义都是通过它们在人所共知的文本使用中而被确定的"②。中外学者的"理解之同

---

① 葛晓音：《秦汉魏晋游仙诗史研究的新创获——序张宏〈秦汉魏晋游仙诗的渊源流变论略〉》，《北京大学学报》2002年第5期。
② 宇文所安：《中国文论：英译与评论》导言，王柏华、陶庆梅译，上海社会科学院出版社2003年版，第3页。

情"，无疑使笔者增强了继续下去的勇气和决心。

其次，本书论汉魏六朝模拟诗赋，建安以前以拟赋为主，建安以后以拟诗为主。这样做事实上造成了对拟赋的发展线索自建安以后就交代不明了，而对拟诗在建安前的发展也缺乏交代。但是，这于学养不深的笔者，也是不得已而为之。第一，本书兼论诗赋两种文体，时间跨度很大，因此无论是两条线索交织还是平行，论述起来都是牵涉面极广，线索纷繁，难以说清。第二，我国文学的发展事实上在建安以前是以赋为主而建安后则以诗为主。本书的目的并不是对模拟诗赋作类型研究，而是要集中精力阐述模拟与汉魏六朝诗赋嬗变的关系，这一点也决定了笔者采取上述比较易于把握的处理方式。在论述时，对于拟作较多而且形态丰富的作家则立专门章节，拟作较少的作家则纳入某一时段作综合的考察，这样做是在意识到了模拟问题的复杂性的前提下尽力呈现模拟的历史原初色调。

当然，我们更重要的任务是清理出文学史发展的线索，因此矛盾体现得最为集中的作家、时段往往成为笔者关注的焦点，因为这些作家和时段最能折射出历史的逻辑走向。对于众多焦点的凸视，目的是要建立起一条历史与逻辑统一的演进链。上编试图通过对模拟的本质属性的抽象，唤起人们对我国文学中历代生生不息的模拟现象的重新审视，同时尝试提出了"模拟与文学史嬗变"这一理论视角。下编则是把模拟放到汉魏六朝的文学史进程中去，以具体的个案来检验上编所获得的理性认识，用具体的事实来阐释模拟之于文学史演进的意义。前两章是对模拟作共时性的把握，后两章则是对模拟作历时性考察，整体上则追求历史与逻辑的统一。

最后，笔者想要说明的是，本书对汉魏六朝诗赋演进的描述，是以问题立论，而不是通论或叙论体，这也是本书和一般的文学史以及单纯研究模拟的论著的区别所在。换句话说，笔者不是严格地从历史的时间顺序出发，而是以"模拟与文学史嬗变"为视角，从整体出发来考察汉魏六朝文学的嬗变。

上编

第一章

模拟的概念与性质

　　长期以来，人们一直对模拟现象缺乏起码的界定，因而对于模拟与汉魏六朝文学嬗变的关系的认识也就无法深入。因此，本文的首要任务就是对模拟现象的界定。而要界定模拟现象，就必须交代清楚模拟的产品——拟作的基本特征及其与几个容易混淆的概念的区别。

第一节　模拟的界定

一　拟作的界定

　　古人对拟作一直缺乏明确的界定。《文选》所录23类诗歌中有"杂拟"一类。李善注曰："杂，谓非一类。拟者，比也。比古志以明今情。"但是，这样的界定谈论的是模拟的目的，并没有涉及模拟的本质。幸运的是，汉魏六朝文学中有一部分拟作有明确的标示。一是标题中出现"拟"、"代"、"学"、"效"等词的作品，如《文选》杂拟类所录的陆机《拟古诗》12首、袁淑《效曹子建乐府白马篇》、鲍照《学刘公干体》、《代君子有所思》等。二是在题序中明确说明了自己的拟作性质的作品。如江总《游摄山栖霞寺诗序》云："祯明元年太岁丁未四月十九日癸亥，入摄山，展慧布法师，忆《谢灵运集》。还故山，入石壁中，寻昙隆道人，有诗一首，十一韵。今此拙作，仍学康乐之体。"（《全隋文》卷十）其他如曹植《七启序》、傅玄《七谟序》、陆机《怀德赋序》、陶渊明《闲情赋序》等，也在序言中说明了自己的模拟对象。上述两类拟作的"约定俗成"，为准确理解古人心中的模拟提供了直接的参考，拟作的含义可以"通过它们在人所共知的文本使用中而被确定"①。当然，这类作品只占全部拟作中的一小部分，更多的拟作没有一看即可判定的外部标示。因此，我们必须对拟作的本质属性作出科学的抽象，才能全面地掌握研究对象，从而确保研究的准确和深入。

让我们首先从字源学的角度来考察"拟"字的意义。"拟"的最基本的意思是"揣度"和"类似"。《说文》曰："拟，度也。从手，疑声。"段玉裁注曰："今所谓揣度也。"② 如《易·系辞》"拟之而后言"③ 中的"拟"就是这个意思。"拟"字还有"比拟、类似"的意思。《汉书·沟洫志》："材木竹箭之饶，儗于巴蜀。"颜师古曰："儗，比也。"④《汉书·公孙弘卜式兒宽传》："侈拟于君。"师古曰："拟，疑也，言相似也。""拟"字作动词用，常和"模"字连用。"模"字有模仿的意思。《南史·颜竣传》："人间即模效之。""模"还可与"摹"通用，即照样子描画的意思，如《东斋记事》四云："观其神俊以模写之。""模"字作名词用，则有"模式"、"模型"、"榜样"的意思。如左思《魏都赋》："授全模于梓匠。"又《吴都赋》："制非常模。"模型的存在，是模拟行为发生的前提。"模"、"拟"连用的基本意思，就是指以某一事物作为模型或榜样，用心加以揣摩、学习

---

① 宇文所安：《中国文论：英译与评论》，王柏华、陶庆梅译，上海社会科学院出版社 2003 年版，第 3 页。

② 段玉裁：《说文解字段注》，四川新华书店 1981 年版。

③ 孔颖达：《周易正义》，中国书店 1987 年版。

④ 班固：《汉书》，中华书局 1962 年版，第 1681 页。

以求相似。袁宏《三国名臣序赞》："公琰殖根不忘中正，岂曰模拟。"李周翰曰："模，学；拟，比也。言琬立性之本不忘忠正之道，岂曰学比于古人。"① 模拟即指"学比于古人"的过程，而"学"与"比"的过程需要揣度古人的特点以确立它们之间的相似性。综上所述，确定什么是模拟，需要考虑以下两点：（1）是否存在一个供模拟的范本，这是模拟的前提。（2）模拟是一个用心揣摩，以求与模型有某种相似的过程。

"拟"字用来指文学创作，最早见于《汉书·扬雄传》："先是时，蜀有司马相如，作赋甚弘丽温雅，雄心壮之，每作赋，常拟之以为式。"颜师古曰："拟，谓比象也。"左思《咏史八首》其一云"作赋拟子虚"。李周翰曰："拟此以为法则也。"其四云"辞赋拟相如"。刘良曰："作赋以相如为式，故云拟。"刘知几《史通·模拟》中说："盖模拟之体，厥途有二：一曰貌同而心异，二曰貌异而心同。"② 今人王瑶先生说："前人的诗文是标准的范本，要用心地从心理揣摩，模仿，以求得神似。所以一篇有名的文字，以后寻常有好些人底类似的作品出现，这都是模仿的结果。"③合诸人之说，我们认为，模拟是指以某一作品（可以是前人的、也可以是今人的）为范本，在内容或形式上追求与范本的相似的创作过程。通过这一过程而产生的与范本相似的文本，我们称之为"拟作"。那么拟作与原作"相似性"是指哪些方面呢？

首先，拟作和原作的相似性表现在内容和主题上。刘良曰："拟，比也。比古志以明今情。"④ "比"有类比和对比的意思，类比和对比是"古志"与"今情"沟通的两种方式。所谓类比的方式，是指拟作对原作的主题采取了完全认同的方式。例如阮瑀逝世，曹丕代其妻作《寡妇赋》"以叙其妻子悲苦之情"（《全三国文》卷四），潘岳的友人任子安不幸逝世，潘岳也作《寡妇赋》叙其妻子"孤寡之心"，并主动说明模拟曹丕（《全晋

---

① 李善等：《六臣注文选》，浙江古籍出版社 1999 年版，第 886 页。

② 刘知几：《史通通释》卷八，浦起龙释，上海古籍出版社 1978 年版，第 219 页。

③ 王瑶：《拟古与作伪》，《中古文学史论》，北京大学出版社 1998 年版，第 216 页。

④ 李善等：《六臣注文选》，浙江古籍出版社 1999 年版，第 556 页。

文》卷九十二）。显然，潘岳之所以模拟曹丕，是因为所历人事、所抒发的感情与曹丕类似而引发。可以说，作品主题的接近则确立了两篇作品的模拟关系。又如梅陶《鵩鸟赋序》云："余既遭王敦之难，遂见忌录，居于武昌，其秋有野鸟入室，感贾谊《鵩鸟》，依而作焉。"（《全晋文》卷一百二十八）梅陶模拟贾谊，性质与潘岳模拟曹丕是一致的。所谓对比的方式，是指拟作主题与原作呈现对立的状态。如《汉书·扬雄传》载："又怪屈原文过相如，至不容，作《离骚》，自投江而死，悲其文，读之未尝不流涕也。以为君子得时则大行，不得时则龙蛇。遇不遇，命也，何必沉身哉？乃作书，往往摭《离骚》文而反之，自岷山投诸江流，以吊屈原，名曰《反离骚》。"①"摭《离骚》文"说明了《反离骚》与《离骚》存在模拟关系，而"反之"则说明了其主题与《离骚》的对立。这种反其意而用之的方法在诗歌创作中也有。西晋孙皓曾作《尔汝歌》云："昔与汝为邻，今与汝为臣。上汝一杯酒，令汝万寿春。"王歆之《效孙皓尔汝歌》则作："昔与汝为臣，今与汝比肩。既不劝汝酒，亦不愿汝年。"孙、王诗歌创作的情境基本相同，但王歆之反其意而用之。又如唐代皮日休作《反招魂》，其序曰："屈原作《大招魂》，宋玉作《招魂》，皮子以为忠放不如守介而死，奚招魂为？故作《反招魂》一篇以辨之。"②尽管《反招魂》与屈、宋之作在主题上是针锋相对的，但仍是从《大招魂》与《招魂》而来，通过它们而确立。换句话说，没有《大招魂》、《招魂》，也就没有《反招魂》。宋晁补之说："《反招魂》，靳靳如影守形。"③显然，晁补之是把《反招魂》看作《招魂》的拟作。又如柳宗元仿司马相如《封禅书》作《贞符》，朱熹指出："相如《封禅书》模仿极多，柳子厚见其如此，却作《贞符》以反之，然其文体亦不免乎蹈袭也。"④总之，无论是类比式还是对比式，都是统一于拟作与原作主题的相关性。

---

① 班固：《汉书》，中华书局 1962 年版，第 3515 页。
② 皮日休：《文薮》卷二，四库全书本，上海古籍出版社 1987 年版。
③ 晁补之：《鸡肋集》卷三十六，四库全书本，上海古籍出版社 1987 年版。
④ 黎靖德：《朱子语类》卷一百三十九，中华书局 1986 年版。

其次，拟作和原作的相似性表现在形式方面。江淹《学梁王兔园赋序》曾自述其模拟动机云："聊为古赋，以夺枚叔之制焉。"(《全梁文》卷三十三)制，指体制，即作品的形式，既包括作品的结构方式，也包括作品的体裁、语言风格等。为了追求形式的相似，一些拟作的序言，常常对原作的体制有所说明。如傅玄有《连珠》，其序文介绍了"连珠"体："其文体，辞丽而言约，不指说事情，必假喻以达其旨，而贤者微悟，合于古诗劝兴之义，欲使历历如贯珠，易观而可悦，故谓之连珠也。"(《全晋文》卷四十六)序言详细研究"连珠体"的体制特征，无疑是为了确保自我创作与历代连珠的相似性。又如傅玄《七谟序》列举了傅毅、刘广世、崔骃、李尤、桓麟、崔琦、刘梁、桓彬、张衡、马融诸人一系列模拟枚乘《七发》的拟作，对"七"体的体制进行了概括："或以恢大道而导幽滞，或以黜瑰奢而托讽咏。"(《全晋文》卷四十六)这里指出了七体的两种基本结构方式，其实也是为了通过明确"七体"的体式特征，来树立可供模拟的范型，从而确保模拟的顺利进行。又如嵇康《琴赋序》批评前代"乐器赋"说："然八音之器，歌舞之象，历世才士并为之赋颂，其体制风流，莫不相袭。称其材干，则以危苦为上；赋其声音，则以悲哀为主；美其感化，则以垂涕为贵。丽则丽矣，然未尽其理也。推其所由，似元不解音声；览其旨趣，亦未达礼乐之情也。众器之中，琴德最优，故辍叙所怀，以为之赋。"(《全三国文》卷四十七)汉代的乐器赋如马融《长笛赋》、王褒《洞箫赋》等，在体制上相承而下，形成了稳定的文体结构方式，嵇康《琴赋》虽然在内容上刻意求新，但体制上仍然没有跳出乐器赋"称赞制作材料——交代制作过程——描写演奏过程——赋写演奏效果"的程式。法国学者让-米利说："仿作者从被模仿的对象处提炼出后者的手法结构，然后加以诠释，并利用新的参照，根据自己所要给作者产生的效果，重新忠实地构造这一结构。"[①]深刻道出了拟作的本质之一。拟作与原作的相似

---

① [法]让-米利：《普鲁斯特的仿作、结构和对应》，转引自蒂菲纳·萨莫瓦《互文性研究》，天津人民出版社 2003 年版，第 47 页。

性还表现在语言风格上。如《北史·赵僭王招传》载宇文招"学庾信体，词多轻艳"①。"词多轻艳"是庾信体的语言特征，模拟者重点就放在这一方面。

以上所说的"相似性"，又不是绝对的。求似不同于复制，否则的话，诗人只需照抄就好了。刘知几《史通·模拟》云："盖模拟之体，厥途有二：一曰貌同而心异，二曰貌异而心同。"② 揭示了作品之间之所以构成模拟关系在于"貌"与"心"的同，但是"同"并不排斥"异"。程千帆先生对"貌"与"心"作了细致的解释："形貌复可分为二点：一者字句，二者篇章。心神复可分为三点：一者情志，二者神思，三者风格。文家学古，率兼数途，而终皆陶冶鼓铸，自成面目。"③ 刘知几所说的"同"与"异"，程千帆所说的"自成面目"，都说明了拟作和原作是"和而不同"，模拟的过程乃是与原作在内容与形式两方面求同存异的过程。中古模拟诗赋的创作情况也可证明这一点。如曹植《酒赋序》云："余览扬雄《酒赋》，辞甚瑰玮，颇戏而不雅，聊作《酒赋》，粗究其终始。"（《全三国文》卷十四）"瑰玮"是曹植欣赏的风格，故而求同；而嘲戏的风格则不是他所追求的，故而存异。由此可见，曹植的模拟并非一味跟随，而是依照自己的审美标准扬长避短。黄侃先生《文心雕龙札记·通变篇》云："大抵初学作文，于模拟昔文有二事当知：第一，当取古今相同之情事而试序之……第二，当知古今情事有相殊者，须斟酌而为之。"④ 黄氏所言，从内容入手。其实，不只是初学作文者这样，即使是成熟的作家在拟作时也需要斟酌于异同之间。

当然，异与同之间还有一个"度"的问题，对此我们不能采取绝对化方式，而只能结合中国文论概念的模糊特征采取量化与非量化结合的办法来界定。一方面，拟作与原作在形貌方面的相似的程度，应该超出其不似

---

① 李延寿：《北史》，中华书局 1974 年版，第 2092 页。

② 刘知几撰、浦起龙释：《史通通释》卷八，上海古籍出版社 1978 年版，第 219 页。

③ 程千帆：《文论十笺》卷下，黑龙江人民出版社 1983 年版，第 233 页。

④ 黄侃：《文心雕龙札记》，上海古籍出版社 2000 年版，第 106 页。

的程度；另一方面，文学体类的界定毕竟不同于科学试验那样给出精确的数据，我们只能从整体上去把握。程千帆先生说："究竟何谓模拟，何谓创造？……是则常人之所指，但以今作与古作，或已作与他作相较，而第其心貌之离合，合多离少，则曰模拟；合少离多，则曰创造，故非绝对之论也。"①由此可见，判断一篇作品是否模拟了另一篇作品的标准，是看它们的相似的程度，但又不可绝对而论，而要在人所共知的文本使用中来确定其性质。

综上所述，拟作与原作既有相似性，又不失相异之处，模拟乃是一个追求与事先存在的作品在内容与形式方面求同存异的创作过程。通过这一过程而产生的文本，我们称之为拟作。② 就本书而言，我们采取了以下原则：（1）对于拟作者在标题或题序中作了明确标示的，我们认定其拟作性质；（2）对于拟作者本人虽没有说明，但是历代诗文评都认定其拟作性质的，我们根据约定成俗的习惯，认定其拟作性质；（3）对于上述两类之外的拟作，我们采取从宽认定的原则，即只要能够确认此作和原作在内容或形式上的直接、明显的相似和整体的对应关系，我们即认定为拟作。当然，为了保证论述的科学严谨，在具体行文中我们对拟作的认定以前两种情况为主。

二 模拟与代言

鉴于拟作的复杂性及其界定的相对性，这里特比较与拟作容易混淆的概念，以进一步加深我们对拟作的认识。

模拟与代言是两种难以分辨的体式，以至于有人将其合称为"拟代体"。梅家玲将"拟代体"分为"纯拟作"、"纯代言"、"兼具拟作、代言双重性质"③三种基本类型，做出了对"拟作"与"代言"加以区分的尝

---

① 程千帆：《文论十笺》卷下，黑龙江人民出版社 1983 年版，第 233 页。
② 在具体语境中，本书有时也将拟作作为动词使用，即将其理解为模拟创作过程。
③ 梅家玲：《汉魏六朝文学新论——拟代与赠答篇》，里仁书局 1997 年版，第 64－74 页。

试，但是在具体研究时，她还是对上述三种类型的作品作综合考察，实际上又忽略了它们的区别。

代言和拟作的区别，首先可以从作品的外部形式来判定。代言体诗一般在标题上以一"为"字标明所代言的对象，如王粲《为潘文则作思亲诗》，陆机《为顾彦先赠妇诗》二首、《为陆思远妇作诗》，潘岳《为贾谧作赠陆机诗》，何逊《为人妾思诗》二首等。也有少量代言体作品标题标"代"字，如曹丕、曹植《代刘勋妻王氏杂诗》等。而拟作的标题中也常常出现"拟"、"学"、"效"、"代"等标示，如《文选》"杂拟类"所录的一些作品就是这样。对于标题中出现"代"字的作品，我们要判断其是拟作还是代言，关键看是否有范本存在，是否关涉作者本人情事。梅家玲先生认为"拟作以一定的文字范式为据，而代言于此则阙如"①。这种区分是十分准确的。拟作发生的前提是作为范式的作品的存在，拟作者通过模拟来再现与所代作品的某种相似性。而代言发生的前提是代言者或是因受被代言者之请，或是为被代言者的情事所感动，或是出于文人间的一种嘲戏，以被代言者的口吻表现被代言者的思想和感情，作品不涉及诗人自己的情事，完全是从被代言者的角度来写作。正因为如此，代言之作一般标为"代某人"，而拟作则标为"代某篇"。如鲍照《代门有车马客行》，我们便据此可以判断是拟作而非代言。周勋初先生认为："为古人代笔，可以说是正规的模拟，既要考虑到其人的身份和经历，还要研究他的语言、技巧、风格。"为今人代笔"无须像模拟古人之作那样，只要仿效他人声口，切合其人身份即可"②。说到底，模拟和代言的区别并不在于代笔对象的古与今，关键要看是否有可供模拟的文本存在。

从代言的发生来看，代言者首先必须体验被代言者所处的情境、体验他们的身份角色、性别角色，然后才有创作的发生。因为没有现成文本的制约，代言者完全可以根据自己的创作风格来创作，因此代言之作实际是

---

① 梅家玲：《汉魏六朝文学新论——拟代与赠答篇》，里仁书局1997年版，第64页。
② 周勋初：《周勋初文集》第三卷，江苏古籍出版社2000年版，第398页。

以自己之风格写他人之情事。如曹丕、曹植《代刘勋妻王氏杂诗》所写是王氏的情事，但创作风格却是他们自己的。又如陈琳曾代曹洪致书曹丕，曹洪谎称自己所写，但是曹丕《叙陈琳》指出："观其词，知陈琳所叙为也。"（《全三国文》卷七）陈琳的代言尽管采用了曹洪的口吻，但仍然保留其自我的创作风格，所以曹丕一眼就看出来了。而模拟者在寻求与原作的对应关系中受到了原作的种种制约，创作风格必然受到原作的影响。如江淹的拟作便"拟渊明似渊明，拟康乐似康乐，拟左思似左思，拟郭璞似郭璞"①，一些作品甚至被人当作了所拟对象本人的作品，长期混杂在他人的本集中而人莫能辨，如其《杂体诗三十首》中《陶征君·田居》一首，曾被误收入《陶渊明集》，当作《归园田居》的第六首；《鲍参军·戎行》中的"竖儒守一经，未足识行藏"②两句，《南史·吉士瞻传》就将之误认为鲍照所作。③此外，与代言不同的是，拟作有表达自己感情的自由，如陶模拟贾谊作《鹏鸟赋》，虽然题材和风格皆与原作相似，但其主要目的还是抒写自己"既遭王敦之难，遂见忌录"的情事，而并不是要代贾谊立言。

代言和拟作在特定的情况下可以重合，如汉代的刘向《九叹》、王褒《九怀》、王逸《九思》一方面采用屈原的口吻，体察屈原的心志，可以看作是因被屈原事迹感动而主动采用了代言的方式。另一方面，这些作品又对屈原《九章》章拟句模，得其韵调之形似，显然是模拟之作。清代吴乔《围炉诗话》卷二云："凡拟诗之作，其人本无诗，诗人知其人与事与意而拟之为诗，如《苏拟李送别诗》及魏文帝之《刘勋妻》者最善；其人固有诗，诗人知其人与事与意而拟其诗，如文通之于阮公，子瞻之于渊明者亦可。"④吴乔所说拟作实际包含了拟作和代言：其人本无诗而拟之为诗即是代言，其人固有诗而拟其诗即为模拟。

---

① 严羽著、郭绍虞校释：《沧浪诗话·诗评》，人民文学出版社 1983 年版，第 191 页。

② 江淹著，胡之骥汇注：《江文通集汇注》卷四，中华书局 1980 年版，第 164 页。

③ 《南史》卷五十五，第五册，第 1363 页。

④ 吴乔：《围炉诗话》，《清诗话续编》第一册，上海古籍出版社 1983 年版，第 516 页。

三　模拟与抄袭剽窃

学界很多人对模拟与抄袭剽窃不加区分。如王世贞云："剽窃模拟，诗之大病"，他批评陆机《辨亡》、傅玄《秋胡》等拟作，"令人一见匿笑，再见匿哕，皆不免为盗跖优孟所訾"①。其实，将模拟行为诬为偷窃是有失公允的。

首先，模拟行为与文学上的剽窃有本质区别。模拟行为与作者道德没有关系。模拟者对于自己的模拟行为并不讳言，如陆机《辨亡论》模拟贾谊《过秦论》，其弟陆云《与兄平原书》指出："《辨亡》则已是《过秦》对事，求当可得耳。"陆云还劝陆机广泛模拟前人名作，他说："古今兄文所未得与校者，亦惟兄所道数都赋耳。其余虽有小胜负，大都自皆为雄耳。……云谓兄作《二京》，必传无疑，久劝兄为耳。"（《全晋文》卷一百二）在陆云看来，模拟不仅不是不光彩的事情，而且还是扬名的方式。正因为如此，人们一般在标题或序言中对拟作做出明确外部标记。汪师韩《诗学纂闻》"杂诗拟诗之别"条云："《文选》所载陆士衡《拟古诗》十二首，谢康乐《拟魏太子邺中集诗》，刘休元《拟古诗》二首，江文通《杂体诗》三十首，无不显然示人，是以谓之拟，此意后人不识也。"② 古人对模拟之作，也比较宽容。刘勰《文心雕龙·论说》评陆机《辨亡》"效《过秦》而不及，然亦其美矣"。承认《辨亡》为拟作，但仍不否认其价值。相反，剽窃却是一件不光彩的事情。张衡《论贡举疏》批评"诸生竞利，作者鼎沸。其高者颇引古训风喻之言，下则连偶俗语，有类俳优。或窃成文，虚冒名氏"③。"或窃成文，虚冒名氏"的行为就是剽窃。钟嵘《诗品》"齐惠休上人"条记载了一则有关剽窃的公案："《行路难》是东阳

---

①　罗仲鼎：《艺苑卮言校注》，齐鲁书社 1992 年版。
②　汪师韩：《诗学纂闻》，载《清诗话》，中华书局 1963 年版，第 443－444 页。
③　张震泽：《张衡诗文集校注》，上海古籍出版社 1993 年版。又，此段引文蔡邕《上封事陈政要七事》亦引，字句小异，见《蔡中郎集》，汉魏六朝百三家集本。

柴廓所造。宝月尝憩其家，会廓亡，因窃而有之。廓子赍手本出都，欲讼此事，乃厚赂止之。"释宝月的行为，是典型的偷窃行为，此乃为人为文之大忌，所以释宝月千方百计要加以掩盖。

其次，模拟往往是出于为文的需要，而剽窃则是出于为利的需要。《南史·徐广传》记何法盛窃取郗绍的《晋中兴书》手稿前，对郗绍说："卿名位贵达，不复俟此延誉。我寒士，无闻于时，如袁宏、干宝之徒，赖有著述，流声于后。宜以为惠。"何法盛剽窃的目的是为了得到流声于后的实惠。法国作家纪德说："爽爽直直的模仿和那鬼鬼祟祟的剽窃的下作毫无关系……伟大的艺术家，从不害怕模仿。"[①] 道出了模仿和剽窃的区别。

从客观效果来看，拟作中虽也存在一些比较初级的逐字逐句仿效的作品，但模拟者往往有与原作竞争的心理，所以拟作与原作有一定的互异性。这一点陆机《文赋》有所说明："必所拟之不殊，乃暗合乎曩篇。虽杼轴于予怀，怵他人之我先。苟伤廉而愆义，亦虽爱而必捐。"（《全晋文》卷九十七）在陆机看来，模拟如果不求"异"，实际就等于抄袭了前人之作，是有伤廉义而应该舍弃的行为。钱钟书先生释此段云："若偟色揣称，自出心裁，而睹其冥契'他人'亦即'曩篇'之作者，似有蹈袭之迹，将招盗窃之嫌，则语虽得意，亦必刊落。"[②] 换言之，"抄袭是逐字逐句地重复，但不被表明且没有互异性"[③]，而模拟则要求模拟者有所创新。日本学者釜谷武志在分析模拟大师扬雄的作品时注意到了扬雄"很注意不使用与前人相同的词语"。对此，他解释说："因为作者和前人的既有作品，二者都是文艺创作，这样一来，抄袭前人所作是不被允许的。"[④]换言之，抄袭不能看作创造，而模拟是可以看作创造的。釜谷武志先生不经意地道出了

---

① 纪德：《论文学上的影响》，载高尔基等著《给青年作家》，靖华、绮雨等译，生活书店1937年版。

② 钱钟书：《管锥编》，中华书局1986年版，第1199页。

③ ［法］费纳·萨莫瓦约：《互文性研究》，邵炜译，天津人民出版社2003年版。

④ ［日］釜谷武志：《两汉时期文学作品的创作方法与欣赏方法》，载《古代文论研究的回顾与前瞻》，复旦大学出版社2002年版，第386页。

抄袭与模拟地根本区别：抄袭充其量是一种复制，不包含创造性的工作，也不必须要对对象有深刻的理解；而模拟则是较复制更高级的行为，它必须在深刻理解模拟对象的基础上有所提高，是一项包含创造性的工作。《北齐书·魏收传》载："始收比温子升、邢邵稍为后进，邢既被疏出，子升以罪出死，收遂大被任用，独步一时。议论更相訾毁，各有朋党。收每议鄙邢邵文。邢又云：'江南任昉，文体本疏，魏收非直模拟，亦大偷窃。'收闻，乃曰：'伊常于《沈约集》中作贼，何意道我偷任昉！'"① 这则记载表明，在当时人已经意识到了模拟与剽窃的区别。事实上，模拟是一种创作方法，而后者则关涉作者道德，所以邢劭、魏收以抄袭为耻，但并不忌讳模拟，如邢劭《思公子》、魏收《美女篇》等，从标题就可以看出是模拟南朝之作。

通过与代言和抄袭剽窃的比较，我们认为关于模拟创作有两点应该被强调：一是模拟是一个自觉以他人作品为范型的创作过程；二是拟作包含一定的创造性。

四 模拟与文学继承

程千帆先生说："盖文化有持续，思想有连类，任何文学作品不能不受前人之影响，自亦不免于后人以影响。云模拟者，每就承受之迹，显而易见言。"② 程先生所论，揭示了模拟和文学继承的关系，其实是特殊与一般的关系。梅家玲也指出模拟创作"能在既有文本的影响下，更缔新猷，体现'曾经'与'现时'为一，寓'传统'于'创新'之中的、深具辩证性的传承意义"。③ 模拟与文学继承在承受痕迹方面有显晦之别，在承受态度方面则有主动接受和受到潜移默化影响之别。换言之，模拟区别于文学继承有两点：一是模拟的承受之迹显而易见，而文学继承则更为隐蔽一

---

① 李百药：《北齐书》，中华书局 1972 年版，第 491—492 页。
② 程千帆：《文论十笺》卷下，黑龙江人民出版社 1983 年版，第 233 页。
③ 梅家玲：《汉魏六朝文学新论——拟代与赠答篇》，里仁书局 1997 年版。

些；一是模拟是一种有意识的行为，而文学继承则多是一种集体无意识。

　　模拟通常是有意为之，模拟者根据个人的艺术爱好和情感需求选择对象进行模拟，追求与原作的某种对应，因而拟作与原作的承受之迹显而易见。如江淹《效阮公咏怀诗》十五首，题目既标明自己乃模拟阮籍《咏怀诗》。阮籍《咏怀诗》在南朝影响很大，王素、鲍照等人皆有拟作，而颜延之、沈约曾为之作注。颜延之说："说者阮籍在晋文代，常虑祸患，故发兹咏耳。"① 江淹《自序》云："宋末多阻，宗室有忧生之难，王初欲羽檄征天下兵，以求一旦之幸；淹尝从容晓谏，言人事之成败，每曰：'殿下不求宗庙之安，如信左右之计，则复见麋鹿霜栖露宿于姑苏之台矣。'终不以纳，而更疑焉。及王移镇朱方也，又为镇军参军事，领东海郡丞。于是王与不逞之徒，日夜构议，淹知祸机之将发，又赋诗十五首略明性命之理，因以为讽。"这里所说的"赋诗十五首"即《效阮公咏怀诗》十五首。汪师韩《诗学纂闻》"杂诗拟诗之别"条云："《文选》所载陆士衡《拟古诗》十二首，谢康乐《拟魏太子邺中集诗》，刘休元《拟古诗》二首，江文通《杂体诗》三十首，无不显然示人，是以谓之拟，此意后人不识也。"② 既然拟作者主观上要"显然示人"，那么客观上拟作对原作的承受之迹自然也就显而易见。

　　我们通常所说的后代作家对前代作家的继承，却常常是在一种无意识的情况下继承的。在文学的发展过程中，一些题材和表现手法已经成为传统的一部分，而生活在传统中的作家们"积习生常"，乃是文学继承中常见的方式。前人对后人的影响，是文化的一种必然的积淀，而后人接受前人的影响也常常是集体无意识行为。我国文学研究向来喜欢采用"某某源出某某"的言说方式，如钟嵘《诗品》上品评《古诗》"其体源出于国风"，语意与"模拟"接近，有将文学的前后相承等同于作家之间的"模拟"的嫌疑。因此，钟嵘的言说方式招致了"惟其论某人源出某人，若一

---

　　① 李善等：《六臣注文选》卷二十三，中华书局1987年版，第419页。
　　② 汪师韩：《诗学纂闻》，载《清诗话》，中华书局1963年版。

一亲见其师承者，则不免附会耳"的批评。[1] 由此可见，模拟与一般的文学继承在对前代的承受方面确有显隐之别。

模拟是对特定的对象进行整体仿写的过程。我们说一篇作品模拟了另一篇作品，是指一篇作品从另一篇作品派生而来，它们之间存在整体的对应关系。比如说陆机的《拟古诗》12 首，在主题、体式、意象，甚至遣词造句和《古诗十九首》中的作品有明显的对应关系，而不只是局部的某一处地方的类似。从这个意义上讲，模拟是一种最直接、最完整的继承方式。我们通常所说的一些作品之间常常存在着某一方面的类似，比如说一些用语的雷同、个别句子的引用、某些句式的借鉴与化用等，只能看作一种知识与文化的积淀，不能算作模拟。如曹操《短歌行》其一中虽有"青青子衿，悠悠我心"两句以及"呦呦鹿鸣，食野之苹。我有嘉宾，鼓瑟吹笙"四句分别出自《诗·郑风·子衿》和《诗·小雅·鹿鸣》，但这几句诗在曹操的作品中并不具有结构全篇的意义，《短歌行》和《诗经》中的上述两篇作品主题也并不对应，因此，我们至多说《短歌行》引用了《诗经》成句，而不认为是模拟了《诗经》中的某一篇作品。因此，拟作与文学继承的关系可以说是特殊和一般的关系。

通过与几个容易混淆的概念的比较，我们认为模拟主要有以下两点应该被强调：一是模拟是一个自觉以他人作品为范型的创作过程；二是模拟过程包含一定的创造性。换言之，模拟，是拟作者对于原作的求同与求变过程的辩证统一。这两点决定了拟作能够成为我们考察文学演进的"化石"。分析模拟文本的"承受之迹"，即拟作与原作之同，我们可以把握文学的继承；而抓住拟作与原作之异，即模拟中的创造性，则有助于我们把握文学的发展。

---

① 永瑢等撰：《四库全书总目提要》集部九，万有文库本，商务印书馆 1931 年版。

第二节　模拟的特性

作为一创作方式，模拟有一定的特殊性。法国学者让-米利这样解释模拟过程："仿作者从被模仿的对象处提炼出后者的手法结构，然后加以诠释，并利用新的参照，根据自己所要给作者产生的效果，重新忠实地构造这一结构。"①"重新忠实地构造"被模仿对象是一个创作过程；对原作手法结构的"诠释"，意味着批评的发生；而考虑"自己所要给读者的效果"，则关涉作品的接受和传播问题。由此可见，模拟过程决定了模拟集创作、批评与传播三种功能于一身。然而，遗憾的是，人们不仅把模拟的创作功能理解得过于狭窄，而且常常忽略其批评与传播功能，因而在对模拟的傲慢与偏见中错过了许多不容错过的文学史景观。

一　模拟的创作特性

让-米利的话是耐人寻味的：既然仿作者需要"诠释"，需要"利用新的参照"，需要考虑"自己所要给读者的效果"，那么他构造原作的结构时的"忠实"就只能是相对的，在构造的过程中还必然存在创造。

模拟创作的创造性，首先在于其"仿中学"的积累机制。学习积累机制是创新中的核心问题，是支持创新得以顺利开展的重要基础，在此方面模拟创作与一般的创作有显著的差别。一般创作的学习积累主要依赖于自我探索，而模仿中的积累却可将他人的经验转化为自我的财富。在初期阶段，模拟者主要是通过"看中学"，即通过观察、选择、借鉴、模仿率先创新者的行为，在模仿中吸取大量的外部知识，培养提高自身的技能。陆

---

① ［法］让-米利：《普鲁斯特的仿作、结构和对应》，转引自蒂菲纳·萨莫瓦《互文性研究》，天津人民出版社 2003 年版，第 47 页。

机《文赋》云："余每观才士之所作，窃有以得其用心。"朱熹《论文》说："古人作文作诗，多是模仿前人而作之，盖学之既久，自然纯熟。""前辈作文者，古人有名文字，皆模拟作一篇，故后有所作时左右逢源。"①由模拟到"自然纯熟"再到"左右逢源"，这就是在"仿中学"的不断积累不断提高的过程。在较高级的阶段，模拟则往往是通过对被模仿对象的反思批判来进行积累的。如扬雄早年对司马相如之作心向往之，常"拟之以为式"，但到了晚年却批评其曾经着力模拟过的屈原和司马相如。据《法言·君子》载：有人问扬雄"屈原、相如之赋，孰愈？"扬雄回答："原也过以浮，如也过以虚。过浮者蹈云天，过虚者华无根。"②这表明扬雄在模拟中获得了认知的超越。又如曹植早年的一些拟作，曾因艺术上的不成熟招致批评，而后来他的《洛神赋》同样是一篇拟作却因艺术上的集大成而被看作成功的典范，这与其在模拟过程中所学渐广、积累渐丰，因而创作水平不断提高不无关系。模拟创作的积累机制还表现在题材方面，如陆云模拟傅玄《山鸡赋》、嵇含《鸡赋》等作《寒蝉赋》，其序云："昔人称鸡有五德，而作者赋焉。至于寒蝉，才齐其美，独未之思，而莫斯述。"如梁昭明太子萧统模拟颜延之《五君咏》，其序云："颜生《五君咏》不取山涛、王戎。余聊咏之焉。"模拟的积累机制，促进了题材的发展。

　　模拟创作的创造性，还在于模拟者具有一定的后发优势。一般的论者只注意到了模拟者后发的劣势。如薛雪《一瓢诗话》云："拟古二字，误尽苍生！声调字句，若不一一拟之，何为拟古？声调字句，若必一一拟之，则仍是古人之诗，非我之古诗也。轻言拟古，试一思之。"③这样的论断过于绝对，它只强调了模拟者的后发劣势，而忽略了模拟者的后发优势。其实，模拟者作为后来者，既可以充分吸收模拟对象的优点，又可以有效地避免模拟对象存在的缺陷，在观察率先者的成功和失误中学习。如

---

① 黎靖德：《朱子语类》卷一百三十九《论文》上，中华书局 1986 年版。
② 汪荣宝：《法言义疏》，中华书局 1987 年版。
③ 薛雪：《一瓢诗话》，人民文学出版社 1998 年版，第 106 页。

蔡邕《释诲序》云："闲居玩古，不交当世，感东方朔《客难》及扬雄、班固、崔骃之徒，设疑以自通，乃斟酌群言，蠲其是而矫其非，作《释诲》以戒厉云尔。"（《全后汉文》卷七十三）"蠲其是而矫其非"的过程，就是一个扬长避短、充分发挥后发优势的过程。又如《归途赋序》云："昔文章之士，多作行旅赋。或欣在观国，或怵在斥徒，或述职邦邑，或羁役戎阵。事由于外，兴不自己。虽高才可推，求怀未惬。今量分告退，反身草泽，经途履运，用感其心。"（《全宋文》卷三十）从赋中开篇的"承百世之庆灵，遇千载之优渥，匪康衢之难践，谅跬步之易局"的牢骚之句来看，谢灵运其实也是"怵在斥徒"，这和前代文章之士的"行旅赋"仍是一脉相传。但是，作为后来者谢灵运洞察到了前人之作"事由于外，兴不自己"的缺陷，有意把自己的被斥表述为主动归隐，因而得以比较顺利地把自己的情感对象化到沿途所见的景物描写中，如我们从"漾百里之清潭，见千仞之孤石。历古今而长在，经盛衰而不易"等句，就可以看见谢灵运孤高耿介的人格投影。可以说，后发的优势，帮助谢灵运超越了前代作家的同类作品。

模拟创作的创造性，还表现在其抒情的特殊性。首先，拟作的抒情，借助于与模拟对象的同情共感。我们来看几篇拟作的序言：

陶渊明《感士不遇赋序》："昔董仲舒作《士不遇赋》，司马子长又为之。余尝以三余之日，讲习之暇，读其文，慨然惆怅。夫履信思顺，生人之善行；抱朴守静，君子之笃素。自真风告逝，大伪斯兴，闾阎懈廉退之节，市朝驱易进之心。怀正志道之士，或潜玉于当年；洁己清操之人，或没世以徒勤。故夷皓有安归之叹，三闾发已矣之哀。悲夫！寓形百年，而瞬息已尽；立行之难，而一城莫赏。此古人所以染翰慷慨，屡伸而不能已者也。夫导达意气，其惟文乎？抚卷踟蹰，遂感而赋之。"（《全晋文》卷一百十一）

鲍照《松柏篇序》："余患脚上气四十余日，知旧先借《傅玄集》。

以余病剧，遂见还。开衮适见乐府诗《龟鹤篇》。于危病中见长逝词，恻然酸怀抱。如此重病，弥时不差，呼吸乏喘，举目悲矣。火药间缺而拟之。"①

刘骏《伤宣贵妃拟汉武帝李夫人赋序》："朕以亡事弃日，阅览前王词苑，见《李夫人赋》，凄其有怀，亦以嗟咏久之，因感而会焉。"（《全宋文》卷五）

上述记载表明，模拟之所以会发生，情感的共鸣是根本的原因，而之所以会产生情感共鸣则是因为拟作者有与原作者类似的情感和心理经历。尽管众多的拟作都是有感而发，但人们习惯把模拟视为"为文而造情"，这显然是一种偏见。不过，这种偏见的形成也是事出有因。拟作由于采用与原作大致相同的语言结构，给人似曾相识的感觉，因而会不自觉地诱导读者把阅读的重点放在对原作的回顾上，这客观上就会导致忽略拟作的抒情功能。这样一来，拟作实际处于一个尴尬的境地：他们和原作过于接近，则读者会指责他们为文而造情；如果他们远离原作，则又难免招致与原作"不似"的批评。缘此，"妙在似与不似之间"乃成为拟作成功的标志，这实际上是要求拟作一方面要"忠实地构造原作"，另一方面又要凸显自己的声音，将拟作的语言变成一种"双声"语言，追求拟作与原作的互文。

其次，模拟还有特殊的抒怀功能。一些作家常常把拟古当作特殊的抒情方式。《诗纪》录魏代何晏作《拟古诗》，此诗模拟的乃是古辞《双白鹄》，但是逯钦立先生据《名士传》所载"是时曹爽辅政，识者虑有危机。晏有重名，与魏姻戚，内虽怀忧，无复退也，著五言诗以言志曰"改题为《言志诗》。既然何诗本有模拟对象，我们认为题为《拟古诗》更可信。就主题而言，原作是抒写由天灾（疾病）引起的忧思，而何诗抒写的却是由

---

① 逯钦立：《先秦汉魏晋南北朝诗》，中华书局1983年版，第1264—1265页。

人祸（罗网）造成的忧惧。何诗以模拟为手段，并对自己的作品冠以"拟古"之名，不过是为了避免在险恶的环境下直言当世之事而触发政治机网而已。何晏可以说是开以拟古方式曲折抒情的先例。晋代的龚壮则开以拟古为名进行讽谏的先例。《晋书·李寿传》称：龚壮"作诗七篇，托言应璩以讽寿。寿报曰：'省诗知意，若今人所作，贤哲之话言也。古人所作，死鬼之常辞耳！'"① 龚壮这七首诗，既然假托应璩，自然在风格上必须模仿应璩《百一诗》。事实上，李延寿也看出了龚壮托古讽今的用意所在。其他，如陶渊明《拟古九首》、江淹《效阮公诗十五首》、庾信《拟咏怀诗》27 首都是如此。如江淹《效阮公诗十五首》乃模拟阮籍《咏怀诗》，《南史·江淹传》道出了其写作动机："景素与腹心日夜谋议，淹知祸机将发，乃赠诗十五首以讽焉。"② 江淹欲对尚未公开的政治密谋进行讽谏，就不得不借鉴一种比较隐蔽的形式，模拟"志在讥刺，而文多隐避"③ 的阮籍《咏怀诗》自然成了最佳选择。可以说，江淹模拟《咏怀诗》的真正原因不在于学习属文，也不在于追求与阮籍的同情共感，而在于借助拟古的形式以抒发难言之隐。诗人在某种特定的情景下，往往想起与前人作品中类似的情境，从而产生了以模拟追求同情共感的抒情需要，如《魏书·常景传》曰："景经山涉水，怅然怀古，乃拟刘琨《扶风歌》十二首。"④ 乾隆指出："凡效古、拟古之作，皆非空言，必中有所感，借以寄意。故质言之不得，则以寓言明之，正言之不可，则反其辞以见意。……读者以意逆志，得其言外之旨可也。"⑤ 由此可见，作为创作的模拟还兼有特殊的抒情功能。

综上所述，模拟是一种包含着多方面的创造性的创作方式。单纯把模拟理解为"学习属文"的方式，片面指责模拟"为文而造情"，都是有问题的。

---

① 房玄龄等：《晋书》，中华书局 1974 年版，第 3046 页。
② 李延寿：《南史》，中华书局 1974 年版，第 1449 页。
③ 李善等：《六臣注文选》，浙江古籍出版社 1999 年版，第 419 页。
④ 魏收：《魏书》，中华书局 1974 年版，第 1804 页。
⑤ 乾隆：《御选唐宋诗醇》，四库全书本，上海古籍出版社 1987 年版。

二 模拟的批评特性

赵红玲曾指出："因为拟作者对模拟客体的选择本身就已蕴涵了对诗歌的整体关照和主观品评，所以又是一种间接的诗歌批评方式。"① 这是颇有见地的。但是，尚需补充的是，不仅对模拟对象的选择蕴涵了对作品的间接批评，整个模拟过程几乎处处都有对作家、作品、文体等诸多方面的直接批评。模仿的实质在于抓住事物之间的外部和内部联系，"通过这种联系，你就能逐渐认识事物之间的某种必然联系和特征"②。这种"认识事物之间的某种必然联系和特征"的过程，也就是批评发生的过程。

模拟者通常在拟作的序言中表达对原作者和作品的批评。这是由模拟的创作性质决定。因为，模拟者要使模拟成功，就必须对原作的特点有所认识、有所研究。模拟者在模拟时必须要把自己的内心的节拍调整到合乎被模仿者的节奏，并从他人的语法特点来求其精神之所寓，模仿实际上成了要求极高的文学批评。拟作者对原作的批评涉及内容和形式两个方面。如傅咸《芸香赋》本是模拟其父傅玄之作，其序云："先君作《芸香赋》，辞美高丽。有睹斯卉，蔚茂馨香，同游使余为序。"（《全晋文》卷五十一）这是对原作文采的批评。傅玄拟张衡《四愁诗》而作《拟〈四愁诗〉》，其序曰："张平子作《四愁诗》，体小而俗，七言类也，聊拟而作之，名曰《拟〈四愁诗〉》。"（《全晋文》卷四十六）这里涉及对原作体式的批评。又如曹摅《围棋赋序》曰："昔班固造奕旨之论，马融有围棋之赋，拟军政以为本，引兵家以为喻，盖宣尼之所以称美，而君子之所以游虑也。既好其事，而壮其辞，聊因翰墨，述而赋焉。"（《全晋文》卷一百七）这里则涉及了对原作内容的批评。除此之外，还有对作品和作家风格的批评，如陆机《遂志赋序》在一一列举了"前世之可得言"的序志赋篇名后，对作品和作家进行了风格点评："崔氏简而有情，《显志》壮而泛滥，《哀系》

---

① 赵红玲：《中古拟诗研究》，博士论文，上海师大，2002 年，第 72 页。
② 转引自《读者文摘》1984 年第 6 期。

俗而时靡，《玄表》雅而微素，《思玄》精练而和惠。欲丽前人，而优游清典，漏《幽通》矣。班生彬彬，切而不绞，哀而不怨矣。崔蔡冲虚温敏，雅人之属也。衍抑扬顿挫，怨之徒也。"（《全晋文》卷九十六）当然，模拟者还会对模拟对象有比较微观的批评，如陆云《与兄平原书》中便对用字、用韵、句式等细节问题进行了细致的讨论（《全晋文》卷一百二）。

模拟的过程中还蕴藏着种种不以理论形态表述，但通过对原作的种种处理（包括顺应与背离，增加与删除）而折射出来的文学思想。例如陆机《拟古诗》12首选取"文温以丽，意悲而远"（《诗品》）的古诗为模拟对象及以化俗为雅、化简为繁的过程，就是实践"诗缘情而绮靡"说的过程。而陆云仿《九章》作《九愍》的过程，也正折射了他对"清省"的美学追求。围绕《九愍》的创作，陆云与陆机主要有两点不同意见：一是作品的篇幅问题。陆机为文好繁复，所以其拟作通常是对原作的踵事增华，篇幅一般较原作长些。而陆云好清省，所以他的拟作通常较原作短小些。他写信给陆机说："云今意视文，乃好清省，欲无以尚，意之至此，乃出自然。张公在者必罢，必复以此见调，不知《九愍》不多，不当小减。《九悲》、《九愁》，连日钞除，所去甚多。才本不精，正自极此，愿兄小为之定，一字两字出之便欲得，迟望不言。"陆云对其拟作"抄除"的过程，就是实践其"清省"美学观的过程。二是作品内容的问题。陆机对《九愍》中写屈原与渔夫相见的一段提出了批评，陆云作书回应说："赋《九愍》如所敕，此自未定。然云意自谓故当是近所作上近者，意又谓其与渔父相见以下尽篇为佳，谓兄必许此条，而渊、弦意呼作脱可行耳。至兄唯以此为快，不知云论文何以当与兄意作如此异，此是情文，但本少情，而颇能作说耳。又见作'九'者，多不祖宗原意，而自作一家说，唯兄说与渔父相见，又不大委曲尽其意。云以原流放，唯见此一人，当为致其义，深自谓佳。愿兄可试更视，与渔父相见时语，亦无他异，附情而言，恐此故胜渊、弦。兄意所谓不善，愿疏敕其处绪，亦欲成之令出意，莫更感如恶所在，以兄文，云犹时有所能得言云前后所作。"陆机认为《九愍》中"与渔夫相见"一段没有充分表达原作之意，而陆云则认为历来作者"多不祖宗原意，而自作一家说"，所以他"附情而言"，即根据屈原与渔夫相见的情理作了较多的发挥。由此可见，陆云拟作《九愍》的过程，也就是阐释《九章》以及实践其"论文先情而后辞"的文学思想的过程。这一思想，他曾和陆机明确谈及："往日论文，先辞而后情，尚洁而取不悦泽。尝忆兄道张公父子论文，实自欲得。今日便欲宗其言，兄文章之高远绝异，不可复称言。然犹皆欲微多，但清新相接，不以此为病耳。若复令小省，恐其妙欲不见，可复称极，不审兄由以为尔不？"（《全晋文》卷一百二）这里阐明了自己好清省以及重情的美学观，同时对陆机之作"微多"进行了委婉的批评。

　　模拟还可以直接作为批评或研究的手段。如江淹的模拟便是典型例子。江淹好拟古，其《遂古篇序》云："仆尝为《造化篇》，以学古制。今触类而广之，复有此文。兼象《天问》，以游思云尔。"（《全梁文》卷三十四）宋、齐以来模拟作品多模拟新声乐府，楚辞汉赋以及汉魏古诗逐渐被人遗忘，江淹模拟《天问》这样的"古制"，便具有对抗时俗的意义。于是，有人讥笑江淹"重古轻今"，江淹对此作出了回应，其《学梁王兔园赋序》云："或重古轻今者。仆曰：何为其然哉！无知音则已矣。聊为古赋，以夺枚叔之制焉。"（《全梁文》卷三十三）江淹辩解说自己模拟古作并非是贵古轻今，感慨无人能理解其拟古的真正意义。在《杂体诗序》中，他做了明确的表述："夫楚谣汉风，既非一骨，魏制晋造，固亦二体，譬犹蓝朱成采，杂错之变无穷，宫商为音，靡曼之态不极。故蛾眉讵同貌，而俱动于魄，芳草宁其气，而皆悦于魂，不其然与？至于世之诸贤，各滞所迷，莫不论甘则忌辛，好丹则非素，岂所谓通方广恕，好远兼爱者哉？乃及公干、仲宣之论，家有曲直，安仁士衡之评，人立矫抗，况复殊于此者乎？又贵远贱近，人之常情，重耳轻目，俗之恒蔽；是以邯郸托曲于李奇，士季假论于嗣宗，此其效也。然五言之兴，谅非复古，但关西邺下，既已罕同，河外江南，颇为异法；故玄黄经纬之辨，金璧浮沉之殊，仆以为亦各具美兼善而已。今作三十首诗，学其文体，虽不足品藻渊流，庶亦无乖商榷云尔。"（《全梁文》卷三十八）与傅玄《七谟序》等"品藻渊流"不同,江淹拟作的目的,在于和世人"商榷"。他认为偏爱某些模拟对象是"滞"与"迷"的表现,因此他选择了自西汉到刘宋共30位诗人的不同题材的作品进行模仿,目的是要展现自己的"具美兼善"的理想,以抵制流俗。①从这个意义上来讲,模拟即是批评。周勋初先生指出江淹等人的拟古之作"融研究与评论于一炉,为后人开创了一条总结前人成就进而效法的有效门径。后人广泛应用此法,并在我国学术界形成了一种经久不衰的传统"②。诚然,此种以模拟为批评、为研究的风气,一直延续到了现代。如朱自清在清华任教时,因讲授古典诗词的需要,曾杂拟汉魏六朝诸家包括《行行重行行》、班婕妤《怨歌行》、辛延年《羽林郎》、曹植《杂诗》、庾信《咏怀》、《送卫王南征》等诗共计32首。③他对这一做法做了解释:"余以老泉发愤之年,僭大学说诗之席,语诸生以巧拙,陈作者之神思。而声律对偶,劣得皮毛;甘苦徐疾,悉凭胸臆,搔痒有隔靴之叹,举鼎殷绝脰之忧。于是努力桑榆,课诗昕夕,学士衡之拟古,亦步亦趋;讽惜抱所抄诗,惟兢惟业。"④朱自清说得很清楚,他模拟古诗的目的,是作为了解、研究中国旧诗词的一种方法。模拟的批评特性由此可见一斑。

三 模拟的传播特性

人们在考虑中国古代文学的传播时,往往只注意到了学校教育、口耳相传、传抄编辑、书面引用等传播方式,而往往没有认识到模拟可能是一种更为有效的传播行为。在模拟过程中,模拟对象是信源,模拟者是信宿,模拟是模拟对象和模拟者之间的信息传播。

① 参拙作《论江淹〈杂体诗〉的方法论意义——兼驳〈杂体诗〉"非其本色"说》,《佛山科技学院学报》2006年第3期。
② 周勋初:《周勋初文集·文史知新》,江苏古籍出版社2000年版,第403页。
③ 朱自清:《弊帚集》,载《朱自清全集》第五卷,江苏教育出版社1996年版。
④ 朱自清:《犹贤博弈诗钞自序》,载《朱自清全集》第五卷,江苏教育出版社1996年版,第241页。

模拟作为一种特殊的传播活动，比一般的传播活动进行得更为顺利。人际传播需要各方拥有相同或相似的经验范围，各方的经验范围彼此重叠越多，则传播活动中的信息流通阻碍越少。模拟的发生，常常是因为拟作者和模拟对象的同情共感才得以发生，所以模拟者通常能够和模拟对象拥有共同的经验范围，故而能够保证传播的顺利发生。历代模拟楚辞者，大多有过与屈原类似的遭遇。如《后汉书·梁统传附子竦传》载：梁竦"后坐兄松事，与弟恭俱徙九真。既徂南土，历江、湖，济沅、湘，感悼子胥、屈原以非辜沉身，乃作《悼骚赋》"。《后汉书·应奉传》载："及党事起，奉乃慨然以疾自退。追愍屈原，因以自伤，著《感骚》三十篇，数万言。"《南史·颜延之传》载：颜延之被贬为始安太守时，"道经汨潭，为湘州刺史张邵《祭屈原文》以致其意"。《隋书·刘炫传》载：刘炫被斥，"因拟屈原《卜居》，为《筮涂》以自寄"。上述诸人作为模拟者，由于和模拟对象屈原有相同或相似的忠而被贬的经历和体验，所以能够准确理解屈原及其作品，对屈原及其作品的传播也就更为顺畅。相反，如北魏正统儒者刘献之，终其一生一介儒生而已，也没有屈原那样的经历体验，所以做出了"观屈原《离骚》之作，自是狂人，死其宜矣，何足惜也"（《魏书·刘献之传》）的偏颇之论。刘献之和屈原的经验范围重叠极少，因而也就不可能去模拟屈原的作品，这显然是不利于《离骚》的传播。

模拟作为一种特殊的传播活动，实质是一种创新扩散。所谓创新扩散，"是指一种新事物，比如新观念、新发明、新风尚等，在社会系统中推广或扩散的过程"①。如"康乐体"的流行，乃是典型的创新扩散。所谓"康乐体"，特指谢灵运的山水诗，其新鲜之处就在于"康乐于汉、魏外别开蹊径，舒情、缀景、畅达理旨，三者兼长，洵堪睥睨一世"②。作为新鲜事物，"康乐"体在当时迅速流传，"每有一诗至都邑，贵贱莫不竞写，宿昔之间，士庶皆遍，远近钦慕，名动京师"（《宋书·谢灵运传》）。从接受

---

① 李彬：《传播学引论》，新华出版社1993年版，第103页。
② 黄子云：《野鸿诗的》，载《清诗话》，上海古籍出版社1978年版。

者的角度来看，创新扩散的最为直接的方式，乃是众人对谢灵运体的模拟。《南齐书·武陵昭王传》载："晔刚颖俊出，工弈棋，与诸王共作短句，诗学谢灵运体。"《梁书·伏挺传》："挺幼敏寤，……及长，有才思，好属文，为五言诗善效谢康乐体。"伏挺《行舟值早雾》诗，明显具有谢灵运的风格，"空水共澄鲜"的写景佳句得谢灵运之神韵。又《南史·王藉传》载："藉好学，有才气，为诗慕谢灵运，至其合也，殆无愧色。时人咸谓康乐之有王藉，如仲尼之有丘明，老耽之有严周。"其《入若耶溪》也模拟了谢灵运的风格。江总《游摄山栖霞寺诗》，则明确说明了对谢灵运体的模拟，其序云："祯明元年太岁丁未四月十九日癸亥，入摄山展慧布法师，忆《谢灵运集》。还故山，入石壁中，寻昙隆道人，有诗一首，十一韵。今此拙作，仍学康乐之体。"（《全隋文》卷十）显然，众人对谢灵运体的模拟过程，也就是谢灵运体的创新扩散的传播过程。

美国社会学家拉斯菲尔德在《大众传播的社会作用》一文中提出传播的三种功能：（1）授予地位；（2）促进社会准则的实行；（3）麻醉受众的神经。前两点为正功能，后者为一种负功能。[①]模拟实际上具备了传播的全部功能。例如，历代作家不断模拟《诗经》、《楚辞》的过程，其实就是授予《诗经》、《楚辞》以经典地位的过程。尤为值得注意的是，一些作品并不像《诗经》、《楚辞》一样在产生之初就获得了极大的影响，由于种种复杂的原因，它们起初处于被忽视的地位，直到经由慧眼识珠的作家发现并加以模拟才逐渐引人注目。例如以《古诗十九首》为代表的"古诗"，本是东汉下层文人所作，一直在民间流布以至于作者姓名都湮没了。到了晋代，陆机模拟古诗作《拟古诗》12首。由于有了陆机这样的上层的主流作家的模拟，古诗改变了流布民间的传播状态。刘宋以来，模拟古诗成为一种潮流，如宋刘烁有《拟行行重行行》、《拟明月何皎皎》、《拟孟冬寒气至》、《拟青青河畔草》，荀昶有《拟青青河畔草》，鲍照有《拟青青陵上柏》，鲍令晖有《拟青青河畔草》、《拟客从远方来》，梁何逊有《拟青青河

① 转引自邵培仁：《传播学导论》，浙江大学出版社1997年版，第110页。

畔草转韵体为人作其人识节工歌诗》、萧衍《拟青青河畔草》、《拟明月照高楼》。由于众多重要作家的模拟，古诗完全改变了此前不被注意的状态，钟嵘将其列为上品，昭明太子萧统《文选》收录了 19 首，古诗终于取得了经典的地位。同时，模拟的过程，也是促进某种艺术准则实行的过程。例如，古诗在被众人不断模拟的过程中，自身特征不断被强调，众人的拟古诗也形成了以五言形式写相思离别内容的准则。冯秀娟指出："齐梁诗人之拟古，偏好'古离别'，走向狭隘的抒情。"①

当然，作为传播的模拟也有一定的负功能。例如，谢灵运体在流行之初受到广泛的模拟，但后来却在传播的过程中因受众的审美疲劳而逐渐式微。萧子显曾批评道："启心闲绎，托辞华旷，虽存巧绮，终致迂回。宜登公宴，本非准的。而疏慢阐缓，膏肓之病，典正可采，酷不入情。此体之源，出灵运而成也。"（《南齐书·文学传论》）谢灵运之作本来如清水芙蓉、自然可爱，为什么却成了"酷不入情"的罪魁呢？萧纲《与湘东王书》云："又时有效谢康乐、裴鸿胪文者，亦颇有惑焉。何者？谢客吐言天拔，出于自然，时有不拘，是其糟粕；裴氏乃是良史之才，了无篇什之美。是为学谢则不届其精华，但得其冗长；师裴则蔑绝其所长，惟得其所短。谢故巧不可阶，裴亦质不宜慕。"（《全梁文》卷十一）曾经盛极一时的谢灵运体，如今却被看作不可学，即是因为创新性在不断地被模拟的过程中逐渐僵化，失去了陌生化的效果；而受众在对相似作品的反复接受过程中也极容易形成审美疲劳，因而产生了排斥心理。但是，任何事情都是物极必反，作为传播的模拟，在麻醉受众的神经的同时，也就刺激他们寻找新的模拟对象，寻求新的创新扩散。如萧纲就因为不满时人"效谢康乐、裴鸿胪文"，转而主张以"近世谢朓、沈约之诗，任昉、陆倕之笔"为"述作之楷模"。

模拟者既是读者又是作者的双重身份，还决定了传播的连续性。接受

---

① 冯秀娟：《魏晋六朝拟古诗研究》，硕士论文，台湾大学"中国文学研究所"，2003 年，第 109 页。

美学的观点认为，文学作品的形式与内容具有功能潜势，但这种潜势只有通过读者的接受，才能得到实现，所以读者是文本功能潜势的实现者。①与一般读者不同的是，模拟者在实现了文本的功能潜势的同时，又将这种潜势对象化在自己的拟作中，从而创造了可以由新的读者来实现的新的功能潜势，由此形成了连绵不绝的传播链。例如，刘向、王褒模拟《九章》而作《九叹》、《九怀》，王逸"窃慕向、褒之风"而作《九思》，显然接过了刘向、王褒手中的传播棒；扬雄"摭《离骚》文而反之"作《反离骚》，而班彪、梁竦也分别模拟《离骚》作《悼离骚》、《悼骚赋》对此或表赞同、或表反对，实际也是延长了《离骚》的传播链。汉人对《离骚》等作品的模拟，一方面实现了楚辞的功能潜势，使屈原一个人的情感及其表现形式（即他的作品）能够普及整个社会；另一方面又创造了新的社会和审美功能，所谓"汉之赋颂，影写楚世"（《文心雕龙·通变》），正是在此基础上展开。

　　模拟的过程，实际就是作家和作品传播的过程。对于模拟对象来说，它们被模拟的过程，也就是它们的创新性扩散的过程；对于模拟者来说，模拟过程则是他们认同与追求创新的过程。文学史就是在模拟者和被模拟者之间所确立的传播链中延展的。

　　综上所述，模拟集创作、批评、传播于一身，涉及了作品的产生、影响的形成以及读者的接受等一系列问题。正因为如此，模拟与文学史演进的关系，应该得到人们的充分重视。

---

　　①　朱立元：《现代西方美学史》，上海文艺出版社1993年版，第898页。

| 第二章 |

模拟的理论基础

模拟作为一种创作方式，其理论支点是什么？为什么中国文学中的模拟现象层出不穷？这些问题，可能要从我们民族的思维习惯的形成入手，并且紧扣中国文学思想的发展逻辑，才能解释得清楚。

第一节　模拟与原始崇拜

摹仿行为，是人类的本能之一，也关乎艺术的起源。古希腊伟大的思想家亚里士多德《诗学》中说："人和禽兽的分别之一，就在于人最善于摹仿，他们最初的知识就是从摹仿得来的。"① 这一看法得到了现代实验研究的证明。许多动物身上也能发生摹仿行为，但它们的摹仿只是机械的摹仿，离开了具体的摹仿对象，摹仿就无法产生。而人类的摹仿是一种高层次的"延迟摹仿"，这种摹仿"已经摆脱了与客体对象的直接的时空联系

---

① ［古希腊］亚里士多德：《诗学·诗艺》，罗念生、杨周翰译，人民文学出版社 1962 年版，第 11 页。

的藩篱"，"使人类从单纯的感知运动水平向心理表象（想象表象）阶段演进"①。换句话说，动物的摹仿只是被动适应世界的方式，而人类的摹仿则是主动认知世界的方式。原始人将自己对事物的认识、理解和把握通过劳动来加以物化时也是通过摹仿实现的。德谟克利特说："从蜘蛛我们学会了织布和缝补；从燕子学会了造房子；从天鹅和黄鹂等歌唱的鸟学会了唱歌。"② 在原始人的物化活动中，作为人类认知方式的摹仿，既体现在功利性的创造实践（如织布和造房）中，也体现在审美的艺术实践（如唱歌）中。基于上述认识，西方学者尽管对于艺术所摹仿的对象看法不尽相同，但大都认为艺术起源于摹仿、艺术的本质即是摹仿。如亚里士多德在论诗的起源时说过："一般说来，诗的起源仿佛有两个原因，都是出于人的天性。人从孩提的时候起就有摹仿的本能，人对于摹仿的作品总是感到快感。"③ 他不仅提出了艺术起源于摹仿的看法，并且解释了摹仿推动艺术发展的原因。诚然，人类在通过摹仿将自己对于世界的认识加以物化时，不仅满足了生活需要，同时也引起了种种精神愉悦。反过来，为进一步满足实际需要和精神愉悦，人类又不得不去加强和提高摹仿的能力和水平，于是，作为审美表现的艺术技巧的摹仿便在物质创造的活动中无形地形成了。

从理论上讲，反映艺术起源与本质的摹仿说，为作为审美表现的艺术技巧的摹仿提供了发生学的依据。在原始人那里，审美创作活动始终是与非审美的物质创造活动程度不同地交织在一起的。只有当人类文明前进到一定阶段，艺术逐渐取得独立，艺术作品本身也成为人们摹仿对象时，作品对作品的摹仿才会出现。古罗马时期杰出的批评家、古典主义的奠基者贺拉斯，在艺术起源论上继承了古希腊思想家的艺术摹仿自然的看法，在艺术表现方面则宣称"你与其别出心裁写些人所不知、人所不曾用过的题

材，不如把特罗亚的诗篇改编成戏剧"①。17 世纪新古典主义者的代表布洛瓦在其《诗的艺术》中，多次重复亚里士多德、贺拉斯的艺术摹仿自然的观点，同时提出了"摹仿古典"②的主张。需要强调的是，古人并没有把模拟等同于机械的复制。如贺拉斯在提倡摹仿的同时又要求"敢于不落希腊人的窠臼"，"不在摹仿时作茧自缚"。布洛瓦在提倡"摹仿古典"的主张的同时，极力肯定从古典作品汲取营养而创造出的"亚里士多德不知道"的新作品。贺拉斯、朗吉努斯等人的论说，在理论上包含了认知方式的摹仿和物化劳动的摹仿，向艺术技巧的摹仿转化的可能。如蒲柏便提出了"摹仿自然，就是摹仿古人"③的观点，童庆炳先生则更为明白地说出了转化的原因以及方式："艺术技巧的摹仿由认知方式的摹仿和物化劳动摹仿派生出来，并且表现于用一种审美的心态并为满足精神需要进行摹仿。"④诚然，作为审美表现的模拟，以艺术作品为摹仿对象，标志着人类找到了一条比认知方式的摹仿和物化劳动的摹仿更为便捷的获取艺术经验的途径。

与西方哲学家把摹仿当成人类的本能不同，我国早期的思想家首先把摹仿看作是圣人的特殊本领，这实际是祖先崇拜的思想遗留。原始时期，由于生产力的落后和自身认识水平的低下，先民们无法理解自然和社会的现象，因而形成了自然崇拜和祖先崇拜。这可以从我国的创世神话中得到证明。据《艺文类聚》卷一引《三五历纪》载：

> 天地混沌如鸡子，盘古生其中，万八千岁，天地开辟，阳清为天，阴浊为地。盘古在其中，一日九变，神于天，圣于地。天日高一丈，地日厚一丈，盘古日长一丈，如此万八千岁。天数极高，地数极

---

① 〔古希腊〕亚里士多德：《诗学·诗艺》，罗念生、杨周翰译，人民文学出版社 1962 年版，第 144 页。

② 〔德〕布洛瓦：《诗的艺术》，人民文学出版社 1959 年版。

③ 蒲柏：《论批评》，载《西方文论选》，上海译文出版社 1979 年版。

④ 童庆炳：《文艺心理学教程》，高等教育出版社 2001 年版，第 233—234 页。

深，盘古极长。后乃有三皇。①

　　盘古开天之前，天地浑然一体，混沌难分。混沌是预先存在的有形之物，是宇宙间一切的始基，创造了天地的盘古便生于其中。一方面，混沌因为其原生性而受到先民的膜拜，自然崇拜由此形成。另一方面，天地生成的人格化、意志化过程也反映了先民对人类自身力量的坚定信念，英雄崇拜和祖先崇拜也开始产生。对混沌的崇拜具体表现为先民对生存和生命本源关怀而产生的一种本源崇拜，它表现为对原点的迷恋，具有明显的崇古取向。但是，混沌毕竟是与秩序相对立的一种无序的状态。人类在与自然的斗争中渐渐改变了混沌无序的状况，从而也认识到了自身的力量，这时就出现了英雄崇拜和祖先崇拜。当英雄和祖先受到崇拜时，与之相联系的历史也就成为一种终极的价值依据。所以，崇古的信仰取向和改造秩序的现实要求就构成了后世复古思想的生成基因。在形而下的层面，这种对自然和祖先的崇拜则具体为一种对于自然和祖先的摹仿的行为。

　　先民对自然和圣人的崇拜和摹仿，逐渐发展成为一种集体无意识，进而发展成为源远流长的中国复古的思想，摹仿也由本能衍变为一种文化行为。我们来看《尚书·皋陶谟》的一段记载：

　　　　帝曰："……予欲观古人之象，月、日、星辰、山、龙、华虫、作会、宗彝、藻、火、粉米、黼、黻、缔绣，以五采彰施于五色，作服，汝明。"②

　　此文的真实性受到人们的怀疑，但它真实地反映了早期人们的观念，却是无疑义的。日月等自然之象都成为人类世界有序的依据，而其中的合理性显然来自先民的自然崇拜。《礼记·郊特牲》所谓"万物本乎天，人

---

① 欧阳询：《艺文类聚》，上海古籍出版社 1982 年版。
② 孙星衍：《尚书今古文注疏》，中华书局 1986 年版。

本乎祖，此所以配天帝也"①，则反映了自然崇拜和祖先崇拜杂糅在一起的现象。商代社会政教合一，商君既是神又是王，他们的祖先崇拜宗教色彩浓厚。如《尚书·盘庚》中就出现了三次"古我先王"和一次"古我先后"，作为迁都的依据，先王、先后的合理性就源于一种政教合一的原始宗教信仰。周人在殷周易代之际，意识到"天命靡常"，认为"维天之命，于穆不已。于乎不显，文王之德之纯。假以溢我，我其收之，骏惠我文王，曾孙笃之"。他们把注意力逐渐转移到祖先，而且把先王塑造成制度和道德的神圣化身，明确提出"宪章旧王"、"古训是式"。有学者指出，周人的尊古"从一种对原点的崇拜渐变为对来自遥远过去的制度及道德的膜拜"，使"看似浓厚的宗教精神有所减退，理性精神有所增强"②。

至此，先人的模拟行为，由人类的本能发展为一种具有理性意义的文化行为。如《易·系辞下》曰："古者包牺氏之王天下也，仰则观象于天，俯则观法于地，观鸟兽之文与地之宜。近取诸身，远取诸物，于是始作八卦以通神明之德，以类万物之情。"③ 圣人从对天地、鸟兽的摹仿中获得启示，并据此制造出了衣裳、舟楫、弓矢、宫室等，这和德谟克利特的看法并没有显著区别。不同的是，中国的思想家把人类对自然的摹仿看作圣人的特殊功能，认为普通人不具备直接取法自然的能力，只有通过摹仿圣人才能获得知识和技巧。扬雄《法言》卷六云："圣人聪明渊懿，继天测灵，冠乎群伦经诸范。"宋咸注曰："伦，品也；范，犹制度也。言圣人之生冠于群品，经纬以制度而为天下利。"④ 圣人通过摹仿天地万物而制定法则，而凡人则摹仿圣人来掌握法则，这是"征圣"说的理路。具体就创作而言，"征圣"的方式就是模拟。扬雄批评司马迁的《史记》"不与圣人同，是非颇谬于经"，"课以为十三卷，象《论语》，号曰《法言》"（《法言》卷一）。这里的"象"，即模拟的意思，扬雄之所以模拟《论语》而作《法

---

① 孙希旦：《礼记集解》，沈啸寰、王星贤点校，中华书局 1989 年版。
② 张应斌：《周代祭礼哲学与复古情结》，《江汉论坛》1993 年第 5 期。
③ 李鼎祚：《周易集解》，中国书店 1984 年版。
④ 扬雄：《扬子法言》，四库全书本，上海古籍出版社 1987 年版。

言》，完全是缘于"征圣"的思想。换句话说，"征圣"思想为模拟行为提供了理论支持。与西方相比，中国人创作中的模拟一开始就获得了双重的意义：在形而上的层面，模拟具有征圣的思想价值；在形而下的层面，模拟是获得技艺的路径。缘此，模拟在中国文学中成为了一种尤为引人注目的文学与文化现象。

第二节　模拟与儒家复古思想

模拟行为最为重要的理论基础是儒家的复古思想。

儒家向古文化取向的形成是从儒家创始人孔子开始的。孔子所处的时代正是周王朝礼崩乐坏、诸侯纷争、大夫擅权的无序、"无道"时期。孔子所好之"古"是从传说中的尧舜时期开始，一直到周文王、周武王时期。《论语·八佾》云："周监于二代，郁郁乎文哉！吾从周。"朱熹引尹氏曰："三代之礼，至周大备，夫子美其文而从之"。[①] 孔子向往的是周代的"礼"以及在此基础上形成的"德"。他说："殷因于夏礼，所损益，可知也；周因于殷礼，所损益，可知也；其或继周者，虽百世可知也。"周代在孔子的心中成为一个继承和发展了三代之礼的理想时代，先王具有了不言而喻的合理性。这种合理性带有明显的理想色彩。《论语·卫灵公》载"颜渊问为邦"，子曰："行夏之时，乘殷之辂，服周之冕，乐则《韶舞》……"对先王之世表现了一种兼采众长、不拘一格的态度。孔子的做法与商周先民"尊崇和祭祀尽量多的先祖，便可以在更广泛的程度上凝聚子姓部族的力量，从而形成方国联盟的稳固核心"[②] 的理路是一致的。换言之，孔子的复古思想虽来源于远古的祖先崇拜，但他的复古的文化态度中

---

① 朱熹：《四书章句集注》，上海古籍出版社 2001 年版，第 76 页。以下引四书内容，均见此书。

② 晁福林：《论殷代神权》，《中国社会科学》1990 年第 1 期。

包含着理性的价值建构，因而更富理性精神。

孔子的向古，核心在于建构一个服务于秩序重建要求的理想社会，而并不是回到过去，其实是有某种革新精神的。《论语·八佾》载孔子对宰我论社木的批评，颇耐人寻味：

> 哀公问社于宰我。宰我对曰："夏后氏以松，殷人以柏，周人以栗。"曰："使民战栗。"子闻之，曰："成事不说，遂事不谏，既往不咎。"

伊藤仁斋《论语古义》云："古者建邦立社，必植树以为主……至周，兼寓使民畏刑之意，盖以古者戮人于社也。战栗，恐惧貌。宰我从解周人用栗之意如此。"显然，"使民畏刑"的思想不符合孔子为政以德的主张，所以他只好承认事实，但又认为过去就不必追究，曲为回护的态度是相当明显的。他曾赞叹："周之德，可谓至德也矣。"（《论语·泰伯》）显然，这种所谓的"至德"，是经他本人美化的，目的在于反衬当时社会之"失德"。孔子所主张的复古，是一种以周制为原型的、带有一定理想色彩的制度。周代社会作为一种理想与规范而存在，几乎每一个方面都被孔子高高地悬置于当时所处的现实社会之上。孔子在努力建构一种他所认为的合理的"传统"，其目的正在于变革当时的社会。后世以复古为革新，正是沿着这种理路展开的。

与上述努力相适应，孔子还在建构可以作为人们行为规范的经典。《论语·八佾》载："子曰：'夏礼，吾能言之，杞不足征也；殷礼，吾能言之，宋不足征也。文献不足故也。'"前代文献成为孔子寻找合理性的依据，但是他对于前代典籍，并非一味"传旧"，而是按照自己的理想将其"经典化"。在《论语·述而》中，孔子明确宣称"述而不作，信而好古"。朱熹注曰："述，传旧而已。作，则创始也。……孔子删《诗》、《书》，定《礼》、《乐》，赞《周易》，修《春秋》，皆传先王之旧，而未尝有所作也，故其自言如此。"显然，孔子对于前代的典籍，进行了一番处理。首先，孔子大力推崇《诗》之"雅"。他赞美"《诗》、《书》,执礼,皆雅言也"(《论语·述而》),但他"恶郑声之乱雅乐"(《论语·阳货》),拒绝认同当时的世俗音乐,而主张"放郑声"。他大概在鲁国真的实行过他的主张。"子曰:'吾自卫返鲁,然后乐正,《雅》、《颂》各得其所。'"他理想的《诗》是"一言以蔽之:'思无邪。'"(《论语·为政》)这种"一言以蔽之"的方法实际是将《诗》理想化,目的在于建构经典。其次,他极力肯定《诗》的功能,认为"不学诗,无以言"(《论语·季氏》),而学好了诗则"可以兴、可以观、可以群、可以怨"(《论语·阳货》)。他甚至认为学诗可以培养政治外交才能。"子曰:'诵《诗三百》,授之以政,不达;使于四方,不能专对,虽多亦奚以为?'"(《论语·子路》)孔子对《诗》之用的极力推崇,使《诗经》具有了毋庸置辩的话语权力。《八佾》载孔子批评"三家者以《雍》彻"。子曰:"'相维辟公,天子穆穆。'奚取于三家之堂?""相维"二句语出《诗·周颂·雍》。在这里《诗经》的成句,仿佛具有无须证明的合理性,具有证明一切的权威性,这就是经典化的效果。孔子的复古主张,其实是源于现实的秩序化要求,而经典的建构常常成为其寻求合理性和权威性的手段。至此,先民原始的祖先崇拜,在思想家这里具有了理性的内核。

孟子的复古文化态度与孔子一脉相承,在他的话语体系里,古之制和古之人仿佛有不言而喻的合理性与权威性。如《孟子·尽心下》云:"在我者,皆古之制也,吾何畏哉?"《孟子·公孙丑下》:"古之人皆然,吾何独不然?"孟子的这种逻辑力量的渊源是当时先民的祖先崇拜,近源则是孔子的复古思想。如果说孔子还在试图建构《诗》的权威性,那么,《诗》之于孟子已经成为一种拥有天然的权威性的思想资源。《孟子》引《诗》凡33处。他大量引《诗》、说《诗》以证明自己的哲学、政治见解,这也就在实践的层面进一步建构了《诗》的经典价值。显然,孟子的复古,其实是要以经典为依托获得言说的权力。要获得言说的权力,就不得不依靠经典的权威;而要表达自己的主张,又必须突破经典的牢笼。如孟子言必称尧舜,但在音乐上却并不盲目崇古,他认为夏禹的音乐就不一定比周文王的音乐高明。从孟子关于俗乐的态度，也可以看出这一点。《梁惠王上》载：梁惠王好乐，但"非能好先王之乐也，直好世俗之乐耳"。孟子认为"今之乐犹古之乐也"，只要能与民同乐就行了。朱熹注云："孟子之言，救时之急务，所以不同。"宋代张九成的《孟子拾遗》也指出："孟子谓'今之乐犹古之乐'则与孔子'放郑声'之意大相反也。"宗经又不为经典所拘，既反映了主张复古者的两难尴尬处境，又体现了他们通融的智慧。这种思想在后世发展为复古主张中"通变"一流。

荀子也主张复古。荀子在《荀子·礼论》云："天地者，生之本也；先祖者，类之本也；君师者，治之本也。……无天地，恶生，无先祖，恶出。"[1] 这显示了其复古思想根源于原始自然和祖先崇拜。但是荀子的复古又超越了早期崇拜中的蒙昧，而带有理性色彩。《荀子·天论》宣称："生于今而志于古，则是其在我者也。"荀子认为学习进修应从儒家经典开始："学恶乎始？恶乎终？曰：其数则始乎诵经，终乎读礼。"（《荀子·劝学》）《荀子》三十二篇中，征引《诗》句 81 处，而且大都是在阐述自己的理论之后，再引用《诗》句作为证明，再加上"此之谓也"的按语。显然，荀子也赋予了《诗》以不言而喻的权威。论者皆以为荀子最早开明道、征圣、宗经之说，这是不错的。但是，我们也应当注意到，荀子虽然宗经但是并不盲目，他曾批评"《礼》、《乐》法而不说，《诗》、《书》故而不切，《春秋》约而不速"（《荀子·劝学》），这与孔子和孟子的态度是有区别的。荀子的这种理性的态度，与其"古今无异"的认识是分不开的。他批判那些认为"古今异情"的人是"妄人"，而赞叹圣人"无古无今"。他认为"以人度人，以情度情，以类度类，以说度功，以道观尽，古今一度也"（《荀子·非相》）。"道者，古今之正权也"（《荀子·正名》），把古置于与今同等的地位，实际上部分地动摇了"古"与经典的不言而喻的权威。与孔子在强调古今对立的基础上论证复古的必要不同，荀子在强调古今无异的基础上论证了复古的可能性。

---

[1]　王先谦：《荀子集解》，中华书局 1988 年版。以下引《荀子》，皆出此书。

　　从孔子到孟子、荀子，他们正好构成了一个复古思想不断发展的系列。孔子建构经典的权威，重在论证复古的必要；孟子、荀子则一方面维护经典的权威，另一方面又以认同"今"的方式部分地解构它的权威，这就使复古少了一份盲目的偏执而多了一份从今的融通。

　　在儒家复古思想的影响下，中国文学在形而上的层面形成了源远流长的文学复古思潮，在形而下的层面则导致了层出不穷的模拟现象。经由历代的演绎发展，后代复古文学思想主要有以下逻辑走向。首先，孔子复古主要是复周礼，而他对儒家经典的强调也主要着重于其现实功用。这一思想随着孔子的"圣人化"与《诗》的经典化，形成了影响整个中国文学的儒家诗教说，也成为后代拟古者的现实使命。如南朝裴子野的《雕虫论》："古者四始六艺，总而为诗，既行四方之风，且彰君子之志，劝美惩恶，王化本焉。后之作者，思存枝叶，繁华蕴藻，用以自通。"（《全梁文》卷五十三）他正是在批判当时文风的基础上提出复古文学主张的，借古代来规范当代文学创作的无序与混乱状态。其次，儒家复古主张直接导致宗经思想的形成。在这一思想的指引下，历代的文论家都忙于构建个人和时代的经典，这几乎成了一切模拟复古者的路径依赖。但是，在原始儒家内部如孟子、荀子，或古今融通，或以复古为策略，这就形成了对经典的阐释性的利用，复古因而具有革新的意义，如韩愈等。就创作实践而言，复古思想具体体现为文学创作中的模拟。如朱熹就指出："前辈作文者，古人有名文字皆模拟作一篇，故后有所作时左右逢源。"朱熹所说不虚，如南朝齐梁间江淹曾作《杂体诗》30 首，模拟了自汉至齐 30 人的诗作，形成了"模拟总杂"的创作特点。但是，这种模拟只是手段，目的是获得写作的技巧或某类文体的写作规范，其最终的价值取向是形成自我。另一种复古主张则是以复古为终极目的。如李梦阳的《再与何氏书》云："夫文与字一也。今人临摹古帖，即太似不嫌，反曰能书。何独至于文，而欲自立一门户邪？"[①] 这种理论主张亦步亦趋，其结果只是仿造了一批假古董。人

---

　　① 李梦阳：《空洞先生集》，明代论著丛刊本，伟文图书出版有限公司 1976 年版。

们对第一种主张持宽容态度，对后一种主张则严厉批评。如许学夷指出："拟古与学古不同。拟古如摹帖临画，正欲笔笔相类。朱子谓意思语脉皆要似他的，只换却字，盖本以为入门之阶，出未可为专业也。"①

第三节　模拟与道家复古思想

先民的祖先崇拜和自然崇拜虽然都统一于向古的价值取向，但是这两种原始崇拜又具有潜在的价值冲突：祖先崇拜体现了先民的秩序化要求，而自然崇拜则遗存了先民对于混沌无序的记忆。如果说儒家旨在建立规范的复古思想主要是来自远古的祖先崇拜，那么，道家旨在返归自然的复古思想，则主要是以自然崇拜为基因的理论生成。

老子崇道。《老子》第十四章这样描述"道"："是谓无状之状，无物之象。是谓恍惚，随而不见其后，迎而不见其首。执古之道，以御今之有。以知古始，是谓道纪。"② 在老子看来，道是"恍惚"的，存在于古始，"先天地生"，"可以为天地母"（第二十五章）。其特征是无名无状，混沌难分。这种理路与创世神话中体现的先民的原始思维有惊人的一致性。萧兵、叶舒宪认为"老子的整个思想体系是以混沌创世神话为基础的理论抽象"③，很有见地。先民的自然崇拜，给了老子理论抽象的终极依据，也给了老子终极价值的依据。

老子主张返归自然。《老子》第二十五章说："人法地，地法天，天法道，道法自然。""自然"，在老子的哲学里成了最高典范，它具有反秩序的原生性。《老子》认为，人类社会走向秩序化的过程，实际是一个不断退化的过程："失道而后德，失德而后仁，失仁而后义，失义而后礼：夫

① 许学夷：《诗源辩体》卷三，杜维沫点校，人民文学出版社 1987 年版。
② 王弼注：《老子道德经》，中华书局 1985 年版。
③ 萧兵、叶舒宪：《老子的文化解读》，湖北人民出版社 1994 年版，第 74 页。

礼者，忠信之薄，而乱之首。"（第三十八章）这与孔子所倡言的极具规范
性的"古"恰好相反。道家所倡言的复古在这个意义上具有反儒家的色
彩，但并不是反复古的。老子的历史哲学为后代的复古文学思想提供了一
个认识的基础：既然历史是不断退化的，那么，复古就应该是一个永远正
确的选择。而在方法论上，道家反抗规范，主张返归自然。这显然也不同
于儒家的复古理路。

　　庄子对老子的崇古思想有所发展。与孔孟肯定周代的礼与德不同，
《庄子·缮性》以"自然"解释"至德之世"："古之人，在混茫之中，与
一世而淡漠焉。当是时……莫为之而常自然。"[①] 但是，他并不尊古卑今：
"夫尊古而卑今，学者之流也。"（《庄子·外物》）在世界观和方法论上，
尊古而卑今实际就是不"自然"。所以，庄子认为尊古卑今是偏颇的，是
一种教条，只有洞见独立无待的"道"的至人才能"无古今"。《骈拇》篇
亦云："彼至正者，不失其性命之情。"庄子的这些说法，既承认"古"的
合理性，又发展了老子"法自然"的思想。后代复古派中有主张法古人自
然之妙而不屑具体规范的，其逻辑起点正是从道家而来。而后世"性灵
说"者，常从"不失其性命之情"的角度反对复古，也是以此为逻辑起
点的。

　　道家对待经典的态度也与儒家截然不同。庄子对经典采取鄙薄的态
度。《庄子·天运》假托老子对孔子说："夫六经，先王之陈迹也，岂其所
以迹哉！今子之所言，犹迹也。"《庄子·天道》认为"古之人与其不可传
者也，死矣"，人们读到的只是"古人之糟粕"。他说："世之所贵者，书
也。书不过语，语有贵也。语之所贵者意也，意有所随。意之所随者，不
可以言传也，而世因贵言传书。世虽贵之，我犹不足贵也，为其贵非其贵
也。"这"不可传"的东西就是"道"。《庄子·知北游》指出："道不可闻，
闻而非也；道不可见，见而非也；道不可言，言而非也。"可见庄子的复
古是追求一种无法也无须确指的"道"。他极力消解经典的权威，则是为

---

　　① 郭庆藩：《庄子集释》，中华书局 1961 年版。

了使人们避免拘泥于经典而陷入偏执以致违背"自然"。经典思想乃是儒家复古思想的理论基石。庄子消解经典的权威，实际上具有了反复古的理路。如李贽反对明前后七子的复古主义时，其《童心说》就提出："更说什么六经，更说什么《语》、《孟》乎？"他甚至尖锐地指出："六经，《语》、《孟》，乃道学之口实，假人之渊薮。"① 这显然是吸收了老庄的反宗经思想。庄子既复古又反对宗经，这在逻辑上是可以统一的。刘绍瑾颇有创见地拈出"复元古"一词来整合："说庄子是复元古主义者与说他是反复古主义者，两者并不矛盾。"②

　　一方面，道家的历史退化论，在文学史观上体现为文学退化论，在文学创作上表现为拟古。如《文心雕龙·通变》云："推而论之，则黄唐淳而质，虞夏质而辨，商周丽而雅，楚汉侈而艳，魏晋浅而绮，宋初讹而新。从质及讹，弥近弥淡。何则？竞今疏古，风味气衰也。"③ 后世文学退化论者认识到文学随时而变，但他们常认为文学是"代降"的。如胡应麟云："四言变而为《离骚》，《离骚》变而为五言，五言变而为七言，七言变而为律诗，律诗变而为绝句，诗之体以代变也。《三百篇》降而骚，骚降而汉，汉降而魏，魏降而六朝，六朝降而三唐。诗之格以代降也。"④ 在他看来，诗之体以代变的过程，也就是诗之格以代降的过程。因而，他们是不满这种变化的。按这种逻辑推论，古代之诗具有天然的优越性，拟古是一个恢复"诗之格"的过程，是一个合理的、回归正道的选择。另一方面，道家的自然哲学与反经典的态度，又为人们提供了反儒家复古的思想武器。这里也有两种理论生成。一是主张模拟要学古人之意。如袁枚的《随园诗话》卷二指出："后之人未有不学古人而能为诗者也。然而善学者，得鱼忘筌；不善学者，刻舟求剑。"⑤ 二是吸收老庄思想，以束缚性灵

---

① 李贽：《焚书·童心说》，中华书局1974年版。
② 刘绍瑾：《庄子与中国美学》，广东高教出版社1989年版，第230页。
③ 刘勰：《文心雕龙注》，人民文学出版社2000年版。
④ 胡应麟：《诗薮·内编》卷一，中华书局1958年版，第1页。
⑤ 袁枚：《随园诗话》，人民文学出版社1982年版。

为理由来反对宗经复古与模拟，如李贽等。总而言之，道家复元古思想的内部矛盾冲突，决定了他对于后世模拟创作的影响是复杂的。

综上所述，从远古的自然和祖先崇拜到儒道两家的复古主张，以至后世蔚然成风的复古文学思想，引发了中国文学中的常见的模拟现象，并导致了其纷繁复杂的形态和功能。

第三章

模拟的发生过程

模拟究竟是如何发生的呢？陆云《九愍序》比较典型地阐述了模拟发生的一般过程："昔屈原放逐，而《离骚》之辞兴。自今及古，文雅之士，莫不以其情而玩其辞，而表意焉。遂厕作者之末，而述《九愍》。"（《全晋文》卷一〇一）这段话揭示了模拟发生的一般过程：对于模拟对象的选择，构成了模拟过程的第一环；拟作者"以其情而玩其辞"的阅读过程，构成了模拟第二环；拟作者的"表意"过程，即用类似于原作的文字语言撰结成篇的过程，则构成了模拟的第三环。一般来说，拟作的生成，都经过了选择拟作对象、阅读所拟作品、再现创作三个阶段。

第一节　模拟对象的选择

要弄清模拟怎样发生，我们首先必须弄清什么样的文本通常会成为人们热衷模拟的对象。换言之，人们对模拟对象有什么样的"期待"。

模拟对象的选择，首先取决于拟作者的审美与情感的需要。如萧纲《与湘东王书》云："未闻吟咏性情，反拟《内则》之篇；操笔写志，更模《酒诰》之作；'迟迟春日'，翻学《归藏》；'湛湛江水'，遂同《大传》。……又时有效谢康乐、裴鸿胪文者，亦颇有惑焉。何者？谢客吐言天拔，出于自然，时有不拘，是其糟粕；裴氏乃是良史之才，了无篇什之美。是为学谢则不屈其精华，但得其冗长；师裴则蔑绝其所长，惟得其所短。谢故巧不可阶，裴亦质不宜慕。……至如近世谢朓、沈约之诗，任昉、陆倕之笔，斯实文章之冠冕，述作之楷模。"（《全梁文》卷十一）萧纲认为，模拟经书无法实现吟咏性情，模拟谢灵运则难以得其精华，裴子野则因为了无篇什之美而不值得模拟，只有"近世谢朓、沈约之诗，任昉、陆倕之笔"才值得仿效。显然，模拟是一个根据自己的审美与情感需要选择模拟对象的过程。台湾当代古典文学专家、散文家林文月采用模拟方式写了一本散文集《拟古》，她说："并不是所有古人可钦佩的文章，都适合成为我摹拟的对象，必须要其中的情致趣旨、或形式章法，与我所要表达的，有某种程度上的关联性，始为我所选取。而且，我也并不勉强自己为拟古而拟古，只是在写作的过程中，恰巧想到所读过的古人篇章中有能够吻合者，则取之以为摹拟之标的。不过，有时也会因为读古人之作品而启迪我的灵感。"① 林先生说得很明白，她对模拟对象的选择，主要考虑自我情感的抒发和作品的形式章法，这实际就是审美和抒情的需要。拟作者的"期待视野"，即其由先在的人生经验和审美经验转化而来的关于艺术作品形式和内容的定向性心理结构图式，决定了模拟是否可能以及模拟如何展开。

个人审美与情感需要的变化，常常会导致模拟对象的改变。以曹植为例，他早年不谙世事，爱好浮华，创作时经常选取一些华丽辞藻之作来模拟。如其模拟汉代"七"体是因为这些作品"辞各美丽"（《七启序》），模拟扬雄《酒赋》是因为它"辞甚瑰玮"。然而，自从在与曹丕在立太子之争中失败后，曹植一直在生命的恐惧中度过，因而能够给他思想与情感的共鸣与安慰的屈、宋之辞、庄子文等，便成为他的主要模拟对象了。如其《髑髅说》模拟《庄子·至乐篇》，《九咏》模拟屈原《九歌》，《九愁赋》

---

① 林文月：《拟古·自序》，洪范书店有限公司 1993 年版，第 5 页。

模拟《离骚》等，颇有忧生之嗟，风格也开始变得"情兼雅怨"（钟嵘《诗品》）了。模拟对象的改变，是因为曹植审美与情感需要的改变。

作家个人对模拟对象的选择，表面看来是随机的、偶然的、因人而异的，但是当我们把众多的拟作放在社会、审美心理的变迁中，放在文学史的进程中来考察的时候，就可以发现模拟者对模拟对象的选择并不是孤立的个人行为。不同时期的人们对模拟对象的选择，折射了社会文化心理的时代变迁，关涉审美规范的转移，并最终导致了文学史的变迁。

首先，从内容来看，即就写什么而言，一篇作品要成为人们模拟的对象，应符合当时的社会文化心理。例如汉代设论类作品中模拟现象特别突出，便与汉代社会的士人心态有关。西汉武帝时期是我国彻底告别战国纷争、建立统一皇权专制权威的时期，这样的社会转型给当时乃至后世士人心理带来了巨大的影响。东方朔的《答客难》第一次在文学作品中提出了士人在大一统的中央集权下如何自处的问题，并对中国知识分子的命运转折做了深刻的说明："苏秦、张仪之时，周室大坏，诸侯不朝，力政争权，相禽以兵，并为十二国，未有雌雄，得士者强，失士者亡，故谈说行焉。身处尊位，珍宝充内，外有廪仓，泽及后世，子孙长享。今则不然。圣帝流德，天下震慑，诸侯宾服，连四海之外以为带，安于覆盂，动犹运之掌，贤与不肖何以异哉？遵天之道，顺地之理，物无不得其所；故绥之则安，动之则苦；尊之则为将，卑之则为虏；抗之则在青云之上，抑之则在深泉之下；用之则为虎，不用则为鼠；虽欲尽节效情，安知前后？夫天地之大，士民之众，竭精谈说，并进辐辏者不可胜数，悉力募之，困于衣食，或失门户。使苏秦、张仪与仆并生于今之世，曾不得掌故，安敢望常侍郎乎！"（《全汉文》卷二十五）在东方朔看来，汉代士人的价值较之诸侯纷争的战国时代大大失落了，他们失去了朝秦暮楚的权利，也失去了实现自我人生价值的自由。《答客难》揭示了士人追求人格独立这一合理要求和专制皇权之间的悲剧性的冲突，具有向当时的社会规范（专制皇权）挑战的意义，引起了当时士人们的强烈反响。因而，《答客难》在汉代拥有了一大批拟作，如扬雄《解嘲》、班固《答宾戏》、崔骃《达旨》、张衡

《应间》、崔寔《答讥》、蔡邕《释诲》等纷纷以模拟的方式来表达自己对东方朔看法的认同或商榷。由此可见，设论类作品在汉代拟者甚众，有一定的历史必然性。其他，如汉代作家骚体之作、"七体"作品、"序志"赋作品在汉代方兴未艾而又摹仿，也可以作如是观。

既然社会心理决定了人们对模拟对象的选择，那么社会文化心理的转换也必然导致拟作者对模拟对象的侧重点、甚至整个模拟对象的改变。以"设论文"的创作为例，同样是模拟东方朔的《答客难》，东汉的拟作"乃发愤以表志"，重在表达对现实政治的不满；而建安"陈思《客问》，辞高而理疏"，受"诗赋欲丽"的审美观念的影响，注意力只集中在文采，造成了文过其辞；东晋"庾颉《客咨》，意荣而文悴"（《文心雕龙·杂文》），则受到玄学思潮的影响，注意力集中在理趣，导致质木无文。历代设论文作品尽管"迭相祖述"，但它们之间的变化，仍曲折反映了各自所处时代的思潮和审美风尚的差异。就社会心理而言，则是由于魏晋以来皇权完全彻底地确立了其专制威权，士人进一步丧失了其独立性，因而无法或者没有兴趣像汉代那样表示反抗、抒发愤怒了。①

当然，最为明显的变化，还是体现在模拟对象的改变上。如汉代作家多喜欢模拟润色鸿业的汉大赋，但是自魏晋以来社会动荡，战乱频仍，士人们在生命的消逝中将热情转向了自己的生活，一些反映日常生活和日常情感的作品成为人们模拟的对象。如"文温以丽，意悲而远"（钟嵘《诗品》）的古诗，开始成为人们最为喜欢模拟的对象之一，便与魏晋以来感伤思潮的流行不无关系。而南朝"自宋大明以来，声伎所尚，多郑、卫淫俗。雅乐正声，鲜有好者"②。一直被视为郑声淫曲的新声乐府，受到了当时人们普遍模拟，则与当时"凡百户之乡，有市之邑，歌谣舞蹈，触处成群"③的社会风气和南朝社会贪图享受的心理有关。由此可见，模拟者对

---

① 陈恩维：《汉代设论文的魅力及魅力的失落——兼论汉代士人典型人格的构建》，《韶关学院学报》2006年第1期。
② 李延寿：《南史》卷十八《萧惠基传》，中华书局1975年版，第500页。
③ 沈约：《宋书·良吏传序》，中华书局1974年版，第2261页。

模拟对象的选择，是随着社会文化背景的变化而变化的。

其次，从形式来看，即就怎样写而言，人们选择了一个文本，其实就是选择了一种审美规范。一个文本因其形式而吸引别人模拟，最起码应具备以下两个条件：第一，结构应有文体示范性；第二，文辞应符合拟作者个人或当时的审美要求。如司马相如《上林赋》文辞"弘丽温雅"、并且确立了汉赋"初极宏侈之辞，终以约简之制"（皇甫谧《三都赋序》）的结构特征，因此扬雄《甘泉》，班固《两都》，张衡《二京》，马融《广成》，王褒《灵光》等赋皆"拟之以为式"（《汉书·扬雄传》）。人们选择某类作品作为模拟对象，其实是选择了这类作品所呈现的审美规范。《文心雕龙·定势》篇云："模经为式者，自入典雅之懿；效骚命篇者，必归艳逸之华。"深刻道出了模拟对象的选择与改变，对于审美规范的确立以及转移的作用。

由于审美规范是随着时代的转移而转移的，模拟者对于模拟对象的取舍也因时而变。元祝尧《古赋辨体》卷四扬雄《甘泉赋》注云："全是仿司马长卿，真所谓异曲同工者欤。盖自长卿诸人，就骚中分出一体，以为辞赋。至于子云，此体遂盛，不因于情，不止于理，而惟事与辞。虽曰因宫室、畋猎等事以起兴，然务矜夸而非歌咏，兴之义变甚矣；虽曰陈古昔帝王之迹，然涉奇怪，而非博雅，比之义变甚矣；虽曰称朝廷功德等美，以仿雅颂，然多文饰而非正大，雅、颂之文又变甚矣。但风、比、兴、雅、颂之义虽变，而风、比、兴、雅、颂终未泯。至于三国、六朝以降，辞益侈丽，六义尽变而情失，六义泯尽而理失。噫！于此可以观世变矣。"[①]汉初司马相如等人主要模拟《离骚》，在对骚的模拟中创造了汉赋；西汉中后期以来扬雄等人对司马相如赋作的模拟则注重的作品的颂美、讽谏现实的功能；而魏晋以来的拟作则把模拟的重点放在了对华丽辞藻的追求上。如曹植《七启》模拟枚乘《七发》，便不是像汉代其他拟作者那样把模拟的重点放在对讽谏功能的强化上，而是认为这些作品"辞各美丽，

---

① 祝尧：《古赋辨体》，四库全书本，上海古籍出版社1987年版。

余有慕之焉"（《七启序》），把美丽的文辞当作了模拟的主要方面。同样，傅咸模拟其父傅玄《芸香赋》也是因为"先君作《芸香赋》，辞美高丽"（《芸香赋序》）。祝尧所论，揭示了人们对于模拟对象的选择在审美规范的转移中的时代性变化。又如，东晋以降，人们对汉晋经典作家的模拟兴趣大减，而民间新声乐府却逐渐得到文人的喜爱。《世说新语·言语篇》："桓玄问羊孚，'何以共重吴声？'羊曰：'当以其妖而浮。'"[①] "妖而浮"与汉魏古诗的古朴典重的美学特征相对。南朝文人普遍模拟这类风格的作品，必然导致文风迥异于魏晋风骨，南朝的绮靡文风由此逐渐形成。

由此可见，人们对于模拟对象的选择，关涉着社会文化心理、审美规范、文学体裁的凝定与嬗变，而我们也可以从不同历史时期人们对于模拟对象的选择的变换，透视文学发展的内在逻辑。

第二节　服务于模拟的阅读

人们对于模拟对象的选择，虽然受到社会文化心理的影响，但是，具体而言，模拟究竟在何种程度上发生、模拟的效果如何，则必须以模拟者个体的阅读为前提。可以说，模拟者的阅读过程构成了模拟发生的第二环。那么，服务于模拟的阅读与一般的阅读有何区别呢？

首先，模拟者的阅读直接指向创作，因而对文本的介入深度超过了一般的阅读。模拟者的阅读通常在两个层次上展开：一方面，模拟者在阅读时调动自己的审美经验，创造性地领会作品意图、意义、题旨，从而为模拟做情感与审美的准备；另一方面，模拟者还必须在阅读过程中对原始文本"写什么"和"怎样写"进行一定程度的分析与综合，以便最终能将其物化出来。当然，与纯粹的文学批评相比，这一分析、综合的过程并不必

---

① 徐震堮：《世说新语校笺》，中华书局 2001 年版。

然要求抽象到理论高度，并以理论形态表述出来。刘骏《伤宣贵妃拟汉武帝李夫人赋序》云："朕以亡事弃日，阅览前王词苑，见《李夫人赋》，凄其有怀，亦以嗟咏久之，因感而会焉。"（《全宋文》卷五）"嗟咏久之"的阅读过程，既是为了获得深入的审美情感体验，也是为了感知原文的写作特点，以便顺利模拟。姚斯说："文学的本质是它的人际交流性质，这种性质决定了文学不能脱离其观察者而独立存在。"模拟者乃是原作的一个特殊的观察者，他们与原作者或者有着相似的情感体验，或者有近似的审美需求，因而模拟者阅读原作的过程，实际是他与原作者异体共振的过程。通过这么一个阅读过程，原作者的创作活动与模拟者的接受活动便不再成为互不相连的两个方面，而是构成了不可或缺的两维。如果拟作者和原作者的文学交往活动进行得不顺畅，则拟作难以成功，甚至根本不会发生。反之，拟作者在阅读活动中对拟作对象理解得越深刻，拟作者和原作者的文学交往活动进行得越顺畅，则拟作越容易取得成功。如杨修《孔雀赋》模拟曹植之作，其序曰："魏王园中有孔雀，久在池沼，与众鸟同列。其初至也，甚见奇伟，而今行者莫视。临淄感世人之待士亦咸如此，故兴志而作赋。"这段话实际上点明了曹植《孔雀赋》的创作主旨和托物言志的艺术手法，完全可以看作阅读曹植之作的心得体会。其中特别表明"魏王园中有孔雀"和"临淄感世人之待士"，则另有深意。曹植因文思敏捷而受到其父欣赏，一度被认为"儿中最可定大事"，可是后来因私开金马门事件，曹操从此"异目视此儿"（《魏志·陈思王植传》裴注）①。对此，曹植自然不满，但这种不满注定了不能清晰地表达，所以他虚晃一招，从"世人之待士"落笔。杨修本为植党，多次为曹植争当继承人出谋划策，可以说是一荣俱荣、一损俱损。因此，他对曹植的遭遇及其心态可谓感同身受，所以当他阅读曹植的《孔雀赋》时，自然也就感受到了曹植没有说出来的话。这种深度介入，非一般的读者所能做到。模拟者正是通过把握某种生活世界的艺术经验，并通过这种经验形式，与被模拟者进行思想、

---

① 卢弼：《三国志集解》，中华书局1982年版。

情感的沟通。

　　模拟者的阅读态度，实际是由其阅读目的决定的。前引《伤宣贵妃拟汉武帝李夫人赋序》表明，刘骏反复阅读汉武帝《李夫人赋》的过程，实际就是他将自己对象化为汉武帝，并通过读《李夫人赋》之文辞以体验其丧妻之痛的过程，其目的是为了"以其情而玩其辞"，从而为自己模拟《李夫人赋》以消释自己的丧妻之痛打下基础。又如陆机《遂志赋序》云："昔崔篆作诗以明道述志，而冯衍又作《显志赋》，班固作《幽通赋》，皆相依仿焉。张衡《思玄》，蔡邕《玄表》，张叔《哀系》，此前世之可得言者也。崔氏简而有情，《显志》壮而泛滥，《哀系》俗而时靡，《玄表》雅而微素，《思玄》精练而何惠。欲丽前人，而优游清典，漏《幽通》矣。班生彬彬，切而不绞，哀而不怨矣。崔、蔡冲虚温敏，雅人之属也。衍抑扬顿挫，怨之徒也。岂亦穷达异事，而声为情变乎！余备托作者之末，聊复用心焉。"（《全晋文》卷九十六）从这里可以看出，为了使自己有资格"托作者之末"，陆机对模拟对象"写什么"和"怎样写"进行了深入的考察，准确地把握了模拟对象的内容和形式特征。又如傅玄拟枚乘《七发》作《七谟》，他便在序言里详细列举历代作家的"七体"作品并对之进行了风格点评，这表明傅玄在模拟之前通过大量目的明确的阅读，解决了"写什么"和"怎样写"的问题。扬雄曾提出过"能读千赋则善赋"的观点，"读"和"写"并不直接同一，何以"能读千赋则善赋"呢？显然，扬雄已经觉察到了服务于模拟的阅读对于模拟效果的决定性作用。

　　其次，服务于模拟的阅读，意义不仅在于能够体验到模拟对象的"情"与"辞"的特征，更在于在阅读的过程中模拟者能够实现自我的构成。在阅读活动中，读者实际创造性地参与了文学作品的再创作过程，而模拟者的阅读直接指向创作，因此较之一般读者一般的阅读活动更具有建设性。随着阅读活动的展开，模拟者对原作的认识与理解不断加深，并将所获得的认识与理解，与自己的经验（体验）融合，从而实现了自我改造。如陆云"昔读楚辞，意不大爱之"，后来因为模拟的兴趣而重读《楚辞》，在"以其情而玩其辞"的阅读过程中最终发现了《九歌》"实自清绝滔滔"的艺术魅力，以至于发出了"视《九歌》便自归谢绝"的感叹，并进而劝陆机也来模拟（《与兄平原书》，《全晋文》卷一〇二）。陆云对《九歌》由排斥向认同的态度转化，实际上也意味着他自己的审美趣味及审美能力在阅读行为中被改造提升了。由此看来，模拟者的阅读不仅促使模拟的发生，也影响模拟的效果。

第三节　拟作"赋形"

梅家玲博士认为，"先透过作品及其相关资料去观察、思考、体验、并认同原作者的情意感受、再回到拟作者的立场、设身处地、感同身受的以他的口吻发言、用类似于原作的文字语言撰结成篇，就成为其必经的两个阶段。前者可谓之'神入'，后者可谓之'赋形'"[1]。神入阶段，也就是以上所论的阅读阶段；而赋形阶段，也就是我们要讨论的拟作者的表意阶段。陶渊明《感士不遇赋序》交代了其模拟的过程："昔董仲舒作《士不遇赋》，司马子长又为之。余尝以三余之日，讲习之暇，读其文，慨然惆怅。"陶渊明阅读并体验董仲舒、司马迁的情意感受的"神入"阶段，实际就是董仲舒《士不遇赋》的意义的实现过程。但是，陶渊明模拟的目的并不是要实现原作的意义，而是为了呈现自己，他说："夫导达意气，其惟文乎？抚卷踌躇，遂感而赋之。"（《全晋文》卷一百十一）当陶渊明回到自己的立场，用接近原作的文字语言撰结成篇的时候，就是模拟的"赋形"阶段。

由"神入"到"赋形"，关键在于拟作者和原作者的审美需求和情感抒发两方面的视域融合。陶渊明的所发的"士不遇"感慨，一方面是源于阅读董仲舒、司马迁的作品所获得的同情共感，另一方面则是源于"真风

---

① 梅家玲：《汉魏六朝文学新论——拟代与赠答篇》，里仁书局 1997 年版，第 46 页。

告逝，大伪斯兴，闾阎懈廉退之节，市朝驱易进之心。怀正志道之士，或潜玉于当年；洁己清操之人，或没世以徒勤"的东晋末年的社会现实。这里所谓"视域融合"，是指陶渊明站在董仲舒、司马迁的位置，看到他们所看到的视域、体验他们所感知的种种，同时也使自我的现实体验与他们的体验交融。于是，"即或原本是'他'的视域、'他'的经验，也因'我'的进入和诠释，彼此交融互渗，成为一种新的经验内容"①。又如东晋梅陶《鹏鸟赋序》云："余既遭王敦之难，遂见忌录，居于武昌，其秋有野鸟入室，感贾谊《鹏鸟》，依而作焉。"（《全晋文》卷一百二十八）同样，梅陶摹仿贾谊《鹏鸟赋》的过程，既是他将自我对象化为贾谊、站在贾谊的位置体验野鸟入室带来的情感冲击的过程，又是他以抒情主体的身份抒写自己"遭王敦之难，遂见忌录"的心灵之痛的过程。古今论者皆有将"为文而造情"作为拟作的本质特征，认为模拟者是"先有了写诗作文的需要，然后造作出感情来"②，则是把模拟过程理解得过于机械所致。

拟作和原作的视域融合的真正实现，是通过"赋形"阶段来实现的，即拟作者回到自身立场，"设身处地、感同身受的以他的口吻发言、用类似于原作的文字语言撰结成篇"的阶段。拟作者之所以"用类似于原作的文字语言撰结成篇"，目的在于"使他人置身于同样的境况之中"，希望实现"同样的材料可以产生同样的刺激和感应"③，从而再现原作的审美与情感视域。如潘岳《寡妇赋序》云："乐安任子咸有韬世之量，与余少而欢焉，虽兄弟之爱，无以加也。不幸弱冠而终。良友既没，何痛如之！其妻又吾姨也。少丧父母，适人而所天又殒，孤女藐焉始孩，斯亦生民之至艰，而荼毒之极哀也。昔阮瑀既殁，魏文悼之，并命知旧作《寡妇》之赋；余遂拟之，以叙其孤寡之心焉。"（《全晋文》卷九十二）曹丕《寡妇赋》所赋情事与潘岳所写基本一致，其序云："陈留阮元瑜，与余有旧，

---

① 梅家玲：《汉魏六朝文学新论——拟代与赠答篇》，里仁书局 1997 年版，第 48 页。
② 赵红玲：《中古拟诗研究》，博士论文，上海师大，2002 年，第 9 页。
③ 梅家玲：《汉魏六朝文学新论——拟代与赠答篇》，里仁书局 1997 年版，第 50 页。

薄命早亡，每感存其遗孤，未尝不怆然伤心，故作斯赋，以叙其妻子悲苦之情。"（《全三国文》卷四）潘岳模拟曹丕的过程，实际就是以"同样的材料可以产生同样的刺激和感应"的实现过程。当读者阅读潘岳之作时，其序言以及正文中与曹丕之作类似的文字语言，就会唤起读者过去的阅读经验，从而事半功倍地体验到寡妇的"悲苦之情"。因而我们所看到的雷同的篇章结构，实则是一种交流的方式，它们兼具两个不同的时空向度，不仅为原作者和拟作者构设出交汇的渠道，同时也促发二者的互动与交融，这种雷同的语言结构，实际是一种"双声的"语言结构。① 众多的拟作者之所以标明模拟对象，实际上是企望借已经被普遍接受的作品，来唤醒读者的阅读记忆，让读者在一种似曾相识的体验中来感受、认知拟作者的视域，从而达到强化抒情与审美的目的。

但是，由于拟作和原作之间主体间性的存在，其视界融合必然是有限的。伽达默尔指出："谁要模仿，谁就要删去一些东西和突出一些东西。因为他在展示，他就必须夸张，不管他愿不愿意。就此而言，在'如此相像'的东西和所相像的东西之间就存在一种不可取消的存在间距。"② 仍以潘岳《寡妇赋》为例。潘岳赋中的寡妇与曹丕赋中的寡妇毕竟有一定的差别，潘岳与任子咸之妻有亲戚关系，所以对其"少丧父母，适人而所天又殒"的身世命运有比较详尽的了解，较之曹丕对于阮瑀之妻有更多的了解和更深的同情，因此，他的《寡妇赋》又含有曹丕所不能体验到的种种情况。如赋中第一节叙写了寡妇当初出嫁前的生活，而曹丕赋便没有这一内容。潘岳的这一新体验，无疑会带给读者以新的刺激和感应。由于模拟者的情感体验与被模拟者的体验并不完全一致，拟作者便不可能直接照搬模拟对象，在顺应的同时，必然会有或多或少的背离。如扬雄对于《离骚》尽管"读之未尝不流涕也"，但是由于人生观不同，"乃作书，往往摭《离

---

① 梅家玲：《汉魏六朝文学新论——拟代与赠答篇》，里仁书局 1997 年版，第 52—53 页。

② ［德］伽达默尔：《艺术作品的本体论及其诠释学的意义》，载朱立元主编《二十世纪西方美学经典文本》第三卷《结构与解放》，复旦大学出版社 2001 年版，第 612 页。

骚》文而反之，自岷山投诸江流以吊屈原，名曰《反离骚》"（《汉书·扬雄传》）。又如张华《鹪鹩赋》轰动一时，很多人在体式结构上模拟它，但在立意上却反其道而行之。如贾彪《大鹏赋序》云："余览张茂先《鹪鹩赋》，以其质微处褒，而偏于受害。愚以为未若大鹏栖形遐远，自育之全也。此固祸福之机，聊赋之云。"（《全晋文》卷八十九）傅咸《仪凤赋序》亦云："《鹪鹩赋》者，广武张侯之所造也。以其形微处卑，物莫之害也。而余以为物生则有害，有害而能免，所以贵乎才智也。夫鹪鹩既无智足贵，亦祸害未免；免乎祸害者，其唯仪凤也。"（《全晋文》卷五十一）贾彪、傅咸二人模拟了张华《鹪鹩赋》的结构方式、语言风格、主题模式，但是三篇作品在题旨上却是相互冲突的，这显然是贾、傅二人在模拟的同时，又在努力营造新的视域。显然，原作者张华的创作与模拟者贾彪、傅咸赋形两个环节之间是有隔阂的。用接受美学的理论来看，张华《鹪鹩赋》将自己的思想转化为符号保存下来形成了第一文本。贾、傅二人又将《鹪鹩赋》的意义具体化，再加上自己的理解与诠释，形成了所谓的第二文本。由于贾、傅二人的情感视域不同，以及第一、第二文本中的固有距离，原作和拟作的衔接当中不免会留下一些或有意或无意的空白点，要求拟作者以自己的主观情况去填充并确定，这便造成了作为模拟对象的第一文本只有一个，而模拟形成的文本各个不同的有趣局面。

所谓新的视域还包括审美的新视域。这里主要有两种情况。一是拟作者因受模拟对象的审美视域的影响，改变自己的原有审美视域。《文心雕龙·定势》篇所云"模经为式者，自入典雅之懿；效《骚》命篇者，必归艳逸之华"，说的就是这种情况。二是拟作者固有的审美视域会和原作的审美风格发生种种对立和冲突，最终在二者的冲突与融合中形成新的审美视域。如曹植模拟扬雄《酒赋》时，原作"辞甚瑰玮"是他意欲仿效的，"戏而不雅"（《酒赋序》）则是他要加以改造的，在矫正"戏而不雅"的审美倾向的模拟过程中，曹植最终才形成了"瑰玮"雅正的审美新视域。又如左思"思摹《二京》而赋《三都》"，但是对以张衡《二京赋》为代表的汉代都邑赋提出了批评："于辞则易为藻饰，于义则虚而无征。且夫玉卮无当，虽宝非用；侈言无验，虽丽非经。而论者莫不诋讦其研精，作者大氐举为宪章。积习生常，有自来矣。"在模拟的过程中左思将自己对于赋的理解对象化在拟作中，他说："其山川城邑则稽之地图，其鸟兽草木则验之方志。风谣歌舞，各附其俗；魁梧长者，莫非其旧。何则？发言为诗者，咏其所志也；升高能赋者，颂其所见也。美物者贵依其本，赞事者宜本其实。匪本匪实，览者奚信？"（《全晋文》卷七十四）由于左思在实践中以"求实"的审美取向替代了汉赋的虚妄作风，《三都赋》取得了极大的成功，"司空张华见而叹曰：'班、张之流也。使读之者尽而有余，久而更新。'于是豪贵之家竞相传写，洛阳为之纸贵"①。"班、张之流"道出了《三都赋》的对旧视域的模拟再现，而"久而更新"则缘于左思对求实审美观的追求与实践。这就是《三都赋》作为一篇模拟之作却得以在当时取得轰动效应的原因。

综上所述，模拟是一个动态发生的过程，模拟者对于模拟对象的选择、阅读以及再现的过程，实际就是其审美与情感需要实现的过程，同样是一个充满创造性的过程。

---

① 房玄龄等：《晋书·左思传》，中华书局 1974 年版，第 2377 页。

| 第四章 |

模拟之作的类型

　　模拟的产品，即拟作。拟作可大致分为字模句拟之作、拟意之作、拟体之作、泛拟之作四种类型。

第一节　字模句拟之作

　　所谓字模句拟之作，是指逐字逐句模拟原作的作品，拟作在内容和形式两方面都与原作存在直接的对应关系。叶梦得《石林诗话》曰："尝怪两汉间所作骚文，初未尝有新语，直是句句规模屈、宋，但换字不同耳。至晋宋以后，诗人之辞，其弊亦然。若是，虽工亦何足道？盖当时祖习，共以为然，故未有讥之者耳。"[①]"句句规模"、"但换字不同"，正是字模句拟之作的基本特征。我们来比较一下陆机《拟古诗》12 首之《拟兰若生春阳》和古诗《兰若生春阳》的关系。

　　古诗：

---

　　①　叶梦得：《石林诗话》卷下，丛书集成初编本，中华书局 1991 年版，第 27 页。

兰若生春阳，涉冬犹盛滋。愿言追昔爱，情款感四时。美人在云端，天路隔无期。夜光照玄阴，长叹念所思。谁谓我无忧，积念发狂痴。

陆机作：

嘉树生朝阳，凝霜封其条。执心守时信，岁寒终不凋。美人何其旷，灼灼在云霄。隆想弥年月，长啸入风飙。引领望天末，譬彼向阳翘。

陆机将古诗第一句中的"兰"、"春阳"置换成"嘉树"和"朝阳"，乃典型的"换字"；而以凝霜封条的形象将原作第二句中的"涉冬犹盛"的意思具体化，则可以看作是"换句"。由此可见，字模句拟之作，实质上只是换字或换句，因而在题材、主题、句式、句数，甚至用语方面与原作如出一辙。

人们常常把字模句拟之作看作一种低水平的模拟，认为只有初学者才这样做，未免以偏赅全。字模句拟固然可以是一种类同于临帖的学习做诗的方式，但魏晋南北朝作家采用字模句拟方式的目的并不只有这一点。如陆机《拟古诗》之字模句拟，将古诗中的词语用华辞丽藻加以替换，便是为了实现其"欲丽前人"[①] 的逞才目的。而鲍照《拟阮公夜中不能寐》"漏分不能卧，酌酒乱繁忧。惠气凭夜清，素景缘隙流。鸣鹤时一闻，千里绝无俦。伫立为谁久，寂寞空自愁"[②]，对阮籍《咏怀诗》之"夜中不能寐，起坐弹鸣琴。薄帷鉴明月，清风吹我衿。孤鸿号外野，翔鸟鸣北林。徘徊将何见，忧思独伤心"的字模句拟，目的则是为了接受一种诗风的熏染。方东树评曰："鲍不及汉魏阮公之浑浩流转，故约之炼之，如制马驹，使

---

① 《陆机集》卷二，中华书局 1988 年版，第 15 页。
② 钱仲联：《鲍参军集注》卷六，上海古籍出版社 1980 年版，第 362 页。

就羁勒，一步不肯放纵，故成此体。"① 江淹《学魏文帝》云："西北有浮云，缭绕华阴山。惜哉时不遇，入夜值霜寒。秋风聒地起，吹我至幽燕。幽燕非我国，窈窕为谁贤。少年歌且止，歌声断客子。"② 此诗拟曹丕《杂诗》其二："西北有浮云，亭亭如车盖。惜哉时不遇，适与飘风会。吹我东南行，行行至吴会。吴会非我乡，安得久留滞。弃置勿复陈，客子常畏人。"王夫之评曰："通首全用子桓，改构者无几，而子桓自子桓，文通自文通，各有其事，各有其情。笔墨之妙，唯人所用，然非绝代才人，亦乌知其有如是之妙而恣用之。"③ 在王夫之看来，江淹对曹丕之作的字模句拟，不仅无损其才华，反而是其才华绝代的标志。

　　南朝还出现了众多作家对一篇作品字模句拟以比赛文学才华的情况。如刘宋以来，刘骏、刘义恭、颜师伯，齐王融，梁范云，陈后主、贾冯吉，隋陈叔达，唐李康成、辛弘智、卢仝、雍裕之、张祜，皆有《自君之出矣》字模句拟徐干《室思诗》。吴景旭云："徐干《室思诗》其末句云：'自君之出矣，明镜暗不治。思君如流水，何有穷已时。'宋武帝拟之曰：'自君之出矣，金翠暗无精。思君如日月，回环昼夜生。'其时诸贤共赋，遂以《自君之出矣》为题。"④ 刘骏等人所拟，一、二句写相思内容，三、四句用比喻，拟作与原作的字句一一对应，很可能只是把字模句拟当成了一种比赛文学技巧的手段。又如《古绝句四首》其一云："藁砧今何在？山上复有山。何当大刀头？破镜飞上天。"这实际是一首字谜诗。《说郛》指出："藁砧，为夫也。山上复有山，言夫出也。何时大刀头，问何时还也。破镜飞上天，言月半时还也。"⑤ 王融拟之为《拟古诗》二首，其一云："花蒂今何在？亦是林下生。何当垂双髻？团扇云间明。"周婴《卮林》卷六云："花蒂，柎也。《说文》：'花下，萼也。'亦夫之谜。林下生，

---

①　方东树：《昭昧詹言》卷六，人民文学出版社 1961 年版，第 166 页。
②　《江文通集汇注》卷三，中华书局 1984 年版，第 102 页。
③　王夫之：《古诗评选》卷五，文化艺术出版社 1997 年版，第 258 页。
④　吴景旭：《历代诗话》卷三十三，中华书局 1981 年版，第 349 页。
⑤　陶宗仪：《说郛》卷一百，第六册，四库全书本，上海古籍出版社 1987 年版，第 661 页。

亦出也。双髻，鬟也。团扇，本班姬诗；明月，隐语也。"① 显然，王融对古诗的模拟，变成了一种文字游戏，这显然与南朝文学的形式主义倾向不无关系。

　　字模句拟之作，并不见得能和原作整体保持一致。如古诗《青青河畔草》云："青青河畔草，郁郁园中柳。盈盈楼上女，皎皎当窗牖。娥娥红粉妆，纤纤出素手。昔为娼家女，今为荡子妇。荡子行不归，空床难独守。"陆机《拟青青河畔草》云："靡靡江蓠草，熠熠生河侧。皎皎彼姝女，阿那当轩织。粲粲妖容姿，灼灼华美色。良人游不归，偏栖独只翼。空房来悲风，中夜起叹息。"吴淇指出："词虽句句摹拟原诗，而义迥不同。原诗是刺，此诗是美。……原诗写娼妇，故用岸草园柳、青青郁郁、一片艳阳天气，撩出他如许态度，如许话说。此诗正用靡靡江蓠、一草起兴，偷引起悲风云云，言之子一腔心事，只如车轮在心头暗转，不是空房悲风逼得他紧，并此一声叹也迸不出来。"② 陆机《拟古诗》12 首，遭到广泛的批评，清人贺贻孙曾作过细致评点，如他评《拟今日良宴会》曰："'高谈一何绮，蔚若朝霞烂'，即'令德唱高言，识曲听其真'意也。绮霞蔚烂，士衡聊以自评耳，岂若古句之绵邈乎？'人生能几何，为乐常苦晏。譬彼司晨鸟，扬声当及旦。曷为恒忧苦，守此贫与贱！'即'人生寄一世，奄忽若飙尘。何不策高足，先据要路津？无为守贫贱，坎坷长苦辛'语也。'高足'、'要路'，语含讥讽。古诗从欢娱后，忽尔感慨，似真似谐，无非愤懑。士衡特以'为乐常苦晏'，申上文欢娱而已，何其薄也！"③ 这表明，尽管字模句拟，但拟作和原作仍有很大的差异。

　　字模句拟之作成功的关键，并不在于字句的近似，而在于神似。吴淇曾指出："大抵拟诗如临帖。然古人作字，有古人之形神；我作字，有我之形之神。临帖者须把我之形堕黜净尽，纯依古人之形，却以我之神逆古

<hr/>

　　① 周婴：《卮林》卷六，第二册，丛书集成初编本，商务印书馆 1936 年版，第 159 页。
　　② 吴淇：《六朝选诗定论》卷十，四库全书存目丛书补编本，齐鲁书社 1996 年版，第 211 页。
　　③ 贺贻孙：《诗筏》，清诗话续编本，上海古籍出版社 1983 年版，第 154 页。

人之神，并而为一，方称合作。不然，借古人之形，传我之神，亦其次也，切勿衣冠叔敖。"① 吴淇的意思是说，成功的拟作应该做到与原作形神俱肖。如鲍照、陆机二人都拟古诗《青青陵上柏》而作《拟青青陵上柏诗》，效果有明显的区别。古诗《青青陵上柏》"人生天地间，忽如远行客"句，直接抒写人生短暂之感；陆机拟作"人生当几时，譬彼浊水澜"，虽然比原作来得巧妙，但失去了原作的古朴面貌；鲍照拟作"浮生旅昭世，空事叹华年"②，则更接近原作"文温以丽"③的风格。又如同写长安城的壮丽，鲍照之作与原作句数一致，华美文辞中寓深沉感慨；而陆机拟作则多出两句，"但工涂泽"，徒见绮靡。比较而言，陆机拟作只是在辞藻上踵事增华，而鲍照之作还兼得古诗之神韵。因此有人批评说："陆士衡拟古，将古人机轴语意，自起至讫，句句蹈袭，然去古人神思远矣。"④ 而鲍照的拟作则被评为"其为乐府，能稍存汉、魏之骨者，惟鲍照一人"⑤。

第二节　拟意之作

拟意之作，是指拟作仅仅模拟原作的内容和立意，并不追求与原作的形式对应。具体来说，这一类型又可分为以下两种情况。

其一是拟作和原作在立意上相同，但其文体不同，我们姑且称之为跨文体模拟。陆云《与兄平原书》曰："前省皇甫士安《高士传》，复作《逸民赋》。"⑥ 陆云之作主题、立意来自皇甫士安《高士传》，但是文体却化"传"而为"赋"，这就是跨文体拟作。张衡拟《庄子·至乐篇》作《髑髅

---

① 吴淇：《六朝选诗定论》卷十，四库全书存目丛书补编本，齐鲁书社 1996 年版，第209 页。

② 《鲍参军集注》卷六，上海古籍出版社 1980 年版，第 357 页。

③ 《诗品》，上海古籍出版社 1984 年版，第 75 页。

④ 《诗筏》，上海古籍出版社 1983 年版，第 153 页。

⑤ 夏敬观：《八代诗评》，《鲍参军集注》附录引，上海古籍出版社 1980 年版，第 455 页。

⑥ 《陆云集》卷八，中华书局 1988 年版，第 135 页。

赋》，也是化文为赋的跨文体模拟。《至乐篇》曰：

> 庄子之楚，见空髑髅，髐然有形。撽以马捶，因而问之，曰："夫子贪生失理而为此乎？将子有亡国之事、斧钺之诛而为此乎？将子有不善之行，愧遗父母妻子之丑而为此乎？将子有冻馁之患而为此乎？将子之春秋故及此乎？"于是语卒，援髑髅，枕而卧。夜半，髑髅见梦曰："子之谈者似辩士，诸子所言，皆生人之累也，死则无此矣。子欲闻死之说乎？"庄子曰："然。"髑髅曰："死，无君于上，无臣于下，亦无四时之事，从然以天地为春秋，虽南面王乐，不能过也。"庄子不信，曰："吾使司命复生子形，为子骨肉肌肤，反子父母、妻子、闾里、知识，子欲之乎？"髑髅深矉蹙额曰："吾安能弃南面王乐而复为人间之劳乎！"①

《庄子》是散文，而张衡将其变为赋。《髑髅赋》曰：

> 张平子将游目于九野，观化乎八方。……顾见髑髅，委于路旁。下居淤壤，上负玄霜。平子怅然而问之曰："……"于是肃然有灵，但闻神响，不见其形。答曰："吾，宋人也。姓庄名周，游心方外，不能自修寿命终极，来此玄幽。公子何以问之？"对曰："我欲……起子素骨，反子四肢。取耳北坎，求目南离。使东震献足，西坤援腹。五内皆还，六神尽复。子欲之不乎？"髑髅曰："公子之言殊难也。死为休息，生为役劳。冬水之凝，何如春冰之消？荣位在身，不亦轻于尘毛？飞风曜景，秉尺持刀。巢、许所耻，伯成所逃。况我已化，与道逍遥。离朱不能见，子野不能听。尧舜不能赏，桀纣不能刑。虎豹不能害，剑戟不能伤。与阴阳同其流，与元气合其朴。以造化为父母，以天地为床褥。以雷电为鼓扇，以日月为灯烛。以云汉为川池，

---

① 郭庆藩：《庄子集释》第三册，中华书局 1961 年版，第 617—619 页。

以星宿为珠玉。合体自然，无情无欲。澄之不清，浑之不浊。不行而至，不疾而速。"于是言卒响绝，神光除灭。顾盼发轸，乃命仆夫，假之以缟巾，衾之以玄尘，为之伤涕，酹于路滨。①

《髑髅赋》在结构和主题上拟《至乐篇》，显然是跨文体的拟意之作。曹植《髑髅说》模拟张衡《髑髅赋》，则是变赋为文的跨文体拟作。曹植拟作，名之以"说"，故其铺陈之处确实没有张衡之作多，如张衡赋中"问髑髅来历"一节问及其来历、性别、智力等方方面面，而曹植赋仅问及髑髅生前的人生道路；曹植之作中"髑髅回绝好意"②一节虽然极力铺陈，带有赋体特征，但目的是为了凸显道家人生哲学，仍然体现着"说"体长于说理的特点。又如江淹《清思诗》5首，乃是对阮籍《清思赋》的跨文体拟作。《清思赋》篇首云："余以为形之可见，非色之美；音之可闻，非声之善。昔黄帝登仙于荆山之上，振咸池于南岳之岗，鬼神其幽而夔牙不闻其章。女娲耀荣于东海之滨，而翩翻于洪西之旁；林石之隐从，而瑶台不照其光。是以微妙无形，寂寞无听，然后乃可以睹窈窕而淑清。"（《全三国文》卷四十四）《清思诗》其一："赵后未至丽，殷妃非美极。情理倘可论，形有焉足识？帝女在河洲，晦映西海侧。阴阳无定光，杂错千万色。终岁如琼草，红花长翕赩。"③《清思诗》立意完全来自《清思赋》，但江淹将烦冗铺陈的赋体改为清新短小的诗体，王夫之赞曰："止有结构可想，结构既佳，不由其不璀璨。"④换言之，《清思诗》的特色，来自跨文体拟作时的文体转换。

其二是拟作与原作立意大致相同，但是风格却迥然有别。如《文选》"乐府类"录陆机乐府诗15首，其中至少有5首是拟此类中所收录的古辞

---

① 《全上古三代秦汉三国六朝文·全后汉文》卷五十四，第一册，中华书局1999年版，第770页。

② 《曹植集校注》卷三，人民文学出版社1984年版，第524—525页。

③ 《江文通集汇注》卷三，中华书局1984年版，第127页。

④ 王夫之：《古诗评选》卷五，文化艺术出版社1997年版，第261页。

及曹植的作品。李周翰注其《君子行》曰："前有此篇，其意略相类"；刘良注其《苦寒行》曰："前有此作，意与是同也"；吕向注《饮马长城窟行》曰："盖与前意不异"；吕向注《长歌行》曰："前有是篇，其意相类"；李周翰注《短歌行》曰："前有此词，意有相类。"① 如陆机《门有车马客行》云："门有车马客，驾言发故乡。念君久不归，濡迹涉江湘。投袂赴门涂，揽衣不及裳。拊膺携客泣，掩泪叙温凉。借问邦族间，恻怆论存亡。亲友多零落，旧齿皆凋丧。市朝互迁易，城阙或丘荒。坟垄日月多，松柏郁茫茫。天道信崇替，人生安得长。慷慨惟平生，俯仰独悲伤。"② 《乐府解题》曰："曹植等《门有车马客行》皆言问讯其客，或得故旧乡里，或驾自京师，备叙市朝迁谢，亲友凋丧之意也。"③ 陆机拟作与曹植之作完全吻合。又如其《塘上行》系模拟甄后，《乐府解题》曰："前志云：晋乐奏魏武帝《蒲生篇》，而诸集录皆言其词文帝甄后所作，叹以谗诉见弃，犹幸得新好，不遗故恶焉。若晋陆机'江蓠生幽渚'，言妇人衰老失宠，行于塘上而为此歌，与古辞同意。"④ 陆机"借古题咏古意，则大抵就前人原意，敷衍成篇"⑤，但其风格却是自己的。如王夫之评其《短歌行》曰："乐府之长，大端有二：一则悲壮夐发，一则旖旎柔入。曹氏父子，各至其一，遂以狎主齐盟。平原别构一体，务从雅正。"⑥

拟意之作拟他人作品的立意却又立足自我的体式与风格的特点，意味着相同的内容立意可以获得新的表现，这一方面会推动作家个人的风格变化，另一方面则推动文学的体式变迁。曹植对《楚辞》的跨文体模拟，可以说明这一点。曹植有许多游仙诗仅仅拟《楚辞》之意，而在体式、风格上自出机杼，与"初未尝有新语，直是句句规模屈、宋，但换字不同耳"的汉代拟骚之作有显著的区别。如其《远游篇》云："远游临四海，俯仰

① 《六臣注文选》卷二十八，浙江古籍出版社1999年版，第499—508页。
② 《陆机集》卷六，中华书局1988年版，第66页。
③ 《乐府诗集》卷四十，中华书局1979年版，第585页。
④ 《乐府诗集》卷三十五，中华书局1979年版，第522页。
⑤ 萧涤非：《汉魏六朝乐府文学史》，人民文学出版社1986年版，第188页。
⑥ 《古诗评选》卷一，文化艺术出版社1997年版，第31页。

观洪波。大鱼若曲陵，承浪相经过。灵鳌戴方丈，神岳俨嵯峨。仙人翔其隅，玉女戏其阿。琼蕊可疗饥，仰漱吸朝霞。昆仑本吾宅，中州非我家。将归谒东父，一举超流沙。鼓翼舞时风，长啸激清歌。金石固易弊，日月同光华。齐年与天地，万乘安足多。"① 这篇作品的篇名、意境皆化自《楚辞·远游》。又如其《游仙》云："人生不满百，戚戚少欢娱。意欲奋六翮，排雾陵紫虚。蝉蜕同松乔，翻迹登鼎湖。翱翔九天上，骋辔远行游。东观扶桑曜，西临弱水流。北极登玄渚，南翔陟丹邱。"② 此诗立意也是化自《远游》。"植又有《上仙箓》与《神游》、《五游》、《飞龙升天》等篇，皆伤人世不永，俗情险艰，当求神仙，翱翔六合之外，与《飞龙》、《仙人》、《远游篇》、《前缓声歌》同义。"③ 曹植对《远游》的化辞为诗的拟意模拟，使这些作品一方面保留了游仙之境，另一方面又保留了悲时俗之意，这无疑是对楚辞的继承和发展。同时，与汉乐府诗中《长歌行》一类游仙诗作单纯表达对游仙的向往和长寿的渴盼相比，曹植游仙之作在写"列仙之趣"的同时也"坎壈咏怀"④，显然又继承和发展了汉代的游仙乐府。又如江淹的《山中楚辞》以屈原作品为拟作对象，第一首仿《九歌》之《东皇太一》，第二首仿《招隐士》等，而《杂三言五首》其五《爱远山》显然模拟了《哀郢》。《爱远山》云："非郢路之辽远，实寸忧之相接。欷美人于心底，愿山与川之可涉。"⑤ 王夫之注曰："梁都建康，而云郢路者，以己情同屈子，故即楚事以自况也。美人，谓君也。身在江湖，而心存魏阙，非己不见知之闷，而惟君是思。淹之拟骚，异于汉人之怨尤远矣。"⑥ 王夫之将江淹对《离骚》的拟意与汉人对于《离骚》的字模句拟分别开来，是十分有见地的。曹植、江淹等人对于楚辞的拟意，就楚辞而言，意味着为楚辞体在形式体制僵化之后找到了一种影响文学发展的方

① 《曹植集校注》卷三，人民文学出版社 1984 年版，第 402 页。
② 《曹植集校注》卷二，人民文学出版社 1984 年版，第 265 页。
③ 《乐府诗集》卷六十三，中华书局 1979 年版，第 919 页。
④ 《诗品》，上海古籍出版社 1994 年版，第 247 页。
⑤ 《江文通集汇注》卷五，中华书局 1984 年版，第 182 页。
⑥ 王夫之：《楚辞通释》卷十三，上海人民出版社 1975 年版，第 172 页。

式，就拟作者自身的创作而言，则意味着找到了一种深化作品内涵的有效方式。

第三节　拟体之作

古代文论谈文学之"体"，有"体类"与"体派"二义。前者为风格之体，后者为体裁之体。这里所谓拟体之作，兼指模拟原作风格和体裁的拟作。

体裁模拟的本质是"用古人格，作自家诗"①，即拟作的体式模拟他人，追求与他人相似，但内容却并不必然要求与原作对应。江淹《遂古篇序》云："仆尝为《造化篇》，以学古制。触类而广之，复有此文，兼象《天问》，以游思云尔。"②《遂古篇》拟屈原《天问》体制，却表达自我之"思"，这是典型的体裁模拟。鲍照有《学刘公干体》五首，其二云："暳暳寒野雾，苍苍阴山柏。树迥雾紫集，山寒野风急。岁物尽沦伤，孤贞为谁立。赖树自能贞，不计迹幽涩。"③此诗拟刘桢《赠从弟诗》："凤凰集南岳，徘徊孤竹根。于心有不厌，奋翅凌紫氛。岂不常勤苦，羞与黄雀群。何时当来仪，将须圣明君。"④黄节认为："明远此篇取喻及其结体，盖学之。"⑤鲍照之作不追求与原作主旨、字句的对应，而只模拟其表现手法以及抒情结构。如他的《绍古辞七首》其一云："橘生湘水侧，菲陋人莫传。逢君金华宴，得在玉几前。三川穷名利，京洛富妖妍。恩荣难久恃，隆宠易衰偏。观席妾凄怆，睹翰君泫然。徒抱忠孝志，犹为葑菲迁。"⑥此诗拟

---

① 《昭昧詹言》卷一，人民文学出版社 1961 年版。
② 《江文通集汇注》卷五，中华书局 1984 年版，第 183 页。
③ 《鲍参军集注》卷六，上海古籍出版社 1980 年版，第 359 页。
④ 《先秦汉魏晋南北朝诗·魏诗》卷三，上册，中华书局 1988 年版，第 371 页。
⑤ 《鲍参军集注》卷六引，上海古籍出版社 1980 年版，第 359—360 页。
⑥ 《鲍参军集注》卷六，上海古籍出版社 1980 年版，第 347—348 页。

《古诗》:"橘柚垂华实,乃在深山侧。闻君好我甘,窃独自雕饰。委身玉盘中,历年冀见食。芳菲不相投,青黄忽改色。人倘欲我知,因君为羽翼。"原作是一首比兴体作品,诗人借橘自喻,写自己的遭际与心愿。鲍照拟作也采用了比兴体。拟作与原作风貌大体上也是相似的,方植之认为此诗:"不特辞古,义犹古也。"①

我们再来看拟风格之体的作品。首先,是对作家个体创作风格的模拟。自刘宋以来,拟作中多出现"学某某体"的拟个人风格的作品,如学陶彭泽体、阮步兵体、谢灵运体、谢惠连体、裴子野体、吴均体、庾信体等。此种拟体之作"先辨古人之体,一一参其性情、声调,拟古成篇"②,着眼点在于作家的整体风格。如《梁书·吴均传》载:"均文体清拔有古气,好事者或敩之,谓为'吴均体'。"③"学某某体"的拟体之作,并不与所拟作家的具体作品对应,而只是从整体上拟某个作家的个人风格。其次,是模拟某一时代的创作风格。这类作品以谢灵运的《拟魏太子邺中集诗》八首为发轫之作。《拟魏太子邺中集诗》八首所拟对象囊括了建安时期的主要作家,实际是欲以对个体的风格模拟再现建安文学的整体风貌。吴淇指出:"谢之拟诗与陆不同。陆之拟诗并拟其字句,谢之拟诗止拟其声调。盖陆有诗斯拟,原本有诗样子在此。若谢欲拟邺中八诗,在原诗有文帝《芙蓉池》一作,公宴止刘桢、王粲、子建、应玚四首,余陈琳、徐干、阮瑀三人,诗不见选,势不得字模句效,只得取其平日之声调气格,为之平空代构。三子既为平空代构,余五首若仍如陆之字模句效,则八首不相伦矣。故索性连五首,亦正拟其声调气格也。"④ 吴淇准确道出了字模句拟与拟体的差异,但是他对于差异形成原因的解释却并不十分准确。陈琳有《宴会诗》、阮瑀有《公宴诗》,徐干现存诗作中找不到这类作品,应

---

① 《鲍参军集注》卷六引,上海古籍出版社 1980 年版,第 349 页。
② 陈祚明:《采菽堂古诗选》卷二十四,康熙四十五年刻本。
③ 姚思廉:《梁书·吴均传》卷四十九,第三册,第 698 页。
④ 吴淇:《六朝选诗定论》卷十八,四库全书存目丛书补编第十一册,齐鲁书社 1996 年版,第 311 页。

该是作品已散佚的缘故。因此，谢灵运之所以采用风格模拟，不是由于陈琳等三人没有《公宴诗》可供字模句拟，而是想通过风格模拟寄托自己的"不用于世"的悲哀。

体式模拟之作成功的关键在于能否再现所拟对象的整体风貌。黄子云曰："学古人诗，不在乎字句，而在乎臭味。字句，魄也，可记诵而得。臭味，魂也，不可以言宣。当于吟咏时，先揣知作者当日所处境遇，然后以我之心，求无象于窅冥惚恍之间，或得或丧，若存若亡，始也茫焉无所遇，终焉元垂珠曜，灼然必现我目中矣。现而获之，后随纵笔挥洒，却语语有古人面目。"① 黄氏所谓"臭味"，即作品风格。原作的风格，并非抽象的概念，它鲜活地存在于作家的作品之中。因此拟作者必须透过一篇篇的具体作品，选取一人多篇作品为对象，以求在整体上与被拟者的创作风格相似。如鲍照《学陶彭泽体》："长忧非生意，短愿不须多。但使尊酒满，朋旧数相过。秋风七八月，清露润绮罗。提瑟当户坐，叹息望天河。保此无倾动，宁复滞风波。"② 一共化用陶渊明三首诗：一、二句化用《九日闲居诗》"世短意恒多，斯人乐久生"③ 句；三、四句化用《移居诗》其二"过门更相呼，有酒斟酌之"④ 句；五、六句化用《拟古》其七"佳人美清夜，达曙酣且歌"⑤ 句。黄节先生云："明远此篇，当是杂拟而成。"⑥ 运用杂拟法进行创作，拟作者超越了单一作品的约束，将所模拟的作家的全部作品当成一个整体，从中寻找切合自己的意念与感发的诗句，并根据自己的爱好与需要进行再创造，实际上将自己的审美理想内化在作品当中了。如江淹《效阮公诗十五首》其二云："十年学读书，颜华尚美好。不逐世间人，斗鸡东郊道。富贵如浮云，金玉不为宝。一旦鹈鴂鸣，严霜被劲

---

① 黄子云：《野鸿诗的》，载《清诗话》，上海古籍出版社 1963 年版，第 847－848 页。
② 《鲍参军集注》卷六，上海古籍出版社 1980 年版，第 362 页。
③ 《陶渊明集》卷二，中华书局 1979 年版，第 39 页。
④ 《陶渊明集》卷二，中华书局 1979 年版，第 57 页。
⑤ 《陶渊明集》卷四，中华书局 1979 年版，第 113 页。
⑥ 《鲍参军集注》卷六，上海古籍出版社 1980 年版，第 363 页。

草。志气多感失，泪下沾怀抱。"① 一、二句模拟阮籍《咏怀诗》其十五"昔年十四五，志向好诗书"；五、六句模拟《咏怀诗》其四十一"荣名非己宝，声色焉足娱"；七、八句模拟《咏怀诗》其五"凝霜披野草，岁暮亦云已"。《效阮公诗十五首》其八云："昔余登大梁，西南望洪河。时寒原野旷，风急霜露多。仲冬正惨切，日月少精华。落叶纵横起，飞鸟时相过。搔首广川阴，怀归思如何。常愿反初服，间步颍水阿。"② 一、二句出自阮籍《咏怀诗》其二十九"昔余游大梁，登于黄华颠"；三至六句出自《咏怀诗》其十六"是时鹑火中，日月正相望。朔风厉严寒，阴气下微霜"四句；以下数句又与《咏怀诗》其十四的意境颇相似。王夫之评曰："文通效阮，本自咏所感，徘徊俯仰无非阮者，然则情之不远，则风度自齐。陆平原拟古正无古人之情，虽复追影蹑光，亦何从相肖哉。"③ 王夫之对江淹和陆机拟作类型的区分是准确的，但是对江淹拟作成功的原因的解释则还可以补充。因为把"情之不远"看作模拟成功的原因，固然可以解释《效阮公诗十五首》之类作品的成功，但是却无法说明江淹何以"拟渊明似渊明，拟康乐似康乐，拟左思似左思，拟郭璞似郭璞"④。难道，江淹和上述诸人都"情之不远"吗？事实上，江淹的成功与杂拟方法的成功运用不无关系。据《六臣注文选》可知，《杂体诗》30首中以单一诗作为所拟对象的仅《班婕好咏扇》（拟《新裂齐纨素》）一首，而其他29首的所拟对象均不止一篇作品，如《陈思王赠友》"拟《赠丁仪》、《王粲》等"，《阮步兵咏怀》、《左记室咏史》、《郭弘农游仙》等皆以原作者的一组诗为拟作对象⑤。江淹正是在对所拟作家的众多作品的整体把握中，体认到了其整体风格特征，因而能够在拟作中予以准确的再现，达到了拟谁像谁的效果。

---

① 《江文通集汇注》卷三，中华书局1984年版，第122页。
② 《江文通集汇注》卷三，中华书局1984年版，第124页。
③ 王夫之：《古诗评选》卷五，文化艺术出版社1997年版，第258页。
④ 严羽：《沧浪诗话·诗评》，郭绍虞校释，人民文学出版社1983年版，第191页。
⑤ 《六臣注文选》卷三十，浙江古籍出版社1999年版，第569—585页。

第四节　泛拟之作

泛拟之作，即泛言拟古之作，是指拟作者有意识地将所拟对象泛化，只是笼统将所作题为"拟古"或"拟古诗"的拟作，如张华《拟古》、陶渊明《拟古》9 首、鲍照《学古诗》、《古辞》、《绍古辞》7 首、范云《效古》等。与字模句拟和拟体之作相比，泛拟之作并不说明自己所拟的对象，因而人们难以寻绎它与某篇作品或某个作家的具体对应。许学夷在论陶渊明《拟古》9 首与陆机《拟古诗》的差别时说："士衡诸公拟古，皆各有所拟；靖节拟古，何尝有所拟哉？"① 陆机与陶渊明的拟古之作的区别，其实就是字模句拟和泛言拟古的区别。不过，泛言拟古并不是"绝无模拟之迹"，只不过是拟作者在内容和形式方面都有意识地将所拟对象泛化而已，汪师韩指出："古人名作，唯鲍明远《拟古》八首，陶靖节《拟古》九首，未尝明言所拟何诗，然题曰《拟古》，必非后人漫然为止者矣。"② 方东树则具体指出陶渊明《拟古》"有屈子及《十九首》、阮公等意"③。与拟意之作相比，我们难以像读张衡《髑髅赋》、江淹《清思诗》那样，详细说明泛拟之作究竟在哪一方面拟了哪一诗、哪个人，而只是从整体上获得一种似曾相识的感觉。许学夷云："拟古与学古不同，拟古如摹贴临画，正欲笔笔相类。"④ 他所说的"学古"，即泛言拟古。在许氏看来，字模句拟之作必须与原作笔笔相类，而泛言拟古与原作则应有所似但又不尽相似。

泛拟之作常常采用杂取不同人的作品而成一篇的做法来创作，我们称之为泛拟法。如鲍照《代结客少年场行》云："骢马金络头，锦带佩吴钩。

---

① 许学夷：《诗源辩体》卷六，杜维沫点校，人民文学出版社 1987 年版，第 104 页。
② 《诗学纂闻》，上海书局 1927 年版，第 444 页。
③ 《昭昧詹言》卷四，人民文学出版社 1961 年版，第 124 页。
④ 《诗源辩体》卷三，人民文学出版社 1987 年版，第 52 页。

失意杯酒间，白刃起相雠。追兵一旦至，负剑远行游。去乡三十载，复得还旧丘。升高临四关，表里望皇州。九涂平若水，双阙似云浮。扶宫罗将相，夹道列王侯。日中市朝满，车马若川流。击钟陈鼎食，方驾自相求。今我独何为，坎壈怀百忧。"① 首四句显然化自曹植《结客篇》之"结客少年场，报怨洛北芒""利剑手中鸣，一击而尸僵"② 四句。而"升高临四关"以下至诗末，"全模古诗《青青陵上柏》"③。曹植《结客篇》和古诗《青青陵上柏》在主题上并无联系，风格上也有明显差异，但是鲍照根据自己创作的需要，将它们整合在一起，融合为具有新风格的作品。这种方法与体式模拟中的杂拟相比，进一步摆脱了与具体的作家个人风格的联系，因而创造的空间更大。如鲍照《拟古》8 首其五云："伊昔不治业，倦游观五都。海岱饶壮士，蒙泗多宿儒。结发起跃马，垂白对讲书。呼我升上席，陈觯发瓢壶。管仲死已久，墓在西北隅。后面崔嵬者，桓公旧冢庐。君来诚既晚，不睹崇明初。玉琬徒见传，交友义渐疏。"④ 首 8 句追忆自己游历名利场的一番经历，杂有古诗"何不策高足，先据要路津"⑤ 之意；而后 6 句一派死亡气象，又与《去者日以疏》中"出郭门直视，但见丘与故。古墓犁为田，松柏摧为薪"⑥ 的句意相类；整首诗立意则与陶渊明《拟古》9 首之四中"古时功名士，慷慨争此场；一旦百岁后，相与还北邙"⑦ 一致。所以，王壬秋认为此诗"微似渊明"⑧。只是"微似"的原因，就在于鲍照采用了泛拟之法，有意识地拉开了拟作与原作的距离，从而也就模糊了拟作与原作的对应关系。如果说杂拟法杂取一人多篇风格接近的作品来拟作，目的还是为了追求与所拟对象的整体对应，其成功的标

---

① 《鲍参军集注》卷三，上海古籍出版社 1980 年版，第 192 页。
② 《曹植集校注》附录一，人民文学出版社 1984 年版，第 541 页。
③ 《鲍参军集注》卷三，上海古籍出版社 1980 年版，第 194 页。
④ 《鲍参军集注》卷六，上海古籍出版社 1980 年版，第 342 页。
⑤ 《先秦汉魏晋南北朝诗·汉诗》卷十二，上册，中华书局 1988 年版，第 330 页。
⑥ 《先秦汉魏晋南北朝诗·汉诗》卷十二，上册，中华书局 1988 年版，第 332 页。
⑦ 《陶渊明集》卷四，中华书局 1979 年版，第 111 页。
⑧ 《鲍参军集注》卷六，上海古籍出版社 1980 年版，第 343 页。

志还在于"似"的话；那么泛拟法杂取多人不同风格的作品来拟作，已经超越了与具体作家的风格对应，其理想境界正在似与不似之间。

第五节　拟作类型的历史演进

从拟作与原作的对应关系来看，上述四个类型的拟作与原作对应关系呈渐行渐远的趋势，这其实是拟作创造性不断增强的过程。字模句拟之作和原作是字句的对应，体式模拟之作和原作是体裁风格的对应，拟意之作和原作是立意的对应，而泛拟之作和原作是模糊的对应。中古拟作与所拟对象的对应呈渐行渐远的状态，表明拟作逐渐摆脱原作，渐渐由为拟而拟，趋向于以拟作为创新。就拟作的目的而言，各类型的拟作有一种逐渐凸显自我特色的趋势，字模句拟和体式模拟之作寻求拟作与原作的具体对应，力图将所拟对象的某些特点再现出来；而拟意和泛拟之作主要在立意和作品意蕴上与原作对应，力图利用所拟对象的特点来凸显自我的某一方面的特点。

汉魏六朝之拟作的创造性不断增强，有一个演进的历史过程。最早出现的拟作类型是字模句拟之作，辞赋中以汉代拟骚之作、诗中则以陆机《拟古诗》12 首为代表。这类拟作，拘泥于原作的字句对应，往往忽略了对原作的整体面貌的再现，只见树木而不见森林，因此常常被视为拙劣的模拟。顾炎武曰："惟效《楚辞》者必不如《楚辞》，效《七发》者必不如《七发》，盖其意中先有一人在前，既恐失之，而其笔力复不能自遂，此寿陵余子学步邯郸之说也。"[①] 许学夷评陆机拟作云："拟古皆逐句模仿，则情兴窘缚，神韵未扬，故陆士衡《拟行行重行行》等，皆不得其妙，如今人摹古帖是也。"[②]

---

① 顾炎武：《日知录集释》卷十九，中册，上海古籍出版社 1985 年版，第 1463 页。
② 许学夷：《诗源辩体》卷三，杜维沫点校，人民文学出版社 1987 年版，第 53 页。

拟体之作中的体裁模拟一类，在汉代比较突出。如扬雄《长扬赋》、班固《两都赋》、张衡《二京》对司马相如的《子虚赋》、《上林赋》的模拟；傅毅《七激》、张衡《七辩》、崔骃《七依》、马融《七广》等对枚乘《七发》的模拟，都是典型的体裁之拟。汉代是我国文体的形成期，作家对文体规范的重视远远超过对作家个性的重视，因此他们的拟作重点模拟体裁而比较忽略作家个性。因为这一点，拟体之作往往招致批评，如洪迈《容斋随笔》卷七"七发"条云："枚生《七发》，创意造端，丽旨腴辞，固为可嘉，后之继者，如傅毅《七激》、张衡《七辩》、崔骃《七依》、马融《七广》、曹植《七启》、王粲《七释》、张协《七命》、陆机《七征》，规仿太切，了无新意。傅玄又集之以为《七林》，使人读未终篇，往往弃诸几格。柳子厚《晋问》乃用其体，而超然别立新机杼，激越清壮，汉晋之间诸文士之弊，于是一洗矣。东方朔《答客难》自是文中杰出，扬雄拟之为《解嘲》，尚有驰骋自得之妙。至于崔骃《达旨》、班固《宾戏》、张衡《应间》，皆屋下架屋，章摹句写，其病与《七林》同。"[1]我们认为，在文体形成期，体裁之拟对于文体的定型其实是有积极意义的，而在文体通行既久之后，拟体裁之作则应追求对文体规范的突破，这样才能创造出新的文体。

拟体之作中的风格之拟，则在南朝开始兴盛。此类作品以谢灵运《拟邺中集诗》八首、江淹《杂体诗》三十首为代表。这类拟作超越了对具体字句的模拟，而着眼于原作的体式或风格。何焯指出谢灵运拟诗"不在貌似也，拟古变体"[2]，准确说出了字模句拟和风格模拟之作的区别。许学夷亦云："惟江文通杂体，拟其大略，不仿形似。"[3]风格模拟之作的兴起，其实是缘于作家对于个体创作风格的自觉。吴淇在比较陆机与谢灵运以及江淹的区别时曰："拟古之诗，昉于陆机。陆自恃其才，可敌古人。凡遇

---

① 洪迈：《容斋随笔》卷七，上册，上海古籍出版社1978年版，第88页。
② 何焯：《义门读书记》卷四十七，下册，崔高维点校，中华书局1987年版，第936页。
③ 许学夷：《诗源辩体》卷三，杜维沫点校，人民文学出版社1987年版，第53页。

古便拟，初无成局。至宋谢灵运更自负兼人之才，于是综陆意而拟《邺中集诗八首》。其取材于邺下者何也？才之难也。生不必同时，同时者未必聚之一地也，而文帝又能集之一宴之上，此亘古未有之奇。而此八人者，又个个手笔不同，或清或艳，或正或奇，咸能自竖坛坫，谢贪其如此，因而取材，人各一首，盖直欲合天下之才，以为一人之才者也。题曰《邺中集八首》，若地之有八维，然遂成一横局。至梁江淹时，汉道既备而菁华亦将竭，于是上自古诗李陵，下及休上人，千余年间，凡得三十家，仿其体，人各一首。是又欲以一人之才，分为古今之才者也。题曰《杂体诗三十首》，若月之有三十日，然遂成一纵局。惟陆随篇而拟无成局，故有去有存，而谢与江之诗，总是一篇，故存则俱存耳。"①陆机拟作"初无成局"，缺乏对所拟对象的整体观照，尚没有形成自觉的作品风格意识；谢灵运拟作"成一横局"，是因为他已经注意到了所拟对象的时代风格，其风格意识已经开始觉醒；江淹拟作"成一纵局"，是因为他意识到了作家个体和时代的差异，其风格意识已经完全觉醒。从陆机到江淹的拟作类型的演变，与魏晋南北朝作家对个体风格的自觉追求的进程是一致的。乾隆："稽夫拟古之作，平原振其先声，康乐扬其盛藻，迨文通《杂体》，上溯西京，下迄刘宋，名章杰构，略云备矣。"②粗线条地勾勒了拟作方法及拟诗类型的演进过程。

拟意之作和泛拟之作也是在南朝蔚为大观的。拟意之作只是在模拟原作的主题，在创作中仍坚持自我的创作风格，这其实也是自我风格意识自觉的反映。泛拟之作有意淡化、模糊拟作和原作之间的联系，作家的自我特性愈来愈突出。

在泛拟之风的影响下，南朝诗坛出现了三种新动向。一种新动向是以"古意"为题的诗作的大量出现。如颜竣《淫思古意诗》、鲍令晖《古意赠今人诗》、江淹《古意报袁功曹诗》、刘孝绰《古意送沉宏诗》、范云《古

---

① 吴淇：《六朝选诗定论》卷十四，齐鲁书社1996年版，第311页。
② 乾隆：《御制诗二集》卷四十二，四库全书本，上海古籍出版社1987年版，第739页。

意赠王中书诗》、王枢《古意应萧信武教诗》、萧绎《古意咏烛诗》等。"古意"竟然可随意用于赠答、应教、咏物，甚至可以表达淫思艳情，其泛化的程度可想而知。《文镜秘府论·论文意》云："古意者，非若其古意，当何有今意；言其效古人意，斯盖未当拟古。"[①] 遍照金刚实际上说出了魏晋拟古诗与刘宋以来的古意诗的区别。前者"借古题咏古意，则大抵就前人原意，敷衍成篇"[②]，而后者则是借古人意作自家诗。梁代以后，《拟古诗》的创作明显减少了，倒是"古意"类诗屡见不鲜。汪师韩云："今观唐以后诗，凡所谓古风、古意、古兴、古诗，与夫览古、咏古、感古、效古、绍古、依古、讽古、续古、述古者，都不知其所分别。古人名作，唯鲍明远《拟古》八首，陶靖节《拟古》九首，未尝名言所拟何诗，然题曰《拟古》，必非后人漫然为止者矣。"[③]

另一种新动向是拟赋古题之作的大量涌现。左克明《古乐府》卷二云："宋何承天于义熙末年秋制十五篇，皆拟汉旧名，大抵别增新意，其义与古辞不合，疑未尝被于歌声也。如齐王融、谢朓、梁昭明太子统、范云、陈苏子卿等，追拟古题，立义不同。"[④] 拟赋古题之作，就是指"追拟古题，立义不同"的作品。这类作品并不以再现古辞之风貌、体式、立意为目的，只是在标题上和古辞象征性地保持关系。换句话说，古辞只是成为了一个题材来源、甚至只是一个触发创作的媒介。这种情况多出现在乐府诗的拟作中。建安乐府只拟古乐府之曲调，内容与形式与古辞没有什么联系。晋代的乐府诗则大多对古辞字模句拟。自刘宋以来，开始大量涌现只是借用了古题，而立意与风格则完全不同的泛言拟古之作。以《临高台》为例，"汉古辞大略言临高台，台下水清且寒。江有香草目以兰，黄鹄高飞离哉翻，关弓射鹄，令我主万年。晋曰《夏苗田》，言大晋畋狩顺时，为苗除害也。何承天云'飘然轻举凌太虚'，言仙道也。谢朓云'千

---

① 遍照金刚：《文镜秘府论·南卷》，周维德点校，人民文学出版社 1980 年版，第 136 页。
② 萧涤非：《汉魏六朝乐府文学史》，人民文学出版社 1986 年版，第 188 页。
③ 汪师韩：《诗学纂闻》，载《清诗话》，第 444 页。
④ 左克明：《古乐府》卷二，四库全书本，上海古籍出版社 1987 年版，第 443 页。

里常思归'，但言临望伤怀，与古词意并不同"①。齐梁以来，拟赋古题之作更为兴盛。如王融赋《巫山高》、《芳树》，谢朓赋《芳树》、《临高台》，刘绘赋《巫山高》、《有所思》。这些作品的立意与古辞表现了明显的差别。

第三种新动向则是以"赋得"为题的作品大量涌现。这些作品多以前人作品中的某一诗句为题，然后就这一句敷衍成篇。这些作品只不过是从古诗中借得一个题目，和古辞并无太多关系。如张正见《薄帷鉴明月诗》，以阮籍《咏怀诗》中的一句（"夜中不能寐"）为题。阮籍写明月重在咏怀，故别有言外之意；张正见一味咏物，彩丽竞繁而兴寄都绝。张正见只是从古诗中获得一个写作对象而已，在艺术精神上则与古诗相去甚远。严格说来，上述三类作品，只是和古辞保持象征性的联系，实际上并没有模拟具体作家、作品，在创作时并没有受到先前存在的文本的约束，而纯粹是根据自我的审美和情感需要自由地创作。吴淇指出："凡拟古之诗，不是古人话说，却是自己话说，特借古人做个题目耳"②，吴淇说的就是古意、赋得之类的作品。古意、赋得一类作品的大量涌现，折射出了南朝拟作由为拟作而拟作，向以拟作为创新嬗变的过程。

---

① 左克明：《古乐府》卷二，第 456 页。
② 吴淇：《六朝选诗定论》卷十四，齐鲁书社 1996 年版，第 312 页。

| 第五章 |

模拟与文学史演进

模拟何以能够推动文学史的发展？拟作究竟在何种意义上具有文学史价值？本章试图从模拟者的文学史意识、模拟推动文学史演进的方式以及推动文学史发展的维度来探索这些问题。

第一节　模拟者的文学史意识

模拟过程，即由原作向拟作的运动过程，其实就是文学史的运动过程。模拟者对这一运动过程的关注与认识，也就是对于文学史的关注与认识，它决定了模拟者参与、发展文学史的方式。具体而言，模拟者对于文学史的关注，主要表现在对于文学传统的认同与修正两个相辅相成的方面。

一　模拟者对传统的认同

模拟者对传统的认同，是指模拟者对自我与模拟对象的关系的确认。具体来说，这种确认主要在作品、文体、作家三个层面进行。

模拟者在作品层面对拟作与原作关系的确认，是模拟者作品史意识的觉醒过程。模拟者通常喜欢在拟作的序言中按时代顺序罗列前代作品，事实上勾勒了一个简单的作品发展史。以设论文为例，东方朔作《答客难》抒发其牢骚，扬雄拟之为《解嘲》，但是并没有自觉把自己的拟作和东方朔的原作联系起来。而班固《答宾戏》序云："永平中为郎，典校秘书，专笃志于儒学，以著述为业，或谗以无功。又感东方朔、扬雄自以不遭苏、张、范、蔡之时，曾不折之以正道，明君子之所守，故聊复应焉。"（《全后汉文》卷二十五）班固在创作《答宾戏》时，不仅提及了东方朔，而且把扬雄之作纳入模拟范围，初步构筑了一条模拟链，流露出一种作品史的意识。随着拟作的增多，这一模拟链不断得到延伸，拟作者的作品史意识越来越明显。如蔡邕《释诲》云："闲居玩古，不交当世。感东方朔《客难》及扬雄、班固、崔骃之徒设疑以自通，乃斟酌群言，趑其是而矫其非，作《释诲》以戒厉云尔。"（《全后汉文》卷七十三）蔡邕按时代顺序详细罗列了前代设论体作品，并及时地将新增的拟作纳入模拟范围，表现出了鲜明的历史意识。他将自己的作品也放置在了经由模拟而形成的作品链上，这便使模拟行为不再封闭孤立，而是成为一个联系过去、现在、甚至将来的过程。设论文的发展，不仅没有因为模拟而停止，相反还处在一个不断累积的过程中，直到唐代韩愈作《进学解》，还是沿袭最初的体制。又如宋玉《讽赋》及《登徒子好色赋》得到了中古文人的大力模拟。司马相如拟之为《美人赋》，蔡邕又拟之为《协和赋》，曹植为《静思赋》，陈琳为《止欲赋》，王粲为《闲邪赋》，应玚为《正情赋》，张华为《永怀赋》。[①] 在这样一个转相规仿的过程中，模拟者不断对日益累积的拟作加以确认。如陶渊明《闲情赋序》云："初张衡作《定情赋》，蔡邕作《静情赋》，检逸辞而宗淡泊，始则荡以思虑，而终归闲正。将以抑流宕之邪心，谅有助于讽谏。缀文之士，奕代继作，并因触类，广其辞义。余园闾多暇，复染翰为之。虽文妙不足，庶不谬作者之意乎？"（《全晋文》卷一百十

---

① 王楙：《野客丛书》，中华书局 1987 年版。

一）谢灵运《江妃赋》云："《招魂》《定情》，《洛神》《清思》，覃囊日之敷陈，尽古来之妍媚。矧今日之逢逆，迈前世之灵异。"（《全宋文》卷三十二）嗣后，江淹又拟之为《丽色赋》，沈约为《丽人赋》，易代继作的趋势始终没有终止，由拟作构成的作品链始终处于一种动态的延展之中。每一时代的模拟者以前代作品作为自身的起点与依据，文学传统的延伸接续，构成文学史的运动轨迹。模拟者在作品层面对拟作与原作关系的确认，实际是对文学史的自觉认同与发展。

模拟者在文体层面对拟作与原作的关系的确认，是指模拟者对拟作的文体价值的确认。以连珠的创作而论，自扬雄首创连珠以后，拟者间出。如班固、杜笃、傅毅、贾逵、蔡邕、潘勖、王粲等皆有《连珠》。傅玄《连珠序》云："所谓连珠者，兴于汉章帝之世，班固、贾逵、傅毅三子受诏作之，而蔡邕、张华之徒又广焉。"（《全晋文》卷四十六）汉魏的拟连珠者主要是承其流而作之，在转相模拟中将连珠发展成为一种有一定规范的文体。晋代以来的拟作者则主要是引其源而广之，在获得对于连珠体式的基本认识后，自觉地推动文体发展。许多拟作者在标题上说明自己推动连珠文体发展的目的，如晋陆机作《演连珠五十首》、宋颜延作《范连珠》、齐王俭作《畅连珠》、梁刘孝仪作《探物作艳体连珠》。"广"、"演"、"畅"，都含有以模拟来推广的意思。模拟者在文体层面确认拟作与原作的关系，实质是模拟者自身在文体层面进入了文学史。

模拟者对拟作与原作关系的确认，还表现为对题材体式的关注。以音乐赋的创作为例，王褒作《洞箫赋》、傅毅《雅琴赋》，体制如出一辙。马融《长笛赋》体制乃模拟王褒、傅毅，其序云："追慕王子渊、枚乘、刘伯康、傅武仲等，箫、琴、笙颂，唯笛独无，故聊复备数，作《长笛颂》。"（《全后汉文》卷十八）"聊复备数"，实际就是将自我的拟作自觉纳入"音乐"题材体式的传统。嵇康《琴赋》同样在体裁上模拟前人，《琴赋序》云："然八音之器，歌舞之象，历世才士并为之赋颂，其体制风流，莫不相袭。称其材干，则以危苦为上；赋其声音，则以悲哀为主；美其感化，则以垂涕为贵。丽则丽矣，然未尽其理也。推其所由，似元不解音声；览其旨趣，亦未达礼乐之情也。众器之中，琴德最优，故辍叙所怀，以为之赋。"（《全三国文》卷四十七）嵇康对历代才士之乐器赋体式特征的概括，其实就是一种确认。晋代潘岳作《笙赋》说："河汾之宝，有曲沃之悬匏焉。邹鲁之珍，有汶阳之孤筱焉。若乃绵蔓纷敷之丽，浸润灵液之滋，隔限夷险之势，禽鸟翔集之嬉，固众作者之所详，余可得而略之也。"（《全晋文》卷九十二）这篇乐器赋拟作对前代之作也作了确认，实际上起到继承和发展文学传统的作用。

模拟者在作家层面对拟作与原作的关系的确认，是指模拟者对自我文学史地位的自觉，即模拟者认识到自己也是作者之林中的一员。汉初的拟骚者以代言的方式进行模拟，刘向、扬雄等人，斟酌《离骚》之英华，则像屈原之从容，心甘情愿把自己作品置于《离骚》之下，"自谓不能及也"（班固《离骚序》，《全后汉文》卷二十五），他们对自己的历史地位尚没有自觉。但是，随着文学独立性的增强，模拟者逐渐认识到了自我的历史地位。王逸《九思序》云："至刘向、王褒之徒，咸佳其义，作赋骋辞，以赞其志，则皆列于谱录，世世相传。逸与屈原同土共国，伤悼之情，与凡有异。窃慕向、褒之风，作颂一篇，号曰《九思》，以裨其辞。"（《全后汉文》卷五十七）王逸把刘向、王褒也当成了模拟对象，确认了拟作的"史"的性质。他有"列于谱录，世世相传"、"以裨其辞"的企望，说明他已开始思考自己进入文学史的方式。魏晋以来，文学的地位受到空前的重视，作家也因之认识到了自我的独立价值。曹丕《典论·论文》云："古之作者，寄身于翰墨，见意于篇籍，不假良史之辞，不托飞驰之势，而声名自传于后。"（《全三国文》卷八）与汉代扬雄自认"颇似俳优淳于髡、优孟之徒"（《汉书·扬雄传》）相比，魏晋以来作家的自信心强烈得多。与此相应，模拟者在模拟时也期望与被模拟者同样不朽。如陆云拟《九章》为《九愍》，但却不是像汉人一样"自谓不能及也"，而是自认自己所作水平较高。陆云《与兄平原书》云："赋《九愍》如所敕。此自未定，然云意自谓故当是近所作上。近者意又谓其与'渔父相见'以下尽篇为佳，谓兄必许此条，而渊、弦意呼作脱可行耳。……又见作'九'者，多不祖宗原意，而自作一家说，唯兄说与渔父相见，又不大委曲尽其意。云以原流放，唯见此一人，当为致其义，深自谓佳。愿兄可试更视，与渔父相见时语，亦无他异，附情而言，恐此故胜渊、弦。"陆云认为，自己的《九愍》在众多拟作中质量属上乘，尤其是拟写屈原与渔父相见一段"自作一家说"，完全可以脱离王褒等人的拟作而单独流行天下，所以他敢于说"王褒作《九怀》，亦极佳，恐犹自继。真玄盛称《九辩》，意甚不爱"（《全晋文》卷一百二）。因此，《九愍序》所说"遂厕作者之末"，是谦虚的说法，其本意在于说明自己以模拟的方式证明了自己具备了进入作者之林的资格。换句话说，陆云通过对拟作与原作关系的确认，确立了自己在文学史中的地位。模拟者对自我地位的自觉，表明他们有了进入文学史的勇气，这就是模拟之所以能够推动文学史演进的主观原因。

美国批评家艾略特说过："历史的意识实则含有一种领悟，不但要理解过去的过去性，而且还要理解过去的现在性；历史的意识不但使人写作时有他自己那一代的背景，而且还要感到从荷马以来的整个欧洲的文学及其本国整个的文学有一个同时的存在，组成一个同时的局面。这个历史是对于永久的意识，也是对于暂时的意识，也是对于永久和暂时合起来的意识。就是这个意识使一个作家成为传统的。同时也就是这个意识使一个作家敏锐地意识到了自己在时间中的地位，自己和当代的关系。"① 这段话虽是结合西方的文学背景来谈作家历史意识的作用，但是对于我们理解模拟者的文学史意识及其意义有很大的帮助。在模拟活动中，模拟者在作品、文体、作家三个层面对自我与模拟对象的关系的确认，将拟作纳入了文学历史的发展进程中，推动了文学史的演进，也确立了拟作和模拟者的文学史地位。

二　模拟者对传统的修正

模拟者通过对自我与模拟对象关系的确认，表现了对于文学传统的认

---

① ［美］艾略特：《个人与传统》，载《艾略特文学论文选》，百花洲文艺出版社 1992 年版。

同，但是，事实上许多模拟者对模拟对象还有一种贬损的态度。这种态度
的来源可以用美国批评家哈罗德·布鲁姆所说的"影响的焦虑"来解释。
布鲁姆认为："当代诗人就像一个具有俄狄浦斯恋母情结的儿子，面对
'诗的传统'这一父亲形象。两者是绝对的对立，后者企图压抑和毁灭前
者，而前者则试图用各种有意识和无意识的'误读'方式——即各种'修
正比'——来贬低前人或否定传统的价值观念，从而达到树立自己的诗人
形象。"① 布鲁姆的理论是以 18 世纪以后的欧洲诗歌作品为背景提出的，
此时欧洲的诗歌经过漫长的历史已经形成了一套完整的体系及评判标准，
所以他认为后来的诗人要想崭露头角，唯一的方式就是把前人某些不突出
的特点在自己身上加以强化，以造成这种错觉——似乎这种风格是"我"
首创的，前人似乎反而在摹仿"我"。但是，在汉魏六朝时期，我国的诗
赋正处在生长期，各种规范和技巧还在发展之中，身在其中的模拟者们还
有许多的个人空间，因此，其影响的焦虑总体上不如布鲁姆所说的那般强
烈。影响的焦虑往往是创造性的修正之父，在汉魏六朝时期内，作家的影
响的焦虑的来源不尽相同，引发的修正也各不相同。

　　汉代模拟者的焦虑，主要集中在作品的内容。汉赋题材包举宇内，囊
括四海，具有极强的涵盖力，后代模拟者的创新空间实在有限。因此，他
们对模拟对象的修正主要在作品的政教内容上。如扬雄曾爱慕司马相如赋
作"弘丽温雅"而"拟之以为式"，但是他对司马相如的作品提出了修正
的要求："雄以为赋者，将以讽也，必推类而言之，极丽靡之辞，闳侈钜
衍，竞于使人不能加也，既乃归之于正，然览者已过矣。往时武帝好神
仙，相如上《大人赋》欲以风，帝反缥缈有凌云之志。由是言之，赋劝而
不止，明矣；又颇似俳优淳于髡、优孟之徒，非法度所存贤人君子诗赋之
正也，于是辍不复为焉。"（《汉书·扬雄传》）扬雄所作出的"辍不复为"
的姿态，是消释焦虑的消极方式，在取消了模拟的同时，也终止了文学发

---

　　① ［美］哈罗德·布鲁姆：《影响的焦虑》译者前言，徐文博、甘阳译，三联书店 1986
年版。

展的可能，所以不为后人所取。班固《两都赋》模拟司马相如、扬雄之作，但自诩"义正乎扬雄，事实乎相如"。张衡拟班固《两都》作《二京赋》，也批评"故相如壮上林之观，扬雄骋羽猎之辞，虽系以隤墙填堑，乱以收置解罘，卒无补于风规，祇以昭其愆尤"（《后汉书》卷五十三）。这些人不断转相模拟，又不断批评并改造模拟对象，显然是为了消释影响的焦虑。此后，京都赋作者一直试图以求实来消解其影响的焦虑。如左思《三都赋序》云："然相如赋《上林》，而引'卢橘夏熟'，扬雄赋《甘泉》，而陈'玉树青葱'，班固赋《西都》，而叹以'出比目'，张衡赋《西京》，而述以'游海若'。假称珍怪，以为润色，若斯之类，匪啻于兹。于辞则易为藻饰，于义则虚而无征。且夫玉卮无当，虽宝非用；侈言无验，虽丽非经。而论者莫不诋讦其研精，作者大氐举为宪章。积习生常，有自来矣。"（《全晋文》卷七十四）左思对班固、张衡的批评，正如班固、张衡对司马相如等人的批评一样，都是为了消除影响的焦虑。但左思也许无法料到，他对前人的批评，也招致了后人对他的批评，如王羲之便批评他"彼土山川诸奇，扬雄《蜀都》，左太冲《三都》，殊为不备"（《全晋文》卷二十二）。京都赋的模拟者们将作品对于现实政治的影响等同于作品的影响，以为加强了作品的现实内容，也就树立了自己的影响，京都赋的创作最终步入了歧途。据《世说新语》载：庾仲初作《扬都赋》成，以呈庾亮，亮以亲族之怀，大为其名价，云可三《二京》、四《三都》。于此人人竞写，都下纸为之贵。谢太傅云："不得尔，此屋下架屋耳！事事拟学而不免俭狭。"①后起的京都赋的模拟者们一味把修正的重点放在作品的内容上，矫枉过正，在影响的焦虑中并没有形成自我。

不过，艺术的发展是辩证的，一方面的失败，必将激起另一方面的变革。魏晋时期，模拟者的焦虑逐渐转移到了艺术形式表现上，因而对模拟对象的修正也转移到这一点上。在这方面最为突出的是陆机、陆云兄弟。陆氏兄弟有一种急切的以文传世的心理，并且都自视甚高，所以其影响的

---

① 　徐震堮：《世说新语校笺》，中华书局 2001 年版。

焦虑尤为强烈。陆云《与兄平原书》曰："古今兄文所未得与校者，亦惟兄所道数都赋耳。其余虽有小胜负，大都自皆为雄耳。张公父子亦语云，兄文过子安，子安诸赋，兄复不皆过，其便可，可不与供论。云谓兄作《二京》，必得无疑，久劝兄为耳。又思《三都》，世人已作是语，触类长之，能事可见，《幽通》、《宾戏》之徒自难作，《宾戏》客语（一作《客难》）可为耳，答之甚未易。东方氏所不得全其高名，颇有答极。"（《全晋文》卷一百二）陆云劝陆机模拟的对象，包括蔡邕之类的前贤，也包括成公绥之类的时彦。在他们兄弟二人看来，模拟是一种与前贤时彦比较文学才能的方式。以模拟对抗影响的焦虑，可以说是一种有中国特色的方式，这与西方人的理解有所差异。西方人认为摹仿与竞赛是无法统一的，如极力贬低摹仿的英国批评家扬格便认为："模仿是自认不如，竞赛是比过高下，或者否认别人的高明；模仿是卑下的，竞赛是大方的；那个束缚人，这个鼓舞人；那个也许使人出名，这个使人不朽。"① 联系陆机兄弟的模拟，我们认为扬格的论断并不具有普适性。《晋书·左思传》载："初，陆机入洛，欲为此赋，闻思作之，抚掌而笑，与弟云书曰：'此间有伧父，欲作《三都赋》，须其成，当以覆酒瓮耳。'及思赋出，机绝叹服，以为不能加也，遂辍笔焉。"在陆机看来，模拟并非易事，只有要像他自己那样有杰出才华才可以胜任。陆机的目的要"自皆为雄"，否则宁可辍笔。这一点决定了他们一方面要选取大家名作来模拟，另一方面则又极力地否定他们的地位。陆云曾模拟蔡邕《祖德颂》，他写信询问陆机"不知可作蔡氏《祖德颂》比不"，进而贬抑"蔡氏所长，唯铭颂耳。铭之善者，亦复数篇，其余平平耳"。其《登台赋》模拟了王粲的《登楼赋》，他一方面担心"《登楼》名高，恐未可越"，另一方面又认为："视仲宣赋集，《初征》、《登楼》，前耶甚佳，其余平平，不得言情处，此贤文正自欲不茂，不审兄呼尔不？"这真是一种爱恨交加的态度。陆云的意见来自陆机，《与兄平原书》记载："仲宣文，如兄言。实得张公力，如子桓书，亦自不乃重之。

---

① ［英］爱德华·扬格：《试论独创性作品》，袁可嘉译，人民文学出版社1963年版。

兄诗多胜其《思亲》耳,《登楼赋》无乃烦《感丘赋》,《吊夷齐》,辞不为伟。"(《全晋文》卷一百二)但是,像陆机那样的"强者诗人"毕竟只是少数,大多数的人在模拟的时候,产生的是一种深深的焦虑。如顾恺之《筝赋》模拟了嵇康《琴赋》,但当有人问"君《筝赋》何如嵇康《琴赋》"时,他说:"不赏者,作后出相遗。深识者,亦以高奇见贵。"(《世说新语·文学第四》)在对前人的模拟中,实有难以克服的焦虑。于是,东晋以来的玄言诗人纷纷放弃模拟,模拟之作一度被排除出了文坛诗苑。但是,玄言诗放弃了模拟,也就放弃了与前代文学传统的联系,实质上也就失去了前进的动力,玄言诗在南朝的消歇说明了这一点。缘此,模拟又回到了文学史的进程中。

南朝诗人主要在模拟对象的选择上加以调整,从而实现文学史风尚的变迁。自魏晋以来,文人诗歌获得了很大的发展,面对传统的强大压力,刘宋诗人在模拟对象的选择上采取了古今兼取的态度。如鲍照集中既有诸如《学刘公干体》、《绍古诗》这样的拟汉晋古诗之作,也有如《吴歌》3首、《代白纻舞歌辞》4首、《代白纻曲》2首、《中兴歌》10首、《彩菱歌》7首、《幽兰》5首这样的拟新声乐府之作。鲍照如此选择模拟对象,展现出了一种具美兼善的审美态度。模拟古诗,上承传统,鲍照摆脱了玄言诗的尴尬;引入了新的模拟对象,鲍照又在一定程度上摆脱了传统的压力。曾经大力模拟过鲍照的江淹,[①]沿袭了鲍照的做法。他作《杂体诗》30首,模拟了自西汉至刘宋时期30位诗人,以图品藻渊流、具美兼善。《杂体诗序》云:"然五言之兴,谅非夐古,但关西邺下,既以罕同,河外江南,颇为异法,故玄黄经纬之辨,金碧沉浮之殊,仆以为各具美兼善而已。今作三十首诗,学其文体,虽不足品藻渊流,庶亦无乖商榷云尔。""具美兼善"主张的提出与实践,其实是拟作者认识到了自己的后发的优势,这也在一定程度上缓解了影响的焦虑。如果说江淹的模拟实践及其理论概括,

---

① 曹道衡:《鲍照和江淹》,《齐鲁学刊》1991年第6期。

还只是"表现了一种通达古今之变的意向"①，那么刘勰则明确提出了通变理论。《文心雕龙·通变》云："暨楚之骚文，矩式周人；汉之赋颂，影写楚世；魏之篇制，顾慕汉风；晋之辞章，瞻望魏采。推而论之，则黄唐淳而质，虞夏质而辨，商周丽而雅，楚汉侈而艳，魏晋浅而绮，宋初讹而新。"通变理论，既认识到了文学的一脉相承性，又看到了文学变化的一面，从而从"变"的角度，找到了消释影响的焦虑的途径。刘勰提出了"趋时必果，乘机无怯。望今制奇，参古定法"的主张，使模拟作为一种创作方法，避免了被放逐的危险。

但是，通变派的做法与主张，尚不能满足南朝文人的新变需要。江淹好模拟古体，遭到了时人的批评。其《学梁王菟园赋序》对此有所记载："或重古轻今者。仆曰：'何为其然哉？无知音，则已矣。聊为古赋，以奋枚叔之制焉。'"（《全梁文》卷三十三）本来，江淹在《杂体诗三十首序》中批评过"贵远贱近"的现象，但他竟然也招致了贵古贱今的批评，南朝新变之风由此可见一斑。为了追求新变，其极端者干脆拒绝任何模拟。如张融《戒子》云："吾文体英绝，变而屡奇，既不能远至汉魏，故无取嗟晋宋。"（《南齐书·张融传》）但是，张融事实上做不到无师无友，其《海赋》模拟东晋木华之作就说明了这一点。张融《海赋序》云："盖言之用也，情矣形乎。使天形寅内敷，情敷外寅者，言之业也。吾远职荒官，将海得地，行关入浪，宿渚经波，傅怀树观，长满朝夕，东西无里，南北如天，反覆悬鸟，表里菟色。壮哉水之奇也，奇哉水之壮也。故古人以之颂其所见，吾问翰而赋之焉。当其济兴绝感，岂觉人在我外，木生之作，君自君矣。"（《全齐文》卷七十五）张融在赋中提及木华之作，但又拒绝承认自己的模拟行为，这种欲盖弥彰的做法，乃是缘于影响的焦虑所带来的心理紧张。

永明以及宫体诗人接受了张融的新变思想，但巧妙地避免了张融式的自相矛盾。他们不再模拟那些已经取得了经典意义的古人之作，转而摹仿当时方兴未艾的吴歌西曲等新声乐府。萧子显《南齐书·文学传论》提倡

---

① 王钟陵：《中国中古诗歌史》，江苏教育出版社1988年版，第700页。

"朱蓝共妍，不相祖述"，在谢灵运、鲍照、颜延之三体之外，提出了建设新文体的想法："三体之外，请试妄谈。若夫委自天机，参之史传，应思悱来，勿先构聚，言尚易了，文憎过意，吐石含金，滋润婉切，杂以风谣，轻唇利吻，不雅不俗，独申胸怀。""杂以风谣"，是指对新声乐府的模拟，看来这种新文体事实上还是有所模拟的。不过，与模拟古代经典不同，南朝文士们在模拟新声乐府时感到传统的压力小得多。他们有一种自以为精英的文化的优越感，影响的焦虑也就小得多，因而他们在模拟民歌时采取了一种赏玩的态度。萧纲《答安吉公主饷胡子书》："方言异俗，极有可观，山高水远，宛在其邈，不使去来执辔，媲彼青衣，正当出入烧香，还依丹毂。岂直王济女奴，独有罗袴，方使乐府行胡，羞论歌舞。垂贲新奇，伏增荷抃。"(《全梁文》卷十一)在乐府民歌面前，新体诗人获得的是新奇的感受，而鲜见影响的焦虑。但是，一味竞今疏古，又带来了作品"新意虽奇，无所倚约"(萧绎《内典碑铭集林序》，《全梁文》卷十七)的缺陷。缘此，宫体诗人提出了"至如近世谢朓、沈约之诗，任昉、陆倕之笔，斯实文章之冠冕，述作之楷模"(萧纲《与湘东王书》，《全梁文》卷十一)的模拟主张，甚至编纂《玉台新咏》收录古今艳诗以壮大宫体。因此，模拟在宫体诗人手里，又具有了策略性的意义。

综上所述，模拟者的影响的焦虑实际上起到了推动文学传统的作用，它与模拟者对自我与传统关系的认同相结合，构成了推动文学史运动的认识力量。

第二节　模拟参与文学史演进的方式

模拟者参与文学史演进的方式多种多样。依据模拟的方向，可以分为纵向模拟与横向模拟；依据模拟的态度，可分为改良性模拟与跟随性模拟；依据模拟的对象，可分为模拟经典与模拟民间。当然，这样的分类是存在交叉的，为避免重复，我们主要讨论前两组模拟类型。

一　纵向模拟与横向模拟

所谓纵向模拟，实质是拟古，即指将古人作为模拟对象。所谓横向模拟，实质是拟今，即以同时代的作家为模拟对象。南宋张表臣《珊瑚钩诗话》卷一云："生乎同时，则见而师之；生乎异世，则闻而师之。"① 前一句说的纵向模拟，后一句说的是横向模拟。

纵向模拟，是作家将自我与文学传统联系起来的最为直接的方式。模拟的实质在于抓住原作和拟作之间的外部和内部联系，自觉地把一种事物和与之相联系的另一种事物加以比较。在模拟过程中，模拟者常常自觉地追求与前代之作确立明确的对应关系，因而也就把自我与文学传统对接起来，从文学传统到自我之间的运动过程，构成了文学史进程。如陆云《九愍序》云："昔屈原放逐，而《离骚》之辞兴，自今及古，文雅之士，莫不以其情而玩其辞，而表意焉，遂厕作者之末，而述《九愍》。"（《全晋文》卷一〇一）在陆云看来，模拟的过程也就是拟作者跻身历代作者之林的过程，这实际是模拟者自觉将自己的创作活动纳入历史之一环。陆云的这种努力在后世得到了确认，《说郛》卷二十四"骚篇"条云："楚辞多以'九'为义，屈原曰《九章》，曰《九歌》，宋玉曰《九辩》，王褒曰《九怀》，刘向曰《九叹》。是也后人继之者，又有如曹植之《九愁》、《九咏》，陆云之《九愍》，前后祖述。"② 由此可见，纵向模拟不但意味着作品的不断丰富，同时也构成了一条不断得到延长与补充的接受与传播链。纵向模拟不断发生的过程，也就是文学史历史地、审美地展开的过程。

纵向模拟的过程，同时也是文学传统不断丰富和发展的过程。如嵇康《琴赋序》云："然八音之器，歌舞之象，历世才士并为之赋颂，其体制风

---

① 张表臣：《珊瑚钩诗话》卷一，载《清诗话》，中华书局1983年版。
② 陶宗仪：《说郛三种》，上海古籍出版社1988年版。

流，莫不相袭。称其材干，则以危苦为上；赋其声音，则以悲哀为主；美其感化，则以垂涕为贵。丽则丽矣，然未尽其理也。推其所由，似元不解音声；览其旨趣，亦未达礼乐之情也。众器之中，琴德最优，故辍叙所怀，以为之赋。"（《全三国文》卷四十七）嵇康《琴赋》在题材体制上模拟了前代"乐器赋"，但是他对历代乐器赋作了认真的反思，指出了前代之音乐赋仅能于乐声之描绘曲尽其致，而他自己则借琴音而论乐理，这无疑是对传统的发展。

　　历代作品模拟相因的过程，是体裁史与题材史的形成过程，也是对题材与体裁的认识不断深化的过程。如后汉班彪有《览海赋》开海赋之先河，三国时吴国杨泉《五湖赋》在体裁上摹仿了班彪之作，但在题材上却开了赋湖泊之先河，其序云："余观夫主五湖而察其云物，皇哉大矣！以为名山大泽，必有记颂之章，故梁山有奕奕之诗，云梦有子虚之赋。夫具区者，扬州之泽薮也。有大禹之遗迹，疏川导滞之功，而独阙然未有翰墨之美。余窃愤焉，敢忘不才，述而赋之。"（《全三国文》卷七十五）嗣后"江海"赋在转相模拟中蔚为大观，而后继者仍在不断地丰富发展这一题材。如隋代杜台卿更是在大题材中寻求小突破，其《淮赋序》云："古人登高有作，临水必观焉。吟咏比赋，可得而言矣。《诗·周南》云：'汉之广矣，不可咏思；江之永矣，不可方思。'此皆水赋滥觞之源也。后汉班彪有《览海赋》，魏文帝有《沧海赋》，王粲有《游海赋》，晋成公绥有《大海赋》，潘岳有《沧海赋》，木玄虚、孙绰并有《海赋》，杨泉有《五湖赋》，郭璞有《江赋》，惟淮未有赋者。魏文帝虽有《浮淮赋》，止陈将卒赫怒，至于兼包化产，略无所载。齐天统初，以教府词曹出除广州长史，经淮阳赴镇，频经利涉，壮其淮沸浩荡，且注巨海，南通曲江，水怪神物，于何不有？遂撰闻见，追而赋之曰。"（《全隋文》卷二十）杜氏对前代江海赋的详细列举表明，历代对于"江海"赋的模拟，实际是"江海"赋题材不断发展充实的演进过程，而人们对于江海赋的题材的认识也在这一过程中逐渐走向深入。

　　由此可见，纵向模拟实际上是作家继承与发展文学传统的一种手段。

对于被模拟的对象来说，其特征在被反复摹仿的过程中不断地得到强化，逐渐成为范式，进而对后世文学产生巨大的影响。对于模拟者来说，他们在"近似的再演"① 中理解了传统，也获得了发展传统的可能。

如果说纵向模拟是作家将自我与文学传统联系起来的话，那么横向模拟则是人们参与当代文学建设的有效手段。

横向模拟的第一种情况是人们在一种无组织的情况下对于当代著名作家作品的模拟。引领当代文学创作潮流的常常是少数创作成就比较突出或具有特殊地位的作家，其他作家主要通过摹仿他们来参与当代文学运动。这类情况在文学大盛的南朝尤为普遍，钟嵘《诗品序》曾描述当时人们热衷写作的情况："今之士俗，斯风炽矣。才能胜衣，甫就小学，必甘心而驰骛焉。于是庸音杂体，各为家法。至于膏腴子弟，耻文不逮，终朝点缀，分夜呻吟。"在如此热闹的创作氛围里，人们各自倡言自己所尊奉的规范，于是各种以当代名家人名命名的诗体应运而生。据正史记载在当时广为流传并且模拟仿效者众多的诗体有谢灵运体、谢惠连体、裴子野体、吴均体、徐庾体、庾信体等。《南齐书·武陵昭王传》载："晔刚颖俊出，工弈棋，与诸王共作短句，诗学谢灵运体。"② 《梁书·伏挺传》载："及长，有才思，好属文，为五言诗，善效谢康乐体。"③ 《梁书·吴均传》："均文体清拔有古气，好事者或斅之，谓为'吴均体'。"④ 《周书·庾信传》："既有盛才，文并绮艳，故世号为徐、庾体焉。当时后进，竞相模范。每有一文，京都莫不传诵。"⑤ 《北史·赵僣王招传》："学庾信体，词多轻艳。"⑥ 谢灵运、谢惠连诸人自我并没有形成明确的"体"的意识，而他人的横向模拟却将其"体"的特征强调并凸显出来。尽管这种模拟强化，可能存在扭曲与变形，但是一种"体"的形成离不开众多的模拟者却

---

① 梅家玲：《汉魏六朝文学新论——拟代与赠答篇》，里仁书局1997年版，第38页。
② 萧子显：《南齐书》，中华书局1974年版，第624—625页。
③ 姚思廉：《梁书》，中华书局1973年版，第719页。
④ 姚思廉：《梁书》，中华书局1973年版，第698页。
⑤ 令狐德棻：《周书》，中华书局1971年版，第733页。
⑥ 李延寿：《北史》，中华书局1974年版，2092页。

是不争的事实。因此，众多的模拟者对某一诗体的横向模拟，实际上不自觉地参与了当代的文学建设。

发生在同题共作之时的横向模拟，则是一种有组织、有意识的自觉的文学建设。同题共作活动的组织者，通常是当时的文坛领袖。在同题共作之时，他们往往率先垂范，为众人树立了一个可供模拟的范本。如西晋傅玄组织过同题共作《相风赋》的活动，参与者有傅咸、杜万年、卢浮、孙楚、潘岳、左棻、陶侃、牵秀等。这些参与者除了著名作家外，也有一些并非文人，如杜万年本是一介武夫，让他来从事文学创作本是勉为其难，其《相风赋序》云："太仆傅侯，命余赋之，诚知武夫非荆宝之伦，长庚、启明非曜灵之匹。"（《全晋文》卷六十七）但是，由于傅玄诸人已经作出了示范，他有了可供摹仿的对象，所以居然也写了一篇《相风赋》。由此可见，横向模拟对于创作的普及与提高具有推动作用。

然而，横向模拟的意义又不仅仅在于作家与作家之间的相互影响，其更重要的意义在于对时代文学风格的影响。《文心雕龙·明诗》叙建安文学的时代风格时云："暨建安之初，五言腾踊，文帝陈思，纵辔以骋节；王徐应刘，望路而争驱；并怜风月，狎池苑，述恩荣，叙酣宴，慷慨以任气，磊落以使才，造怀指事，不求纤密之巧；驱辞逐貌，唯取昭晰之能，此其所同也。"曹丕和曹植作为同题共作活动的主要组织者，实际引领着当时的文学风尚，而王、徐、应、刘诸子作为文学侍臣，创作自然不可避免地对主人趋同，他们的横向模拟实际建构了建安文学的时代风貌。严羽《沧浪诗话·诗体》在论及时代文风说："以时而论，则有建安体（汉末年号。曹子建父子及邺中七子之诗）、黄初体（魏年号。与建安相接。其体一也）、正始体（魏年号。嵇阮诸公之诗）、太康体（晋年号。左思潘岳二张二陆诸公之诗）、元嘉体（宋年号。颜鲍谢诸公之诗）、永明体（齐年号。齐诸公之诗）、齐梁体（通两朝而言之）、南北朝体（通魏周而言之。与齐梁体一也）……"① 这些时代之"体"的形成，与此一时代作家之间

---

① 郭绍虞：《沧浪诗话校释》，人民文学出版社1961年版，第52—53页。

展开横向模拟、因而文风趋同不无关系。

综上所述，横向模拟无论是对个人还是对时代的风格形成，均有重要意义。一方面横向模拟凸显了当代作家的经典地位，人们可以通过这种比纵向模拟更为直接的方式学习提高；另一方面横向模拟把一些优秀作家的成功扩大到全社会，又间接构筑了文学的时代特色。

二　跟随性模拟与改良性模拟

所谓跟随性模拟，是指对模拟对象采取积极肯定的态度，因而步步追随，以模拟得像为目的。与此相对的是改良性模拟，是指模拟者对于模拟对象并不很满意，因而在模拟时试图有所改良，以有所超越为目的。据《汉书·扬雄传》载："先是时，蜀有司马相如，作赋甚弘丽温雅，雄心壮之，每作赋，常拟之以为式。又怪屈原文过相如，至不容，作《离骚》，自投江而死，悲其文，读之未尝不流涕也。乃作书，往往摭《离骚》文而反之，自岷山投诸江流以吊屈原，名曰《反离骚》。又旁《离骚》作重一篇，名曰《广骚》。"这里的"拟之以为式"是跟随性模拟，"摭《离骚》文而反之"是改良性模拟。

跟随性模拟的第一种情况是将模拟作为一种学习属文的手段。这种情况下，人们常选取经典作家作品作为创作的范本，在一种谦恭的情绪中模拟前贤。如梁元帝《金楼子》卷三《说蕃篇》："刘休元少好学，尝为《水仙赋》，当时以为不减《洛神》。"又载刘铄作"《拟古诗》，时人以为陆士衡之流"[1]。对于初学者来说，跟随性的模拟，有利于他们深入到被他摹仿的作品的内部，发现其本质特点，从而在"近似的再演"[2]中形成和掌握写作的技巧，丰富审美与情感体验，从而促进个人在艺术上的成长。因此，跟随性模拟几乎成为了每个作家成长时不可或缺的必经阶段。《颜氏

---

① 萧绎：《金楼子》，四库全书本。
② 梅家玲：《汉魏六朝文学新论——拟代与赠答篇》，里仁书局1997年版，第38页。

家训·勉学篇》曰:"不师古之踪迹,犹蒙被而卧耳。人见邻里亲戚有佳快者,使子弟慕而学之,不知使学古人,何其蔽也哉。"跟随性模拟常常采用字模句效的方式,以探究前代才士作文之用心。朱熹《论文》回忆自己学诗的经历时说:"向来初见拟古诗,将谓只是学古人之诗。元来却是如古人说'灼灼园中花',自家也做一句如此;'迟迟涧底松',自家也做一句如此;'磊磊涧中石',自家也做一句如此;'人生天地间',自家也做一句如此。意思语脉,皆要似他底,只换却字。某后来依他如此做得二三十首诗,便觉得长进。盖意思、句语、血脉、势向,皆效它底。大率古人文章皆是行正路,后来杜撰底皆是行狭隘邪路去了。而今只是依正底路脉做将去,少间文章自会高人。"[①] 程千帆云:"其在初学,始入文圃,回翔歧路,靡所适从,势非取法前修,无以正其途辙。故炼字安章之道,命意取材之方,莫不绳武往志,以期肤功克奏,即所谓模拟也。"[②] 他们所说的都是跟随性模拟。应当指出的是,模拟并非只是初学者或三、四流作家的专利。许多杰出的作家,也喜欢跟随性模拟,如"建安之杰"曹植、"太康之英"陆机、"元嘉之雄"鲍照、甚至"诗仙"李白,都终生不乏模拟之作。俄国著名作家普希金提到一位青年作者"摹仿"拜伦的《恰尔德·哈罗尔德游记》的第一章时,回忆自己十五年前也曾摹仿过同样的诗句,他说"摹仿"并不一定是"思想贫乏的表现",它可能标志着一种"对自己的力量的崇高的信念,希望能沿着一位天才的足迹去发现新的世界,或者是一种在谦恭中反而更加高昂的情绪。希望掌握自己所尊崇的范本,并赋予它新的生命"[③]。这样看来,跟随性模拟不仅是一种学习的手段,而且还是一种展现才华、激发创造的方式。

跟随性模拟的另一种情况是原作能够满足模拟者对情感与审美的需求。如徐干《室思诗》末句云:"自君之出矣,明镜暗不治。思君如流水,

---

① 黎靖德:《朱子语类》,中华书局 1986 年版。
② 程千帆:《文论十笺》下卷,黑龙江人民出版社 1983 年版,第 230 页。
③ 转引自《比较文学译文集》,北京大学出版社 1982 年版,第 36 页。

何有穷已时。"宋孝武帝刘骏拟之曰:"自君之出矣,金翠暗无精。思君如日月,回环昼夜生。"嗣后宋刘义恭、颜师伯,齐王融,梁范云,陈后主、贾冯吉,隋陈叔达、唐李康成、辛弘智、卢仝、雍裕之、张祜①皆有《自君之出矣》,无一例外都对徐干之作亦步亦趋,如出一辙,显然是一种跟随性模拟。为什么徐干这篇作品会吸引如此众多的作家跟随模拟呢?显然,徐干之作一、二句写相思内容,三、四句用比喻修辞的体式,前者迎合了后世文人对于声色艳情的需要,后者留给了他们在巧思上各显神通的空间,满足了历代模拟者对情感和审美的需求,因而模拟者代不乏人。

模拟者在跟随性模拟中获得的满足感是有限的。一方面模拟者本身会产生影响的焦虑,另一方面一般读者受心理定式的影响,也常常会忽略拟作者的努力。这两个方面的合力,促使诗人们在模拟创作时对模拟对象作出种种修正,这便是改良性模拟。

改良性模拟主要发生于以下两种情况:一种是作家对古题的模拟,一种是指对民间文学的模拟。人们向来把对古题的模拟和跟随性模拟等同起来,这是缺乏分析的。人们对待古人之作的态度,既有五体投地的仰视,也有居高临下的俯瞰。对于仰视的作品的模拟,一般是跟随性模拟,而对于俯瞰的作品的模拟,则大多是改良性模拟。对于古题的改良性模拟的发生,主要是因为那些对自己的才华有充分自信的拟作者意识到古人之作在内容和形式方面都并非尽善尽美,所以在模拟之时对古题采取了一种俯瞰的态度,正视其不足,因而这种模拟通常是一种改良性的模拟。如曹植认为扬雄《酒赋》"辞甚瑰玮",但又不满其"颇戏而不雅",所以他"聊作《酒赋》,粗究其终始"(《酒赋序》)。这一点表现得最典型的是陆机。陆云曾多次劝陆机模拟,其《与兄平原书》云:"古今兄文所未得与校者,亦惟兄所道数都赋耳。其余虽有小胜负,大都自皆为雄耳。……云谓兄作《二京》,必得无疑,久劝兄为耳。又思《三都》,世人已作是语,触类长之,能事可见,《幽通》、《宾戏》之徒自难作,《宾戏》客语(一作《客

---

① 鲍令晖、虞羲的拟作为八句,与其他人略有不同。

难》）可为耳，答之甚未易。东方氏所不得全其高名，颇有答极。"（《全晋文》卷一〇二）陆云深入分析了一些作品的模拟难易程度，劝陆机扬长避短，选择可以超越的对象来模拟，如他认为"《幽通》、《宾戏》之徒自难作"，关键是赋中主客问答中的主人的答语难写，但是陆机迎难而上，他的《遂志赋》恰是模拟《幽通》一类作品的。其《遂志赋序》在评价了前人众多的述志类赋作后，特别提到："欲丽前人，而优游清典，漏《幽通》矣。班生彬彬，切而不绞，哀而不怨矣。"（《全晋文》卷九十六）陆机认为"欲丽前人"，即要求在文采上超越前人，就不能跳过班固那篇文质彬彬的《幽通赋》。

改良性模拟的另一种情况是经典作家对民间作品的模拟。民间文学作品较之经典作家作品，在艺术上显得拙朴、内容上显得浅显，但其自然可爱的风貌却又非一般文士作品可比。然而，文人对民间文学多持轻视态度，因此，文士在模拟民间文学时，同样也面临一个"影响的焦虑"的问题，即模拟民歌作品如何获得主流话语世界的认同的问题。《南史·颜延之传》曾记载颜延之与鲍照的一场要不要向民间文学学习的论争："延之尝问鲍照己与灵运优劣，照曰：'谢五言如初发芙蓉，自然可爱。君诗若铺锦列绣，亦雕缋满眼。'延之每薄汤惠休诗，谓人曰：'惠休制作，委巷中歌谣耳，方当误后生。'"① 钟嵘《诗品》"齐惠休上人、齐道猷上人、齐释宝月"条引羊曜璠语云："是颜公忌照之文，故立休、鲍之论。"所谓"委巷中歌谣"，是指民歌作品。鲍照主动向民间文学学习，他的一些模拟民歌的作品如《吴歌》3首等虽有文人化的痕迹，但是保留了浓郁的民歌风味，形成了一条求新于俗尚之中的诗歌发展新路径。而颜延之拒绝放下经典作家的架子，拒绝向民间作品学习，因而其创作上"喜用古事，弥见拘束"（《诗品》）的弊端日渐明显，其影响逐渐式微。冯班云："永明、天监之际，鲍体独行，延之、康乐微矣。"② 这种情况的出现，与鲍照对民歌

---

① 李延寿：《南史》，中华书局1974年版，第881页。
② 冯班：《钝吟杂录》卷五，丛书集成初编本，商务印书馆1937年版。

的改良性模拟不无关系。

更多的情况下，文人模拟民间作品并不是要保留民歌的民间特色，而是按照他们自己的审美标准对其进行文人化改造。如民歌《子夜夏歌》云："青荷盖渌水，芙蓉葩红鲜。郎见欲采我，我心欲怀莲。"写景寓目即书，言情大胆真率，很好地保留了民歌的天然情调。而梁武帝的拟作云："江南莲花开，红光复碧水。色同心复同，藕异心无异。"第二句写荷花倒映碧水中，从景物的相互关系入手，可见明显的构图痕迹，来得不如原作自然。第三句以花喻人，以红莲写少女怀春的羞涩心事，颇见构思之精巧，而最后一句顺势以藕断丝连喻男女之缠绵爱情，则较之原作含蓄婉转得多。且不论这种改造是否成功，至少文人的改造意识是十分明确的。

由于一些进行改良性模拟的作者的影响在当时业已超越了自己的模拟对象，因此他们的拟作反而比原创的作品更为引人注目，改良性模拟因而常常成为文士们引领文风变革的有效手段。南朝齐梁时，见于记载的大规模的改制民间乐府的活动至少有两次。一次是永明文人对于《永明乐》的拟制。《南齐书·乐志》曰："《永平乐歌》者，竟陵王子良与诸文士造奏之，人为十曲。道人释宝月辞颇美，上常被之管弦，而不列于乐官。"① 另一次是天监十一年梁武帝和沈约对西曲的模拟改制。《乐府诗集》卷五十引《古今乐录》曰："梁天监十一年冬，武帝改西曲，制《江南上云乐》十四曲，《江南弄》七曲：一曰《江南弄》，二曰《龙笛曲》，三曰《采莲曲》，四曰《凤笛曲》，五曰《采菱曲》，六曰《游女曲》，七曰《朝云曲》。又沈约作四曲：一曰《赵瑟曲》，二曰《秦筝曲》，三曰《阳春曲》，四曰《朝云曲》，亦谓之《江南弄》云。"② 永明文人对《永明乐》的拟制较多的保留了民歌的特点，其"不列于乐官"可能与此有关，这也说明了南齐统治者对民歌的接受尚存顾虑。而到了梁代，这种顾虑基本不存在了，梁武帝以帝王之尊、沈约以一代文宗的身份改制民歌，无疑掀起了一股模拟改

① 萧子显：《南齐书》，中华书局1972年版，第196页。
② 郭茂倩：《乐府诗集》，中华书局1979年版，第1295页。

制民歌的热潮，齐梁诗歌通过模拟新声乐府而与魏晋古诗渐行渐远，从此进入了新体诗、近体诗的时代。齐梁文人对古题的改制，也是其实现文风变革的手段。如南朝出现的一些所谓"古意"诗和赋写古题的作品，由于模拟者往往根据自己的情感与审美需求对古辞进行改良，风格已经完全摆脱了古辞。

综上所述，纵向模拟是为了吸取历史经验，继承文学传统；横向模拟是为了借鉴当代经验，推动创作繁荣。跟随性的模拟锻炼了作家的艺术才能、积累了艺术经验；改良性的模拟则使文学在模拟中创造了新的规范，获得了发展的动力。今人王蒙曾指出："文学史本身在不断突破不断创新的同时不断地提供着造就着完成着一个又一个相互区别又相互关联的模式（程序）……创造突破模式又依赖旧的模式以提供新的模式，模式制约创造又完善着创造。打破现有一切模式的企图本身就提供着新的模式。"① 可以进一步指出的是，模式的确立和突破与模拟是密不可分的。缘此，本书以下章节就转入了在具体的文学史行程中考察模拟之于文学史嬗变的作用与意义。

---

① 王蒙：《读评论文章偶记》，《文学评论》1985 年第 6 期。

下编

| 第六章 |

模拟与汉代辞赋

现存最早的模拟之作出现在《诗经》中，如《商颂》"一仿《周颂》，一仿二雅"①。但是，"《诗经》内部的模拟仿制，还是一种无意识的，或者下意识的模仿制作，与后代的自觉仿制之间存在较大的距离"②。楚辞的创作据说是从模仿古乐章开始的，如游国恩先生认为屈原《离骚》乃"劳商"二字的合写，而"劳商"是古代楚地的古乐曲名称。③然而，"劳商"已经亡佚，《离骚》究竟在何种程度上模拟了古乐曲尚不得而知。因此，我们对模拟现象的考察，也就只能从模拟作品众多、模拟意识明确、模拟痕迹明显的汉代辞赋④开始了。

汉代文坛盛行模拟之风，是众所周知的事实。就体裁而言，大赋、骚体、七体、九体、设论等文体模拟痕迹明显，其中最重要的有模拟楚辞和模拟汉大赋两类。《文心雕龙·时序》说："爰自汉室，迄至成、哀，虽世渐百龄，辞人九变，而大抵所归，祖述《楚辞》，灵均余影，于是乎在。"

① 陆侃如、冯沅君：《中国诗史》，人民文学出版社1956年版。
② 赵红玲：《中古拟诗研究》，博士论文，上海师大，2002年，第13页。
③ 游国恩：《屈原》，中华书局1963年版，第41页。
④ 本书所说的辞赋，包括骚体和赋体。而"赋"也取其广义，不仅包括大赋，也包括"七"体、设论文等实际上具备赋体特征的作品。

这里所说是对《楚辞》的模拟，主要拟作有以刘向《九叹》为代表的拟《九章》系列和扬雄《反离骚》为代表的拟《离骚》系列。至于汉大赋，也是"文多沿袭，莫或抽绪，于是因仍模拟之风，盛于一时，而赋尤盛"①。如扬雄《蜀都赋》、班固《两都赋》、杜笃《论都赋》、张衡《两京赋》等在内容和形式上都摹仿了司马相如《子虚赋》、《上林赋》。就题材而言，汉赋的主要题材如都邑、纪行、述志、音乐等，都存在体制相仿、内容相似的摹仿现象。就模拟盛行的时间而言，模拟之风不只是盛行于人们通常所理解的"成、哀之世"。从贾谊到司马相如到扬雄、到班固、到张衡、到蔡邕，整个汉代几乎所有大作家都有模拟之作留存。在经学风气的影响下，②模拟之风可以说是吹遍了整个汉代。周勋初先生曾作《两汉模拟作品一览表》，③不是专就辞赋而言，统计还不够全面，但人们已经可以借此窥视两汉模拟之风的兴盛了。

放眼整个汉赋的发展史，我们可以发现汉代辞赋一直是在模拟过程中完成其嬗变历程的。

汉朝初立，统治者致力于经济的恢复和政权的巩固，尚无暇顾及汉代的新文化建设，文学领域也还没出现一种具有时代特色的文学样式。由于汉高祖及其功臣多为楚人，故楚声大兴，楚文化大兴。在这样的背景下，汉初作家纷纷模拟楚辞，使楚辞由一种地方性的文学样式，逐渐走向全国，成为了当时的主要文学样式。贾谊、东方朔等人的拟骚之作，巩固了楚辞体的形式规范，强化了其抒情内涵，不仅开创了历代拟骚、悼骚的传统，而且具有了推广楚辞的文体意义。缘此，本章第一节着重探讨汉代拟骚之作的文体价值。

汉武帝时期，汉王朝完成了政治上的大一统，新文化建设成了统治者的当务之急。汉武帝以董仲舒"罢黜百家，独尊儒术"的建议为思想文化

---

① 辅仁大学本《辞赋史》第 40 页，转引自郭建勋《汉魏六朝骚体文学研究》，湖南教育出版社 1997 年版，第 97 页。

② 袁行霈：《中国文学史》第一卷，高等教育出版社 1999 年版，第 138 页。

③ 周勋初：《王充与两汉文风》，载《周勋初文集》第 3 卷，浙江古籍出版社 2000 年版。

建设方针，实施了诸如设"五经"博士等一系列政策来统一思想。"五经"博士制度，确立了博士解经的法定权威地位，也导致了经学内部"师法""家法"观念的产生和章句之学的兴起。但是，我们应当注意到，西汉今文经学的实质是以"经术缘附政治"，其思维方法并非死守章句而是通经致用。换句话说，"汉代的经典意识的产生以及对'经'的崇拜实质上为了自身的需要而设立的"①。因此，早期的今文经学活动本质上包含创新，经学思维中也包含一定的建设性。汉大赋的文体建设，实质是和汉代大一统的思想文化建设相表里的。哀艳凄迷的骚体已经无法适应为当朝润色鸿业的需要，人们继续创造一种擅长描绘纷繁复杂的外部物质世界的靡丽多夸的文体，来表现本朝雄张的国力和盛大的气势，汉大赋就在这样的背景中应运而生。受此期经学思维的影响，作家们在师法前人的基础上，以服务现实政治为旨归，开始了赋体的文体建设。一方面"汉之赋颂，影写楚世"（《文心雕龙·才略》），汉赋的文体建设在对楚辞的模拟中吸收楚辞体的艺术经验；另一方面他们又对楚辞体作出了种种改造，使之形成了新的文体。汉代文学大约在汉武帝时期在模拟中完成了由骚向赋的文体转换，赋最终成为有汉一代之文学。本章第二节试图以司马相如为典型个案，探讨汉人是如何在模拟中完成代表有汉一代之文学的汉大赋的文体建设。

　　大赋体式确立之后，人们纷纷拟作，巩固并完善了其基本体式，至西汉元、成之际而"赋家之能事毕矣"②。模拟对于汉赋的发展至少有三大好处：（1）有利于对前代赋作有更深刻、会心的理解；（2）推动赋自身形式的完善和理论探索；（3）促进当代赋作的繁荣。③ 汉代模拟大师扬雄的成长及其对司马相如赋作的反思性批评便说明了这点。但是，元、成以后，经由模拟发展起来却在模拟中不断达到完善的汉大赋却在模拟中走向了僵化、停滞。为什么西汉时期的模拟能够开创出一种新文体，而东汉时期的

---

①　邬积意：《经典的批判》，东方出版社 2000 年版，第 8 页。

②　程廷祚：《骚赋论》，转引自徐志啸《历代赋论辑要》，复旦大学出版社 1991 年版。

③　程章灿：《魏晋南北朝赋史》，江苏古籍出版社 2001 年版，第 126 页。

模拟却导致了赋的僵化呢？从文学发展的外部因素来看，"盖前汉学者，所求在意，有汪洋之态。东汉恪守章句，反得丘壑之美。前汉之文，多出自家锤炼，东汉则时有剽窃模拟之迹"[①]。说到底，这种差别的出现还是由这两个时期的政治、文化背景的差异造成的。元、成以来，汉王朝国势由盛转衰、逐渐丧失了发展的活力。在思想文化领域，经学由最初的通经致用日益蜕变成了一种钳制思想、束缚个性的官方学术，信古崇古、死守家法的经学思维造成了文学领域模拟之风大盛的局面。东汉初期，光武中兴虽在政治上一定程度恢复了汉王朝往日的强盛，思想文化建设上却仍然沿袭元、成之际的以崇古循规为特征的经学思维。政治上的中兴一度重新加强了人们对于赋的润色鸿业的要求，而思想上的保守则让此时期作家依然回到了沿袭大赋体制的老路。从文学自身的发展来看，西汉时期，赋体处于生长期，作家的模拟活动尚具文体建设意义，辞赋两种文体的体式、题材等在模拟中发展定型；而到了东汉，辞赋的体式已经定型，赋家之能事也已具备，辞赋在模拟中逐渐走向了僵化与衰落。到了东汉中期，汉王朝国势日颓，朝政日非，经学拘虚迂阔之义渐为世人所厌，终于发生了"网罗众家，删裁繁芜"（《后汉书·郑玄传》）、"兼通古今，沟合为一"[②] 的变化。此外，腐朽的政治导致道家思想抬头，文人们逐渐失去了为当朝润色鸿业的热情，开始寻求个体生活的自适，汉赋进入新变期。本章第四节以张衡为个案，探讨东汉后期作家是如何以模拟为改革，又走出赋体新变之路的。

第一节　汉代拟骚之作的文体价值

所谓拟骚之作，是指模拟《楚辞》（包括屈原《离骚》及其他作品）

---

① 曾毅：《中国文学史》，泰东图书局 1929 年版，第 60 页。
② 皮锡瑞：《经学历史》，中华书局 1959 年版。

的作品。对屈原《离骚》的模拟，最早从宋玉等人开始，到了汉代则蔚为大观。班固《离骚序》云："其文弘博丽雅，为辞赋宗。后世莫不斟酌其英华，则象其从容，自宋玉、唐勒、景差之徒。汉兴，枚乘、司马相如、刘向、扬雄，骋极文辞，好而悲之，自谓不能及也。"（《全后汉文》卷二十五）王逸《楚辞章句叙》亦云："自终没以来，名儒博达之士，著造辞赋，莫不拟则其仪表，祖式其模范，取其要妙，窃其华藻。所谓金相玉质，百世无匹，名垂罔极，永不刊灭者矣。"（《全后汉文》卷五十七）但是，人们虽然通过拟骚之作看到了《离骚》的巨大影响，但是没有注意到拟骚之作独特的文体价值。

一　楚辞的传播与拟骚者的文体意识

"楚辞"的本义，是指楚地的言辞，后特指战国末年屈原、宋玉等人创作的诗歌体裁。西汉初年，楚辞的流传尚限于楚地，影响未及全国。但是，由于汉高祖及其多数功臣为楚人，好楚声，因而楚辞成为汉初的主要文学样式。高祖分封各地诸侯王，进一步把楚辞传播到了全国各地。反过来，各地楚辞风的兴盛，也强化了中央对楚辞的重视。《汉书·地理志》载：

> 始楚贤臣屈原被谗放流，作《离骚》诸赋以自伤悼。后有宋玉、唐勒之属慕而述之，皆以显名。汉兴，高祖王兄子濞于吴，招致天下之娱游子弟，枚乘、邹阳、严夫子之徒兴于文、景之际。而淮南王安亦都寿春，招宾客著书。而吴有严助、朱买臣，贵显汉朝，文辞并发，故世传《楚辞》。

显然，汉初各地方诸侯对楚辞的热爱，也加快了楚辞向全国传播的步伐。至迟在汉武帝时期，楚辞的影响已经由楚地走向全国。如汉武帝使淮南王刘安为《离骚传》，"旦受诏，日食时上"（《汉书·淮南衡山济北王传》）。吴人"（朱）买臣以楚辞与（庄）助俱幸"（《史记·酷吏列传》）。至汉宣帝时，"修武帝故事，讲论六艺群书，博尽奇异之好，征能为楚辞九江被公"。甚至东汉明德马皇后也"好读《春秋》、《楚辞》"（《后汉书·后纪》）。由此可见，最高统治者对楚辞的喜爱，是楚辞从一种地方性的文艺形式变为全国性主要文学形式的历史机遇。

在由地方向全国的传播过程中，"楚辞"得到了越来越广泛的模拟，以至于发展形成了两派。汉武帝时，淮南小山作《招隐士》、东方朔作《七谏》、庄忌作《哀时命》，皆以屈原口吻，模拟屈子作品，兴起了代言拟骚体。至王褒、刘向等人拟《九章》作《九怀》、《九叹》，代言拟骚成为了一个惯例。一派是贾谊《吊屈原文》模拟《离骚》，开创了一个悼屈拟骚的传统。之后，扬雄"往往摭《离骚》文而反之，自岷山投诸江流，以吊屈原，名曰《反离骚》。又旁《离骚》作重一篇，名曰《广骚》……"（《汉书·扬雄传》）明人谢榛云："扬雄作《反骚》、《广骚》，班彪作《悼骚》，梁竦亦作《悼骚》，挚虞作《愍骚》，应奉作《感骚》。汉魏以来，作者缤纷，无出屈、宋之外。"姜亮夫先生对拟骚的两派作了概括："自刘向辑小山、东方、严忌诸人之作，以赓屈子，大抵多楚人，为楚声，号曰'楚辞'。数千年学人，莫不仿佛得一鳞一爪以自慰，于是拟骚之作日多。其上者探灵均孤忠之核，以得其慨感幽深之志，多出于贤人志士之所为。其次者善于体屈子心志，锲入无间，而章拟句模，亦得其韵调之形似，则文士工巧之术。"①"其上者"则指吊屈拟骚之作，"其次者"指代言拟骚之作。不过应当指出的是，这里的"其上"、"其次"的区分，还只是姜先生的一家之言。

有汉一代，屈宋之作的模拟者并不限于楚人，而且模拟也并不限于形式或内容的某一个方面，这表明楚辞开始具有文体意义，拟骚者的文体意识开始自觉。一个值得注意的现象是，汉人的拟骚之作的模拟对象不仅包括屈原、宋玉等楚人的作品，而且也包括后出的非楚人的拟作。如梁竦《悼骚赋》云："惟贾傅其违指兮，何杨生之欺真。"显然，梁竦不仅模拟

---

① 姜亮夫：《楚辞书目五种》第三部《绍骚偶录》，中华书局 1961 年版。

了《离骚》，而且把贾谊、扬雄的拟骚之作也当成了模拟对象。汉人拟骚者，已把不断增多的拟骚之作看作一个文体谱系。在对屈原《九章》系列作品的模拟中，拟作者的文体谱系意识更为鲜明。王逸《楚辞章句》卷八列出了屈原《九章》—宋玉《九辩》—刘向《九叹》—王褒《九怀》系列，认为他们"依而作词，号为'楚辞'"。其《九思序》云："……至刘向、王褒之徒，咸佳其义，作赋骋辞，以赞其志，则皆列于谱录，世世相传。逸与屈原同土共国，伤悼之情，与凡有异。窃慕向、褒之风，作颂一篇，号曰《九思》，以裨其辞。"(《全后汉文》卷五十七)由此可见，王逸把前人的拟作也当成了模拟对象，他"慕向、褒之风"，将自己的拟作自觉纳入"九"体系列，表现出了鲜明的文体谱系意识。

嗣后，拟骚者的文体谱系确认意识随着拟作的不断丰富而得到加强。如陆云《九愍序》云："昔屈原放逐，而《离骚》之辞兴。自今及古，文雅之士，莫不以其情而玩其辞，而表意焉。遂厕作者之末，而述《九愍》。"(《全晋文》卷一〇一)这里的"作者"显然包括汉魏以来的拟作者。显然，在陆云看来，汉代拟骚者对《九章》①的模拟，是"九"体发展的不可忽视的一环。他提及汉人拟作，可以说是对汉代拟骚者的文体谱系的确认与发展。唐代皮日休《九讽系述序》云："屈平既放，作《离骚经》。正诡俗而为《九歌》，辨穷愁而为《九章》。是后辞人撚而为之，若宋玉之《九辩》，王褒之《九怀》，刘向之《九叹》，王逸之《九思》，其为清怨素艳，幽快古秀，皆得芝兰之芬芳，鸾凤之毛羽。"②皮日休对历代拟作的罗列，也说明他作为模拟者具有明确的文体谱系意识。

二 拟骚之作与楚辞的体式规范

拟骚之作的文体价值，首先表现为在语言规则、语汇使用、文体结构以及表达手法等方面对屈宋之作的模拟。

---

① 古人有时以《离骚》涵盖屈原所有作品，陆云这里所的《离骚》确切所指是《九章》。
② 皮日休：《皮子文薮》，上海古籍出版社 1981 年版。

　　文体规范是一种带有共性的语言规则。拟骚之作对屈原之作语言的沿袭、化用，可以说是对骚体带有共性的语言规则的认同。拟骚之作中有许多句子直接从屈原之作化出。如东方朔《七谏》"自古而固然兮，吾又何怨乎今之人"，完全化自屈原《九章·涉江》的"与前世而皆然兮，吾又何怨乎今之人！"又刘向《九叹·逢纷》云："伊伯庸之末胄兮，谅皇直之屈原。云余肇祖于高阳兮，惟楚怀之婵连。原生受命于贞节兮，鸿永路有嘉名。齐名字于天地兮，并光明于列星。"《九叹·离世》又云："兆出名曰正则兮，卦发字曰灵均。余幼既有此鸿节兮，长愈固而弥纯。"这些句子显然是从《离骚》开篇："帝高阳之苗裔兮，朕皇考曰伯庸。……皇览揆余初度兮，肇锡余以嘉名。名余曰正则兮，字余曰灵均。纷吾既有此内美兮，又重之以修能"化出。句子的化用常常被人们等同于剽窃，这是不公平的。从文体发展的角度看，这些与原作似曾相识的句子，提请人们注意拟作和原作的血缘关系，让读者体会到拟作与原作的文体类属关系。从句式来看，汉代拟骚之作保留了屈原之作的典型句式。屈原之作的典型句型有三种："○○○○，○○○兮"，"○○○兮○○○"，"○○○○○○兮，○○○○○○"①。汉代众多的拟骚之作，都比较严格地运用这三种句式，而很少使用大赋中常见的三字句、不带兮字的四言句以及六言句。在汉大赋发展起来以后，骚与赋曾出现了合流的趋势，一些赋作中夹有"兮"字句，而一些骚体之作中也开始夹有赋体句。拟骚之作坚持使用纯粹"兮"字句，可以说是巩固了屈宋辞的语言范式，是对楚辞体的文体强化。

　　拟骚之作还注意了保留楚辞的地方文化特征。宋代黄伯思《校定楚辞序》云："盖屈宋诸骚，皆书楚语，作楚声，纪楚地，名楚物，故可谓之楚辞。若些、只、羌、谇、蹇、纷、侘傺者，楚语也。顿挫悲壮，或韵或否者，楚声也。沅、湘、江、澧、修门、夏首者，楚地也。兰、茝、荃、药、蕙、若、萍、蘅者，楚物也。他皆率若此，故以楚名之。"② 到了汉

---

①　郭建勋：《汉魏六朝骚体文学研究》，湖南教育出版社 1997 年版，第 38—43 页。
②　黄伯思：《东观余论》卷下，四库全书本。

代，大一统带来了文化的交融，楚文化逐渐融入了汉文化而自身特征逐渐模糊，但汉代作家在模拟屈原之作时仍然竭力维持楚辞之"楚"文化特征，楚地语汇在拟骚之作中得到了有意识的保留。我们来看刘向《九叹·惜贤》："怀芬香而挟蕙兮，佩江蓠之斐斐。握申椒与杜若兮，冠浮云之峨峨。登长陵而四望兮，览芷圃之蠡蠡。游兰皋与蕙林兮，睨玉石之嵾嵯。扬精华以眩耀兮，芳郁渥而纯美。结桂树之旖旎兮，纫荃蕙与辛夷。芳若兹而不御兮，捐林薄而菀死。"这样一段话"书楚语，作楚声，纪楚地，名楚物"，即使放在屈宋之辞中也让人难以分辨。屈原本为楚人，其作品带有楚地的文化特征，是题中应有之义，尚称不上是自觉的文体建设，而本非楚人的拟骚者对屈原之作语言规范的模拟，则可以看成对楚辞的语言规范的一种自觉的认同，有效巩固了楚辞的语言特征，实际上具有一定的文体建构意义。相反如果不遵守楚辞的语言特征，则被视为是一种"失"体。所以黄伯思指出："自汉以还，去古未远，犹有先贤风概。而近世文士，但赋其体韵，其语言杂燕粤、事兼夷夏，而亦谓之楚词，失其指矣。"①

对屈宋之辞文体结构模拟最为明显的是拟《九章》系列作品。以下择要列出一些篇目及其题序，以便我们能更清晰地了解它们的联系（见表6—1）：

表6—1　　　　　　　　　　　　　　　拟《九章》系列作品

时 代	作 者	篇 名	题 序								
楚	屈原	九章	惜诵	涉江	哀郢	抽思	怀沙	思美人	惜往日	橘颂	悲回风
楚	宋玉	九辩									
西汉	东方朔	七谏	初放	涉江	怨世	怨思	自悲	哀命	谬谏		
西汉	刘向	九叹	逢纷	离世	怨思	远逝	惜贤	忧苦	愍命	思古	远游
东汉	王褒	九怀	匡机	通路	危俊	昭世	尊嘉	蓄英	思忠	陶雍	株昭
东汉	王逸	九思	逢尤	怨上	疾世	悯上	遭厄	悼乱	伤时	哀岁	守志
西晋	陆云	九愍	修身	涉江	悲郢	纡思	行吟	考志	感逝	□征	□□
清	王夫之	九昭	汨征	申理	远郢	引襄	局志	荡愤	悼子	惩悔	遗愍

① 黄伯思：《东观余论》卷下，四库全书本。

从题序和篇制看，《九章》有题序但不整齐，《九辩》无题序，东方朔《七谏》有题序但仅有七篇。这表明，此前模拟《九章》之作尚没有形成统一的外部结构形式。从刘向开始，"九"体才形成了整齐规范的二字题序形式，并且篇制固定为九章。王逸《楚辞章句》卷八试图对"九"的意义进行解释："屈原怀忠贞之性，而被谗邪，伤君暗蔽，国将危亡，乃援天地之数，列人形之要，而作《九歌》、《九章》之颂，以讽谏怀王，明己所言，与天地合度，可履而行也。宋玉者，屈原弟子也。闵惜其师忠而放逐，故作《九辩》以述其志。至于汉兴，刘向，王褒之徒，咸悲其文，依而作词，故号为《楚词》，亦采其九，以立义焉。"（《全后汉文》卷五十七）"九"究竟是何意，历来众说纷纭，王逸的解释也许并不符合屈原的原意，但作为骚体的重要模拟者，王逸的解释至少可以说明汉代拟骚作者试图对屈原之作的文体特征作出规范。汉代拟作者的努力得到了后代模拟者的承认。后世作"九"体者代不乏人，他们通常模拟汉代人将"九"体的文体结构规范化的做法，如陆云和王夫之没有采用屈原之作中出现的三字题序形式，却仿效汉代代拟之作采用二字题序。从这个意义上来说，是汉代的代拟之作把屈原创立的体式规范并巩固下来。

拟骚之作对于骚体的形式规范，还表现为对屈原辞表现手法的巩固。《史记·屈原列传》指出屈原辞的艺术特征："其文约，其辞微，其志洁，其行廉，其称文小而其指极大，举类迩而见义远。"王逸《离骚经序》则进一步揭示了屈原辞上述特征形成的原因在于比兴手法的运用："善鸟香草，以配忠贞；恶禽臭物，以比谗佞；灵修美人，以媲于君；宓妃佚女，以譬贤臣；虬龙鸾凤，以托君子；飘风云霓，以为小人。其词温而雅，其义皎而朗。"（《全后汉文》卷五十七）汉代拟骚之作普遍采用《离骚》的比兴手法。如贾谊《吊屈原文》云："呜呼哀哉兮，逢时不祥。鸾凤伏窜兮，鸱枭翱翔。阘茸尊显兮，谗谀得志。贤圣逆曳兮，方正倒植。"扬雄《反离骚》说："凤凰翔于蓬陼兮，岂驾鹅之能捷！骐骥骡以蹎艰兮，驴骡连蹇而齐足。"班彪《悼离骚》："夫华植之有零茂，故阴阳之度也。圣哲之有穷达，亦命之固也。惟达人进止得时，行以遂伸，否则诎而坼蝼，体龙蛇以幽潜。"蔡邕《吊屈原文》："啄碎琬琰，宝其瓴甋。皇车奔而失辖，执辔忽而不顾。卒坏覆而不振，顾抱石其何补?"这些作品都采用楚辞惯用的比兴手法以及意义象征系统，在相当程度上复现了《离骚》的艺术风貌，强化了骚体的表现特征。

吴承学先生曾指出："文学的体裁及其体式规范是人类在长期文学实践过程中的产物，它从萌芽、产生到成熟往往经过漫长的历史进程。在这期间，个别作家的努力对于某些文体可能起了画龙点睛的作用或者有综合集成之功，但是从根本上讲，文体形态的形成及演变是集体长期创作实践和理论探索相结合的结果。"[①] 从骚体文体发展来看，屈原的创作无疑具有开创之功，但是楚辞体形态的形成及演变却是汉代模拟者长期的实践和理论探索的结果。故严羽《沧浪诗话·诗体》中论"楚辞"一体时特加解释："屈原以下仿《楚辞》者，皆谓之楚辞。"[②]

三　拟骚之作与楚辞的文体内涵

文体乃是一种有意味的形式。作为文体的楚辞，其本质不仅在于其形式规范，更在于其文体内涵。明人陆时雍云："自屈原感愤陈情，而沅湘之音，创为特体，其人楚，其情楚，而其音复楚，谓之楚辞，雅称也。"(《楚辞疏·楚辞条例》)陆氏看到了楚辞体抒情的本质，但并不否定其形式特征。事实上，汉代的众多拟骚者都是在模拟屈原之作文辞与体制的基础上，进而领略其文体内涵的。

汉代拟骚之作不仅摹仿屈原的文体，而且把屈原的遭遇当作叙述的中心。代拟之作模拟屈原口吻，以第一人称的代言式，把自己对象化为屈原，设身处地地体验屈原的经历和痛苦，从而表达他们对于屈原的深切同情。我们来看王逸对众多代拟之作的解说：

---

① 吴承学：《文体形态：有意味的形式》，《学术研究》2001 年第 4 期。
② 郭绍虞：《沧浪诗话校释》，人民文学出版社 1961 年版，第 72 页。

《七谏》者，东方朔之所作也。……东方朔追悯屈原。故作此辞，以述其志，所以昭忠信、矫曲朝也。

《哀时命》者，严夫子之所作也。……忌哀屈原受性忠贞，不遭明君而遇暗世，斐然作辞，叹而述之。故曰《哀时命》也。

《九怀》者，谏议大夫王褒之所作也。怀者，思也。言屈原思见放逐，犹思念其君，忧国倾危，而不能忘也。褒读屈原之文。嘉其温雅，藻采敷衍，执握金玉，委之污渎，遭世溷浊，莫之能识，追而愍之。故作《九怀》以裨其词。

《九叹》者，护左都水使者光禄大夫刘向之所作也。……追念屈原忠信之节。故作《九叹》。叹者，伤也，息也。言屈原放在山泽，犹伤念君，叹息无已，所谓赞贤以辅志，骋词以曜德者也。①

从以上记载可以看出，这些作品的创作动机，可以用一"愍"字来概括。采用代言的形式来抒情，可以使拟作者居进到原作者的位置，进而体会到原作者的情感和心理。汉代代拟之作总题在标明章数之外还以"谏"、"怀"、"思"等词明确作品的情感内涵，而各篇题序也标以"怨"、"哀"、"愍"、"忧"、"悼"、"伤"等哀怨色彩较重的词语，将情感内涵落实在"怨"上，并以之与"楚辞体"持久结合，这就使骚体变成了一种有意味的形式。长期以来，人们习惯把"骚"与"怨"联系起来，形成所谓"骚怨"传统，当与汉代拟骚之作的这种努力有关。

伤悼屈原之作虽然站在第三者的立场评述屈原的思想和行为，但他们同时将自己类似的遭遇以及失志之悲对象化在作品中，从而使拟作流溢一股不平之怨。如《汉书·贾谊传》："既以适去，意不自得，及度湘水，为赋以吊屈原。屈原，楚贤臣也，被谗放逐，作《离骚赋》，其终篇曰：'已矣。国亡人，莫我知也。'遂自投江而死。谊追伤之，因以自谕。"贾谊《吊屈原文》一方面是伤悼屈原，另一方面则是"因以自谕"。又如《后汉

---

① 洪兴祖：《楚辞补注》，中华书局 1983 年版。

书·梁统传附子竦传》载：梁竦"后坐兄讼事，与弟恭俱徙九真。既徂南土，历江、湖，济沅、湘，感悼子胥、屈原以非辜沈身，乃作《悼骚赋》"。又《后汉书·应奉传》载："及党事起，奉乃慨然以疾自退。追愍屈原，因以自伤，著《感骚》三十篇，数万言。"显然，梁竦、应奉在拟作中也寄托了自己之伤怨。其他如扬雄、班彪、蔡邕都有过类似屈原的情感经历，他们的拟作其实都有自伤的色彩。清人程廷祚《骚赋论》指出，楚骚体"其声宜于衰晚之世，宜于寂寞之野，宜于放臣弃子之愿悟其君父者"①。这种看法的得出，与汉代拟骚者将自己的牢骚与骚体形式持久结合也有深刻的内在联系。

四 《楚辞》编纂与拟骚之作文体价值的确认

拟骚之作的文体价值，从汉代开始就在历代《楚辞》总集的编纂中得到认同。

如前所述，《楚辞》的流传与朱买臣、刘安等人的注释与品评及庄忌等人的拟作不无关系。明确将汉代人拟作收入《楚辞》的是刘向："初，刘向裒集屈原《离骚》、《九歌》、《天问》、《九章》、《远游》、《卜居》、《渔父》、宋玉《九辩》、《招魂》、景差《大招》，而以贾谊《惜誓》、淮南小山《招隐士》、东方朔《七谏》、严忌《哀时命》、王褒《九怀》及向所作《九叹》，共为《楚辞》十六篇。"② 这是历史明确记载的最早的《楚辞》传本，它聚合了屈原作品，又收录了汉代的拟骚之作，因而客观上扩大了"楚辞"所指，使其由开始特指屈原作品而发展为"兼具了某种特定文体的意义"③。刘向在《楚辞》中收录拟作的做法，提请人们注意拟作与屈原之作的血肉联系，实际上也赋予了拟骚之作以文体价值。王逸在刘向的基础上，成《楚辞章句》一书。他在刘向的基础上，不仅在总集中加入自己所

① 程廷祚：《青溪集》卷三，黄山书社 2004 年版。
② 纪昀：《四库全书总目提要》，河北人民出版社 2000 年版。
③ 郭建勋：《汉魏六朝骚体文学研究》，湖南教育出版社 1997 年版，第 2 页。

作的《九思》，而且比较详细地解说了每一篇拟作的模拟对象，确认了拟作和原作的对应关系，初步勾勒了楚辞文体发展的谱系表。王逸其至还由于对拟作的文体期待过于强烈，闹出了一些错误。如他在评淮南小山《招隐士》时云："小山之徒，闵伤屈原，又怪其文升天乘云、役使百神，似若仙者，虽身沉没，名德显闻，与隐处山泽无异，故作《招隐士》之赋，以章其志也。"（《楚辞章句》）《招隐士》与屈原无涉，王逸的说法实属牵强，历代学者已驳其谬。但是，王逸为什么会犯这样的错误呢？其实，王逸是因为《招隐士》形式上的骚体，而牵强地联想它与屈原的联系。过于强烈的文体意识，让他对文本发生了误读。

值得注意的是，刘向、王逸都没有将汉代众多伤悼屈原之作归入《楚辞》总集。唐末，皮日休对此表示困惑。他说："扬雄有《广骚》、梁竦有《悼骚》，不知王逸奚罪其文，不以二家之述为《离骚》之两派也。"皮日休的质疑，从宋代起开始就有学者在实践上落实了。如北宋晁补之《重编楚辞》，虽然因不满王逸《九思》等不类前人诸作，而将其剔除，但又在此基础上编订了《续楚辞》、《变离骚》两书。《续楚辞》从后世文赋中选取在辞、义两方面继承《楚辞》精神风貌之作编辑而成。从宋玉开始，直到宋代王令，共收 26 人计 60 篇作品。《变离骚》则选取那些祖述《离骚》而又有所变化的作品编辑而成。从荀卿开始至王令，共收 38 人计 96 篇作品。陈振孙《直斋书录解题》认为二书"皆《楚辞》流派。其曰变者，又以其类《楚辞》而少变之也"。有论者指出"晁补之第一次对于《楚辞》这种特殊的文学体式的发展及其流变进行了认真的研究"[①]，这无疑是非常正确的。

南宋朱熹《楚辞集注》沿袭了晁补之的做法，一方面尽删汉代人《七谏》、《九叹》、《九思》等代拟之作，另一方面却又特增贾谊赋两篇。自汉以来，由于总集的编纂与流传，汉代人代拟之作和屈原之作早已具有了约定俗成的文体互文性。朱熹不顾客观事实尽删汉代人代拟之作，遮蔽了汉

---

① 李中华：《楚辞学史》，武汉出版社 1996 年版。

代人拟作的文体价值。不过，他特增贾谊之《吊屈原文》等作品，却是有见地的做法，实际上落实了皮日休的意见，直接肯定了吊屈系列拟作的价值。洪迈《楚辞补注》遵循了刘向、王逸的做法，完全保留了汉代人的拟作。汲古后人云："洪氏合新旧本为篇第，一无去取，学者得紫阳而究其意指，更得洪氏而溯其源流。"这个评价十分正确。朱熹在《楚辞集注》中增加贾谊悼屈之作，能帮助人们更好地把握"楚辞"之体的情感特质；洪迈保留汉代人拟之作，则明显有利于认识楚辞的形式规范。到了清代，王夫之的《楚辞通释》继承了朱熹的做法。王夫之一方面像朱熹那样尽删《七谏》、《九怀》以下诸篇，认为这些作品没有真情实感；另一方面又补入江淹之作和自己所作的《九昭》。他对《楚辞》的增删，其实还是着眼于作品的情感内涵，这也是对拟骚之作情感内涵的一种强化确认。尽管历代《楚辞》的编辑者对拟骚之作的增补或删削因人而稍有差异，但都自觉或不自觉地认同历代拟骚之作之于"楚辞"的文学体式的意义。可以说"楚辞"的文体意义，实际是由《楚辞》总集确立的。而这个总集历来就包含历代的拟骚之作。如果没有历代的拟作，将《楚辞》变成了《屈原集》，就会割裂屈原之作与其拟作的血肉联系，"楚辞"的文体意义也就无从体现。

　　总的说来，汉代人在模拟屈原时，不仅自觉仿效其作品的外部体式和文体内涵，而且将这些作品构成一个绵延发展的谱系，这样就将屈原个人作品的体式，变为了共同遵守的规范。可以说，楚辞体的文体意义，是由屈原及其拟作者共同建构的，而汉代拟骚之作的文体价值是由模拟行为决定的。当然，我们也应该注意到，"某一种特殊的表现方式由一个别艺术家创造，由它的模拟者和门徒的仿效，反复沿袭，成为习惯，这就形成了作风。这种作风可以朝下列两个方向发展……第一个方向是掌握题材……其次，作风可以表现于艺术实践方面……这种掌握题材和表现题材的特殊方式经过反复沿袭，变成普泛化了，成为艺术家的天性了，就有这样一个危险：作风愈特殊，它就愈退化为一种没有灵魂的因而是枯燥的重复和矫揉造作，再见不出艺术家的心情和灵感了。到了这种地步，艺术就要沦为一种手艺和手工式熟练，于是原来本身没有多大坏处的作风就变成枯燥无生命了"①。模拟在巩固了楚辞体的文体规范的同时，也使它失去了新鲜的魅力。此外，骚体的哀怨内涵在本质上和汉王朝强盛的国势、雄张的国力也逐渐不相适应，因而骚体在汉武帝后的整体衰落也就不可避免了。然而，历史是辩证发展的。拟骚之作的缺失与衰落，又召唤并孕育了有汉一代的时代文体——赋体的形成。

第二节　司马相如拟作与汉赋定型

鲁迅先生云："盖汉兴好楚声，武帝左右亲信，如朱买臣等，多以楚辞进，而相如独变其体。"又云："然其专长，终在辞赋，制作虽甚迟缓，而不师故辙，自摅妙才，广博闳丽，卓绝汉代。"②他强调的是司马相如的"变"与"不师"的创造性贡献。然而，《文心雕龙·才略》云："相如好书，师范屈宋。"司马相如集中现有《大人赋》和《美人赋》，确实分别模拟了屈原《远游》和宋玉《登徒子好色赋》、《讽赋》。当今学界囿于这两种权威意见，或者不承认司马相如创作中的模拟事实，或者因司马相如的模拟而否定其创造性贡献，这都是不正确的。其实，模拟与创造并不天然绝缘。辩证地分析司马相如对屈宋的模拟，不仅可以帮助我们历史地观照司马相如变骚为赋的历史贡献，也有助于了解汉赋是如何在模拟中"拓宇于楚辞"（《文心雕龙·诠赋》），从而发展成为一代之文学的过程。

一　模拟与主客问答体式的定型

主客问答乃汉赋的基本体式。这一体式可溯源于战国诸子的散文，章

---

① ［德］黑格尔：《美学》第一卷，商务印书馆1979年版，第370—371页。
② 鲁迅：《汉文学史纲要》，人民文学出版社1973年版。

学诚云："假设对问,《庄》、《列》寓言之遗也。"①屈原的作品中也有主客问答体式,《渔父》是直接采用了主客问答,而"屈原之骚及《九歌》,可视为借巫之问答体"。"宋玉之对,即为问答而形如赋。"②主客问答进入以"赋"名篇的作品中,最早当见之于宋玉《登徒子好色赋》、《高唐赋》③等作品。然而,主客问答体式在汉以前尚没有固定为赋的基本体式,如荀子《赋篇》便没有采用这一体式。司马相如模拟宋玉《讽赋》、《登徒子好色赋》而作《美人赋》,根据赋体表达的需要而对主客问答体式进行改造,主客问答体式终于成为赋体的稳定体式。

《登徒子好色赋》实际有两组假设对问:一组是登徒子(包括楚王)和宋玉之间的问答,主要叙述登徒子和宋玉辩论究竟谁更好色;一组是章华大夫和宋玉(包括楚王)之间的问答,辨明章华大夫虽悦"郊之姝"的美貌却以礼自守的行为才是真正的不好色。关于章华大夫的作用,李善在《登徒子好色赋》末注有:"宋玉虽不逮大夫之顾义,而不同登徒之好色,故不退也。"④这一人物的设置,主要是为了与登徒子进行正反对比,从而说明什么是真正的"不好色"。显然,章华大夫这一角色的设立,使《登徒子好色赋》保留了较为浓厚的论辩色彩。《讽赋》则只有一组假设对问:以景差的发难、楚王的质疑始,以宋玉陈述自己不受"主人之女"的诱惑终,问答在景差(包括楚王)和宋玉之间展开,以具体事例说明宋玉并不好色。《讽赋》只有一组假设对问,论辩色彩减弱,故赋体特征相对《登徒子好色赋》明显一些,但是此赋中缺少《登徒子好色赋》那样的层次性,不利于充分铺陈,且赋中前后两次写到主人之女以歌相挑,宋玉援琴以止欲,内容重复而又未充分展开,散文意味仍然比较强。

司马相如《美人赋》综合模拟宋玉《讽赋》、《登徒子好色赋》,采用

① 章学诚:《文史通义校注》下册,中华书局1985年版,第1064页。
② [日]铃木虎雄:《赋史大要》,殷石臞译,正中书局1947年版,第3页。
③ 过去有人否认宋玉作品的真实性但证据不足,目前宋玉作品的真实性已经得到多数人的确认(参吴广平《20世纪宋玉研究综述》,《中州学刊》2002年第1期)。
④ 李善等:《六臣注文选》,浙江古籍出版社1999年版。

了主客问答的体式，这可以看出司马相如对宋玉赋之问答体式的继承。但是，这种继承是有选择的。与《登徒子好色赋》相比，《美人赋》去掉了"章华大夫"这一角色。"章华大夫"这一角色的退场，使《美人赋》减少了一组问答，故论辩色彩减弱，而且由于舍去了人物问答转换时所需的交代笔墨，便于集中力量铺叙，作品散文化痕迹弱化，而赋体特征更为典型。与《讽赋》相比，《美人赋》保留了《登徒子好色赋》中的两组问答所引发的铺陈内容，并且铺陈更充分，这又与《讽赋》弱化铺陈有所不同。

《美人赋》整合了《登徒子好色赋》和《讽赋》的结构方式，实际上具有文体转换的意义。宋玉赋作中的问答之辞，仍有一种对事理探求的热情，尚未完全脱离先秦散文的气息，任半塘认为"其（赋）首尾之文，初以议论为便"①，当有如此。这种情况一直到枚乘手中还没有多大改变。号称汉赋"不祧之祖"的《七发》，虽然采用了主客问答的体式，但这一结构在赋中多次出现，屋上架屋，不仅使赋之结构显得繁芜，而且不利于集中力量进行铺陈，仍有较重的说理散文的痕迹。《美人赋》以一组问答作为引发铺陈的契机，有意淡化模拟对象的议论色彩，从而使赋体脱离散文和诗体，成为一种独立的文体。《文心雕龙·诠赋》云："述客主以首引，极声貌以穷文。斯盖别诗之原始，命赋之厥初也。"刘勰认为，主客问答的体式乃是服从铺陈的需要，因而成为赋体独立的标志，这是十分深刻的。

如果说《美人赋》主客问答的设置还有具体的事件背景和切实的针对性，对赋的文体特征体现得还不够充分的话，那么《子虚赋》、《上林赋》设置子虚、乌有和亡是公三个虚拟人物，便脱离了具体的事件背景和针对性，人物的作用只在于提起话头，主客问答无真正的思想和逻辑的交锋，主客的观点其实是铺叙内容的引子与点缀。至此，主客问答终于彻底地脱离了先秦散文的论辩色彩，真正成为汉赋的体式特征。这一点从他人对司

---

① 任半塘：《唐戏弄》，上海古籍出版社1984年版。

马相如的摹仿也可以得到确认。《容斋随笔》卷七云："自屈原词赋假为渔父、日者问答之后，后人作者悉相规仿。司马相如《子虚》、《上林赋》以子虚、乌有先生、亡是公，扬子云《长杨赋》以翰林主人、子默客卿，班孟坚《两都赋》以西都宾、东都主人，张平子《两都赋》以凭虚公子、安处先生，左太冲《三都赋》以西蜀公子、东吴王孙、魏国先生，皆改名换字，蹈袭一律，无复超然新意，稍出于法度规矩者。晋人成公绥《啸赋》，无所宾主，必假逸群公子，乃能遣词。"①且不论洪迈把《楚辞·渔父》当作赋的看法是否正确，他至少道出了经由司马相如所确立的主客问答体式在赋史上的深远影响。洪迈虽然对拟作在艺术上持否定态度，但却不经意地说出了众人的模拟对于汉赋主客问答体式定型的深远影响。

司马相如对宋玉赋作的模拟，凸显了汉赋主客问答体式定型的轨迹。从早期的模拟之作《美人赋》到代表作《子虚赋》、《上林赋》，他稳定了赋的主客问答体式，使赋体完全摆脱了对散文的依附，从而具备了独立发展为一代之文学的可能。

二　模拟与赋之铺陈手法

铺陈成为主要表现手法，也是汉赋定型的标志。祝尧《古赋辩体》云："汉兴，赋家专取诗中赋之一义以为赋。"②"赋之一义"是指作为表达方法的"赋"。挚虞《文章流别论》所谓"赋者，敷陈之称也"（《全晋文》卷七十七），"敷陈"即铺陈。正是因为汉赋大量采用赋之手法，赋才由一种表现方式，变而为一种文体名称。

从司马相如拟作对楚辞体表达方式的继承与改造，我们可以看出铺陈手法对于赋之成体的重要意义。

司马相如现存《大人赋》模拟了屈原《远游》，但人们一致认为模拟得并不成功。如朱熹云："司马相如作《大人赋》，多袭其语，然屈子所

---

① 洪迈：《容斋随笔》，上海古籍出版社 1978 年版。
② 祝尧：《古赋辩体》，四库全书本，上海古籍出版社 1987 年版。

到，非相如所能窃其万一。"①洪兴祖亦云："司马相如作《大人赋》，宏放高妙，读者有凌云之意，然其语多出于此（《远游》），至其妙处，相如莫能识也。"②汪瑗进一步发挥说："司马相如作《大人赋》多袭其语，然屈子所到，而文章之妙亦未能闯其门也，况升堂入室乎？其所述远游，杂乱靡统，而又剽袭太多，此相如所作之陋者也。"③洪、朱、汪三个楚辞专家都认为司马相如未能识屈原"文章之妙"，那么，《远游》与《大人赋》相比，究竟妙在何处呢？

《远游》有两条线索，一为叙事的线索，一为抒情的线索。第一、二、三、四节，交代远游的原因——"悲时俗"，包括"遭沉浊而污秽兮"和"哀人生之长勤"两方面，处处皆流露出痛苦彷徨的心情。第五节，以"春秋忽其不淹兮，奚久留此故居"为转折，以下转入远游内容：闻仙道（第六节）——炼体魄（第七节）——游仙宫（第八节）。第九节又是一次情感的转折，由游仙之乐转入故园之思。于是诗人再次远游，往南疑（第十节）——到寒门（第十一节），不断远游以企求获得内心的宁静。而《大人赋》仅以游踪为序。第一节，交代大人远游前的装扮。第二节，游太阴。第三节，登帝宫，见仙界之清贫寂寞。第四节，回车而下，感慨仙界寂寥无友。显然，《大人赋》只保留了《远游》"游仙"的叙事线索但是舍弃了其抒情线索，从而也就丢失了《远游》那份动人的情感力量，这大概就是洪、朱、汪指责《大人赋》莫能识"文章之妙"的地方。

然而，洪兴祖等人却忽略了《远游》与《大人赋》文体的差异。殊不知，《大人赋》舍弃《远游》的抒情线索，正好适应了由骚到赋的文体转化。从表现手法来看，《大人赋》舍弃《远游》的抒情线索而只取叙事线索，实际是放弃比兴手法而独取"赋"法。《远游》第六、七、八、十、十一节，以铺叙手法叙述远游经历，但写作意图并不在于表达神仙之思，

---

① 朱熹：《楚辞集注》，上海古籍出版社1979年版。
② 洪兴祖：《楚辞补注》，中华书局1983年版。
③ 汪瑗：《楚辞集解》，北京古籍出版社1994年版。

而是如王逸《楚辞章句》所言："遂叙妙思，托配仙人，与俱游戏，周历天地，无所不到，然犹怀念楚国，思慕旧故。"（《全后汉文》卷五十七）也就是说，《远游》所铺叙的神仙内容，实际是服从其抒情目的，全然不似《诗经》赋笔"敷陈其事而直言之"①那么简单和直接。当然，《远游》抒情效果的实现，主要还是依靠运用比兴象征手法。然而，比兴的大量运用，会使铺陈效果变得模糊。楚辞"文约""辞微"以及"称文小"（《史记·屈原贾生列传》）的特点，实际是由于大量使用比兴手法而掩盖了铺陈的效果。反过来，《大人赋》由于舍弃了抒情线索，放弃比兴手法而独取"赋"法，使"赋"成为主要表达方式，从而直接促进了作为文体的"赋"的形成。故刘勰《文心雕龙·比兴篇》指出："楚襄信谗，而三闾忠烈，依《诗》制《骚》，讽兼'比''兴'。炎汉虽盛，而辞人夸毗，诗刺道丧，故兴义销亡。于是赋颂先鸣，故比体云构，纷纭杂遝，倍旧章矣。"因此，从表现手法来看，《远游》至少不是成熟的典型的赋体。相反，《大人赋》除了曲折隐藏有讽谏目的外，纯用赋笔，叙游仙的准备、行程、见闻，乃是典型的赋体。司马相如对赋的铺陈特征在理论上似有认识，其《封禅书》中有"依类托寓"一语，"依类"乃是铺陈的具体方法，而"托寓"则指赋之讽谏功能。刘熙载《艺概·赋概》云："赋欲纵横自在，系乎知类。太史公《屈原传》曰：'举类迩而见义远。'《叙传》又曰：'连类以争义。'司马相如《封禅书》曰：'依类托寓。'皇甫士安叙《三都赋》曰：'触类而长之。'"所谓"知类"，就是铺陈。应当指出的是，最早认识到铺陈是赋体基本手法的是司马相如，刘熙载将其置于司马迁之后，似乎忽略了司马相如年长于司马迁这一事实。

相对于《远游》的抒情效果而言，司马相如是丢弃了《远游》最宝贵的"文章之妙"，但就"赋"之体而言，《大人赋》则发展了体现赋之文体特色的表现手法。由此看来，《大人赋》对《远游》的因革，正是适应由骚到赋的文体转化，为汉赋的定型奠定了基础。刘师培云："自战国之时，

---

① 朱熹：《诗集传》，上海古籍出版社1980年版。

楚骚有作，词咸比兴，亦冒赋名。"①在刘师培看来，楚辞多用比兴，因此不能冒用赋名，这正道出《楚辞》与汉大赋在表现手法上的根本差别。司马相如模拟《楚辞》而并不采用比兴手法，看似倒退的模拟实际包含着新的文体进步。这也许是司马相如本人也未曾理解的艺术辩证法。

从艺术精神来看，《大人赋》也舍弃了《远游》中的"骚怨"精神。《远游》开篇即云："悲时俗之迫厄兮，愿轻举而远游。"将坎壈怀抱寄于游仙之趣，为全篇定下抒情基调。而《大人赋》开篇云："世有大人兮，在乎中州。宅弥万里兮，曾不足以少留。悲世俗之迫隘兮，朅轻举而远游。"虽然也援引了《远游》之句，但是作用并不是为全篇定调，而只是对"大人"身份的一种交代。关于《大人赋》写作的主观动机，《史记》与《汉书》本传皆有记载。《汉书·司马相如传》载："相如拜为孝文园令。上既美子虚之事，相如见上好仙，因曰：'上林之事未足美也，尚有靡者。臣尝为《大人赋》，未就，请具而奏之。'相如以为列仙之儒居山泽间，形容甚臞，此非帝王之仙意也，乃遂奏《大人赋》。"《大人赋》虽然主观上是为了讽谏，客观效果则是迎合了统治者的兴趣。常对司马相如之作"拟之以为式"的扬雄，对此有深刻认识，他说："雄以为赋者，将以讽也，必推类而言之，极丽靡之辞，闳侈钜衍，竞于使人不能加也，既乃归之于正，然览者已过矣。往时武帝好神仙，相如上《大人赋》欲以风，帝反缥缈有凌云之志。由是言之，赋劝而不止，明矣。"（《汉书·扬雄传》）所谓"推类而言之"，即指铺陈手法，也就是赋笔。赋之"劝百讽一"效果的形成，也与其以"赋"（铺陈）为主要表达方式有深刻的内在联系。因为，汉大赋采用铺叙方法，推类而言之，必然在赋中形成一股"竞于使人不能加"的惯性力量，而主观上的讽喻目的根本无法扭转这一股惯性力量，其客观效果也就只能是"劝百而讽一"了。因此，司马相如对《远游》的模拟实际上遗落了《楚辞》中的骚怨精神，为汉赋留下了无法克服的"劝百讽一"的弊病。曹丕《典论·论文》云："优游案衍，屈原之尚也；穷侈

---

① 刘师培：《论文杂记》，朴社出版社 1928 年版。

极妙，相如之长也。然原据托譬喻，其意周旋，绰有余度矣。长卿、子云，意未能及已。"（《全三国文》卷八）屈原和司马相如之差异，其实也就是骚与赋的文体差异。

汪瑗云："读者有凌云之意，盖未尝读楚辞之故也。使武帝读楚辞，则读相如之赋如嚼蜡耳。吾见其昏昏然惟恐其卧之不暇也，安得有飘飘凌云之意乎？"[1]这种看法过于主观武断，酷爱楚辞并创作了数首骚体作品的汉武帝何以未见过楚辞？其实汪瑗的主观臆测，还在于没有看到汉赋的赋笔与其"劝百讽一"的内在联系。而洪兴祖、朱熹则因为未从赋的文体特征考虑问题，所以对《大人赋》贬之太甚，对司马相如责之太深。实际上，司马相如对楚辞的因革与扬弃，使铺陈成为汉赋的主要表达方法，直接带动了汉赋的定型，其文体贡献不容抹杀。

三 模拟与赋之丽辞

赋的形式特征是"丽"。曹丕《典论·论文》中"诗赋欲丽"的说法，明确将"丽"作为赋之形式要求；而刘勰《文心雕龙·诠赋》云："赋者，铺也；铺采摛文"，对赋之辞采的要求尤为具体。所以李泽厚认为，沉博绝丽乃是"汉赋最本质的特征，无此不能称为典型的、成功的汉赋"[2]。

司马相如是汉代最早获得"丽"的评价的赋家。屈、宋之作虽然也表现了"丽"的倾向，但"丽"的程度远不及司马相如赋。《文心雕龙·辨骚》篇云："枚贾追风以入丽，马扬沿波而得奇。"准确指出了司马相如对于骚体之奇丽的发扬光大。我们以《大人赋》和《远游》中对仙人装扮的描写来做一番比较。《远游》云："屯余车之万乘兮，纷溶与而并驰。驾八龙之婉婉兮，载云旗之逶蛇。建雄虹之采旄兮，五色杂而炫耀。服偃蹇以低昂兮，骖连蜷以骄骜。"而《大人赋》云："乘绛幡之素霓兮，载云气而上浮。建格泽之修竿兮，总光耀之采旄。垂旬始以为幓兮，曳彗星而为

---

① 汪瑗：《楚辞集解》，北京古籍出版社1994年版。
② 李泽厚、刘纲纪：《中国美学史》，中国社会科学出版社1984年版。

胥，掉指桥以偃蹇兮，又猗抳以招摇。揽搀抢以为旌兮，靡屈虹而为绸。红杳眇以玄湣兮，猋风涌而云浮。驾应龙象舆之蠖略委丽兮，骖赤螭青虬之蚴蟉宛蜒。低卬夭蟜裾以骄骜兮，诎折隆穷躈以连卷。"很显然，《大人赋》对仙人的描写猎《远游》之艳辞而踵事增华，描写细腻具体，设色浓艳，其排场确实有"帝王之仙意"。此外，《远游》对仙人的描绘随游踪的转移而转移，因而视点显得分散；而《大人赋》则集中笔力描写仙人，将众多繁复的意象集中在一处"繁类以成艳"（《文心雕龙·诠赋》），也在客观上强化了"丽"的效果。《史记·太史公自序》云："《子虚》之事，《大人》赋说，靡丽多夸。""靡丽多夸"成为赋的形式特征，与司马相如对屈骚的采择英华、变本加厉不无关系。

司马相如赋对于宋玉赋之丽的模拟改造也是如此。宋玉《登徒子好色赋》表现美人之美，视觉效果并不鲜明，描写"东家之子"一段虽然让人了解了东家之女美的程度，却无法得知她究竟是如何的美。《讽赋》主要写主人之女主动求爱而宋玉尊礼拒绝的过程，对女子之美多侧面描写，正面描写仅"翳承日之华，批翠云之裘，更披白縠之单衫，垂珠步摇"几句，可视性仍然不强。而《美人赋》细致描写了美人的居住环境、语言神态，视觉效果极强，让读者有如临其境、如在眼前的感觉："于是寝具既设，服玩奇珍，金鉔薰香，黂帐低垂；祵褥重陈，角枕横施。女乃弛其上服，表其亵衣，皓体呈露，弱骨丰肌。时来亲臣，柔滑如脂。"当然，宋玉赋也有正面描写较多的作品，如《神女赋》在描述神女的美貌时，从衣饰说起，描摹她的明眸、蛾眉、朱唇，又写其端庄闲静、婆娑绰约的风姿。司马相如《上林赋》继承了这一写法，其中描写宫女的一节，更注重形象的装饰性："若夫青琴、伏妃之徒……靓装刻饰……柔桡嬛嬛……曳独茧之褕……便姗嫳屑……芬芬沤郁……皓齿灿烂……长眉连娟，微睇绵藐。"从服饰、身姿、香波、齿眉、笑容、目光多方面作客观描绘，人的容貌完全被物态化了。显然，司马相如赋作描写比宋玉赋更细腻，装饰色彩更浓，从而凸显了汉赋"丽"的特征。

明王世贞《艺苑卮言》卷二："长卿《子虚》诸赋，本从《高唐》物色诸体，而辞胜之。"①陈第《屈宋古音义》也认为《高唐赋》："盖楚辞之变体，汉赋之权舆也；《子虚》《上林》实躔此而发挥畅大之耳。"②他们不约而同地指出司马相如赋在模拟宋玉赋的基础上，踵事增华，形成了汉赋之"丽"的特征。扬雄早期曾以为"辞莫丽于相如，作四赋"（《汉书·扬雄传》），而后期他虽然因认为"诗人之赋丽以则，辞人之赋丽以淫"（《法言·吾子》）而对宋玉、司马相如等人之赋有所批评，但也不得不承认赋"丽"的形式特征以及这一特征由宋玉到司马相如的定型过程。

四　模拟与赋之句式

刘勰《文心雕龙·诠赋》云："然赋也者，受命于诗人，拓宇于楚辞也。"即使仅从句式的角度来理解，这也是有道理的。汉赋的典型句式以四六言为主，四言来源于《诗经》，而六言则来自对楚辞的骚体句式的模拟改造。

早期的赋作，句式上带有明显的脱胎于《诗经》的痕迹。如荀况《礼》、《知》、《云》、《蚕》、《箴》五赋，但都采用四言句，在句式上并没有和《诗经》拉开距离。宋玉诸赋则开始吸收散文句法改造屈子之骚体句。如其《九辩》以外的赋作，加入了三字句、四字句、六字句等句式。骚体句式一般为六言，加"兮"字为七言，句与句之间极少连接词语，宋玉则以增加连接词的办法加以改造。但是，宋玉赋中往往各种句式杂陈，并不追求句式整齐，虽然与楚辞句式拉开了距离，却又留下很强的散文化痕迹。司马相如吸收了宋玉对赋之句式的改造，但他改变了宋玉作品中各种句式的出现比较随意的状态，有意识地将各种句式骈俪化，从而创造了一种既不同于骚体句又不同于散句的典型的汉赋句式。鲁迅先生说司马相如之作"句之短长，与当时甚不同"，也就是这个意思。例如《美人赋》中有一段："臣之东邻，有一女子，玄发丰艳，蛾眉皓齿，颜盛色茂，景

---

① 罗仲鼎：《艺苑卮言校注》，齐鲁书社 1992 年版。
② 陈第：《屈宋古音义》卷三，四库全书本，上海古籍出版社 1987 年版。

耀光起。恒翘翘而西顾，欲留臣而共止。登垣而望臣，三年于兹矣，臣弃而不许"，虽然来自《登徒子好色赋》"东家之子……眉如翠羽，肌如白雪……然此女登墙窥臣三年，至今未许也"，但句式比《登徒子好色赋》整饬得多，节奏显得从容不迫，这就基本上褪去了散文由于句式参差造成的峻急之气，形成了"弘丽温雅"（《汉书·扬雄传》）的语体风格。铃木虎雄指出："于赋而与骚之句法一大变革者，实为前述之三字句、四字句之并用，特其打破六字句之单调，而于适当机会，实为所用，则加入不可言说之新意也。"①所谓"不可言说之新意"，即指通过句式改造变骚体的语言风格为赋体的语言风格。

从司马相如对赋之句式的改造，我们也可以看出汉赋句式的定型过程。汉代贾谊、枚乘、邹阳诸家，在赋之句式改造上并无建树。贾谊《鵩鸟赋》纯用骚体，句式无甚创新；枚乘、邹阳之作则参差错落仍富有散文气息。刘熙载《艺概·赋概》曾分析司马相如和他同时代的其他赋家语体风格之不同："相如之渊雅，邹阳、枚乘不及；然邹、枚雄奇之气，相如亦当避谢。"②邹、枚之作的雄奇之气主要来自散文化的句式，而司马相如之渊雅，则是因为他的赋作熔经铸骚，自铸伟辞，创骈散兼行的四六句式。这种句式以及由此形成的赋之语体风格受到此后赋家的摹仿，如扬雄向往相如"作赋甚弘丽温雅"，"常拟之以为式"（《汉书·扬雄传》）。可以说，汉赋到司马相如手中，才形成一种属于自己的非诗非骚也非散文的赋体句式，才形成一种堪称典范的"弘丽温雅"的赋体风格。

班固《汉书·叙传》云："文艳用寡，子虚乌有，寓言淫丽，托风终始，多识博物，有可观采，蔚为辞宗赋颂之首。"这段话既凸显了司马相如在赋史上的贡献，又概括出了汉赋的文体特征。汉赋的体式各个方面的发展，是相互联系的。如主客问答的体式的稳定，则为铺陈成为赋体主要表现手法创造了条件；而铺陈成为主要表现手法，在形式上则造成了赋体

---

① ［日］铃木虎雄：《赋史大要》，殷石臞译，正中书局 1947 年版，第 61 页。
② 刘熙载：《艺概》，上海古籍出版社 1978 年版。

对"丽"的追求，而这也造成了汉赋既难以吟咏性情又无法实现讽谏，因而必须通过句式的变革来加以弥补。司马相如对汉赋的贡献，远远超过他以前的任何作家。贾谊《鵩鸟赋》虽然以赋名篇，但其表现手法和艺术精神上基本上还是骚体特色，文辞也不够华丽，算不上是典型的汉赋。枚乘《七发》虽被尊为赋之"不桃之祖"，但尚没有以"赋"为名。而扬雄、班固是在汉赋体式定型后对司马相如的"拟之以为式"。晋葛洪《西京杂记》把一段著名的赋论托之于司马相如："合綦组以成文，列锦绣而为质，一经一纬，一宫一商，此作赋之迹也。赋家之心，苞括宇宙，总览人物，斯乃得之于内，不可得而传。"所谓"作赋之迹"，其实是指赋之文体特征。"一经一纬，一宫一商"，指赋的体式结构和表现手法，即以铺叙为经线，把同一场景中的众物联系起来，作东西南北上下左右表里的全方位描写，又以情节为纬线（主要以主客问答方式）把多个画面组合起来，构成一个完整的整体。"合綦组以成文，列锦绣而为质"，指赋"丽"的形式特征。所谓"赋家之心"是作赋的方法论，要求赋家作赋时要充分发挥主体的想象力与创造力，对外界事物作艺术概括。《西京杂记》所载虽多为小说家假托之言而难以信从，但联系司马相如赋作在对前人的模拟中为汉赋之主客问答的体式、铺陈的表现手法、"丽"的形式以及典型的四六句式的定型所作的创造性贡献，我们认为，上述赋论托之于司马相如而不是任何别的赋家，绝非偶然。当然，司马相如对屈宋之作的模拟改制，归根到底还是由汉代的时代精神决定的。汉武帝时国力强盛、国势雄张，需要一种体制庞大、内蕴丰富、靡丽多夸的文体来包括宇宙，总览人物，而骚体过于浓厚的地方特色与哀怨凄婉的文体内涵显然难以适应这一需要，因而其变革实乃是一种必然。当然，世界上从来就没有凭空而来的变革。骚体的固有体制，为汉代赋家提供了借鉴的便利，因而"拓宇于楚辞"，在模拟中求变革便成了一种文体建设方式了。

第三节　扬雄的模拟与汉赋变革

汉代文学大师扬雄向来有两点备受争议。一是其模拟行为。《汉书·扬雄传》云："（雄）实好古而乐道，其意欲求文章成名于后世，以为经莫大于《易》，故作《太玄》；传莫大于《论语》，作《法言》；史篇莫善于《仓颉》，作《训纂》；箴莫善于《虞箴》，作《州箴》；赋莫深于《离骚》，反而广之；辞莫丽于相如，作四赋；皆斟酌其本，相与依仿而驰骋云。"班固全面肯定了扬雄的模拟行为。扬雄在后世被视为"模拟大师"，即由此而起。程廷祚《骚赋论》则具体肯定扬雄模拟对于汉赋发展的积极意义："子云之《长杨》、《羽猎》，家法乎《上林》而有迅发之气……大抵汉人之赋，首长卿而翼子云，至是而赋家之能事毕矣。"①今人刘大杰则视扬雄为汉赋模拟期的典型代表，认为："司马相如、王褒诸人以后，汉赋的形式格调，都成了定型。后辈的作者，无法跳出他们的范围，因此模拟之风大盛"②，则又暗含对扬雄模拟行为的否定。二是他后期视作赋为"雕虫小技"。人们对此也褒贬不一。如曹植同意扬雄的看法，其《与杨德祖书》云："辞赋小道，固未足以揄扬大义，彰示来世也。昔杨子云，先朝执戟之臣耳，犹称'壮夫不为'也。"（《全三国文》卷十六）而杨修《答临淄侯笺》对此进行了批评："修家子云，老不晓事，强著一书，改编其少作。若此，仲山、周旦之俦，为皆有怨邪！君侯忘圣贤之显迹，述鄙宗之过言，窃以为未之思也。若乃不忘经国之大美，流千载之英声，铭功景钟，书名竹帛，斯自雅量，素所畜也，岂与文章相妨害哉？"（《全后汉文》卷五十一）明王世贞在《艺苑卮言》卷二中批评扬雄说："子云服膺长卿……研摹白首，竟不能逮，乃谤言欺人云：'雕虫之技，状夫不为'，遂

---

① 转引自徐志啸：《历代赋论辑要》，复旦大学出版社1991年版。
② 刘大杰：《中国文学发展史》，古典文学出版社1957年版，第148页。

开千古藏拙端。"① 事实上，扬雄的模拟以时间为序可分为前后两期。前期包括居蜀及汉成帝朝时期，以通过模拟熟悉汉赋体制为主；后期则包括哀平新莽时期，以在模拟中探索汉赋变革为主。而贯穿前后期的则是他对于赋体、赋风和赋之功能的反思。模拟对于扬雄的个人创作和汉赋的发展的影响都是多元的，我们不可以执一而论。

一 模拟与"赋家之能事"

扬雄在成帝朝以前的赋作以模拟为主，可称为模拟期，这一时期又可分为两个阶段来考察。

第一阶段是蜀中时期，主要作品有《反离骚》及《悬邸铭》、《王佴颂》、《阶闼》及《成都城四隅铭》等作品。先说《反离骚》。《汉书·扬雄传》载："……（雄）悲其文，读之未尝不流涕也。以为君子得时则大行，不得时则龙蛇。遇不遇，命也，何必沉身哉？乃作书，往往摭《离骚》文而反之，自岷山投诸江流，以吊屈原，名曰《反离骚》。又旁《离骚》作重一篇，名曰《广骚》；又旁《惜诵》以下至《怀沙》一卷，名曰《畔牢愁》。"上述作品现仅存《反离骚》。《反离骚》模拟《离骚》之体式，袭用《离骚》之意象与词句，但又对屈原投江行为提出了批评，继承了贾谊《吊屈原文》开创的悼屈拟骚传统，使汉代拟骚之作在代言拟骚之外形成另一派。② 但是，《反离骚》的写法，历来颇有争议。如朱熹斥《反离骚》为"《离骚》之残贼"③。而胡应麟则极力为扬雄辩护："扬子云《反离骚》，盖深悼三闾之沦没，非爱原之极切，不至有斯文"，"第子云命名太过，又莽世不能远引，故为后人所持藉"④。方苞《书注楚辞后》亦曰："吊屈子之文，无若《反离骚》之工者"，"今人罹祸遭殃，其泛交相慰劳，必曰

① 罗仲鼎：《艺苑卮言校注》，齐鲁书社 1992 年版。
② 详参本书第六章第一节。
③ 朱熹：《楚辞集注》，上海古籍出版社 1979 年版。
④ 胡应麟：《诗薮》杂编卷一，上海古籍出版社 1979 年版。

'此无妄之灾也'。戚属至，则将咎其平时起居之无节，作事之失中，所谓垂泣涕而道之也。雄之斯文，亦若是而已矣。知《七谏》、《九怀》、《九叹》、《九思》之虽正而不悲，则知雄之言，虽反而实痛也"①。胡应麟对朱熹的驳难是有力的，因为扬雄对屈原的人格其实是相当赞赏的，《法言·吾子》载：或问："屈原智乎？"曰："如玉如莹，爰变丹青，如其智，如其智。"可见，《反离骚》对屈原的批评，其实是爱之深恨之切的表现。方苞认为《反离骚》融入了作者自己感情，比代拟之作情感真实深刻，这也是很有见地的。《反离骚》的模拟动机尽管和汉代其他拟骚之作并无不同，结构与句式也没有跳出《离骚》的范围，但融入了主体的反思，所以同样是依《离骚》以立意，但《反离骚》较其他拟骚之作高出一筹。

《悬邸铭》、《王佴颂》、《阶闼》及《成都城四隅铭》四篇作品，"蜀人有杨庄者，为郎，诵之于成帝，成帝好之，以为似相如，雄遂以此得外见"（《答刘歆书》）。从"似相如"推断，这几篇作品极有可能模拟了司马相如。可惜的是，这四篇为扬雄带来荣誉的作品今已不传，这可能是因为它们与扬雄的其他作品相比其实算不上是成功的模拟作品。从标题推测，扬雄早期居蜀中时期创作的《蜀都赋》，或许与《成都城四隅铭》有关。《蜀都赋》模拟《子虚》、《上林》二赋也是显而易见的。《蜀都赋》主要介绍成都河流山脉和水陆物产，这与《子虚赋》中子虚述云梦泽、《上林赋》中亡是公赞上林苑相差无几。但是，《蜀都赋》兼及都邑风土人情，在题材上开都邑赋之先声，这显然是其创新之处。左思赞《蜀都赋》曰："雄含章而挺生，幽思绚道德，摛藻掞天庭，考四海而为俊，当中叶而擅名，是故游谈者以为誉，造作者以为程式也。"（《全晋文》卷七十四）左氏所言不虚，班固《两都赋》、张衡《两京赋》、《南都赋》以及左思《三都赋》等无一不以扬雄《蜀都赋》为取法对象。

第二阶段是在成帝朝时期，主要作品有《甘泉赋》、《河东赋》、《羽猎赋》、《长杨赋》四赋。这四篇作品乃模拟司马相如《上林》、《子虚》二赋

---

① 方苞：《方望溪先生全集》卷五，万有文库本，商务印书馆 1935 年版。

而成。细究起来，它们虽然都模拟司马相如之作，但模拟方法却又不同。
从内容上看，《羽猎赋》、《长杨赋》写天子之畋猎，内容十分接近《子虚
赋》、《上林赋》；而《甘泉赋》、《河东赋》，写祭祀场面，夸张宫室之美，
盛言车骑之众，离司马相如二赋的畋猎内容又稍远些。从结构来看，《长
杨赋》设为主客问答，以子墨客卿与翰林主人的辩难结撰全文，显然借鉴
了司马相如赋的结构方式；而其他三赋直接铺陈，没有采用主客问答的结
构方式，显示与相如的不同。从语言形式来看，《河东赋》多用四言，四
言典雅的语体风格与祭祀的典正场面正相适应；《羽猎赋》较多使用三字
句，短促的节奏有利于表现打猎的紧张气氛，这与《子虚赋》、《上林赋》
中写打猎的时所用的句式是一致的。《甘泉赋》整体看来是一篇散体大赋，
但赋中出现了大量的骚体句，形成了散句—骚句—散句—骚句之结构。散
句多用四言式，对仗工整，音韵和谐流畅，平舒柔缓，主要用以平静地叙
述、说明；骚句形式相对自由，充满想象，故用于奔放的抒发和叙写，这
样就避免了纯用骚体和纯用四言所可能造成的板滞，带来了节奏的起伏和
情感的流动，这是《子虚赋》、《上林赋》中不曾出现的。骚体句式在赋体
中的成功运用，大概与扬雄此前曾广泛模拟《离骚》的艺术积累有关。总
之，骚体句与散句的结合使用，既高于司马相如的纯用散句，也优于屈原
作品的纯用骚体。可以说，《甘泉赋》是对屈原与司马相如二人作品的形
式优点的扬长避短与具美兼善。最后，从写作目的看，扬雄有意识地加强
了讽谏目的，四赋的序言都提到"以风""以劝"等，赋中也经常不失时
机地暗示讽谏，而不像《子虚赋》、《上林赋》那样仅仅是曲终奏雅。元祝
尧《古赋辩体》卷四扬雄《甘泉赋》注云："赋也，全是仿司马长卿，真
所谓异曲同工者与。盖自长卿诸人，就骚中分出一体，以为辞赋。至于子
云，此体遂盛，不因于情，不止于理，而惟事与辞。虽曰因宫室、畋猎等
事以起兴，然务矜夸而非歌咏，兴之义变甚矣；虽曰陈古昔帝王之迹，然
涉奇怪，而非博雅，比之义变甚矣；虽曰称朝廷功德等美，以仿雅颂，然
多文饰而非正大，雅颂之文又变甚矣。但风比兴雅颂之义虽变，而风比兴

雅颂终未泯。"①在祝尧看来，扬雄之作虽然模拟了司马相如，但比兴之义和雅颂功能均淡退了。其实，这种变化也可以视为赋之铺陈和"劝百讽一"两大特点更加突出明显了，这也是赋体更为成熟的标志。因此，扬雄此期的模拟，也可以说是巩固并发展了汉赋的体式特征。程廷祚《骚赋论》所谓"至是而赋家之能事毕矣"②，可谓一语中的。

综上所述，扬雄创作前期两个阶段的模拟效果是不同的。前一阶段较多地注重内容上的自出己意，后一阶段则形式创新更全面一些。他在模拟时进行的多种创新的尝试：或表达自己的独立见解，或调整结构与句式，为巩固和发展汉赋的体式作出了自己的贡献。

二 模拟与扬雄对赋论的反思

在模拟实践过程中，扬雄理论上对赋体有一个不断反思、调整的过程。桓谭《新论》记载了一则耐人寻味的故事："扬子云好天文，问于黄门作浑天老工。曰：'我少能作其事，但随尺寸法度，殊不晓达其意。然稍稍益愈，到今七十，乃甫适知，已又老且死矣。今我儿子爱学作之，亦当复年如我乃晓知，已又且复死焉。'其言可悲可笑也。"（《全后汉文》卷十五）桓谭与扬雄乃忘年之交，所以他的记载应当是可以信从的。扬雄引用老工的话大有深意，完全可以借以说明他对自己的模拟创作的反思。

首先，在广泛的模拟实践中，扬雄认识到了模拟之于创作的意义。《意林》载桓谭之语："扬子云攻于赋，王君大习兵器，余欲从二子学。子云曰：'能读千赋则善赋。'君大曰：'能观千剑则晓剑。'谚曰：'伏习象神，巧者不过习者之门。'"③"读千赋"是一个阅读过程，而"善为之"是指创作过程，二者并不直接同一，显然需要一座沟通的桥梁，而模拟正好担当了这一角色。模拟创作的过程，就是将拟作者对模拟对象的理解与认

---

① 祝尧：《古赋辩体》卷三，上海古籍出版社 1987 年版。
② 程廷祚：《青溪集》卷三，黄山书社 2004 年版。
③ 马总：《意林》，丛书集成初编本，中华书局 1991 年版。

识物化赋形的过程，而模拟的成功则取决于模拟者对模拟对象的深度阅读。所以在广泛阅读之后，还必须经过反复的模拟实践，才可能把他人的经验转化为自己的能力。只有这样，"习者"才有可能变为"巧者"。这一点，其实是扬雄对自己早期模拟行为的正面价值的一个总结。

其次，在广泛的阅读和勤奋的模拟中，扬雄还熟谙了赋的文体特征。扬雄早期对司马相如和屈原十分崇拜。他曾认为："长卿赋不似从人间来，其神化所致邪。"①有人认为扬雄崇拜司马相如是因为学相如而不逮，这种说法有一定的道理，不过应当指出的是，这应只是早期的情况。扬雄早期创作《悬邸铭》等作品，因似相如之作而得到成帝赏识，这大概是他对司马相如最为崇拜的时期，于是嗣后又有了摹仿相如的《羽猎赋》等四赋，但是此四赋并没有实现其预先所期望的讽喻效果，这就促使他开始对司马相如的赋作进行反思。扬雄的反思是从赋风开始的。他对其曾着力摹仿过的屈原和司马相如都提出了批评。据《法言·君子》载：或问："屈原、相如之赋，孰愈?"曰："原也过以浮，如也过以虚。过浮者蹈云天，过虚者华无根。"②这种批评包含两方面的意思：其一是肯定赋之"浮"与"虚"，这实际是承认了赋的夸饰的文风；其二是反对过分的"浮"与"虚"，提倡一种事辞相称、文质彬彬的文风。扬雄对屈原和司马相如都是既有肯定又有保留，这种辩证的反思具有鲜明的理性色彩，已经超越了早期崇拜他们时的情绪化。反思的范围进一步扩展，则扬雄的批评视野涉及了当时的主要赋家。《法言·吾子》载：或问："景差、唐勒、宋玉，枚乘之赋也益乎?"曰："必也淫。""淫则奈何?"曰："诗人之赋丽以则，辞人之赋丽以淫。如孔氏之门用赋也，则贾谊升堂，相如入室矣，如其不用何?"扬雄认识到了"丽"乃赋体的重要特征，并将赋之风格区分为"诗人之赋"和"辞人之赋"，并据此批评了贾谊和司马相如的赋风，认为他们的赋作文采华丽有余，而儒家政教功能不足。这实际是对汉初赋家一味

---

① 向新阳、刘克任：《西京杂记校注》卷三，上海古籍出版社 1991 年版。
② 汪荣宝：《法言义疏》，中华书局 1987 年版。

"拓宇于楚辞"的文体创造和赋体功能的一种反思，也可以看作他对自己早年模拟《离骚》的一种反思。

在上述反思中，对扬雄后期实践最具指导意义的还是关于赋的文体功能的反思。《汉书》本传云："雄以为赋者，将以讽也，必推类而言之，极丽靡之辞，闳侈钜衍，竞于使人不能加也，既乃归之于正，然览者已过矣。往时武帝好神仙，相如上《大人赋》欲以风，帝反缥缈有凌云之志。由是言之，赋劝而不止，明矣；又颇似俳优淳于髡、优孟之徒，非法度所存贤人君子诗赋之正也，于是辍不复为焉。""必推类而言之"道出了赋以铺叙为创作方法，"极丽靡之辞"指的是赋的形式要求。扬雄认为人们对赋的文体功能的主观要求与赋体的客观效果之间之所以会形成鲜明反差，实际上是由赋的表现手法决定的。汉大赋采用铺叙方法，推类而言之，必然在赋末形成一股"竞于使人不能加"的惯性力量，这时在赋末点出讽谏目的，已经无法扭转这一股由铺陈而引致的惯性力量，其讽谏效果也就只能是"劝百而讽一"了。这一看法，可谓洞察了汉赋之根本矛盾。一方面，汉赋一直以铺陈为基本表达方法，改变了这一方法，其实也就等于改变了赋的文体特征；另一方面，笃信儒家诗教的扬雄又不可能放弃"将以讽"的要求。也就是说，铺陈的创作方法与讽谏目的的内在矛盾，在以体物为主的赋体中是难以调和的。也许是因为认识到了这一点，酷爱赋的写作的扬雄，竟然辍而不为，视赋的写作为雕虫小技了。当然，这只是理论上的偏执，扬雄实际上终究没有放下赋的创作。缘此，则扬雄后期赋的转型也就不得不然了。

扬雄对于模拟的反思，还上升到了方法论的高度。《法言·吾子》载其对模拟的看法：或曰："有人焉，自云姓孔而字仲尼。入其门，升其堂，伏其几，袭其裳，则可谓仲尼乎？"曰："其文是也，其质非也。……好书而不要诸仲尼，书肆也。好说而不要诸仲尼，说铃也。"这里虽然谈的不是文学创作的模拟问题，但是落实到创作层面，仍有其现实意义。扬雄模拟屈原和司马相如的作品有借此"入其门"的目的，而其对二人赋作政教功能不足的反思性批评，则可视为他追求真正"升堂""入室"的努力。

《太玄·玄莹》对模拟有更明确的说明："夫道，有因、有循、有革、有化。因而循之，革而化之，与时宜之。故因而能革，天道乃得；革而能因，天道乃驯。夫物不因不生，不革不成。故知因而不知革，物失其则；知革而不知因，物失其均；革之非时，物失其基，因之非理，物丧其纪。因革乎因革，国家之矩范必，矩范之动，成败之效。"①这里论述的因与革的辩证关系，也可以看作扬雄对其文学创作中模拟行为的一个理论总结。具体而言，所谓"道"，就是需要继承的文学传统；所谓因与循，就是创作中的模拟继承；所谓革与化，就是创新变化。文学传统的传承与发展，离不开因与革的对立统一。扬雄对于模拟行为和汉赋特点的辩证认识，对其后期创作的调整，无疑起到了重要的指导作用。

三　后期模拟与汉赋变革

扬雄对于汉赋的深刻反思，与其模拟行为有深刻的内在联系。通过模拟，他一方面认识到了汉赋的体式特点和文体功能的缺陷与不足，另一方面则将通过模拟所获得的认识具体化为自身的实践，对后期创作进行调整。这主要表现为他在哀平新莽时期的模拟创作中，对赋的文体体类和功能的调整。

调整之一表现为箴文的创作。从理论上讲，扬雄要坚持作赋"将以讽"的立场，则必须对赋的表现手法甚至文体特征作出相应调整。箴文的创作，便是这一调整的产物。扬雄《十二州百官箴》，模拟周代虞人之箴而作，写作年代当在平帝元年以后，新莽始建国元年以前。箴文功能在于讽刺，徐师曾《文体明辨》曰："按《说文》云，箴者，诚也。盖医者以箴石刺病，故有所讽刺而救其失者，谓之箴。"②"诚"的创作目的，与赋之"将以讽"实质是一致的。《十二州百官箴》篇幅短小，但其结构与写法仍是赋之缩微，如《交州牧箴》云："交州荒裔，水与天际。越裳是

① 郑万耕：《太玄校释》，北京师范大学出版社1989年版。
② 罗根泽：《文体明辨序说》，人民文学出版社1998年版。

南……周公摄祚，白雉是献；昭王陵迟，周室是乱，越裳绝贡……大汉受命，中国兼该……"先写交州地理位置，再依时间顺序铺陈交州历史，寓劝谕与警诫于其中，与赋之铺陈相差无几，但箴文"以精神代色相，以议论当铺排，赋之变格也"（刘熙载《艺概·赋概》）。扬雄借助箴文来实现其讽谏的目的，显然是基于赋的"侈丽闳衍之词"遮蔽了赋作的"讽喻之义"的认识。

但是，这种转变，对赋体的发展其实是不利的。箴文的创作固然一定程度满足了扬雄对赋的"将以讽"的文体功能的期望，但是文体功能的极端功利化同时也带来了文采的缺失，完全挤压了个人的抒情空间。汉代箴体作者除扬雄外，尚有崔琦、崔骃、崔瑗、胡广、高彪、潘勖等人，但他们留存至今的作品极少，或许与这一文体的开创者扬雄过于强调其讽喻目的而忽略了其文学性有关。

调整之二是言志赋的创作。扬雄将大赋作为"将以讽"的工具，没有取得明显效果，促使他转向了言志赋的创作，主要作品有《解嘲》和《逐贫赋》。《解嘲》不再模拟润色鸿业的大赋，也不模拟已经落入套式的骚体，而是选择模拟"发愤以表志"（《文心雕龙·杂文》）的东方朔《答客难》。洪迈《容斋随笔》卷七云："东方朔《答客难》，自是文中杰出，扬雄拟之为《解嘲》，尚有驰骋自得之妙。"①与《答客难》相比，《解嘲》的创作处于汉赋业已定型的时期，所以较多吸收汉赋的艺术经验。如赋中"当途者入青云，失路者委沟渠，且握权则为卿相，夕失势则为匹夫。譬若江湖之雀，勃解之鸟，乘雁集不为之多，双凫飞不为之少"一节，运用对偶、比喻等修辞，汪洋恣肆，在文采与文势上远胜东方朔的作品；较之其此间模拟创作的《十二州百官箴》，也多了许多丽采与情性，文学性明显增强。此外，《解嘲》旨在对别人嘲笑他作《太玄》而未得禄位作出回应，抒发其不得志的牢骚，较之他此前的模拟大赋《甘泉赋》、《河东赋》、《羽猎赋》、《长杨赋》，又多了一份个人情性。可以说，《解嘲》作为一篇

---

① 洪迈：《容斋随笔》，上海古籍出版社1978年版。

拟作，不仅超越了其模拟对象《答客难》，也超越了扬雄此前的所有拟作。

不过，最有特色的还是《逐贫赋》。钱钟书《管锥篇》云："扬雄《逐贫赋》……吾必以斯为巨擘焉；创题造境，意不由人。《解嘲》虽佳，谋篇尚步东方朔后尘，无此诙诡。后世祖构稠叠。强言自慰，借端骂世，韩愈《送穷》、柳宗元《乞巧》、孙樵《逐店鬼》，出乎其类。……段成式《留穷辞》、唐庚《留穷》就是其遗意。"[①]钱氏所言不虚，扬雄《逐贫赋》完全摆脱了模拟的束缚，创立了具有浓烈个人色彩的言志赋体式，实开汉代抒情赋之先声。应当指出的是，就扬雄自己的创作而言，《逐贫赋》则是由模拟而变革的必然结果。例如，《逐贫赋》中的牢骚之辞，与《解嘲》有一脉相传之处；而《逐贫赋》的主客问答体制，仍与《长杨赋》如出一辙。因此，我们可以说，扬雄个人的模拟变革，不经意带来了汉赋的变迁。

总之，扬雄一方面通过前期的广泛模拟，巩固和发展了汉大赋的体式；另一方面，则通过理论反思与后期的模拟变革，认清了汉赋的固有弊病，实现了自我创作的转型与汉赋的变革，开启了汉大赋向抒情赋的变迁。不过，可惜的是，扬雄对此并没有完全自觉。他晚年因轻视赋作而转向纯哲理的探讨，所以言志赋创作的数量不多，影响有限。此后，东汉初期赋家也没有能够感知扬雄后期模拟创作的转向以及转向的意义。扬雄之后的东汉初期和中叶赋家们一味模拟，而缺少像扬雄那样调整与反思。如班固《两都赋》模拟司马相如《子虚》、《上林》，《典引》模拟司马相如《封禅》，《幽通赋》模拟屈原《离骚》，《答宾戏》模拟东方朔《答客难》、扬雄《解嘲》，在思想和艺术上均陈陈相因而创获甚少。其他如冯衍（《显志赋》模拟《离骚》）、杜笃（《论都赋》模拟《子虚》、《上林》）、崔骃（《七依》模拟《七发》）、傅毅（《七激》模拟《七发》）、李尤（《后汉书》卷八十认为其"有相如、扬雄之风"）等人也是如此。汉赋自西汉末叶到东汉中叶，出现了一个因循模拟的时期，处于发展停滞状态。直到张衡的出现，这一状态才开始被打破。

---

① 钱钟书：《管锥篇》，中华书局 1979 年版。

第四节　张衡的拟作与汉赋转型

汉大赋在司马相如手中定型后，从西汉末年到东汉中叶历经了一段模拟期，其弊端也越来越明显：一方面随着汉朝国势的衰弱，士人为当朝润色鸿业的热情大减，大赋创作日益显得不合时宜，因而呼唤着思想与文体的变革；另一方面汉大赋本身也在陈陈相因的模拟中由盛而衰，因而呼唤着艺术与体裁的革新。这一任务，历史地落在了活跃于东汉中后期的著名作家张衡的身上。

学界对于张衡赋作的研究，向来集中在《二京赋》和《归田赋》。前者被看作模拟之作而颇受诟病，后者则被视为抒情小赋的开山之作而大受赞誉。这种"踩点式"研究，只注意到了一条线段的两端，而忽略了中间部分及两端的延伸，因而也就无法透视张衡的真正历史地位。而要透视中间部分和两端的延伸，张衡的模拟之赋是一个很好的视角。分析张衡的模拟之赋的种种因革，了解其创作心路的变化，我们不仅可以理清张衡创作中由模拟而创新的演进轨迹，而且可借此来管窥汉大赋向抒情小赋、乃至中国文学主流文体由辞赋向诗歌嬗变的历史路径。

一　早期模拟汉大赋的得失

和帝永元八年（公元 96），18 岁的张衡作《七辩》，并开始创作《二京赋》，安帝永初元年（公元 107），《二京赋》（30 岁）成，张衡大获文名，嗣后又作《南都赋》（33 岁）。①这三篇赋都是模拟之作。

在张衡《七辩》以前，汉代"七"体作品有枚乘《七发》、傅毅《七激》、刘广世《七兴》、崔骃《七依》。《七兴》、《七依》残缺严重，但从《七

---

① 本节有关张衡诗文的系年参张震泽《张衡诗文集校注》，上海古籍出版社 1986 年版。

辩》与《七发》、《七激》的相似之处，我们可以看出张衡对前人的模拟（见表6—2）：

表6—2   张衡对前人的模拟

篇名	各节内容						
七发	音乐	滋味	车舆	宴饮游乐	校猎	观涛	德化
七激	音乐	滋味	骏马	游猎	宴饮游乐		德化
七辩	宫室	滋味	音乐	女色	舆服	游仙	德化

从表6—2可以看出，傅毅《七激》与《七发》内容比较接近，除了"观涛"一节可能散佚外，其他几节内容基本一致。《史通·序例》云："枚乘首唱《七发》，加以《七章》、《七辩》。音辞虽异，旨趣皆同。此乃读者所厌闻，老生之恒说也。"①不过，这一说法若作细致分析，则还值得研究。事实上，张衡《七辩》也力求有所创新。首先，他果断不写"观涛"内容，显然是有见于枚乘《七发》中相关内容的难于超越。其次，张衡改造完善了原作的不成功之处。如将《七发》中的"宴饮游乐"内容分为"宫室"、"女色"两个主题，从而避免了原作这一节内容的含混与枝蔓，使主题更为明确与集中。最后，对于部分已形成套路的内容，则干脆另辟蹊径。如描写音乐，自枚乘《七发》以来已形成了先写乐器制作材料的生长环境、乐器制作者的取材以及制作过程，最后才写及乐音如何感人的套路，根本没有落实在"天下妙音"上。《七辩》则尽删枝蔓，直接从音乐本身入手，句句皆围绕"音乐之丽"来写，避免了大赋那种冗长板滞的套式和空洞无物的弊病。《七辩》在内容上的增减与改造，目的是扬长避短，从而在拟作系列中确立自己的一席之地。傅玄《七谟序》云："昔枚乘作《七发》，而属文之士，若傅毅、刘广世、崔骃、李尤、桓麟、崔琦、刘梁、桓彬之徒，承其流而作之者纷焉。……世之贤明多称《七激》

---

① 刘知几撰、浦起龙释：《史通通释》上册，上海古籍出版社1978年版，第87—88页。

工，余以为未尽善也。《七辩》似也，非张氏至思，比之《七激》，未为劣也"（《全晋文》卷四十六），明确推崇《七辩》。汉代"七"体模拟之作只有《七辩》保存完整，似也旁证了张衡之作的成功。

此外，张衡在《七辩》中有意识地加入了前人作品中所无的"游仙"内容，这说明张衡在模拟的同时，不忘表现自己的旨趣。本来，《七辩》开头即交代了无为先生"祖述列仙"，按道理正文中"依卫子"就不必再对其劝以"神仙之丽"。另外，无为先生既然对神仙之丽"矫然倾首"，跃跃欲试，最终为何又接受了当世的声德文教？这在逻辑上显得并不严密。但与其说这是逻辑矛盾，不如说是张衡的思想矛盾，或者说是一种玄儒人生观的体现：一方面作者持有汉儒政教意识，另一方面则又企图保持着高蹈心理和旷放人格。显然，《七辩》与《七发》、《七激》等作品只以儒家思想为劝谏有所不同。《七辩》在主旨上已经淡化了那种希望帝王招贤纳士之意，它表达的是作者本人在入世与出世问题上的思索。不过，涉世不深的张衡对此问题的思索显然并不深刻，诚如傅玄所言"《七辩》非张氏至思"，尚不能与其中年所作的《应间》和《思玄赋》相比。换言之，张衡此时的人生观中"玄"的一面处弱势，"儒"的一面占主导，"玄"容易向"儒"屈服。张衡《二京赋》、《南都赋》的创作，也证明了这一点。

在《七辩》创作的同年，张衡"乃拟班固《两都赋》作《二京赋》，因以讽谏。精思傅会，十年乃成"（《后汉书》本传）。显然，张衡深入研究了前人的作品，并投入了相当的精力来模拟创作。事实上，《二京赋》也确实有超过《两都赋》之处。王世贞《艺苑卮言》卷二云："孟坚《两都赋》，似不及张平子。平子虽有衍辞，而多佳境壮语。"[1] 如《西京赋》中的舞乐描写，就颇为人称颂。但是张衡所花精力并不在此，而在于努力强化作品的讽谏功能。班固《两都赋》自诩"义正乎扬雄，事实乎相如"；《二京赋》亦云："故相如壮上林之观，扬雄骋羽猎之辞，虽系以隤墙填堑，乱以收置解罘，卒无补于风规，祇以昭其愆尤。"如暴露后宫生活

---

① 罗仲鼎：《艺苑卮言校注》，齐鲁书社 1992 年版。

"恣意所幸,下辇成燕。穷年忘归,犹弗能遍",揭露帝王穷奢极欲"虽斯宇之既坦,心犹凭而未摅。思比象于紫微,恨阿房之不可庐"。他还进一步指出统治者的这些荒淫行为所带来的严重后果:"苟好剿民以娱乐,忘民怨之为仇也;好殚物以穷宠,忽下叛而生忧。"向不恤民情的统治者敲响了"夫水所以载舟,亦所以覆舟"的警钟。模拟扬雄《蜀都赋》而作的《南都赋》也表现出了加强讽谏的倾向。扬雄创作《蜀都赋》,大概是源于对家乡的热爱,没有什么现实的政治讽喻。而《南都赋》却极力铺陈南都的政治地位,有劝皇上定都南阳的政治目的。在《二京赋》、《南都赋》中,儒家政教意识极大地挤压了青年张衡所具有的朦胧玄思,使其赋作笼罩在强烈的儒家政教意识中,根本无暇表现个人旨趣,从而直接制约了作品的新意,如《二京赋》即招致了洪兴祖"蹈袭一律,无复超然新意出于法度规矩者"①的批评。

总之,张衡通过早期的模拟,基本上熟悉了前代赋作的体式特点,并且试图通过表现自我旨趣来改造。但是,由于没有明显的思想转变,也由于没有找出有效的艺术上的新变路径,张衡即使心存超越,也很难跳出汉赋的传统套式。

二 言志赋的模拟创作

在成就文名的阶段,张衡仕途可谓一帆风顺。自和帝永元十二年(公元 100)为鲍德主簿以来,他声名日盛。先应安帝公车征请而拜为郎中,又迁为尚书郎,转太史令。如此顺利的仕宦经历,使张衡思想中"儒"的一面压倒"玄"的一面,因而其赋作受儒家诗教思想影响而复古色彩浓厚,终究形不成新的面目。然而,安帝建光元年张衡受他人牵连去官,从此蹉跎五年,其儒家思想淡退而道家思想抬头。作为种子潜藏在思想深处的玄儒人生观,在这一时机又浮出水面,成为张衡赋作新变的契机。

---

① 洪迈:《容斋随笔》,上海古籍出版社 1978 年版。

关于张衡的思想转变，在顺帝永建元年所作的《应间》（49 岁）中有所交代。《应间》序云："观者观余去史官五载而复还，非进取之势也。唯衡内识利钝，操心不改，或不我知者，以为失志矣，用为间余。余应之以时有遇否，性命难求，因兹以露余诚焉，名之《应间》云。"在这里张衡流露了他去官后的思想变化：突然的打击，使前期仕途顺利的张衡失去了进取之势，他亦因此对"捷径邪至"、"干进苟容"的官场有了更深的认识，转而追求"师天老而友地典，与之乎高睨而大谈"的玄思境界。这样一来，"聊朝隐乎柱史"的史官生活，成了他的最佳生存方式。"朝隐"，其实是一种调和儒家和道家的生活方式，是典型的玄儒人生观的体现。张衡选择这样的生活方式，说明其儒家政教意识开始因当时政治的腐败和个人仕途的坎坷而淡化，追求个体人格高蹈的玄趣开始上升，并将玄思玄趣直接带入了他此后的文学创作中，具体表现为其创作由《二京赋》之以赋为谏到《应间》的自明本志的转变。

《应间》也是一篇模拟之作。《文心雕龙·杂文》云："自对问以后，东方朔效而广之，名为《客难》，托古慰志，疏而有辨。扬雄《解嘲》，杂以谐谑，回环自释，颇亦为工。班固《宾戏》，含懿采之华；崔骃《达旨》，吐典言之裁；张衡《应间》，密而兼雅……虽迭相祖述，然属篇之高者也。"张衡的"因兹以露余诚"和《答客难》的"托古慰志"以及《解嘲》的"回环自释"一样，都带有明显的自抒感慨的色彩。不同的是，《应间》没有东方朔、扬雄之作那种直率怨激之气，而是走向理性的思考和平静的表述，也因此而失去了那一份激越的情感力量。这也从一个侧面说明张衡此时的创作还不够注重情感的抒发。洪迈《容斋随笔》卷七云："东方朔《答客难》，自是文中杰出，扬雄拟之为《解嘲》，尚有驰骋自得之妙，至于……张衡《应间》，皆屋下架屋，章模句写"①，对此多有批评。但是，这样的结论是立足于与他人的比较得出的，就张衡自己的整个创作而言，《应间》却是第一篇明志之赋，标志着他的创作心态的调整，从此

---

① 洪迈：《容斋随笔》，上海古籍出版社 1978 年版。

玄儒人生观成为其创作的主导思想。张衡自此便再也没有创作任何一篇传统大赋即说明了这一点。钱穆先生《读文选》曾指出："班张之作，虽曰思古怀旧，力追昔人前轨，而实有其开新之一面。前汉诸赋，大体多在铺张揄扬，题材取诸在外。至于班张，始有叙述自我私生活与描写一己之内心情志者。"①这是放眼汉代赋史之演进得出的卓识。需要补充的是，就张衡而言，这开新之一面实自《应间》始。

典型再现张衡的精神探索历程的是《思玄赋》。这篇作品也是拟作。陆机《遂志赋序》云："昔崔篆作诗以明道述志，而冯衍又作《显志赋》，班固作《幽通赋》，皆相依仿焉。张衡《思玄》，蔡邕《玄表》，张叔《哀系》，此前世可得而言者也。"《思玄赋》模拟了班固《幽通赋》，而二者又都模拟了楚辞。从二者对楚辞模拟的不同，我们可以看出班、张的差异。班固思想正统，艺术上比较保守，其《离骚序》批评《离骚》多称"昆仑、冥婚、宓妃，虚无之语，皆非法度之政，经义所载"（《全后汉文》卷二十五），又不满汉赋"竞为侈丽闳衍之辞，没其讽谕之义"（《汉书·艺文志》）。《幽通赋》旨在"述古者得失神明之理"②，内容上不取"远游"，赋中多历史事实的铺陈，与个人经历无直接联系。因此《幽通赋》缺乏《离骚》那样的个体抒情力量。《思玄赋》在思想上与《离骚》也有差异。在《离骚》中屈原平生所持之志很明确，其辅国理政、振兴邦国的志向始终不改变。《思玄赋》则不同，虽一开始亦模拟《离骚》自陈美好品质："仰先哲之玄训兮，虽弥高其弗违。匪仁里其焉宅兮，匪义迹其焉追？"但鉴于时俗黑白颠倒、忠奸不辨，张衡的追求已陷入了迷茫。于是他只有去占卜问讯，卜求自己应走之路。志向难定，正反映出张衡当时痛苦徘徊的矛盾心理。但他终于认识到，如果坚持直道，生命安全就会受到威胁，正如赋中所深深忧虑的："死生错其不齐兮，虽司命其不晰。"所以，他最终形成了"超逾腾跃绝世俗，飘飘神举逞所欲"的超脱意识。与屈原的不改

---

① 钱穆：《中国学术思想史论丛》，东大图书出版社 1976 年版。
② 李善等：《六臣注文选》，浙江古籍出版社 1999 年版。

初衷和班固的道德完善相比，张衡经历了一个由思报国之路到图全身之道的思想转变过程。这一转变昭示着士人对个体生命意识的重视，标志着个体生命意识的觉醒。但这种觉醒，并没有完全褪尽传统色彩，因此表现为一种夹杂着矛盾的人生观："既重仁义道德，维护礼教之思想，又重直观精神、心通天地之物我同化境界的矛盾；既重致用、理知、现实之趣味，又重虚无、任性、幻想之趣味的冲突。"①较之《七辩》的归以声德文教，这里的玄趣在其人生观中所占比重，已超过前期而占主导地位了。

缘此，《思玄赋》在艺术上也形成了与《离骚》同而不同的特点。一方面，《思玄赋》在结构上保留了一个占卜问讯的情节结构，由感慨世俗幽昧、生不逢时而神游天地四方探求出路，最终还是"悲离居之劳心兮，情涓涓而思归"，以返回故居进行自我修养为终结。这实际是采用了骚体赋的"自诉"式结构方式，因此能确保《思玄赋》以一定的篇幅来表现个体的心理与情感历程，从而确立了其"宣寄情志"（《后汉书》本传）的抒情本质，使之与《应间》和《幽通赋》的单纯言志有了质的区别。另一方面，《思玄赋》又因为只是部分的解除了儒家政教意识对情感的束缚，并没有走向完全的精神自由，他"御六艺之珍驾兮，游道德之平林"，对自己的思想矛盾加以儒道平衡，所以它的抒情性虽然强于《幽通赋》和《应间》，但由于玄儒人生观的双重作用，张衡多采用一种静观与玄览方式来把握情感状态与美感体验，这使其作品在创造文学艺术形象时虽然表现为写意性，但在艺术精神方面与《离骚》相比则表现为气格冲淡、甚至孱弱。这样看来，玄儒人生观一定程度地解放了张衡的创作，但玄儒调和又限制了他的进一步发展。

但是，无论如何，从《七辩》到《二京赋》，再到《应间》、《思玄赋》，我们从其系列拟作中可以清晰的看到张衡赋作言志抒情功能渐次增强的演进轨迹。

---

① 许结：《张衡评传》，南京大学出版社 1999 年版。

三　模拟改制与抒情诗赋的出现

顺帝永和二年（公元137），59 岁的张衡因宦官谗毁而出为河间相，这对他又是一次重大打击。从此，朝隐的生存方式也不可能了。张衡的玄儒人生观，再次打破平衡而向"玄"的一面倾斜，从而为其创作带来了又一次的新变契机。

如果说《思玄赋》的模拟还保留着大赋体制、向抒情之赋的转变还不彻底，那么《髑髅赋》的模拟则标志着汉赋向抒情小赋转变的基本完成。《髑髅赋》乃是对《庄子·至乐篇》的模拟，但《庄子》是散文，而张衡将其变为赋，这是一种跨文体模拟。东汉以来的赋作多取法西汉大赋或骚体赋，张衡以庄子散文为模拟对象，显示了他追求文体新变的努力。《髑髅赋》的意义，不仅在于拓宽了赋的取法对象，更在于以老庄的美学思想取代了儒家诗教。从语言风格来看，《髑髅赋》一改儒家政教内容和温柔敦厚的美学风格，而具有一种庄子式的汪洋恣肆、酣畅淋漓。"与阴阳同其流，与元气合其朴。以造化为父母，以天坠为床褥。以雷电为鼓扇，以日月为灯烛。以云汉为川池，以星宿为珠玉。合体自然，无情无欲。"采用了一种非骚非赋的句式，借庄子髑髅之口诉说对生的厌倦、对死的向往，一改汉大赋之堆垛板滞。从结构来看，《髑髅赋》虽为抒情之赋，但不再采用《思玄赋》那样的自诉式结构方式，从而摒弃了汉大赋的长篇巨制，成为一篇真正的抒情哲理小赋。

比《髑髅赋》只在死的意趣上以道家替代儒家更进一层，《归田赋》从生的角度将庄子的人生境界具体化、人间化、实践化。《归田赋》取意《庄子·刻意》"就薮泽，处闲旷"①之田园闲情，向往"超尘埃以遐逝，与世事乎长辞"的超俗逸趣，倾慕"苟纵心于物外，安知荣辱之所如"的精神陶养，这较之《应间》、《玄思赋》的玄中仍有儒，已是完全的玄趣

① 王先谦：《庄子集解》，中华书局 1987 年版。

了。不仅如此，张衡的玄思，不是用抽象的理论表述，而是构设了一幅清新明丽的欢乐田园图景："于是仲春令月，时和气清。原隰郁茂，百草滋荣。王雎鼓翼，仓庚哀鸣；交颈颉颃，关关嘤嘤。于焉逍遥，聊以娱情。尔乃龙吟方泽，虎啸山丘。仰飞纤缴，俯钓长流。"不见忧生之嗟，而多飘逸标举之趣，展现的完全是一种道家化了的艺术生存方式。《归田赋》完全摆脱了以前作品依赖模拟的状况，在发扬纪行赋寓情于景的基础上，变骚体赋通常采用的"自诉式"结构为小品式结构，利用赋中的田园题材开拓了以景衬情、因景生情的抒情方式。《归田赋》通篇采用散体的句式来抒情，在句式的运用上完全摒弃了骚体赋常用的"兮"字，而以"于是"、"尔乃"、"于时"等散体赋常用的连接词将整篇赋和谐地连成一体，在句式上与骚体赋拉开了距离。同时它又追求句式的基本整齐，且带有很重的骈俪化倾向。如"王雎鼓翼，仓庚哀鸣"、"龙吟方泽，虎啸山丘"、"仰飞纤缴，俯钓长流"等，句式工整对偶，实现了辞意骈偶化，为抒情小赋树立了一种语体典范。如果说《髑髅赋》毕竟还带有模拟《庄子》的痕迹，并且说理色彩过重，那么《归田赋》在思想内容、作品结构、抒情方式、乃至句式、语体方面的创新，既完成了张衡本人的艺术涅槃，又彻底地实现了汉大赋向抒情小赋的历史转变。

然而，张衡拟作对汉代文学的转型意义还不尽在于此。姜书阁先生指出："张衡的赋重在抒情，实即鉴于过去二三百年'大赋'之弊而有意识作了革新。这一革新正是回到赋与诗画境以前的'风雅'和'骚雅'或'风骚'之遗韵，使赋仍具有诗的抒情性。然而，赋兴三百年，积重难返，其弊已深，虽创为抒情短赋若《归田》之类，仍不便于运用，故又在乐府民歌的基础上，在前人草创而未就的雏形上，进行了文人五、七言诗的最早的成功的篇章，为东汉后期文人诗赋的楷模，其功绩是不可没的。"[①]姜先生所说的张衡诗歌创作方面的"最早的成功的篇章"乃指其《四愁诗》。《四愁诗》乃模拟《离骚》而成，这一点《四愁诗序》有交代："时天下渐

---

① 姜书阁：《汉赋通义》，齐鲁书社 1989 年版，第 228 页。

弊，郁郁不得志，为《四愁诗》，效屈原以美人为君子，以珍宝为仁义，以水深雪雾为小人。思以道术相报，贻于时君，而惧谗邪不得以通。"汉代以来的拟骚之作多模拟《离骚》之音节体致，走不出骚体的文体规范，所以招致了"无出屈、宋之外"（谢榛《四溟诗话》卷一）的批评。而张衡《四愁诗》虽然还是模拟《离骚》，但在文体上实现了化骚为诗的转换，因此给人耳目一新之感。此外，《四愁诗》吸收了《离骚》的譬喻手法和抒情传统，因而确保了作品的形象性和抒情性，故沈德潜《古诗源》卷二评曰："心烦纡郁，低回情深，《风》、《骚》之变格也。"① 上述两点对于文人诗歌的发展尤为重要。张衡此前模拟《离骚》而成的《思玄赋》末有一首系诗，也可以看作七言诗。但是，此诗一则尚没有从赋的母体中独立出来，一则充斥玄理而形象性不强，因而影响有限。而《四愁诗》由于吸收了《离骚》的艺术精华而形象优美、感情深挚，受到历代文人的模拟，如西晋傅玄、张载等人皆有《拟〈四愁诗〉》。因此，《四愁诗》的意义还不仅仅在于艺术上的成功，而且还在于其在诗道衰落、汉赋大兴的汉朝对于文体转换的启蒙。汉代由于《诗》的经学化而造成了诗歌创作的中断，钟嵘《诗品序》这样描述汉代的诗歌创作："自王、杨、枚、马之徒，辞赋竞爽，而吟咏靡闻。从李都尉讫班婕妤，将百年间，有妇人焉，一人而已。诗人之风，顿已缺丧。东京二百载中，惟有班固《咏史》，质木无文。"《四愁诗》的出现，开创了文人七言诗的创作，也改变了文人诗歌创作"质木无文"的状态，标志着一个诗歌创作的高潮即将到来。

　　沈约《宋书·谢灵运传》论云："若夫平子艳发，文以情变，绝唱高踪，久无嗣响。至于建安，曹氏基命，三祖陈王，咸蓄盛藻，甫乃以情纬文，以文被志。"敏锐地指出了张衡对汉魏文学艺术递变的启示作用乃在于其作之"情"、"文"。建安以来，张衡之作成为了文人们追摹的经典，如曹植模拟其《静情赋》、《髑髅赋》，傅玄、张载则模拟其《四愁诗》，着眼正在"情"与"文"。但是，应当指出的是，张衡之"绝唱"绝非从天而

---

① 沈德潜：《古诗源》卷二，中华书局 1963 年版，第 55 页。

坠,而是在对传统的模拟改造中实现的:一方面,他以模拟大赋的传统之作初登文坛,但又在不断的因革中以独创之作启魏晋抒情小赋之先鞭;另一方面,他在不断模拟中开辟了中古文学文体由辞赋向诗歌转变的先河。

第七章

模拟与建安文学

"从中国文学史发展的宏观角度看，建安之际是一个极其重要的分界。以大赋为代表的汉代文学时代结束了，'五言腾踊'（《文心雕龙·明诗》）的新时代来到了。"①王钟陵先生的这一宏观把握非常准确。建安文学确实与汉代文学有明显的分野。以拟作而论，建安时期主要在以下两个方面与汉代有所不同：一是横向模拟大兴。汉代作家在宗经意识的影响下，多选取前代作家作为模拟对象，就模拟类型而言，主要是纵向模拟。建安时期，以曹氏父子为领袖，形成了一个文人集团，文人之间经常组织同题共作活动，彼此之间相互摹仿学习，交流创作心得，同时代作家之间展开了横向模拟。建安作家们逐渐破除了对前人的迷信，将目光投向了当代，他们对于"贵远贱近，向声背实"的现象提出了批评，并且着力打造当代的经典。如曹丕认为王粲《初征》、《槐赋》，徐干《圆扇》、《桔赋》等同题共作之作"虽张、蔡不过也"（《典论·论文》）。曹植《与杨德祖书》云："昔仲宣独步于汉南，孔璋鹰扬于河朔，伟长擅名于青土，公干振藻于海隅，德琏发迹于大魏，足下高视于上京。"杨修则称曹植"含王超陈，度越数子"（《答临淄侯书》）。吴质也认为曹植"实赋颂之宗，作者之师"（《与

---

① 王钟陵：《中国中古诗歌史》，江苏教育出版社1988年版，第227页。

东阿王书》)。当代经典的确立，为横向模拟提供了条件。而横向模拟既利于个人创作水平的提高，又促进了建安文学时代风格的形成。二是模拟的审美取向由尚用向尚美转化。汉代模拟之作，多注目作品的讽谏功能，强调的是作品的"以讽"、"以劝"的实用功能，如杜笃作《论都赋》是因为"窃见司马相如、扬子云作辞赋以讽主上，臣诚慕之"（《论都赋序》）。在尚用观念的挤压下，两汉赋家的模拟之作多漠视个人情感的抒发。而建安以来，文学开始摆脱附庸于经学的状况，人们开始认识到文学自身的价值。与此相应，人们在模拟时关注的重点不再是作品的讽谏内容，而是其文辞的美丽和情感的抒发，如曹植便明确宣称他模拟枚乘《七发》等作品，是因为他们的"辞各美丽"（《七启序》）。建安拟作由尚用向尚美的转化，透露出了文学自觉的消息。总之，模拟之于建安文学的影响，不同于汉代模拟所具有的文体建设的意义，而主要表现在对于作家个人成长和时代文风构建两个方面。

第一节　曹植的模拟与其个人成长

曹植作为"建安之杰"的文学地位，学界素有共识，如钟嵘曰："嗟夫，陈思之于文章也，譬人伦之有周孔，鳞羽之有龙凤，音乐之有琴笙，女工之有黼黻。"（《诗品》）但是，郭沫若先生曾作《论曹植》一文，试图做翻案文章，他说："他（曹植）的作品形式多出于摹仿，而且痕迹异常显露。《洛神赋》摹仿宋玉《神女赋》，《七启》摹仿枚乘《七发》，《酒赋》摹仿扬雄的《酒赋》，是他自己在序文上说明了的。章表摹仿刘向的疏奏，《魏德论》摹仿司马相如的《封禅文》，《髑髅说》完全袭取《庄子》而稍稍冗长化了。几乎无篇不摹仿，无句不摹仿，可谓集摹仿之大成。摹仿得虽有时比原作华丽，但每每只图夸张，不求统一。"[1]郭氏对曹植的全盘否

---

[1]　郭沫若：《历史人物》，人民文学出版社 1979 年版。

定遭到了广泛批评，如钟优民先生认为"无论是诗歌还是赋作，模仿是微不足道的，创作才是主要的"①。郭氏要否定曹植成就所以极力突出他的模拟，而钟氏要肯定曹植的成就所以极力淡化他的模拟。在郭、钟二人的潜意识里，模拟是不好的，影响了曹植的成就。这一点，他们又是殊途同归的。

曹植好模拟，是一个不争的事实，他的模拟对象主要可以分为两类：一类是汉赋，一类是楚辞。其拟作除了郭沫若提到的以外，还有《客咨》拟东方朔《答客难》、《九咏》模拟屈原《九歌》、《九愁赋》模拟《离骚》、《静思赋》模拟张衡《定情赋》。然而，如果我们摒除对模拟的先入为主的偏见，客观地考察曹植拟作的模拟对象以及创作时间，将模拟与曹植的个人成长结合起来思考，就可以发现，承认曹植创作中存在的模拟现象，并不等于否定曹植的成就。相反，对其拟作的分析，不仅可以帮助我们了解曹植的创作轨迹、创作特色以及"建安之杰"的文坛地位的形成，而且还可以借此管窥汉魏文风的嬗变。

一 对汉赋的模拟与"词彩华茂"

早在童年时期，曹植就开始显露出惊人的文学才华。《三国志·魏志》本传载其"十岁余，诵读诗论及辞赋数十万言"②。毫无疑问，广泛的阅读与其"善属文"有一定的内在联系。前代辞赋的华丽辞章，前代作家的创作经验，对于曹植的创作无疑有直接的影响。

首先，曹植对汉赋的模拟，重点在文辞的"美丽"。其超越方式有两种：一是选择文辞华丽之作加以跟随摹仿。如其《七启》序云："昔枚乘作《七发》，傅毅作《七激》，张衡作《七辩》、崔骃作《七依》，辞各美丽，余有慕之焉！遂作《七启》，并命王粲作焉。"其侧重点在于追摹"美丽"的文采。二是选择文辞不够文雅的作品加以改良模拟。曹植《酒赋》

① 钟优民：《曹植新探》，黄山书社 1984 年版，第 214 页。
② 卢弼：《三国志集解》，中华书局 1982 年版。

乃模拟扬雄，序云："余览扬雄《酒赋》，辞甚瑰玮，戏而不雅，聊作《酒赋》，粗究其始终。"其侧重点在于改造原作的不雅。其模拟效果也有两种：一是取得了成就，赢得了肯定。如《七启》便获得了成功，傅玄《七谟序》云："昔枚乘作《七发》……自大魏英贤迭作，有陈王《七启》，王氏《七释》……并陵前而邈后，扬清风于儒林，亦数篇焉。"并点评为"奔逸壮丽"，"亦近代之所希也"。刘勰《文心雕龙·杂文》也赞其"取美于宏壮"。二是由于过分追求文采，削弱对作品内容的经营。如其《客问》（仅存残句）与汉代自东方朔《答客难》以来的设论体作品"迭相祖述"，在模拟时只注重文采而忽略了内容的表达，结果导致了"辞高而理疏"（《文心雕龙·杂文》）。

其次，曹植对美丽文辞的关注，也体现在其早期拟乐府诗中。曹植早期的拟乐府诗作，常模拟汉乐府曲调，但却极少模拟汉乐府古辞。客观上这是因为古辞多名存义亡。其《鼙舞歌序》云："古曲多谬误，异代之文，未必相袭；故依前曲，改作新歌五篇"（《宋书·乐志一》），说的就是这种情况。主观上则是因为汉乐府古辞不够华美，所以他只好自创新辞。曹植乐府诗可以确证为拟作的是《美女篇》模拟汉乐府《陌上桑》。古辞《陌上桑》描摹了一位举世无双的美女，由于内容的缘故而文辞比较华美，曹植唯独以此为模拟对象，同样显示了对于美丽文辞的追求。

曹植对汉赋和汉乐府的模拟与改造，体现了追求"雅"与"丽"的审美倾向。其《前录序》云："故君子之作也，俨乎若高山，勃乎若浮云，质素也如秋蓬，摛藻也如春葩。汜乎洋洋，光乎皓皓，与《雅》、《颂》争流可也。余少而好赋，其所尚也，雅好慷慨。"但是，他对"雅"与"丽"的追求，又与汉赋家追求的"雅"与"丽"有所区别。首先，这可以从他们在用字不同上看出来。汉代司马相如、扬雄等人，既是赋家也是文字学家，汉赋好堆砌怪僻字，致使赋如字书，这与汉人崇尚繁复典雅的审美心理有关。曹植对此有过直接的批评，《文心雕龙·炼字》载："陈思称扬马之作，趣旨幽深，读者非师传不能析其辞，非博学不能综其理，岂直才悬，抑亦字隐。"曹植拟赋与原作比较，文采的华美有过之而无不及，但用字却不再追求怪僻和古奥。刘勰云："及魏代缀藻，则字有常检，追观汉作，翻成阻奥。"由此可见，曹植追求文雅而非典雅。其次，他们追求"雅"与"丽"的目的不一样。汉赋追求"雅"与"丽"，是为了润色鸿业，因而汉代赋家很少模拟创作汉代民间作品。而曹植则表现了比较宽容的艺术趣味。他虽然并不喜欢古辞的拙朴文辞，但是仍然认为"街谈巷说"与"匹夫之思"有一定的可采之处。其《与杨德祖书》云："人各有所好尚，兰茞荪蕙之芳，众人之所好，而海畔有逐臭之夫；《咸池》、《六英》之发，众人所共乐，而墨翟有非之之论，岂可同哉！今往仆少小所著辞赋一通相与。夫街谈巷说，必有可采，击辕之歌，有应风雅，匹夫之思，未易轻弃也。"再次，他们对于赋（文学）的功能的认识有所不同。曹植似乎是轻视辞赋的，他说："辞赋小道，固未足以揄扬大义，彰示来世也。昔扬子云先朝执戟之臣耳，犹称壮夫不为也。吾虽薄德，位为藩侯，犹庶几戮力上国，流惠下民，建永世之业，流金石之功，岂徒以翰墨为勋绩，辞赋为君子哉！"（《与杨德祖书》）曹植的看法来自扬雄，但我们应当注意到二者的差异，鲁迅先生一针见血地指出："第一，子建的文章做得好，一个人大概总是不满意自己所做而羡慕他人所为的，他的文章已经做得好，于是他便敢说文章是小道；第二，子建活动的目标在于政治方面，政治方面不甚得志，遂说文章是无用了。"①由此可见，曹植的看法与扬雄其实有着深刻的本质差异。扬雄早年模拟"弘丽温雅"的司马相如赋，后来却鉴于赋之"劝百讽一"而认为辞人之赋"文丽用寡"，进而否定自己当初模拟时只注重文采的行为，这表明他尚没有认识到文学的独立性。曹植虽然也轻视辞赋而重视政治勋业，但这是建立在意识到文学与政治的区别、认识到文学的独立价值的基础上的。他终生不弃文学创作，实践着"骋我径寸翰，流藻垂华芬"（《薤露》），充分说明了这一点。

　　曹植拟作，常常根据具体的需要调整作品的体式。曹植《酒赋》乃模

---

① 鲁迅：《魏晋风度及文章与药及酒之关系》，载《鲁迅全集》，人民文学出版社1973年版，第491页。

拟扬雄《酒赋》。扬雄之作今已不全，据残文可知概貌。作品以拟人笔调将酒瓶与鸱夷（一种酒器）对比，以二者地位的差别，来反讽"孝成皇帝好酒"（见序）。此作没有采用主客问答体式，故铺排之处甚少，显然不是赋之正格。此文《汉书》题作《酒箴》，从内容及形式来看都是有道理的。曹植之作题名为"赋"，采用主客问答，完全依赋的体制来写，改原作的变格为正格。赋中铺陈之处很多，如"于是饮者并醉"一节，刻画人们在酒精刺激下的种种狂态，辞藻比扬雄之作更见华丽。其《魏德论》系模拟司马相如《封禅文》，但在体制上并不依照原作。在曹植之前，扬雄《剧秦美新》、班固《典引》、邯郸淳《受命述》也都模拟了司马相如，各有得失。刘勰认为扬、班之作"历鉴前作，能执厥中"，邯郸淳"攀响前声，风末力寡，稽韵成颂，虽文理顺序，不能奋飞"，"陈思魏德，假论客主，问答迂缓，且已千言，劳深绩寡，飚焰缺焉"（《文心雕龙·封禅》）。刘勰对曹植的批评，略显保守。事实上，《魏德论》借鉴赋之体式，采用主客问答体式来作论，既便于论辩，又使作品具备赋的华彩，吸收赋的文体特征来拓展议论的发展空间，这种文体创新正是他超过扬、班、邯郸等人的地方。

曹植早期模拟汉赋之作，重在文辞和体式的改造，初步确立了其文采华茂的创作特点，所以他年纪轻轻就获得了"绣虎"的美名。但是，曹植早期拟作在内容上并无创新，《七启》没有超出扬德抑道的范式，《酒赋》如同扬雄之作一样着重"述说酗酒之危害性"①，而《魏德论》也没有跳出为王朝歌功颂德的范围。换言之，此时期的曹植还没有取得成为"建安之杰"的实绩。

二　对《楚辞》的模拟与"情兼雅怨"

如果说曹植早期对枚乘、扬雄、司马相如等赋家的模拟，主要汲取了

---

① 赵幼文：《曹植集校注》，人民出版社1984年版，第128页。

文采与体式上的营养的话，那么他对屈、宋之辞（包括与之接近的庄子文等）的模拟，则主要是思想与情感的共鸣了。这种转变，与曹植在立嫡之争中失败的现实经历有关。此前的曹植基本上是"不及世事，但美遨游"，所以创作主要致力辞采之丰赡；而此后的曹植一直在生命的恐惧中度过，所以作品"颇有忧生之嗟"了（谢灵运《拟魏太子邺中集诗八首序》）。曹植后期的拟作主要有《九咏》模拟屈原《九歌》，《九愁赋》模拟屈原《离骚》，《洛神赋》模拟宋玉《神女赋》，《髑髅说》模拟《庄子·至乐篇》，《释愁文》则"将《渔父》和《卜居》的结构综合，组织而成，头尾为《渔父》，中间为《卜居》"①。

　　与第一阶段相比，这些作品不再单纯注目于对模拟对象的华丽辞藻的追摹，而是注重对情感内容的开拓。如曹植《髑髅说》远源是《庄子·至乐篇》，近源则是张衡《髑髅赋》。曹植拟作，虽名之以"说"，但实为赋体。不过，其铺陈之处确实没有张衡之作多，如张衡赋中"问髑髅来历"一节问及其来历、性别、智力等方方面面，而曹植赋仅问及髑髅生前的人生道路：是为事功而夭折？还是自然死亡？这凸显了曹植心中儒与道两条人生道路的冲突，却又使拟作较原作略输文采。显然，曹植对模拟对象的扬与弃，不再把重点放在文辞上，而是放在如何更好地表现自己的生命体验上。

　　其实，最契合曹植后期思想感情的并不是庄子，而是屈原。庄子式的超脱至多引起精神上的逃避与安慰，而屈原式的反抗才会引起情感上的共鸣。如其《九咏》显然是规模屈原《九歌》而作。《九咏》散佚严重，我们已经很难指实他模拟了《九歌》十一章中的哪一章。但是据今仅存16条残文来看，尚保留了神灵下降、候之不遇的情节，与《湘夫人》、《山鬼》比较接近。《九歌》乃根据楚地祭歌加工而成，其中多神异色彩，汉儒多模拟《九章》，而很少模拟《九歌》。曹植以《九歌》为模拟对象，显示了一种与汉代作家不同的艺术趣味。不过，从残文所引楚地地名可以看出，

---

① 　毛庆：《一座里程碑——论曹植对屈骚艺术的继承及意义》，《江汉大学学报》2003年第5期。

《九咏》模拟屈原口吻来写，仍旧没有突破汉代拟骚之作的"书楚语，作楚声，纪楚地，名楚物"的传统。这一点《九愁赋》更成功一些。《九愁赋》切合了他自身经历，抒发自己被迫害、被流放的切肤之痛。如赋云："念先宠之既隆，哀后施之不遂。虽危亡之不豫，亮无远之君心。刈桂兰而秣马，舍予车于西林。……以忠言而见黜，信无负于时王。俗参差而不齐，岂毁誉之可同？竞昏瞀以营私，害予身之奉公。共朋党而妒贤，俾予济乎长江。"完全吻合曹植先受曹操之宠而后遭曹丕之忌的悲剧命运。汉代拟骚之作向来颇受诟病，但是曹植拟作却得到了好评，沈嘉则说："若论文章，则伯仲屈平，贾、宋诸人未堪与畴。"① 丁晏评曰："托体楚骚，而同姓见疏，其志同，其怨亦同也"，"文辞凄咽深婉，何减灵韵"②。显然，《九愁赋》的成功，是因为曹植将自己的感情糅进了对屈原辞的摹仿之中。

曹植对于模拟对象的改变所引起的审美倾向的变化似乎已有自觉。《文心雕龙·定势》引其语云："世之作者，或好烦文博采，深沉其旨者；或好离言辨白，分毫析厘者；所习不同，所务各异。"可以说，对汉赋的追摹，体现了曹植"烦文博采"的审美倾向，而对楚辞的模拟则体现了"深沉其旨"的倾向。由于吸收了楚辞的骚怨传统，并借以抒发自身怀抱，曹植后期创作在词彩华茂的特征上，开始具备"情兼雅怨"的特点。真正将两种审美特质完美集合于一体的，乃是代表其创作最高成就的《洛神赋》。

三　模拟与《洛神赋》的集大成

《洛神赋》的艺术成功，非一蹴而就，而是凝聚着曹植个人和建安时代的文学积累。早在《洛神赋》出现之前，邺下文人陈琳、王粲、应玚、杨修等都写过与之题材性质相近的《神女赋》。这可能是一次模拟宋玉

---

① 赵幼文：《曹植集校注》，人民出版社1984年版，第257页。
② 丁晏：《曹集诠评》，商务印书馆1935年版。

《神女赋》的同题共作活动。曹植集中没有《神女赋》，可能是因故没有参加这次活动。不过，曹植参加了另一次模拟宋玉《登徒子好色赋》创作。这是一次主题相关"定情"的系列赋作的同题共作活动。王楙指出："自宋玉《好色赋》，相如拟之为《美人赋》，蔡邕又拟之为《协和赋》，曹植为《静思赋》，陈琳为《止欲赋》，王粲为《闲邪赋》，应玚为《正情赋》……转转规仿，以至于今。"① 就文学的渊源而言，"神女"系列拟作与"定情"系列拟作是不同的。宋玉《神女赋》写人神相恋，故不失浪漫与神秘；而《好色赋》写现实情事，只有以礼自防的道德说教。不过，"神女"系列和"定情"系列到了建安时期，则自曹植手中开始相互融合了。

　　"神女"系列和"定情"系列赋作的融合，具体表现在"定情"、"止欲"的主题融合。如曹植《静思赋》首句"夫何美女之娴妖"，语出宋玉《神女赋》首句"夫何神女之姣丽兮"，显示出"定情"系列与"神女"系列的亲缘性。不过，值得注意的是，曹植以人间的美女置换了天上的神女。建安文人"神女"系列赋中的神女，虽然赋之因梦通神的结构还保留了一定的神性，但其实和现实中的女子没有多少区别，同样也模糊了"神女"与"定情"系列的界限。如王粲等人的《神女赋》"女性诱惑—男性被惑—战胜诱惑"的基本思路，乃是典型的"定情"模式。而曹植"定情"主题的《慰志赋》云："思同游而无路，情奎隔而靡通。哀莫哀于永绝，悲莫悲于生离。岂良时之难俟，痛余质之日亏。登高楼以临下，望所欢之攸居。去君子之清宇，归小人之蓬庐。欲轻飞而从之，迫礼防之我拘。"曹、王二赋主题与思路都无显著区别，但王赋中的女子乃天上的神女，而《慰志赋》记载的是真人真事，其序云："或有好邻人之女者，时无良媒，礼不成焉。彼女遂行适人。有言之于余者，余心感焉，乃作赋曰。"两个有着天壤之别的女子，在赋家笔下却并无二致，也无怪乎获得"转转规仿，以至于今"的讥评了。可以说，失落了神话传统，是《静思赋》不能脱颖而出的原因之一。当然，曹植在模拟时只注重辞采而没有融

① 王楙：《野客丛书》卷十六，中华书局 1987 年版。

入个体独特的情感体验，也是这类作品千人一面的原因。不过，《静思赋》的创作，也为《洛神赋》成功模拟宋玉《神女赋》积累经验教训。

《洛神赋》序载："黄初三年，余朝京师，还济洛川。古人有言，斯水之神，名曰宓妃。感宋玉对楚王神女之事，遂作斯赋。"这里明确交代了《洛神赋》与宋玉《神女赋》最直接的渊源关系，就在于二者都有一个人神遇合的故事结构。建安邺下诸子的《神女赋》也有因梦通神的情节，但并不构成赋之关键，整个作品也并无多少神话色彩。在曹植《洛神赋》中，人神遇合既具结构性又具整体性，使整个赋都笼罩在人神遇合的缥缈神秘的梦境里。另一方面，《洛神赋》有"收和颜而静志兮，申礼防以自持"之句，显然又吸收了"定情"赋的主题内容。从模拟化用的语句来看，《洛神赋》直接化用《神女赋》至少有 10 处（另外还化用《离骚》3处），而对"定情"系列（包括《静思赋》）的化用，则共计有 5 处（以上据《六臣注文选》中《洛神赋》注统计）。《洛神赋》有意识地借楚辞来复兴神话传统，借助人神遇合的掩护，曹植可以跳出礼教的限制，细致地表现神女的心理。在曹植笔下，洛神既是美丽之神，又是哀愁之神。王粲等人的"神女"、"定情"系列赋，因为由于礼教的限制，只能刻画美女的容颜，而无法表达她的内心，因为如果对女性心理表现过多，就有把神女塑造成荡妇的嫌疑。曹植《静思赋》没有深入表现女性的心理，也是出于同样的原因。因此，复兴神话传统，是《洛神赋》高于建安诸子的"神女"系列和"定情"系列赋的地方，而这大概是曹植吸取了《静女赋》的失败教训。

曹植《洛神赋》对宋玉《神女赋》的改造之处，还在于赋的人称不同。《洛神赋》以第一人称写作，这既是为了写作的便利，也是因为抒情的需要。宋玉为楚王赋，他本人游离于人神遇合之外，赋中的主人公不是作者自我，所以他不便写出楚王（男主人公）的心理。《神女赋》虽然对神女的心理描写比较细腻，但对男主人公的心理刻画却十分有限，显然与《神女赋》的人称选择有关。《洛神赋》则不同，他是为自己写心，第一人称使他很便利地写出男主人公（自己）的感受。曹植对洛神的向往，"惧斯灵之我欺"的狐疑，对洛神离去时的惆怅，情绪上乍喜乍忧的变化，都有比较充分的描写。第一人称把"洛神"与"君王"直接联系起来，从而克服了宋玉《神女赋》中出现的写作主体与抒情主体分离的问题。第一人称的采用，让人们很自然地把赋中"恨人神之道殊兮，怨盛年之莫当"的哀愁和曹植、曹丕的兄弟隔阂与无法沟通联系起来，让人意识到《洛神赋》中所写的哀愁源头就在曹植的现实遭遇。因此，《洛神赋》成功的又一原因即在于在模拟的同时寄托了自己的生命体验，在于其对模拟庄骚之作阶段的艺术经验进行了合理扬弃。当然，《洛神赋》之所以成为曹植的代表作，与作者在作品形式上的努力也是分不开的。其中"其形也，翩若惊鸿"一节，辞采华茂，令人叹为观止。很显然，这种成功与曹植在拟汉赋时就已追求的文采超越息息相关。

综上所述，《洛神赋》虽然是一篇拟作，但却成为曹植赋的代表作，并非偶然。从更大的范围来理解，他的成功亦是因为它整合了前两个模拟阶段所积累的艺术经验，从而实现了"词采华茂"和"情兼雅怨"的融合。

四　模拟与创作经验的迁移

当然，曹植的成功，并不局限于一篇《洛神赋》的创作。他将自己在对汉赋与楚辞的模拟中所获得的艺术经验，成功的迁移到了诗歌创作上，从而全面奠定了他的"建安之杰"的文学史地位。

曹植模拟汉赋，对其诗歌创作产生的影响主要体现为赋法入诗和化赋为诗。

赋法入诗即将写赋的方法引入诗歌创作，主要表现为诗中对铺陈手法的运用。如其《驱车篇》中描写泰山的雄伟："神哉彼泰山，五岳专其名。隆高贯云霓，嵯峨出太清。周流二六候，间置十二亭。上有涌醴泉，玉石扬华英。东北望吴野，西眺观日精"，从上、下、东、西各个方位进行全镜头描写，乃是典型的赋笔。又如《美女篇》云："美女妖且闲，采桑歧路间。柔条纷冉冉，落叶何翩翩。攘袖见素手，皓腕约金环。头上金爵钗，腰佩翠琅对。明珠交玉体，珊瑚间木难。罗衣何飘飘。轻裾随风还。顾盼遗光采，长啸气若兰。行徒用息驾，休者以忘餐。"既有对服饰的详细罗列，也有对神情的精细点染，既有正面描摹，也有侧面烘托，多侧面全方位的描绘了美女之美。清人叶燮评曰："层层摇曳而出，使人不可仿佛端倪，固是空千古绝作。"①美女之美和《美女篇》之美"层层摇曳而出"，就是成功运用赋法所致。

所谓化赋为诗，即指把赋中题材以诗的形式表达出来。这方面最为成功的是其《弃妇篇》。《弃妇篇》描写弃妇之心理："叹息通鸡鸣，反侧不能寐。逍遥于前庭，踟蹰还入房。肃肃帷幕声，褰帷更摄带。抚节弹鸣筝，慷慨有余音。要妙悲且清，收泪长叹息。何以负神灵，招摇待霜露。"清人毛先舒认为"中间莽莽写去，无不极情妙笔"②，"中间莽莽写去"说似可商榷，因为这段话描绘出妇忧思难眠、起而弹琴释愁、然而终究是忧思难忘的心理历程，线索清晰而并不"莽莽"。毛氏似乎没有认识到《弃妇篇》对心灵的细致描绘乃得益于赋笔的成功运用。但是，此诗与赋的关系尚不止这些，它完全可以看作对司马相如《长门赋》的跨文体模拟。我们来看司马相如《长门赋》对"弃妇"陈皇后的描绘："日黄昏而望绝兮，怅独托于空堂。悬明月以自照兮，徂清夜于洞房。援雅琴以变调兮，奏愁思之不可长。……众鸡鸣而愁予兮，起视月之精光。观众星之行列兮，毕昴出于东方。望中庭之蔼蔼兮，若季秋之降霜。夜曼曼其若岁兮，怀郁郁其不可再更。澹偃蹇而待曙兮，荒亭亭而复明。妾人窃自悲兮，究年岁而不敢忘。"通过对读可以发现，无论是意象的选用还是总体的抒情线索，《弃妇篇》均模拟了司马相如的《长门赋》。毛先舒认为此诗"何减《长门》之赋"，显然是发现了《弃妇篇》与《长门赋》之间的模拟关系。从文体上来判断，《弃妇篇》是对《长门赋》的化赋为诗的跨文体模拟。无

---

① 叶燮：《原诗》，人民文学出版社 1979 年版。
② 毛先舒：《诗辩坻》卷二，四库全书存目丛书补编本，齐鲁书社 1996 年版。

论是赋法入诗还是化赋为诗，其直接结果都是使其作品具备了华彩。曹植生前获得了"绣虎"美名，死后被人称赞"词彩华茂"，与他对汉赋的模拟息息相关。

对屈宋之辞的模拟，标志着曹植创作在"词彩华茂"基础上开始追求"情兼雅怨"。这主要体现在比兴手法的运用和诗赋意境的营造两方面。比兴手法，在《诗经》和《离骚》中运用颇多。但《诗经》中比兴手法运用得不够集中，其意义并不稳定，比兴主要还是作为一种修辞手法在发挥作用。《离骚》中的比兴相对《诗经》前进了一大步。王逸《离骚经》云："《离骚》之文，依《诗》取兴，引类譬谕，故善鸟香草，以配忠贞；恶禽臭物，以比谗佞；灵修美人，以媲于君，宓妃佚女，以譬贤臣；虬龙鸾凤，以托君子；飘风云霓，以为小人。"（《全后汉文》卷五十七）《离骚》中的比兴，意义比较稳定，运用十分集中，可以说是一种主要表达方式。曹植继承《离骚》而将比兴手法的运用推向了一个新的高峰。如《种葛篇》中的"君""佳人"、《洛神赋》中的"洛神"，借以比喻曹丕。《美女篇》中的"美女"、《弃妇篇》中的"弃妇"、《杂诗之四》的"佳人"、《吁嗟篇》中的"转蓬"，则借以自况。《赠白马王彪》中的"鸱鸮"、"豺狼"、"苍蝇"，则用来比喻进谗的小人。《野田黄雀行》中的"黄雀"比喻友人。曹植对比兴手法的成功运用，当与其对楚辞的模拟息息相关。楚辞对曹植的更为重要的影响则在于对诗歌意境的营造方面。曹植的许多诗歌，立意直接从屈原作品中化出。如其《远游篇》云："远游临四海，俯仰观洪波。大鱼若曲陵，承浪相经过。灵鳌戴方丈，神岳俨嵯峨。仙人翔其隅，玉女戏其阿。琼蕊可疗饥，仰漱吸朝霞。昆仑本吾宅，中州非我家。将归谒东父，一举超流沙。鼓翼舞时风，长啸激清歌。金石固易弊，日月同光华。齐年与天地，万乘安足多。"从篇名到意境皆化自《楚辞·远游》"悲时俗之迫厄兮，愿轻举而远游。质菲薄而无因兮，焉托乘而上浮"，完全可以看作《远游》的诗化。汉代乐府诗中亦有游仙诗，如《长歌行》曰："仙人骑白鹿，发短耳何长。导我上太华，揽芝获赤幢。我奉上药。览之获无疆。"但是表达的是对游仙的真诚向往，并没其他意思。而曹植《游仙诗》、《飞龙篇》、《五游咏》、《升天行》等篇，"皆伤人世不永，俗情险艰，当求神仙，翱翔六合之外"（《乐府解题》）①。这些作品一方面保留了游仙之境，另一方面又通过象征、比喻等手法在其中注入了咏怀之意，因而作品在游仙之外别有一种幽深缠绵、沉郁顿挫的意境。相比之下，建安其他作家的作品虽然也慷慨言志、志深笔长，但是却常常是有意无境，而曹植通过模拟吸收楚辞艺术经验，使其作品实现了情、事、理、境的融和，从而在当时达到了无人能及的艺术高度。他的诗赋杰作《赠白马王彪》、《洛神赋》之所以高出他的其他作品，也就在于对作品内在意蕴的苦心经营，从而达到了体被文质、情兼雅怨的境界。

刘熙载在《艺概·赋概》云："楚辞风骨高，西汉赋气息厚，建安乃欲由西汉而复于楚辞者。"② 程章灿先生曾指出："向楚骚美学传统的复归，是建安赋区别于两汉赋的一个重要特征。"③ 其实，向楚骚美学传统复归的乃是包括建安赋也包括建安诗的整个建安文学。而复归最为明显也最为成功的，乃是对屈宋之作进行过直接模拟的曹植。

总之，曹植作品多摹仿乃是不争的事实，但是模拟却无损其成就。他通过模拟吸收了汉赋、楚辞以及乐府的艺术经验，并且将这些经验又融化在自己的诗歌创作中，从而也奠定了他作为"建安之杰"的文学地位。黄节先生认为"陈王本国风之变，发乐府之奇，驱屈宋之辞、析扬马之赋而为诗，六代以前莫大乎陈王矣"④，不仅道出了曹植文学史地位，同时也指出了其地位形成的原因。诚然，曹植对汉赋的模拟形成了其创作"骨气奇高，词彩华茂"的一面，而对楚辞的模拟则形成了其"情兼雅怨"的特色，同时他又将这两方面的艺术经验导入了其诗歌创作中，实现了汉魏主流文体由赋向诗的转移。牟愿相《小獬草堂杂论诗》云："曹子建骨气奇高，词采华茂，左思得其气骨，陆机摹其词采。左一传而为鲍照，再传而

---

① 郭茂倩：《乐府诗集》，中华书局 1979 年版。
② 刘熙载：《艺概·赋概》，上海古籍出版社 1978 年版。
③ 程章灿：《魏晋南北朝文学史》，江苏古籍出版社 1992 年版，第 59 页。
④ 黄节：《曹子建诗注》序，人民文学出版社 1957 年版。

为李白；陆一传而为大小谢，再传而为孟浩然。沿流溯源，去曹益远。"①
从这个意义上而言，曹植的模拟以及后人对曹植的模拟皆成为了影响中国
诗歌发展的一大关键。

第二节　模拟与建安文风

如果说曹植对于楚辞与汉赋的模拟，是对前代作品的纵向模拟，主要
体现了模拟对于作家个人成长的意义的话；那么建安作家之间的相互模
拟，则是一种横向模拟，主要体现了模拟对于一个时代文风形成的意义。

一　建安同题共作与横向模拟

横向模拟是指同时代人对同时代人作品的模拟。建安人所热衷的创作
活动——同题共作，为横向模拟的发生了提供了条件：一方面，建安同题
共作的组织者既是政治领袖又是文学领袖，他们的作品自然受到当时人们
的模拟；另一方面，同题共作时被模拟的作品和模拟者直接见面也保证了
横向模拟的顺利发生。换言之，建安作家之间的横向模拟，主要是以同题
共作的形式展开的。

建安同题共作之风，由曹操始倡，经曹丕、曹植大力推行而一时蔚为
风气。前期的同题共作活动在曹氏父子之间展开，曹操是活动的组织者，
目的在于培养和检验诸子文学才华。如建安十五年，"时邺铜雀台新成，
太祖悉将诸子登台，使各为赋，（曹）植援笔立成，可观，太祖甚异之"
（《三国志·曹植传》）。有时，曹操还亲自创作。如曹操曾作《登台赋》，
《水经·浊漳水》注里保留了"引长明，灌街里"两句，写登台远望所见。
曹丕《登台赋序》云："建安十七年春游西园，登铜雀台，命余兄弟并

---

① 牟愿相：《小猀草堂杂论诗》，清诗话续编本，上海古籍出版社 1983 年版，第 1922 页。

作。"此赋中有"溪谷纡以交错，草木郁其相连"句，曹植《登台赋》中也有"临漳水之长流兮，望园果之滋荣"句，所写与曹操完全一致。据此可知，曹操自己先做出示范，而曹丕、曹植则横向模拟父亲的作品。有时候，曹操还延请当时名士助兴，将父子间的同题共作活动扩展到了文学侍从之臣。如曹操、曹丕皆有《沧海赋》，而王粲有《游海赋》，题目虽稍有区别，但极有可能是同题共作。曹操请王粲参与同题共作，无非是想让王粲的作品为儿子们的创作提供一个可供横向模拟的样本。总之，前期的同题共作活动，为曹丕、曹植兄弟的成长营造了浓郁的文学氛围，而前辈们的创作更是为他们提供了模拟的范本。

当曹丕、曹植的创作成熟起来后，他们逐渐成为了后期同题共作活动的组织者。建安十六年，曹丕"置官署"，曹植也"高选官属"，这是"当时文学家得以组织起来的开始"[1]。建安七子中徐干、应玚、刘桢先后担任平原侯庶子、太子文学等职，职务上的隶属关系，确保了同作和横向模拟的顺利发生。如曹丕自称："为太子时，北园及东阁讲堂并赋诗，命王粲、刘桢、阮瑀、应玚等同作。"（《初学记》卷十引《魏文帝集》）此时，同题共作活动已成为曹氏兄弟在文坛上发挥领导作用的重要方式，而建安诸子的横向模拟则使他们的影响得以具体地展开。如曹丕《玛瑙勒赋序》："玛瑙，玉属也。出自西域，文理交错，有似马脑，故其方人因以名之。或以系颈、或以饰勒。余有斯勒，美而赋之，命陈琳、王粲并作。"序中提及玛瑙勒的质地、产地、纹理、功用，正文沿着这几个方面的内容展开。陈琳赋序云："五官将得马脑，以为宝勒，美其英采之光艳也，使琳赋之。"曹丕赋云："命夫良工，是剖是镌。追形逐好，从宜索便。乃加砥砺，刻方为圆。……图兹物之攸宜，信君子之所服。"陈琳赋则云："尔乃他山为错，荆和为理，制为宝勒，以御君子。"陈琳明显模拟了曹丕。又如杨修《孔雀赋序》曰："魏王园中有孔雀，久在池沼，与众鸟同列。其初至也，甚见奇伟，而今行者莫视。临淄侯感世人之待士，亦咸如此，故兴志而作

---

① 胡大雷：《中古文学集团》，广西师范大学出版社 1996 年版，第 39 页。

赋，并见命及。遂作赋曰"，也坦言自己模拟了曹植的作品。杨修自叙其学习、模拟曹植之作的过程说："损辱嘉命，蔚矣其文。诵读反覆，虽讽《雅》、《颂》，不复过此。……今乃含王超陈，度越数子矣。观者骇视而拭目，听者倾首而竦耳。非夫体通性达，受之自然，其孰能至于此乎？……是以对《鹞》而辞，作《暑赋》弥日而不献。"杨修反复诵读曹植的作品，并且同题共作，目的是想在横向模拟中提高创作水平。"含王超陈，度越数子"，实则道出曹植作者之师的地位乃是经由诸子对他的横向模拟确立的。吴质《答魏太子笺》则提到了曹丕的文坛领袖地位以及建安诸子对他的模拟："伏惟所天，优游典籍之场，休息篇章之囿，发言抗论，穷理尽微，摛藻下笔，鸾龙之文奋矣。虽年齐萧王，才实百之，此众议论所以归高，远近所以同声。""议论所以归高"，是指建安诸子对曹丕文章的服膺；而"远近同声"，则指时人对于曹丕之作的横向模拟。

二　横向模拟与建安文学的题材类型

在同题共作活动中，题材选择的决定权掌握在发起者和组织者手中，但一种题材能不能发展为一个类型，则取决于有没有其他人的横向模拟。也就是说，一篇单一的作品无法构成一个题材类型，只有当某一题材的作品得到了其他作家的模拟并形成一定规模的时候，题材才会出现类型化倾向。建安文学中几种主要题材类型的形成及其转换说明了这一点。

建安前期，战乱频仍，所以纪征类作品一时蔚为大观。如建安十三年，曹操南征荆州，曹丕作《述征赋》，阮瑀作《纪征赋》，徐干作《序征赋》，王粲作《初征赋》；十四年伐吴，繁钦作《撰征赋》，王粲、曹丕共作《浮淮赋》；十六年征马超，徐干、应玚作《西征赋》；十九年征吴，曹植作《东征赋》，杨修作《出征赋》，皆以征战为题材。[①] 纪征题材在汉赋中比较少见，班彪有《北征赋》，曹大家有《东征赋》，只是"叙行历而见

---

① 马予静：《论魏晋南北朝的同题共作赋》，《河南大学学报》2003 年第 5 期。

志"①，并无对军阵的描写。但是曹丕《述征赋》着意描绘曹军军威，而其他人的横向模拟则使这一题材与写法稳定下来，形成一定的规模，成为一种题材类型。如曹植《东征赋序》云："建安十九年，王师东征吴寇，余典禁兵卫宫省。然神武一举，东夷必克。想见振旅之盛，故作赋一篇。"曹植之作重点放在"振旅之盛"上而并不"叙行历而见志"，显然横向模拟了曹丕开创的题材范式。

在战乱年代，最为触目惊心的是生离死别现象了，因此建安时代这类题材也出现了一人唱、数人和的横向模拟情况。如曹丕《悼夭赋序》曰："族弟文仲，亡时年十一，母氏伤其夭逝，追悼无已。予以宗族之爱，乃作斯赋。"又《太平御览》卷五九七引挚虞《文章流别论》："建安中，文帝与临淄侯各失稚子，命徐干、刘桢等为之哀辞。"曹植又有《伤夭赋》、《金瓠哀辞》、《行女哀辞》、《曹仲雍哀辞》。同样，离别也牵动着建安文人们的愁肠。如曹丕《感离赋序》云："建安十六年，上西征，余居守，老母诸弟皆从，不胜思慕，乃作赋曰。"曹植《离思赋序》云："建安十六年，大军西讨马超，太子留监国，植时从焉，意有怀恋，遂作离思之赋。"兄弟二人以赋作互道离情。同样的题材见之于诗。曹植《离友诗序》云："乡人有夏侯威者，少有成人之风，余尚其为人，与之昵好。王师振旅，送余于魏邦，心有眷然，为之陨涕，乃作离友之诗。"（《艺文类聚》二十一）寡妇问题，也是一个有关生离死别的社会问题，曹丕、曹植、王粲皆有《寡妇赋》，曹丕、曹植另有《寡妇诗》，以表达他们的同情。与寡妇问题有些类似的是出妇问题，曹丕、曹植皆有《出妇赋》、《代刘勋妻王氏杂诗》，曹植《弃妇诗》估计与此也有关系。众多作家反复就同一题材同题共作，必然引发横向模拟，从而导致题材的类型化。类型化往往导致题材的单一与雷同，所以批评家向来不喜欢类型，但是"类型"形成并不完全是意义产生的限制和障碍。建安文人对死亡的悲吟，对别离的感慨，唱出了乱世的时代悲歌，由此奠定了建安文学"世积乱离，风衰俗怨"（《文心

---

① 李善等：《六臣注文选》，浙江古籍出版社 1999 年版，第 166 页。

雕龙时序》）的时代特色。

　　建安后期，北方相对安定，曹丕、曹植以及建安诸子开始过上安定的生活，因而纪征类大题材作品减少，而咏物、游宴题材作品增多。如曹丕《槐树赋序》云："文昌殿中槐树，盛暑之时，余数游其下，美而赋之。王粲值登贤门，小阁外亦有槐树，乃就使赋焉。"其他如《柳赋》、《橘赋》、《玛瑙勒赋》、《车渠碗赋》、《弹棋赋》、《迷迭赋》、《扇赋》、《投壶赋》、《愁霖赋》、《大暑赋》等作品，也都是同题共作的咏物游戏之作。陈琳、王粲、应玚、杨修等都模拟宋玉《神女赋》作过《神女赋》，模拟宋玉《登徒子好色赋》创作《止欲赋》。王楙指出："自宋玉《好色赋》，相如拟之为《美人赋》。蔡邕又拟之为《协和赋》，曹植为《静思赋》，陈琳为《止欲赋》，王粲为《闲邪赋》，应玚为《正情赋》……转转规仿，以至于今。"① 又如王粲、应玚、刘桢、曹植、陈琳等人皆有《公燕》诗；曹植、刘桢、应玚皆有《斗鸡诗》。在横向模拟中，建安文学题材形成了"怜风月，狎池苑，述恩荣，叙酣宴"（《文心雕龙·明诗》）的一面。

　　从前期的共咏军国大事到后期的抒写人情物理，建安文学的题材实际上经历了一次日常生活化的转变。建安文学题材类型的形成表面上看来是取决于同题共作的组织者的兴趣和一时的感念，故王芑孙《读赋卮言·谋篇》说："自魏以来，群臣多云同作，或命某和，或被招作。"② 但是共作活动的发起者和组织者的兴趣和感念，在偶然后面还存在必然性。刘勰《文心雕龙·时序》云："观其时文，雅好慷慨，良由世积乱离、风衰俗怨，并志深而笔长，故梗概而多气也。"也就是说，建安文人之间的横向模拟以及由此所引起的题材类型化，不仅是文坛领袖的组织使然，也是建安时代社会心理使然。如纪征题材的流行，反映了建安文人希望国家结束战乱实现统一、渴求个人有所作为、建功立业的志向；悼亡伤别题材的流行，宣泄了建安文人忧生惧死的心理；咏物、游宴题材的流行，则正是建

---

① 王楙：《野客丛书》卷十六，中华书局 1987 年版。
② 王芑孙：《读赋卮言·谋篇》，国朝名人著述丛编，斐然山房刻本，清光绪九年。

安文人企图以及时行乐的方式消解功业难成、生命不永的哀伤的折射。王钟陵先生曾指出"建安文学是一个文学转向真实、转向人民、转向个人的时代"①，这三个"转向"就是在横向模拟中经由题材类型的转换实现的。

三 横向模拟与建安作家的创作模式

所谓创作模式，是指作者可以依照进行创作的某一标准样式。不过，所谓的标准样式并非一个先天生成的范本，它只是无声地存在于具体的作品之中，模拟的过程乃是对这一样式的发现与再现的过程，因而模拟乃是模式形成的根本原因。一般来说，创作模式的形成要经过几代人的共同努力，并经过不断的修正调整才能形成，如汉大赋的结构模式的形成就是在两汉赋家的不断模拟中形成的。在建安时代，由于曹氏父子特别提倡同题共作活动，参与者之间便于展开横向模拟，因而创作模式的形成时间也显得相对短一些。

横向模拟的过程，是一个对某一样式的认同过程，因而也就是模式的形成过程。如建安二十年，曹丕、陈琳、王粲、应玚、繁钦等人同题共作《柳赋》。曹丕《柳赋序》云："昔建安五年，上与袁绍战于官渡。时余始植斯柳，自彼迄今，十有五载矣。左右仆御已多亡，感物伤怀，乃作斯赋。"序言交代了柳树的由来，正文先写柳树枝条之美，然后"感物伤怀"，构成了"入题—描写—感慨"的结构模式。王粲《柳赋》首六句对应曹丕赋序，交代写作缘由；第七至十句，描写柳树之"丰茂"；最后数句抒发感慨。王粲对于曹丕的横向模拟，表明他发现并再现了曹丕之作的创作模式，因而他的横向模拟的过程，实际就是模式的确认过程。陈琳、应玚、繁钦三人的赋作已残，但仅据残文也可以看出他们对曹丕之作的模拟。如陈琳《柳赋》"有孤子之细柳"数句交代柳树来历，"伟姿妙态"数句描写柳树，"天机运旋，夫何逝之速也"则抒发感慨，仍然遵循了"入

---

① 王钟陵：《中国中古诗歌史》，江苏教育出版社 1988 年版，第 228 页。

题—描写—感慨"的模式。同题共作活动的组织者的创作，有形无形地规范着同题共作的参与者，实际上是为模式的建立提供了可能；同题共作者的横向模拟，则是一个将可能性变为现实的过程。如果没有横向模拟，而各唱各的调，则模式的形成也就无从谈起。

"入题—描写—感慨"的结构模式的形成，与同题共作的组织形式也有深刻关联。同题共作或因物起、或因事起、或因情兴，因而作家一般会有对创作缘由的交代；同时他们在同题共作时还怀有比赛文学才华的心理，因而描写成为其显露才华的主要方式；此外，建安文人还常常以"卒章显其志"的方法点明自己的种种感慨；于是这些作品便呈现出了入题—描写—感慨的结构模式。公宴诗的创作说明了这一点。曹丕《芙蓉池作诗》，先点出宴会事由、继而描写游宴情景、最后抒发个人感慨，正是采用的"入题—描写—感慨"的结构模式。曹植《公宴诗》："公子敬爱客，终宴不知疲。清夜游西园，飞盖相追随。明月澄清影，列宿正参差。秋兰被长坂，朱华冒绿池。潜鱼跃清波，好鸟鸣高枝。神飙接丹毂，轻辇随风移。飘飘放志意，千秋长若斯。"吕延济注曰："公宴者，臣下在公家侍宴也，此宴在邺宫与兄丕宴饮。"① 曹植和曹丕之作的结构完全一致，很显然是遵循了曹丕确立的范式，而刘桢、王粲、阮瑀、应场、陈琳诸人之作，虽或有散佚，但是就现存部分来看，仍然可以看出其"入题—描写—感慨"的结构模式。

创作模式的构建对建安文学的影响是多元的。从消极面来看，模式化的形成在一定程度上意味着多样性的消失。横向模拟不可避免地给建安文学带来了诸如艺术构思的单一化、抒情格调的雷同化、艺术形式的类型化等后果。将王粲的《登楼赋》和其《柳赋》比较，前者为个人独创，抒写乱世游子思念故土、渴望统一之情，感情充沛、催人泪下，而后者则只是在"悟元子之话言，信思难而存惧"，始终在曹丕所作的规范中打转，不免给人以隔靴搔痒之感。但是，我们应该看到建安作家之间的横向模拟的

① 李善等：《六臣注文选》，浙江古籍出版社1999年版，第351页。

特殊性。

首先，建安同题共作活动的组织者曹氏父子创作水平明显高于建安诸子，当他们成为建安诸子横向模拟的对象时，于建安诸子来说是一种艺术提高。高水平的命题人的创作，有形无形地规范着同题共作者的创作，范式的提倡与普及有利于推广艺术经验，提升建安文学创作的整体水平。例如，曹植曾作《神龟赋》送给陈琳赏析，陈琳《答东阿王笺》云："昨加恩辱命，并示《龟赋》，披览粲然，君侯高世之才，秉青萍、干将之器，拂钟无声，应机立断，此乃天然异禀，非钻仰者所庶几也。音义既远，清辞妙句，焱绝焕炳，譬犹飞兔流星，超山越海，龙骥所不敢追，况于驽马可得齐足！夫听《白雪》之音，观《渌水》之节，然后《东野巴人》蚩鄙益著，载欢载笑，欲罢不能。谨韫椟玩耽，以为吟颂。琳死罪死罪。"陈琳对曹植之作十分欣赏，并表示尽管知道自己难以追步，但是欲罢不能，因此情不自禁拟作了一篇《悼龟赋》。陈琳《悼龟赋》虽然已经残缺，但从现存字句之间仍可以看出对曹植之作的模拟。不过，曹植曾批评"以孔璋之才，不闲辞赋，而多自谓能与司马长卿同风，譬画虎不成还为狗者也"（《与杨德祖书》）。大概对于陈琳的拟作并不满意。

其次，在同题共作活动中横向模拟同时也是一个横向比较的过程，无形之中又使参与活动者增强了竞胜争高的意识，由此而带来艺术表现方面的提高。事实上，曹植创作不仅对建安诸子有示范意义，他同样也常常虚心向建安诸子求教以求自我提高。他诚恳宣称"仆常好人讥弹其文；有不善者，应时改定"（《与杨德祖书》）。并且把自己和建安诸贤共作的文章送给吴质，写信要他认真品味："其诸贤所著文章，想还所治，复申咏之也。可令熹事小吏，讽而诵之"，并希望"足下助我张目也"。横向模拟以及与此相随的横向比较批评，也就是"助我张目"的过程。吴质回信盛赞曹植之文采说："奉所惠贶，发函伸纸，是何文采之巨丽，而慰喻之绸缪乎！夫登东岳者，然后知众山之迤逦也；奉至尊者，然后知百里之卑微也。……还治讽采所著，观省英伟，实赋颂之宗，作者之师也。众贤所述，亦各有志。"由此可见，建安文人遵循曹氏父子的创作模式的横向模拟过程，就是曹氏父子作为"作者之师"发生影响的过程，这无疑对于建安文学整体水平的提高有极大的促进作用。因此，创作的模式化尽管会给作家个体的创作带来这样或那样的缺陷，但如果把横向模拟看成是具有一定社会意义的集体性文化活动，那么创作中的"类型"和"模式"便不是意义产生的限制和障碍，而是其意义传播的基本条件了。

再次，曹氏父子的文化政策比较开明，曹丕、曹植对建安诸子的文学才华表现了相当的尊重，而建安诸子在横向模拟时也能保持一定的艺术个性。《古文苑》卷七王粲《羽猎赋》章樵注引挚虞《文章流别论》云："建安中，魏文帝从武帝出猎，赋，命陈琳、王粲、应玚、刘桢并作，琳为《武猎》，粲为《羽猎》，玚为《西狩》，桢为《大阅》。凡此各有所长，粲其最也。"① 由此可见，尽管在同题共作时会因为横向模拟而形成创作模式，但还是留有作家驰骋才华的余地。如曹丕、曹植、王粲皆有《出妇赋》。曹丕虽然也同情出妇，但是又认为"夫色衰而爱绝，信古今其有之"，"信无子而应出，自典礼之常度"，从礼教的角度认为出妇被遣是应当的。曹植则认为"恨无愆而见弃，悼君施之不终"，对出妇的悲剧命运表示了深切的同情。王粲则以更多的笔墨替出妇谴责了其夫："君不笃兮始终，乐枯荑兮一时。心摇荡兮变易，忘旧姻兮弃之。"上述诸作，在横向模拟中仍保留了个性空间。吴质所说的"众贤所述，亦各有志"，曹植所说的"人人自谓握灵蛇之珠，家家自谓抱荆山之玉也"（《与杨德祖书》），也都说明了这一点。

四 横向模拟与建安风骨

建安文人横向模拟的过程还是建安文学审美理想建构的过程。我们先来看建安文坛领袖曹丕、曹植对理想文学作品的描绘。

曹丕《典论·论文》：

---

① 章樵注：《古文苑》，万有文库本，商务印书馆 1937 年版。

诗赋欲丽。

曹植《前录序》：

> 故君子之作也，俨乎若高山，勃乎若浮云，质素也如秋蓬，摛藻也如春葩。氾乎洋洋，光乎皓皓，与《雅》、《颂》争流可也。余少而好赋，其所尚也，雅好慷慨。

这里主要提出了两个标准，即要求作品有华丽的辞藻和强烈的感情，可以说是建安文学的共同的审美理想。建安文人在同题共作时，无论是题材类型化还是结构模式化，都服从并建构了这一审美理想。

从题材选择来看，前期的军政题材的类型化，体现了对壮丽的追求。如曹丕《浮淮赋序》云："建安十四年，王师自谯东征，大兴水运，泛舟万艘。时余从行，始入淮口，行泊东山，睹师徒，观旌帆，赫哉盛矣，虽孝武盛唐之狩，舳舻千里，殆不过也。乃作斯赋云。"曹丕所赋对象"赫哉盛矣"，赋之文采自然壮丽。王粲《浮淮赋》横向模拟曹丕之作，也描写渡淮时众樯成林、风兴波动的壮丽景象。后期的咏物题材的类型化，则体现了建安作家对于华丽的追求。如曹丕《迷迭赋序》云："余种迷迭于中庭，嘉其扬条吐香，馥有令芳，乃为之赋曰。"既然写作的目的是为了"嘉其扬条吐香，馥有令芳"，则赋作对辞藻的选用也应给人以华丽有味的感觉。曹植、陈琳、应玚诸人的横向模拟之作都体现了这种审美追求，诸赋皆铺成迷迭之枝条与芳香，用词讲究，"丽草"、"翠叶"、"茂茎"、"修干"、"碧茎"、"彩条"，给人一种杂色纷陈、错彩镂金的华美感觉。

题材的类型化也体现了他们对于作品情感内涵的注重。例如，生离死别题材的类型化，就使建安文人对生死存亡的重视、哀伤，对人生短促的感慨、喟叹，从中下层一直蔓延到皇家贵族，成为整个时代的典型音调。曹丕《与吴质书》回忆了往日同题共作的情景："每念昔日南皮之游，诚不可忘。既妙思六经，逍遥百氏，弹棋闲设，终以六博，高谈娱心，哀筝顺耳。驰骛北场，旅食南馆，浮甘瓜于清泉，沉朱李于寒水。白日既匿，继以朗月，同乘并载，以游后园，舆轮徐动，参从无声，清风夜起，悲筋微吟，乐往哀来，凄然伤怀。余顾而言，斯乐难常，足下之徒，诚以为然。今果分别，各在一方。元瑜长逝，化为异物，每一念至，何时可言？方今蕤宾纪时，景风扇物，天气和暖，众果具繁。时驾而游，北遵河曲，从者鸣筋以启路，文学托乘于后车，节同时异，物是人非，我劳如何！"关于南皮之游，建安文人还同题共作了《公宴诗》。曹丕《芙蓉池作诗》云："寿命非松乔，谁能得神仙。遨游快心意，保己终百年"，正是"斯乐难常"的意思。曹植《公宴诗》："飘飘放志意，千秋长若斯"，似在和曹丕辩难。而王粲云"常闻诗人语，不醉且无归。今日不极欢，含情欲待谁"，刘桢云"投翰长叹息，绮丽不可忘"，都含有欢乐难再当及时行乐的意思。应玚云"辨论释郁结，援笔兴文章"，则似乎在为这一场辩论作总结。将众多的《公宴诗》合观，明显可以感到建安文人的"志深笔长""梗概多气"的强烈的情感特征。关于"元瑜长逝"，建安文人同题共作了《寡妇赋》、《寡妇诗》。曹丕《寡妇赋序》云："陈留阮元瑜，与余有旧，薄命早亡，每感存其遗孤，未尝不怆然伤心，故作斯赋，以叙其妻子悲苦之情。命王粲并作之。"由于曹丕定下了"叙其妻子悲苦之情"的基调，这实际是提出了一个共同的审美要求，即作品必须有强烈的感情。王粲、曹植、丁廙妻诸人同题共作的《寡妇赋》，读之令人"怆然伤心"，实则是对这一审美要求的落实。

"入题——描写——感慨"的创作模式的构建，也体现了对华丽的辞藻和慷慨的感情的追求。华丽的辞藻，精巧的描写，是建安文人显露才华的手段，因而对文采的追求成为了建安文学的特色之一。如曹植《柳颂序》云："余以闲暇，驾言出游，过友人杨德祖之家，视其屋宇寥廓，庭中有一柳树，聊戏刊其枝叶。故著斯文，表之遗翰，遂因辞势，以识当今之士。"明确提出把"辞势"作为识别当今之士的重要标准。缘此，建安文人同题共作时尽管在题材和结构模式上存在横向模拟，但在技巧上却可以各显身手。如《车渠碗赋》描写车渠碗的纤理缛文，曹丕赋云："理交错以连属，似将离而复并。或若朝云浮高山，或似飞鸟厉苍天。"曹植赋云："郁翁云蒸，蜿蜒龙征，光如激电，影若浮云。"应玚赋云："纷玄黄以彤裔，晔豹变而龙华，象蜿虹之辅体，中含曜乎云波。"王粲赋云："飞轻缥与浮白，若惊风之飘云。"他们四人所赋对象一致，虽皆以云彩为喻，题材上也显示出横向模拟的痕迹，但是构思之巧、设词之妙、造语之工还是显示出了他们的表现能力各有千秋。作品结构模式中"感慨"一环的存在，则使建安文学保留了抒情特性，而不至于陷入了单纯的追求辞藻。如曹丕和王粲共作《莺赋》，便不是只讲莺之羽毛如何美观、鸣叫如何动听，而是将自己对于人生的感慨融入对莺鸟的描写中，将所赋对象意象化、情感化。曹丕《莺赋序》云："堂前有笼莺，晨夜哀鸣，凄若有怀，怜而赋之曰。"赋之正文描绘了一只深陷罗网的小鸟的痛苦与挣扎，始终浸透了作家的深切同情。而王粲横向模拟曹丕之作的《莺赋》云："览堂隅之笼鸟，独高悬而背时。虽物微而命轻，心凄怆而愍之。日奄蔼以西迈，忽逍遥而既冥。就隅角而敛翼，眷独宿而宛颈。历长夜以向晨，闻仓庚之群鸣。春鸠翔于南甍，戴鵀集乎东荣。既同时而异忧，实感类而伤情。"王粲在对笼中之莺的描写中联想到了命运的捉弄、光阴的流失，这其实是王粲后期的命运的写照。曹植云："当此之时，人人自谓握灵蛇之珠，家家自谓抱荆山之玉也。吾王于是设天网以该之，顿八弦以掩之，今尽集兹国矣。"（《与杨德祖书》）清人吴淇说："魏氏与诸子，不过如富贵人家养几个作诗相公，陪伴自己子弟读书，或游戏，或饮酒，间亦教他代作些书札，其实非怜其才而大用也。"① 这两段话一正一反，道出了王粲的命运变化，也完全可以作为《莺赋》的画外音。

综上所述，建安文学的题材类型、创作模式以及审美理想都是在建安文人之间的横向模拟的过程中形成的。《文心雕龙·明诗》云："暨建安之

① 吴淇：《六朝选诗定论》，四库全书存目丛书补编本，齐鲁书社 1996 年版。

初，五言腾踊，文帝陈思，纵辔以骋节；王徐应刘，望路而争驱；并怜风月，狎池苑，述恩荣，叙酣宴，慷慨以任气，磊落以使才，造怀指事，不求纤密之巧；驱辞逐貌，唯取昭晰之能：此其所同也。""文帝陈思，纵辔以骋节；王徐应刘，望路而争驱"的过程，其实就是建安文人之间的横向模拟的过程。"此其所同也"说的则是建安文学的时代特征。一句话，建安作家之间的横向模拟，建构了建安文学的时代特点。

文学史上有一个耐人寻味的现象。建安文人并不是一个有明确组织形式的创作集团，但是"三曹"与"建安七子"、"建安风骨"的提法在文学史上深入人心。直到今天，人们在整理文集的时候，还往往习惯编《三曹集》、《建安七子集》。刘勰《文心雕龙·才略》部分地说出了谜底："观夫后汉才林，可参西京；晋世文苑，足俪邺都；然而魏时话言，必以元封为称首，宋来美谈，亦以建安为口实；何也？岂非崇文之盛世，招才之嘉会哉？""招才之嘉会"还只是发生同题共作的条件，而建安作家之间的由于横向模拟而造成的文风趋同才是他们常常作为一个整体被接受的原因。缘此，建安文学同题共作的传统，以一种独特的方式被继承下来。如晋张华作《鹪鹩赋》、傅咸乃造《仪凤赋》，贾彪也作《大鹏赋》。南朝萧齐时竟陵王萧子良、王融、沈约、萧子恪、王俭、谢朓诸人共作《梧桐赋》、《拟风赋》、《高松赋》、《七夕赋》等。而梁代君臣诸人则共作了《对烛赋》、《鸳鸯赋》、《采莲赋》、《荡子赋》等，[①] 通过横向模拟而扇起了宫体之风。可以说，从建安开始，横向模拟开始成为一种建构时代文风的有效方式。

---

① 程章灿：《魏晋南北朝赋史》，江苏古籍出版社2001年版，第214—215页。

第八章

模拟与晋代文学

"西晋是中国文学史上模拟风气最盛的时期。"① 西晋作家大多在模拟上下过工夫，如傅玄、傅咸、张华、夏侯湛、束皙、潘岳、张载、陆机、陆云、左思等人皆有各种文体的拟作留存，而东晋时期诗赋模拟之作则寥寥无几。

与建安时期相比，西晋作家在模拟时主要有以下特点：一是，拟作中的政教精神日益淡退。西晋初年，武帝司马炎鉴于曹氏政权的政教松弛而欲大力推崇儒学，傅玄《上疏陈要务》云："夫儒学者，王教之首也。尊其道，贵其业，重其选，犹恐化之不崇；忽而不以为急，臣惧日有陵迟而不觉也。"在文学领域，傅玄曾有过加强儒家政教的努力，他早期大力模拟汉代大赋、汉乐府，都是为了服务于政教讽喻；而他后期虽模拟建安文人，但是多选取建安文人的咏物贵游之作，政教精神明显减弱。傅玄在西晋初期的文坛处于领袖的地位，他的模拟行为在当时扇起了一股模拟复古的风气。傅咸作《毛诗诗》、《论语诗》、《孝经诗》等；束皙、潘岳、夏侯湛等人拟《诗经》作《补亡诗》、《家风》、《周诗》；陆云等人则拟《诗经》作《赠郑季曼诗》（包括《谷风》、《鸣鹤》、《南衡》、《高冈》四篇）。这些

---

① 徐公持：《魏晋文学史》，人民文学出版社 1999 年版，第 254 页。

拟作模拟经典，全无生气，虽有服务于礼教的倾向，但是和生活现实却是渐行渐远，政教精神反而是逐渐淡化了。二是，重技巧的风气日益浓厚。傅玄的模拟实践，有重内容而轻形式的倾向。西晋中期，以贾谧为首组织的"二十四友"文士集团的模拟之作，则多以绮靡繁缛相尚。如陆机作《拟古诗》，在原作基础上踵事增华，凸显了好雕琢堆砌的技巧化倾向。

当然，上述两个特点，实际上是相互联系的。模拟时不再注重作品的政教内容，关注的焦点则自然转移到作品的形式和技巧上。所以有论者指出："西晋诗人写了大量仿古诗，既是重技巧的表现，也是对现实题材非时事化的必然结果。"① 从文学史演进的角度来看，政教精神的弱化，乃是汉魏文学和晋宋文学的显著区别，而技巧化倾向则正是南朝文人追求的重点。从这个意义上来讲，西晋文学通过模拟逐步完成了告别汉魏、开启南朝的历史变迁。具体而言，傅玄通过模拟实现了魏晋文风的变迁，奠定了西晋文学的基本特色；陆机则通过模拟给西晋文学带来了新质，从而下开宋、齐文风。

"八王之乱"爆发后，西晋政局动荡，文人们在血腥的恐怖中把兴趣转向了玄学清谈；而自皇室南迁，他们又把玄学作为苟安的精神寄托，因而东晋文学出现了"诗必柱下之旨归，赋乃漆园之义疏"（《文心雕龙·时序》）的局面。玄言诗人根本没有兴趣像汉代赋家那样作赋以讽，建安文人的梗概多气的作品也无人问津，他们甚至也屑于像西晋作家那样雕琢词句。因此，对前代的模拟逐渐减少也就成为了一种必然。玄言诗不事模拟，割裂了东晋文学和前代文学的联系，造成了它们一方面缺少遒劲风力，体质弱于建安；另一方面则又缺乏美丽词采，外观藻饰不及西晋的尴尬局面。俞灏敏指出："玄言诗在将人的主题哲学化的同时，忽视了文学本身所要求的美的创造，结果造成《诗品》所谓'理过其辞，淡乎寡味'

---

① 徐公持：《魏晋文学史》，人民文学出版社 1999 年版，第 264 页。

的偏差。因缺乏艺术追求这一动力，摹拟之风一度消歇。"① 直到晋宋之际，大诗人陶渊明开始以模拟重续汉魏传统。其《闲情赋》、《归去来辞》模拟张衡、蔡邕，《悲士不遇赋》模拟董仲舒、司马迁；同时还模拟汉代五言古诗作《拟古诗》9 首。单从模拟对象的选择就可以看出，这些作品既重抒情特质，又比较注意文采，所以铸就了其创作"笃意真古，辞兴婉切"（《诗品中》）的特色。陶渊明模拟实践乃是对于玄言诗的反拨，一定程度上恢复了即将中绝的汉魏传统，同时又开启了宋代元嘉文学的拟古之风。

第一节　傅玄拟作与魏晋之际文学变迁

《文心雕龙·通变》云："晋之辞章，瞻望魏采。"刘师培则认为魏代自太和以迄正始的文学约分两派："一为王弼、何晏之文，清峻简约，文质兼备，虽阐发道家之绪，实与名、法家言为近者也。""一为嵇康、阮籍之文，文章壮丽，捃采骈辞，虽阐发道家之绪，实与纵横家言为近者也。"② 然而，王弼早逝，何晏、嵇康皆为司马氏所杀，而"西晋之士，其以嗣宗为法者，非法其文，惟法其行"③。如此，则刘氏所说的两派文风，并没有对晋代文风构成直接影响。事实上，正始时期业已扇起玄风，而玄言诗赋在西晋却并没有形成气候，儒家文风反而一度兴盛。那么，晋初的文学是如何"瞻望魏采"的呢？或者说，魏代文学是如何走入晋代的呢？

魏晋之际的文学变迁当从由魏入晋的作家来考察。这样一来，傅玄很自然进入了我们的视野。一是因为他是一位活跃在魏晋之际的重要作家。在傅玄出生的公元 217 年，邺下诸子中的应、刘、陈、徐，一时俱逝；至

---

① 俞灏敏：《文学的模拟与文学的自觉——魏晋六朝杂拟诗略论》，《学术月刊》1997 年第 2 期。

② 刘师培：《中国中古文学史》，人民文学出版社 1998 年版。

③ 刘师培：《中国中古文学史》，人民文学出版社 1998 年版。

太和六年（公元 232）曹植病卒，建安文学的最重要的作者都已谢世，而傅玄此时年已 16 岁。傅玄比阮籍小 7 岁，但比嵇康长 6 岁，入晋前他已经 49 岁，而入晋后他只活了 13 年，有论者认为傅玄应被看作魏晋之际作家，[①] 是有道理的。王钟陵先生曾指出："在文学的发展中，往往有这样一些横跨两个时代的作者，他们把上一个时代的风气带到了下一代，并又或多或少地表现了一种新的特征"，"傅玄正是这样的一个诗人。"[②] 二是因为傅玄好模拟，考察他的模拟作品，能提请人们注意傅玄所连接的文学血缘，管窥魏晋之际的文学变迁。

一　入晋前的拟赋与儒家文学观

傅玄拟作中可以明确断定为入晋以前写的作品有《正都赋》、《魏德颂》、《七谟》。[③]此外，其设论体作品《客难》，与《七谟》一类作品内容主旨相近，大约也是作于入晋以前。

魏明帝好大喜功，大规模营治宫室就有太和六年（公元 232）九月与青龙三年（公元 235）七月两次（参《三国志·明帝纪》）。此间产生了大量的京殿大赋，如何晏、缪袭等人的《景福殿赋》，刘邵《许都赋》、《洛都赋》等，傅玄《正都赋》也在这一背景下产生。京殿大赋在两汉时代得到了充分的发展，魏代作家实难跳出窠臼。从现存残文来看，傅玄《正都赋》与其他人所写区别不大，但是命题方式比较特别。其他人的京殿大赋都题作"某殿赋"或"某都赋"，而傅玄此赋却题为"正都"，据此我们可以推测此赋在歌颂赞美之余，当有较多的议论讽谏内容。创作这类作品，最易获得时誉，联系傅玄"以时誉选入著作"（《晋书》本传）的经历，我们认为傅玄很可能在太和六年（17 岁），至迟在青龙三年（20 岁），即通

---

① 魏明安、赵以武：《傅玄评传》，南京大学出版社 1996 年版，第 308 页。

② 本文所引傅玄作品写作年代的确定参考《傅玄评传》。《傅玄评传》认为，傅玄的绝大部分作品完成于入晋前。

③ 王钟陵：《中国中国诗歌史》，江苏教育出版社 1988 年版，第 344 页。

过模拟创作都邑赋而获得文名。

傅玄《魏德颂》，从篇名即可断定写在曹魏时期。黄初年间，曹植有《魏德论》模拟司马相如《封禅文》，是一篇为魏国歌功颂德的作品。傅玄《魏德颂》从篇名就可以看出与曹植的作品存在模拟关系。曹植此作文采不足，刘勰就认为"陈思《魏德》……劳深勋寡，飙焰缺焉"（《文心雕龙·封禅》）。如此看来，傅玄之所以模拟曹植此作，并非因其形式之美而是由于内容之善。他曾说："夫文彩之在人，犹荣华之在草。"① 说明他对文采是比较轻视的。傅玄尽管模拟了魏代的作家作品，但重心不是放在魏代文学的华丽辞章上，而是放在作品的经世致用的功用上，这说明了其文学观是比较正统的儒家文学观，与建安和正始作家有显著区别。

我们再来看其拟作《七谟》。其序云："昔枚乘作《七发》，而属文之士，若傅毅、刘广世、崔骃、李尤、桓麟、崔琦、刘梁、桓彬之徒，承其流而作之者纷焉，《七激》、《七兴》、《七依》、《七款》、《七说》、《七蠲》、《七举》、《七设》之篇。于是通儒大才马季长、张平子、亦引其源而广之。马作《七厉》、张造《七辩》，或以恢大道而导幽滞，或以黜瑰玮而托风咏，扬辉播烈垂于后世者，凡十有余篇。自大魏英贤迭作，有陈王《七启》、王氏《七释》、扬氏《七训》、刘氏《七华》、从父侍中《七诲》。并陵前而邈后，扬清风于儒林，亦数篇焉。世之贤明，多称《七激》工，余以为未尽善也。《七辩》似也，非张氏至思，比之《七激》，未为劣也。《七释》佥曰妙哉，吾无间矣。若《七依》之卓跞一致，《七辩》之缠绵精巧，《七启》之奔逸壮丽，《七释》之精密闲理，亦近代之所希也。"从"大魏英贤迭作"一句可以推断，此文写在入晋之前。《七谟》直接取法的对象是与其时代最为接近的曹植诸人的作品。曹植《七启序》云："昔枚乘作《七发》，傅毅作《七激》，张衡作《七辩》，崔骃作《七依》。辞各美丽，余有慕之。遂作《七启》，并命王粲作。"从序言来看，《七谟》模拟了《七启》，但有四点不同。第一，傅玄取法的对象比曹植更广泛，他研

---

① 马总：《意林》，中华书局1991年版。

究的对象几乎囊括了前代所有的"七"体作品，而曹植只是略举了前代知名作品，具有较大的随意性。第二，他们对具体作品的品评略有差异。曹植以《七激》与《七辩》并举而不分优劣，当时流行的看法则是《七激》工于《七辩》。傅玄从内容入手，认为傅毅《七激》尽美而不尽善，《七辩》虽非张衡最好的作品，但比起《七激》则接近尽善尽美。第三，文学观的差异，这是二人最根本的差异。曹植对前代作品的批评，只是集中在辞采上，并不刻意注重作品的讽谏功能，而傅玄的文学批评则包括内容与形式两个方面，并且尤为强调作品的讽喻功能。所以曹植论"七"体，只称道它们"辞各美丽"，而傅玄却首论其"或以恢大道而导幽滞，或以黜瑰玮而托风咏"的政教功能，认为这才是这类作品的主要价值。第四，傅玄作《七谟》有明确的现实针对性。正始年间何晏、王弼等大畅玄风，致使"正始明道，诗杂仙心"（《文心雕龙·明诗》），傅玄作为他们的反对派，①大力创作并积极肯定自汉代以来已形成崇儒抑道主题的"七"体，在实践和理论上都有为儒家之文张目的现实目的。据挚虞《文章流别论》载："傅子集古今'七'而品论之，署曰《七林》。"②《七林》已佚，但我们从《七谟序》对"七"体推本溯源式的评论，可以推断《七谟》当入选《七林》。傅玄对"七"体既有理论批评，又有创作实践，他以模拟来实践自己的理论主张，显然是为了张扬儒家人生观和儒家文风，以对抗玄学人生观和文学创作中的玄风。因此，傅玄尽管也活跃于正始文坛，但他的创作却是迥异于时流的。

傅玄上述三篇拟作所选择的模拟对象，在内容上都是宣扬儒家思想的。模拟对象的选择以及对模拟对象的处理，无一不说明了傅玄是把模拟当成推行儒家文学观的一种手段。傅玄曾说："君子审其宗而后学，明其道而后行。"（《意林》）又说："《诗》之雅颂，《书》之典谟，文质是以相

---

① 魏明安、赵以武《傅玄评传》认为："正始五年之前，曹爽集团中的主要成员何晏、邓飏等，与傅玄的关系已十分紧张，傅玄随时有可能遇害。"（第 44 页）《晋书》本传载有傅玄批评何晏服饰的言论，则可以看作审美观的不同。

② 欧阳询：《艺文类聚》卷五十七，上海古籍出版社 1982 年版。

副，玩之若近，寻之若远，陈之若肆，研之若隐，浩浩乎其文章之渊府也。"（《傅子》补遗上）傅玄选择儒家经典作品为模拟对象，正是"审其宗"、"明其道"的体现。他说："昔仲尼既殁，仲尼之徒追论夫子之言，谓之《论语》。其后邹之君子孟子舆拟其体，著七篇，谓之《孟子》。"① 他把儒家学派对孔子思想的传述与发展也说成是"拟其体"，正说明了他认识到了模拟对于推行自己文学主张的意义。这种思想，决定了他终身不离模拟。如其《连珠》也是一篇拟作。他之所以模拟"连珠"，主要是由于这种文体"合于古诗劝兴之义"（《连珠序》）。由此可见，模拟实际是傅玄推行自己的文学思想的一种手段。

二　傅玄的拟骚体和拟古乐府

如果说前期的拟赋旨在以裨政教的话，那么傅玄的拟骚和拟乐府之作则重在以裨风教。②

傅玄的拟骚之作主要有《拟〈四愁诗〉》、《拟楚篇》、《拟招魂》、《拟天问》等。《拟招魂》、《拟天问》、《拟楚篇》皆仅存残文，句式主要有七言和四言，用语与意象的选用与《楚辞》十分接近，应是一组拟骚之作。傅玄模拟楚辞，兴趣主要在文体方面。其《拟〈四愁诗〉序》云："张平子作《四愁诗》，体小而俗，七言类也，聊拟而作之，名曰《拟〈四愁诗〉》。""体小"是就体制而言。《四愁诗》每章七句，相对于自汉以来流行的篇幅较长的骚体赋可谓"体小"。而傅玄的拟作每章十二句，体制有针对性地扩大了一些。又，傅玄《橘赋》乃模拟屈原《橘颂》，其序云："诗人睹王雎而咏后妃之德，屈平见朱橘而申直臣之志焉。"（《全晋文》卷四十五）《橘赋》今已不存，其对屈原《橘颂》的模拟到了什么程度已不得而知，但从其序言可以推知傅玄之所以模拟《橘颂》是为了"咏德"和

---

① 李善等：《六臣注文选·辨命论注》，浙江古籍出版社 1999 年版。
② 本书所引傅玄作品写作年代的确定参考了《傅玄评传》。《傅玄评传》第 105 页指出傅玄的诗歌作品，"多数写于入晋前，有的可能还是青年时期的习作，模拟前人的痕迹十分明显"。

"申志"。傅玄对楚辞的模拟和建安作家有明显区别。如曹植模拟楚辞，乃着眼于楚辞的情感内涵；[1] 其《橘赋》模拟屈原《橘颂》，抒写了自己品质高洁、出身王室但报国无门的苦闷。而傅玄拟骚兴趣仅在于文体以及政教意义。显然，傅玄过于强烈的儒家文学观，导致了其拟作对于作品的抒情性关注不够。

傅玄对作品内容之"俗"，也略有不满。这可以从《拟〈四愁诗〉》对《四愁诗》的改造看出来。张衡《四愁诗》直接倾诉了作者对美人的思恋与爱慕，但傅玄着力突出美人"刚柔合德配二仪"，依据的是典型的儒家道德标准。傅玄对"俗"的改造，主要体现在其拟乐府诗中。如《西长安行》系模拟汉乐府《有所思》（《乐府诗集》卷十六），但傅玄有意去掉了原作中所写的幽会。其实，原作把贞节道德放在与真情的冲突中，恰恰展示了人性的魅力，这就是王国维所说的"无视为淫词、鄙词者，以其真也"[2]。但是，在傅玄看来，恋爱中男女幽会是违背礼教的，所以他的拟作去掉了这一情节。于是，抒情主人公从乡野走进了深闺，少女变成了怨妇，婚前的自由恋爱变成了婚后的相思。这一转换的确化俗为雅、"以裨风教"，但是同时也消解了《有所思》中那种真挚深沉的感情以及由此带来的强烈回荡的文气。刘勰认为"傅玄篇章，义多规镜……并桢干之实才，非群华之桦萼也"（《文心雕龙·才略》），当有鉴于此。"规镜"色彩最为明显的还是《艳歌行》。《艳歌行》前四句只有一字与《陌上桑》不同，关于居所的描写又是沿袭曹植《美女篇》"借问女安居，乃在城南端，青楼临大路，高门结重关"，只有个别字句的改动。针对最后两句说教之词，谢榛《四溟诗话》指出："傅玄《艳歌行》，全袭《陌上桑》，但曰：'天地正厥位，愿君改其图。'盖欲辞严义正，以裨风教。殊不知'使君自有妇，罗敷自有夫'，已含此意，不失乐府本色。"[3] 所谓"乐府本色"，当

---

① 详参本书第七章第一节。
② 藤咸惠：《人间词话新注》，齐鲁书社 1981 年版。
③ 谢榛：《四溟诗话》卷一，人民文学出版社 1962 年版。

指汉乐府"感于哀乐，缘事而发"的抒情特征，傅玄拟古乐府诗过于强调"规镜"，因而说教色彩重而抒情味道淡，在古拙朴重上不及汉乐府民歌，在绰约风姿上又远不及曹植。[①]

晋乐府拟古，约可分为两派："一派借古题咏古事"，主要是指故事乐府；"一派借古题咏古意，则大抵就前人原意，敷衍成篇"[②]。傅玄可以说是这两派拟古乐府的先驱。傅玄的故事乐府，主要有《秋胡行》、《惟汉行》、《秦女休行》3篇。《秋胡行》本乐府旧题，汉乐府古辞以咏秋胡戏妻而得名，但是在建安至正始时期，曹操、曹丕、曹植、嵇康的同题之作，全是游仙之思，与秋胡本事无关。傅玄之作则本刘向《列女传》所载秋胡妇本事，恢复了古辞的原始主题。其一云："美此节妇，高行巍峨"；其二云："彼夫既不淑，此妇亦太刚。"意在教化而与个人情志无关。《惟汉行》也可以看作乐府旧题。曹操《薤露行》曰："惟汉二十二世，所任诚不良"，所咏乃汉末时事。曹植《惟汉行》则与汉事无关。傅玄之作，则据《史记·项羽本纪》改写而成为一故事乐府，大意也在歌颂良臣勇士。《秦女休行》也是一篇拟古乐府，《乐府诗集》曰："左延年辞，大略言女休为燕王妇，为宗报仇，杀人都市，虽被囚系，终以赦宥，得宽刑戮也。晋傅玄云'庞氏有烈妇'，亦言杀人报怨，以烈义称，与古辞义同而事异。"[③]三曹以乐府写时事、抒情志，傅玄则往往以乐府教化大众，显然失落了建安文人乐府"志不出于淫荡，辞不离于哀思"（《文心雕龙·乐府》）的抒情传统。但是，傅玄所提倡的这类拟古故事乐府在西晋则颇为流行，如石崇有《王明君辞》咏王昭君故事，陆机有《婕妤怨》咏班婕妤事，傅玄拟古乐府在魏晋文学嬗变中的影响由此可见一斑。

傅玄"借古题咏古意"的拟古乐府数量更多，对西晋乐府诗的影响也更大。如其《青青河畔草》拟汉乐府古辞《饮马长城窟行》。原作由青草

---

① 王钟陵：《中国中古诗歌史》，江苏教育出版社1989年版，第350页。
② 萧涤非：《汉魏六朝乐府文学史》，人民文学出版社1986年版，第188页。
③ 郭茂倩：《乐府诗集》卷六十一，中华书局1979年版。

起兴，继而写思妇因情成梦，最后喜得游子鲤鱼信，全诗波澜起伏，陈祚明《采菽堂古诗选》认为此诗"流宕曲折，转掉极灵，抒写复快，兼乐府、古诗之长，最宜诵读"①。傅玄只保留了原作的前两个结构，首先在情节的曲折上已逊一筹，失却了乐府诗之奇想。从语言特色来看，傅玄拟作的文人化痕迹也比较明显。原作"青青河畔草，绵绵思远道"两句，在傅作中敷衍成了"青青河边草，悠悠万里道。草生在春时，远道还有期。春至草不生，期尽叹无声"六句，但后四句只是沿一"思"字展开，内容上并无拓展，而文人乐府雕琢的痕迹十分明显，此开陆机拟古之先声。不过，与陆机不同的是，傅玄拟古乐府的重点不是放在辞采的踵事增华上而是放在主题改造上。如其《美女篇》"全是李延年歌"②，但李作最后两句作"不知倾城与倾国，佳人难再得"，再度渲染美人的绝世之美，而傅作最后一句云："未乱犹可奈何"，硬加上了一条道德说教的尾巴。又如其《有女篇》系模拟曹植《美女篇》而作。《美女篇》模拟了《陌上桑》描写罗敷容貌的方法，而有关罗敷与太守冲突的故事则不再出现，这就实现了叙事诗与抒情诗的转换。《乐府诗集》六十三云："美女者，以喻君子，言君子有美行，愿得明君而事之，若不遇时，虽见征求，终不屈也。"很显然，曹植笔下的美女，就是他自己悲剧的写照。而傅玄笔下的美女，则既有美貌，更兼美德，所以"媒人陈束帛，羔雁鸣前堂"，根本没有曹植诗中美女"盛年处房室"的悲哀。因此，相比之下，傅玄不过仍以叙事笔调描摹了一位谨守妇德、待字闺中的少女，但是失却了曹诗中动人的抒情力量。许文雨《诗品讲疏》云："傅氏父子，或擅乐府诗，不免拟汉魏而拙；或类道德论，不免遗平典之讥。"③ 由此可见，傅玄拟古乐府在精神实质上逐渐远离魏代文学。西晋文学"采缛于正始，力柔于建安"（《文心雕龙·明诗》）的特点，亦由此开始形成。

---

① 陈祚明：《采菽堂古诗选》，清乾隆二十三年刻本。
② 转引自曹旭《诗品集注》，上海古籍出版社1994年版，第382页。
③ 转引自曹旭《诗品集注》，上海古籍出版社1994年版，第382页。

综上所述，傅玄尽管在正始年间即已初登文坛，并且不遗余力地模拟了汉魏诗赋，但其文风却并非承建安、正始文学而来。换句话说，傅玄通过自己的模拟，牵引着西晋文学朝一条有别于建安、正始文学的路上走去，魏晋文学的变迁由此而始。

三　傅玄入晋后的拟作与西晋文风

入晋后，傅玄深得晋武帝倚重。《晋书》本传载："帝初即位，广纳直言，开不讳之路，玄及散骑常侍皇甫陶共掌谏职。玄上疏曰：'臣闻先王之临天下也，明其大教，长其义节。道化隆于上，清议行于下，上下相奉，人怀义心。亡秦荡灭先王之制，以法术相御，而义心亡矣。近者魏武好法术，而天下贵刑名；魏文慕通达，而天下贱守节。其后纲维不摄，而虚无放诞之论盈于朝野，使天下无复清议，而亡秦之病复发于今。'"所谓"大教"，即儒教。傅玄的上诏得到了皇帝的首肯，认为"此尤今之要也"。朝廷的支持，谏官的身份，文坛前辈的地位，使傅玄一跃而成为西晋文坛宗主，也获得了通过"咏叹"推行儒家文风的最佳时机。不过，身份的改变，又导致了傅玄推行儒家文风的方式前后有所不同。傅玄前期是在野派，其儒家文学观要表现为讽谏与讥刺，因而前期拟作"义多规镜"；而入晋后的傅玄是当权派，其儒家文学观主要表现为歌颂与赞美。

首先，傅玄模拟汉魏旧乐制定了新朝礼乐。《晋书·乐志下》载："及武帝受禅，乃令傅玄制为二十二篇，亦述以功德代魏。改《硃鹭》为《灵之祥》……改《思悲翁》为《宣受命》……《钓竿》依旧名，言圣皇德配尧舜，又有吕望之佐，济大功，致太平也。"这些郊庙歌词，沿用旧乐，体制不变，只不过把魏以功德代汉变成晋以功德代魏，乃是典型的模拟之辞。不过，傅玄所作在艺术精神上和建安时期仍有显著区别。刘勰说："至于魏之三祖……志不出于淫荡，辞不离于哀思，虽三调之正声，实韶夏之郑曲也。逮于晋世，则傅玄晓音，创定雅歌，以咏祖宗。"（《文心雕龙·乐府》）魏之三祖所作，名为雅乐实为俗曲，他们的真正趣味在于俗乐的抒情功能，傅玄所作则是歌功颂德的雅歌，其着眼点则是雅乐的政教功能，他说："能以礼教兴天下者，其知大本之所立乎！"（《傅子》）由此可见，傅玄的拟作，在模拟中悄悄实现了魏晋艺术精神的递变。

　　模拟建安作家后期的咏物游戏之作，构成了傅玄入晋后创作的主要内容。如其《砚赋》、《琴赋》、《筝赋》、《酒赋》、《柳赋》、《宜男花赋》、《鹦鹉赋》、《弹棋赋》等都模拟了建安作家的同题之作。建安文学题材，既有"世积乱离，风衰俗怨"（《文心雕龙·时序》）一面，也有"怜风月，狎池苑，述恩荣，叙酣宴"（《文心雕龙·明诗》）的一面。因为前者，建安文学和汉乐府民歌建立了密切的关系；因为后者，则其又必然向文人化的方向发展。① 傅玄舍弃了前者而选择了后者，从艺术精神上来讲，这是其儒家文学思想中颂美的一面开始占据主导地位的结果；从文学史的发展来看，傅玄拟作的题材选择反映了西晋文学在文人化道路上的继续发展的趋势。如其《柳赋》乃模拟建安作家的同题之作。建安二十年，曹丕、陈琳、王粲、应玚、繁钦等人同题共作《柳赋》，这些作品在描摹柳树枝条之美的同时，意在"感物伤怀"（曹丕《柳赋序》），但是傅玄的拟作却仅仅描摹了柳树枝条之美，根本没有"感物伤怀"的内容。又如其《鹦鹉赋》乃模拟王粲、应玚、陈琳、阮瑀、曹植同题共作的《鹦鹉赋》。但是傅玄只讲鹦鹉如何聪明，善于学舌，仅把鹦鹉当成玩物；而建安诸子之赋鹦鹉，将鹦鹉人格化，寄托了深切的同情，如曹植赋云："怨身轻而施重，恐往惠之中亏。常戢心以怀惧，虽处安其若危。永哀鸣以报德，庶终来而不疲。"因此，傅玄尽管模拟了建安作品，但是仅得其文采而遗落其精神。

　　傅玄的模拟创作，直接影响着当时整个西晋文坛。傅玄是晋皇室十分倚重的文人，这使他有条件参与、组织一些大规模的同题共作活动，从而直接引领当时的文风。其《矫情赋序》云："我太宗文皇帝命臣作《西征赋》，又命陈、徐诸臣作箴，皆含玉吐金，灿然成章。"傅玄此作当是模拟建安作家的同题之作，目的是为了给当朝润色鸿业。傅玄还亲自组织了多

---

　　① 　王钟陵：《中国中国诗歌史》，江苏教育出版社 1988 年版，第 242 页。

次同题共作活动。如其《紫华赋序》云："紫华一名长乐华，旧生于蜀，其东界特饶，中国奇而种之。余嘉其华纯耐久，可历冬而服，故与友生各为之赋。""与友生各为之赋"，即指同题共作。傅玄还把他自己对建安文人咏物之作的模拟，扩大到了友生之间，如其《芸香赋序》："月令：'仲春之月，芸始生。'郑玄云：'芸，香草也。'世人种之中庭，始以微香进入，终于捐弃黄壤，吁可闵也。遂咏而赋之。"从序言来看，这篇作品和建安作家同题共作的《迷迭香赋》一类作品完全一致，应当也存在模拟关系。傅玄之子傅咸《芸香赋序》曰："先君作《芸香赋》，辞美高丽。有睹斯卉，蔚茂馨香，同游使余为序。"傅咸之作显然横向模拟了傅玄。成公绥也有《芸香赋》，可能也是同题共作的产物。[①]作为西晋初期的文坛前辈与领袖，傅玄组织的同题共作活动在当时有很大的影响，参与者几乎囊括了当时的主要作家。如《全晋文》中傅玄、杜万年、傅咸、张华、卢浮、孙楚、潘岳、左棻、陶侃、牵秀皆有《相风赋》。杜万年《相风赋》序云："太仆傅侯命余赋之。"这里的"太仆傅侯"即指傅玄。而《隋书·经籍志》有"《相风赋》七卷，傅玄等撰"。据此可知，傅玄很可能是这次同题共作《相风赋》活动的组织者、领导者以及文集的编撰者。傅玄《相风赋序》交代了相风的原理，正文语多文饰，主要描写了相风情景，其中夹有政教内容及为新朝歌功颂德之语，其基本创作模式与建安作家同题共作《玛瑙勒赋》、《车渠碗赋》如出一辙。其他诸人的创作亦不出其藩篱。当然，文人间的竞争还是有的。西晋文坛另一领袖人物张华大概想有所树立，其《相风赋序》云："太史侯部有相风在西城上，而作者弗为。岂其托处幽闲，违众特立，无羽毛之饰，而丹漆不为之容乎？"但张作只是写作对象稍微有别，正文的基本写法还是与傅玄一致。傅咸《相风赋序》云："相风之赋，盖以富矣，然辞义大同。"由此可见，傅玄的模拟，在西晋文坛上掀起了模拟之风。"辞义大同"，正反映了傅玄之作所带来的惯性

---

① 成公绥与傅玄同题之作很多，如《琴赋》、《琵琶赋》、《故笔赋》、《柳赋》《鹰赋》、《鹦武赋》、《七唱》等，由此也可看出傅玄对西晋文学影响之一斑。

力量以及他对晋初文学的影响。作为由魏入晋的作家，傅玄一方面通过纵向模拟，实现了魏代文学向西晋文学的转变；另一方面，作为西晋前期文坛的前辈与领袖，傅玄的拟作得到了其朋友、门生的横向模拟，从而形成了西晋文学的基本特色。由魏入晋的傅玄，于魏晋文学的变迁，确实有引领之功。

综上所述，从源来看，傅玄前期创作虽多模拟汉魏诗赋，但尤为注重作品的内容与讽谏功能，他的拟作不仅与建安文学"志深笔长"有异，也与正始文学"篇体轻淡"不同。因此刘师培所说的魏代自太和以迄正始的文学约分两派的说法并不全面，在何、王、嵇、阮之外还有源远流长的儒家文派，而傅玄正是这一派的典型代表。从流来看，傅玄对西晋文学的直接影响超过了前两派，西晋儒家文风大盛和模拟风气浓厚，实与傅玄模拟创作所承接的文学传统有关。正始文风业已扇起玄风，而玄言诗赋在西晋并没有形成气候，傅玄拟作影响了魏晋文学变迁，当是原因之一。

第二节 陆机模拟与"诗缘情而绮靡"

如果说傅玄引领了魏晋文学的变迁，那么陆机则是奠定了西晋文学的基本特征。陆机以模拟著称，对其拟作的评价乃是决定其文学史地位的关键。长期以来，人们对陆机拟作的评价一直难以一致，从而也就造成了对陆机评价的冷热两重天。以其影响最大的《拟古诗》来看，它们在南北朝时期获得了很高的评价，如钟嵘将其视为"五言之警策"（《诗品序》），而明清以来却屡遭非议，如许学夷云："拟古皆逐句模仿，则情性窘缚，神韵未扬，故陆士衡《拟行行重行行》等，皆不得其妙，如今人摹古帖是也。"[①]这种文学史评价的巨大差异，是陆机所始料不及的，但陆机在模拟

---

① 许学夷：《诗源辨体》，人民文学出版社 1987 年版，第 52 页。

过程中始终在意自己的文学史地位，并将其当做自我文学史定位的策略，这倒是有迹可寻。

一 从"得其用心"到"自皆为雄"

陆机广泛地模拟过历代才士的各种文体的作品。除了我们熟知的《拟古诗》12 首外，尚有《辨亡论》拟贾谊《过秦论》，《七征》拟枚乘《七发》，《谢平原内史表》拟蔡邕《让高阳侯表》，《感时赋》模拟宋玉《九辩》，还有数量众多的拟乐府诗。才华横溢的陆机，为什么要选择模拟这一在一般人看来是费力不讨好的方式来写作呢？事实上，陆机的模拟包含了三个渐次递进的目标，即"得其用心"、"聊复用心"、"自皆为雄"。

所谓"得其用心"，是指通过模拟揣摩并汲取前代作家的创作经验。《文赋序》对此进行了清楚的说明："余每观才士之所作，窃有以得其用心。……故作《文赋》，以述先士之盛藻，因论作文之利害所由，他日殆可谓曲尽其妙。至于操斧伐柯，虽取则不远，若夫随手之变，良难以辞逮。盖所能言者，具于此云尔。"陆机"得其用心"的方式，是阅读并模拟前代才士之作。从阅读的层面而言，"拟作者在阅读时调动自己的审美经验，创造性地领会作品意图、意义、题旨；另一方面拟作者还必须在阅读过程中对原始文本写什么和怎样写进行一定程度的分析与综合"[1]。从写作实践的层面而言，模拟是指"作文而取法于古之文"[2]，即将模拟对象的"作文之利害"，转化到自我拟作中。

所谓"聊复用心"，就是要在前代作者用心之处更进一层，不仅要继承前代作品的优点，而且要克服前代作品的缺点。陆机《遂志赋序》云：

> 昔崔篆作诗以明道述志，而冯衍又作《显志赋》，班固作《幽通赋》，皆相依仿焉。张衡《思玄》，蔡邕《玄表》，张叔《哀系》，此前

① 陈恩维：《论汉魏六朝拟作的创造性》，《求索》2006 年第 7 期。
② 张少康：《文赋集释》，上海古籍出版社 1984 年版，第 10 页。

世之可得言者也。崔氏简而有情，《显志》壮而泛滥，《哀系》俗而时靡，《玄表》雅而微素，《思玄》精练而何惠。欲丽前人，而优游清典，漏《幽通》矣。班生彬彬，切而不绞，哀而不怨矣。崔、蔡冲虚温敏，雅人之属也。衍抑扬顿挫，怨之徒也。岂亦穷达异事，而声为情变乎！①

　　陆机不厌其烦地详细列出"前世之可得言者"，并且逐篇点评，指出其得失成败，这正是一个对前代才士之作"得其用心"的过程。但是，陆机并不满足于这一点，他表示"余备托作者之末，聊复用心焉"，不仅要"欲丽前人"，还要"声为情变"，不仅要继承前代作品的优点，而且要克服前代作品的缺点。

　　所谓"自皆为雄"，是指陆机以模拟方式与前代才士争胜，以证明自己的文学才华、确立自己的文学史地位。陆云《与兄平原书》云："兄诗赋自与绝域，不当稍与比较。……古今兄文所未得与校者，亦惟兄所道数都赋耳。其余虽有小胜负，大都自皆为雄耳。"又曰："视《九歌》便自归谢绝。思兄常欲其作诗文，独未作此曹语。若消息小往，愿兄可试作之。兄复不作者，恐此文独单行千载。"②"恐此文独单行千载"，即担心自己一直处在前辈的阴影之下无法树立自己的诗人地位，这是一种典型的"影响的焦虑"③。焦虑心理的存在，决定了陆机在选择模拟对象时总是迎难而上。陆云曾因"《幽通》、《宾戏》之徒自难作"（《与兄平原书》）而劝陆机不要模拟，陆机偏偏要迎难而上，模拟而作《遂志赋》，其目的是要通过模拟比较来证明他可以"自皆为雄"。陆机要超越的对象，不仅包括前人，也包括当时人。《晋书·左思传》载："初，陆机入洛，欲为此赋，闻思作之，抚掌而笑，与弟云书曰：'此间有伧父，欲作《三都赋》，须其成，当

----

① 陆机：《陆机集》，中华书局1982年版，第15页。
② 陆云：《陆云集》，中华书局1980年版，第139—141页。
③ ［美］哈罗德·布鲁姆：《影响的焦虑》，徐文博、甘阳译，三联书店1986年版。

以覆酒瓮耳。'及思赋出，机绝叹服，以为不能加也，遂辍笔焉。"左思《三都赋》苦撰十年乃成，是自汉代以来京都赋的集大成之作，在此基础上"聊复用心"几乎没有可能。陆机起初欲拟班固《两都赋》作《三都赋》但最终却辍笔，其原因就在于左思的成功已难以超越。因此，"聊复用心"与"遂辍笔焉"，殊途同归地显示了陆机模拟所包含的超越意图：即模拟不仅要得前人之用心，而且要"聊复用心"，而最终的目的是要确立自己的地位。《文赋》云："必所拟之不殊，乃暗合乎曩篇。虽杼轴于余怀，怵他人之我先。"既要模拟又要与众不同有所超越，这正是陆机模拟心态的真实表述。

那么，陆机是如何来实现"自皆为雄"的意图策略的呢？这主要有两个步骤：一是通过对模拟对象的精心选择，构建一种新的价值尺度；二是通过从内容到形式的踵事增华，构建新的写作模式。

二 从"诗言志"到"诗缘情"

陆机在文学史上被公认的贡献，是其在《文赋》中提出了"诗缘情而绮靡"的新说。朱自清先生指出："诗本是'言志'的，陆机却说'诗缘情而绮靡'。'言志'其实就是'载道'，与'缘情'大不相同。陆机实在用了新的尺度。"①长期以来，人们一直难以理解视模拟创作"情性窘缚"的陆机，何以提得出"诗缘情"这样的新主张。其实，"诗缘情而绮靡"的新说提出，与陆机的模拟行为息息相关，并且就内蕴在他对模拟对象的精心选择中。

汉末无名氏的五言古诗，在陆机以前一直很少有人关注。西晋初期，由于傅玄等人扇扬起一股模拟风气，再加之言志载道的儒家文学观念盛行，诗坛最为流行的是拟《诗经》的四言诗，如傅咸《毛诗诗》、夏侯湛《周诗》、束皙《补亡诗》、潘岳《家风诗》，陆云《赠郑季曼诗》（包括

---

① 朱自清：《朱自清全集》第三卷，江苏教育出版社 1996 年版，第 131 页。

《谷风》、《鸣鹤》、《南衡》、《高冈》4篇），自题目到写法皆摹仿《诗经》。这些拟《诗经》的四言诗，或宣讲礼仪，或应酬赠答，内容重儒家说教而缺乏动人的情感力量，形式虽典雅但却板滞而缺乏生机。在浓厚的尊经拟经氛围中，产生于汉末的五言古诗落寞而无人问津。当时文论上也形成了重四言轻五言的意见。挚虞《文章流别论》云："古之诗，有三言四言，五言六言，七言九言。古诗率以四言为体，而时有一句二句，杂在四言之间，后世演之，遂以为篇。……然则雅音之韵，四言为正，其余虽备曲折之体，而非音之正也。"① 换言之，在当时的主流价值观念中，四言多用于言志（载道），属于雅言，而五言则多用于抒情，属于俗体。然而，陆机却以模拟的方式推广起五言诗了。陆云《与兄平原书》载："《答少明诗》，亦未为妙，省之如不悲苦，无恻然伤心言，今重复精之。一日见正叔与兄读古五言诗，此生叹息欲得之。"《答少明诗》即陆机拟《诗经》四言体写成的《赠武昌太守夏少明诗》，"古五言诗"指汉末无名氏的"古诗"。陆云认为，与五言古诗相比，陆机四言体的《答少明诗》缺乏"恻然伤心言"，读起来也不让人觉得"悲苦"。从陆云对陆机与潘尼读古五言诗的接受反应推测，陆机与潘尼的读诗活动无疑准确地传达了古五言诗的情感特质，这也为陆机模拟无名氏古诗而作《拟古诗》创造了条件。在陆机之前，没有人集中模拟过"古诗"，陆机大胆选择内容悲、形式丽的古五言诗为模拟对象，在当时确实有点"离经叛道"的意味，"包含着对古诗文学价值的认识及对其所体现的审美意识的接受"②，也是对以四言为贵和"诗言志"的传统价值观的"否定或贬低"。这正是陆机在文学观上迥异于时人的地方，而这种区别是通过对模拟对象的选择来实现的。

文人模拟乐府，起源于建安时期，但三曹、七子多数作品并不依照汉乐府的传统范式。他们依乐府旧题而作新辞，将叙事性较强的汉代民间乐府改制成抒情味浓的文人乐府，其作品性质与汉乐府有本质区别。至于西

① 欧阳询：《艺文类聚》卷五十六，上海古籍出版社1982年版。
② 俞灏敏：《陆机与魏晋文学自觉的演进》，《阴山学刊》1994年第4期。

晋初期的文坛宗主傅玄、张华等人，则舍弃了曹魏文人的写法而承汉乐府缘题而写的传统写法，作品"义多规镜"（《文心雕龙·才略》），重在政教，体现的是"诗言志"的传统文学观念，实际是一定程度上中断了建安文人开创的乐府诗抒情化潮流。陆机把建安乐府纳入了模拟视野，如《短歌行》、《苦寒行》模拟曹操，《燕歌行》模拟曹丕，《塘上行》模拟甄后，《门有车马客行》模拟曹植，《从军行》模拟王粲，《饮马长城窟行》模拟陈琳。陆机对建安文人乐府的自觉模拟，其意义就在使西晋初年险些中断的乐府诗抒情化进程得以继续发展。谢榛《四溟诗话》卷一说："徐昌古曰，'诗缘情而绮靡。'则陆生之所知，固魏诗之查秽耳。"[①] 徐氏贬低"诗缘情而绮靡"说虽不足取，但他认为"诗缘情而绮靡"说来自魏诗却是有见地的。事实上，陆机通过选择与西晋初期其他作家不同的模拟对象，"否定或贬低"了在当时的西晋诗坛占主流的传统儒家的价值观念，从而也构建了"诗缘情"这一新的价值尺度。

陆机的拟赋，在模拟对象的选择上也体现了其特殊性。章太炎《陆机赞》曾指出："（陆机）辞赋多悲懿亲凋丧，怀土不衰。"[②]诚然，现存陆机赋模拟抒情小赋多而模拟咏物大赋极少，如其《感时赋》模拟宋玉《九辩》、《遂志赋》模拟班固《幽通赋》等，都是以抒情言志赋为模拟对象。陆云《与兄平原书》云："诲《岁暮》，如兄所诲，云意亦如前启。情言深至，《述思》自难希。……所诲云文，所比《愁霖》、《喜霁》之徒，实有可尔者。《登楼》名高，恐未可越尔。杨四公《黄胡颂》，恐此不得见比。闻兄此诲，若有喜惧交集。《祖德颂》无大谏语耳。然靡靡清工，用辞纬泽，亦未易，恐兄未熟视之耳。兄文方当日多，但文实无贵于为多，多而如兄文者，人不餍其多也。屡视诸故时文，皆有恨文体成尔。然新声故自难复过。《九悲》多好语，可耽咏，但小不韵耳；皆已行天下，天下人归高如此，亦可不复更耳。兄作大赋必好，意精时故，愿兄作数大文。"在

---

① 谢榛：《四溟诗话》卷一，人民文学出版社1962年版。
② 章太炎：《章氏丛书》，世界书局1983年版。

西晋时期，最容易给作家带来声誉的还是京都赋之类大赋，因此陆云劝他拟作大赋（即序中所说"大文"）。陆机的确曾有过拟作《三都赋》的想法，但考虑到左思《三都赋》已经取得了巨大的成功，在影响的焦虑中，他聪明地选择了放弃。从陆云信中提及的篇名来看，陆机选择模拟的多是"情言深至"的小赋。这一选择，同样可以理解为陆机有意避免走汉大赋润色鸿业一路，而着意发扬抒情小赋的传统，从而构建了"诗缘情"这一新的价值尺度。

从以上三类拟作可知，陆机对于模拟对象的选择，是以内容的"怨"为标准的。这实际上一定程度的背离了传统的"诗言志"的价值观念，而构建了"诗缘情"这一新的价值尺度，这是他为实现"自皆为雄"，在文学观上所作的准备。

三　"欲丽前人"与"声为情变"

具体而言，陆机在创作实践中究竟是如何在模拟的同时又落实"缘情绮靡"的新价值观的呢？在《遂志赋序》中，陆机提出了两条途径："欲丽前人"和"声为情变"。所谓"欲丽前人"，即在追求文采上超过前人；所谓"声为情变"，是指在内容上与他人有所变化。陆机根据所模拟的对象的特点，或追求在文采上的"丽"，或追求内容情感上的变，这是他"聊复用心"以实现"自皆为雄"的具体方式。

陆机以汉末无名氏五言古诗以及建安文人乐府为模拟对象的拟作，因为原作有很强的抒情性，因此超越的重点不在"声为情变"而在"欲丽前人"。陆机《拟古诗》12首，大多都是以句句对应的方式缘题而写，清人贺贻孙曾作过细致评点，如他评《拟今日良宴会》篇曰："'高谈一何绮，蔚若朝霞烂'，即'令德唱高言，识曲听其真'意也。绮霞蔚烂，士衡聊以自评耳，岂若古句之绵邈乎？'人生能几何，为乐常苦晏。譬彼司晨鸟，扬声当及旦。曷为恒忧苦，守此贫与贱！'即'人生寄一世，奄忽若飙尘。何不策高足，先据要路津？无为守贫贱，坎坷长苦辛'语也。'高足'、

'要路'，语含讥讽。古诗从欢娱后，忽尔感慨，似真似谐，无非愤懑。士衡特以'为乐常苦晏'，申上文欢娱而已，何其薄也！"①

陆机那些抒情较强的拟乐府诗，也将模拟超越的重点放在对华丽辞藻的追求上。《文选》"乐府类"录陆机乐府诗 15 首，其中至少有 5 首是模拟古辞。如《君子行》，李周翰注曰："前有此篇，其意略相类"；《苦寒行》，刘梁注曰："前有此作，意与是同也"；《饮马长城窟行》，吕向称："盖与前意不异"，《长歌行》，吕向注曰："前有是篇，其意相类"；《短歌行》，李周翰注曰："前有此词，意有相类。"② 又如陆机《门有车马客行》云："门有车马客，驾言发故乡。念君久不归，濡迹涉江湘。投袂赴门涂，揽衣不及裳。拊膺携客泣，掩泪叙温凉。借问邦族间，恻怆论存亡。亲友多零落，旧齿皆凋丧。市朝互迁易，城阙或丘荒。坟垄日月多，松柏郁茫茫。天道信崇替，人生安得长。慷慨惟平生，俯仰独悲伤。"《乐府解题》曰："曹植等《门有车马客行》皆言问讯其客，或得故旧乡里，或驾自京师，备叙市朝迁谢、亲友凋丧之意也。"③ 陆机拟作与曹植之作完全吻合。又如其《塘上行》系模拟甄后，《乐府解题》曰："前志云：晋乐奏魏武帝《蒲生篇》，而诸集录皆言其词文帝甄后所作，叹以谗诉见弃，犹幸得新好，不遗故恶焉。若晋陆机'江蓠生幽渚'，言妇人衰老失宠，行于塘上而为此歌，与古辞同意。"陆机这类作品在内容立意上基本沿袭了模拟对象，"聊复用心"之处，主要在文采的"欲丽前人"上。

"欲丽前人"的具体做法，包括雅化和繁缛化。这里所说的雅化，包括语言和形象的雅化。五言古诗来自下层文人，作品语言拙朴，保留了较多的口语，而陆机乃贵族文人，其审美趣味自然趋雅，因此《拟古诗》对原作的超越首先表现在语言的雅化上。如古诗《行行重行行》末两句："思君令人老，岁月忽已晚。弃捐勿复道，努力加餐饭。"拟作为："揽衣

---

① 贺贻孙：《诗筏》，清道光二十六年刻本。

② 李善等：《六臣注文选》卷二十八，浙江古籍出版社 1999 年版.

③ 郭茂倩：《乐府诗集》卷四十，文学古籍刊行社 1955 年版。

有余带，循形不盈衿。去去遗情累，安处抚清琴。"原作语言直白，如家常俚语，而拟作则对偶精工，流露出很明显的雕琢痕迹。又如《今日良宴会诗》中"何不策高足，先据要路津。无为守贫贱，坎坷长苦辛"四句，陆机拟作："譬彼伺晨鸟，扬声当及旦。曷为恒忧苦，守此贫与贱。"运用比喻修辞将原作的直白抒情婉转传出，显得温文尔雅一些。上述改造均体现了"其会意也尚巧，其遣言也贵妍"的文人审美趣味。陆机还对原作的抒情形象进行了雅化。如《青青河畔草》的抒情主人公"昔为娼家女，今为荡子妇"，但是在陆机的拟作中却变成了良家妇女。与此相应，诗中其他意象也发生了改变，对此吴淇有一番比较细致的解读："原诗写娼妇，故用岸草园柳、青青郁郁、一片艳阳天气，撩出他如许态度，如许话说。此诗正用靡靡江蓠、一草起兴，偷引起悲风云云，言之子一腔心事，只如车轮在心头暗转，不是空房悲风逼得他紧，并此一声叹也迸不出来。"①吴氏敏锐地意识到了原作和拟作由于抒情主人公形象的变化，因而也带来了诗歌风格的由俗趋雅。

所谓繁缛化，即变原作的简要描述为繁复铺陈。《拟古诗》12首中有不少作品句数比原诗多，如《拟明月何皎皎诗》、《拟今日良宴会诗》、《拟庭中有奇树诗》、《拟迢迢牵牛星诗》、《拟行行重行行诗》等。这些诗中多出的句子通常是描绘性的。如《拟迢迢牵牛星诗》较原诗多出"昭昭清汉晖，粲粲光天步"两句，描写横亘于牛郎织女之间的银河；《拟青青陵上柏诗》较原诗多出"侠客控绝景，都人骖玉轩"两句，以描写洛阳城的繁华情景。这些多出的句子，往往与作品主题并不直接相关。如《今日良宴会》前8句云："今日良宴会，欢乐难具陈。弹筝奋逸响，新声妙入神。令德唱高言，识曲听其真。齐心同所愿，含意俱未申。"对宴会的欢乐景象只是概括性的描述。而《拟今日良宴会诗》首10句云："闲夜命欢友，置酒迎风馆。齐童梁甫吟，秦娥张女弹。哀音绕栋宇，遗响入云汉。四座咸同志，羽觞不可算。高谈一何绮，蔚若朝霞烂。"拟作描写较原作具体得

---

① 吴淇：《六朝选诗定论》，四库全书存目丛书补编第十一册，齐鲁书社1996年版。

多，仿佛是偏偏要把古人觉得"难具陈"之处具体铺陈出来。当然，陆机追求"绮靡"还包括表达的精致化，这主要体现为一些修辞技巧的改进。许学夷《诗源辨体》卷五指出："士衡乐府五言，体制声调与子建相类，而排偶雕刻，愈失其体。"所谓"排偶雕刻"，即拟作在修辞上的蹜其事而增其华。许学夷虽然对陆机持否定态度，但是也道出了其拟作风格确实华丽胜过前人这一客观事实。总之，雅化和繁缛化，都可以视作陆机"欲丽前人"的具体办法，也是其"聊复用心"，以实现"自皆为雄"的具体方式。

陆机对于叙事性强的汉乐府诗的模拟，则把重点放在"声为情变"上了。具体说来，主要是设法消解原作的叙事性，增强其描述性与抒情性。例如其《日出东南隅》模拟汉乐府古辞《陌上桑》，但是"古辞言罗敷采桑，为使君所邀，盛夸其夫为侍中郎以拒之"，有完整的故事情节，叙事性较强；而陆机之作"但歌美人好合，与古词始同而末异"（《乐府诗集》卷二十八）。古辞盛赞罗敷，是为了引出下文使君调戏罗敷，以及衬托罗敷不受诱惑。换句话说，古辞对罗敷美貌的描绘，是服从于全文的叙事需要的。但是陆机只模拟了古辞中描写罗敷美貌的内容而舍弃了后面的内容，这实际上消解了原作的叙事性，使描写罗敷美貌成了模拟的全部目的。又如乐府古辞《长安有狭斜行》，作者自叙路遇长安少年，少年向作者夸耀自己的家庭背景，作品的叙事性也很强。陆机拟作云："伊洛有歧路，歧路交朱轮。轻盖承华景，腾步蹑飞尘。鸣玉岂朴儒，凭轼皆俊民。烈心厉劲秋，丽服鲜芳春。余本倦游客，豪彦多旧亲。倾盖承芳讯，欲鸣当及晨。守一不足矜，歧路良可遵。规行无旷迹，矩步岂逮人。投足绪已尔，四时不必循。将遂殊涂轨，要子同归津。"拟作中已经很难觅得原作中所叙故事的踪影，叙事性的古辞，在陆机手里变作了抒情性的作品。

对于汉乐府古辞中的一些抒情较强的作品，陆机则在立意上基本沿袭古题，但在抒情深度上有所拓展。如《猛虎行》古辞云："饥不从猛虎食，暮不从野雀栖。野雀安无巢，游子为谁骄。"陆机拟作："渴不饮盗泉水，热不息恶木阴。恶木岂无枝，志士多苦心。整驾肃时命，杖策将远寻。饥食猛虎窟，寒栖野雀林。日归功未建，时往岁载阴。崇云临岸骇，鸣条随风吟。静言幽谷底，长啸高山岑。急弦无懦响，亮节难为音。人生诚未易，曷云开此襟。眷我耿介怀，俯仰愧古今。"原作仅四句，直接点出了游子的耿介之怀，末句云"游子为谁骄"，问而不答，不免给人意犹未尽之感。而陆机拟作抒情则充分得多："饥食"两句揭示诗人迫于时命不得已而出山任事，以至耿介之节难以保持；"日归"以下数句则抒发诗人壮志难酬、进退维谷的复杂心绪，全诗将"志士"之苦心，演绎得淋漓尽致、一波三折。有时为了抒情的需要，诗人只是沿用古辞之立意，而改变古辞之体。颜之推《颜氏家训·文章》曾批评陆机："挽歌辞者，或云古者《虞殡》之歌，或云出自田横之客，皆为生者悼往告哀之意。陆平原多为死人自叹之言，诗格既无此例，又乖制作本意。凡诗人之作，刺箴美颂，各有源流，未尝混杂，善恶同篇也。陆机为《齐讴篇》，前叙山川物产风教之盛，后章忽鄙山川之情，殊失厥体。"①颜之推没有意识到，"多为死人自叹之言"比"生者悼往告哀"更便于抒情，"乖制作本意"、"殊失厥体"其实是因为抒情的需要。显然，陆机通过"声为情变"的抒情化处理，不仅落实了"诗缘情"的价值观念，也通过"聊复用心"实现了"自皆为雄"。

综上所述，陆机对于不同的模拟对象，有针对性地采取了不同的处理方法，"聊复用心"之处各有不同：对于抒情性较强的古诗和建安文人乐府诗，模拟的重心在文采上"欲丽前人"；对于叙事性较强的汉乐府诗，模拟的重心在内容上的"声为情变"。

四　从"情文"到"泛说"

既然陆机通过模拟建构了超越时流的文学观念，并且在实践上以"欲丽前人"和"声为情变"来实现"自皆为雄"。那么，陆机的拟作为什么

---

① 　王利器：《颜氏家训集解》，上海古籍出版社 1980 年版。

又被讥为"情性窘缚"呢？

　　首先，陆机拟作所抒之情多是一种"泛说"。我们可以从陆机和陆云就《九愍》的争论可以看出端倪。对于陆云模拟屈原《九章》所作的《九愍》，陆机与陆云主要有两点不同意见：一是作品的篇幅问题。《与兄平原书》云："云今意视文，乃好清省，欲无以尚，意之至此，乃出自然。……不知《九愍》不多，不当小减。"陆云好清省，其拟作《九愍》比屈原《九章》短小得多，一心"欲丽前人"的陆机对此自然不满意。二是作品内容的问题。陆云《九愍》中写屈原与渔夫相见的一段"附情而言"，相对原作有较大的个人想象空间，陆机却认为"不善"，陆云作书回应说："赋《九愍》如所敕，此自未定。然云意自谓故当是近所作上近者，意又谓其与渔父相见以下尽篇为佳，谓兄必许此条，而渊弦意呼作脱可行耳。至兄唯以此为快，不知云论文何以当与兄意作如此异。此是情文，但本少情，而颇能作泛说耳。"陆云认为，模拟《九章》之作，虽如原作一样仍是抒情性作品，但所抒发的只是一种失去了自我具体性的"泛说"；这种"泛说"为后人相继模拟提供了一种便利，因而后来作者"多不祖宗原意，而自作一家说"。但是，陆机却认为陆云"附情而言"的做法没有充分表达原作之意，因而持一种批评的态度。事实上，陆机的拟作大多有一个根本的缺陷：他的模拟创作，尽管选择抒情性作品来模拟，甚至还进行一定的抒情化改造，但是只是从作品到作品，对于原作过于亦步亦趋，很少从生活到作品，表达个人的情性，这样一来"情文"就变成了"泛说"。这正是陆机受人诟病的地方。

　　其次，陆机的拟作往往是"先辞而后情"。陆机论文"先情而后辞"之说，最早见陆云《与兄平原书》："往日论文，先辞而后情，尚洁而取不悦泽。尝忆兄道张公父子论文，实自欲得，今日便欲宗其言。兄文章之高远绝异，不可复称言。然犹皆欲微多，但清新相接，不以此为病耳。若复令小省，恐其妙欲不见，可复称极，不审兄由以为尔不？"（《全晋文》卷一〇二）陆机首先考虑的是文采上的争胜，因而造成作品辞藻过于繁复，这就是陆云委婉批评的"微多"。陆云《与兄平原书》又云："古今能为新声绝曲者，无有过兄。兄往日文虽多瑰烁，至于文体，实不如今日。……兄文章已显一世，亦不足复多自困苦。"在这里，陆云进一步指出，陆机在通过模拟与古人的比较中无疑是证明了自己的能力，但是他把主要经历放在文采的华丽瑰烁上，没有在内容的表达上放开手脚，因而徒自困苦。俗话说"知兄莫若弟"，陆云与陆机兄弟情笃，他对陆机的批评是在给陆机的书信中直接提出的，想必是实事求是的。

五　模拟与陆机诗史地位的沉浮

以上论述表明，模拟对于对陆机来说，意义是双向的：一方面，他通过模拟，构建了"诗缘情而绮靡"的价值观念并付诸实践，一定程度上实现了"自皆为雄"。关于陆机在西晋文坛的大家地位，钟嵘已有定评。钟嵘《诗品》称陆机"拟古诗十四首"为"五言之警策"，将"晋平原相陆机诗"列为上品，赞其"尚规矩"。很显然，"尚规矩"就是模拟的体现和结果。钟嵘对陆机的评价，在南朝乃是一种共识。陆机模拟对南朝诗歌至少有三个方面的影响：第一，陆机对古诗的模拟，使古诗成为了人们热衷仿效的对象。陶渊明、鲍照、江淹诸人皆有拟作，其中最有代表性的是《南史》卷十四所载刘宋南平王刘铄"少好学，有文才，未弱冠拟古三十余首，时人以为亚迹陆机"。第二，自陆机《拟古诗》后，拟诗成为一种诗歌类型。《文选》有"杂拟类"，首列陆机《拟古诗》12首，从排列顺序上即体现了陆机拟作对南朝诗歌创作中模拟风气的直接影响。第三，陆机所拟乐府诗成为一种规范。陆机的拟古乐府对前人的乐府的改制，巩固了乐府诗的文人化趋势，形成了文人乐府诗的自身规范。如《豫章行》在陆机之前《豫章行》的主题并没有固定的题中之义。古辞以叙事笔调写山中白杨为山客所伐以致根株离绝，曹植拟《豫章》为"穷达"，傅玄则作《豫章行·苦相篇》叙述女子的不幸命运。陆机《豫章行》的出现改变了这种状况，《乐府解题》曰："陆机'泛舟清川渚'，谢灵运'出宿告密亲'，皆伤离别，言寿短景驰，容华不久。"（《乐府诗集》卷三十四）至此，后人写作《豫章行》都遵循这一主题范围。又如曹操有《短歌行》2首，一首抒情，一首咏史，魏文帝曹丕则用之来抒写对亡父的思念，魏明帝用之来歌咏堂前燕子，傅玄则用之来诉说弃妇的相思。这些诗人并不沿袭曹操，说明《短歌行》并没有形成范式。但是，陆机《短歌行》却通过模拟曹操《乐府解题》曰："《短歌行》，魏武帝'对酒当歌，人生几何'，晋陆机'置酒高堂，悲歌临觞'，皆言当及时为乐也。"（《乐府诗集》卷三十）陆机对曹操的模拟，为后人树立了一个范式。我们只需翻检《乐府诗集》就可以发现，陆机以后的作者作《短歌行》全都沿着陆机拟作所确立的路径来写，如梁代张率、隋代辛德源、唐代聂夷中、李白、顾况、王建、张籍、白居易、陆龟蒙、僧皎然诸人所作《短歌行》，都是抒写人生苦短、当及时行乐之感。《文选》"乐府类"收录陆机乐府诗 17 首，数量居入选作品之首，这表明昭明太子萧统是以陆机拟乐府诗为乐府诗典范的。这样一来，陆机拟作居然取得了正宗的地位。唐人吴兢作《乐府解题》，目的是对乐府诗题作探本寻源的工作，他最喜欢援引的例子乃是陆机，这些都可以旁证陆机拟乐府诗对乐府诗创作的规范作用。

另一方面，陆机的一味模拟，使其创作远离个人的现实生活，作品虽为缘情绮靡的情文，但本少情，仅能"泛说"，缺乏彰显个人情性的魅力，越是远离拟作产生的时代，越是难以感动别人。这一点，沈德潜说得颇为清楚："士衡诗亦推大家，然意欲逞博，而胸少慧珠，笔又不足以举之，遂开出排偶一家。西京以来，空灵矫健之气，不复存矣。降自梁、陈，专攻对仗，边幅复狭，令阅者白日欲卧，未必非士衡为之滥觞也。"①这实际上道出了模拟的另一面留给陆机的隐患。如前所述，陆机拟作虽是情文，但仅作"泛说"，这正是他在后世受人诟病的地方。那么，模拟的陆机为什么在西晋以至南朝又能获得广泛的模拟和一致的好评呢？后人常常把这两点对立起来，因而造成了对陆机评价的两极。其实在当时的文化背景下来看，陆机拟作的"情文"，虽为"泛说"，其实可以看成是一种时代共有

---

① 沈德潜：《古诗源》卷七，中华书局 1963 年版。

的情绪。这和那些个性较强的作品相比，模拟起来反倒自由得多，因为模拟者不必被原作过分强烈的个性束缚了手脚。再加之南朝以来诗人们的主要精力放在文采的华丽和声律上，而陆机的拟作与其模拟对象相比确实是"丽"过前人，因而陆机在文采上的"聊复用心"之处，很容易得到人们的肯定，其模拟之作自然成为了当时人们遵守的范式。纪昀说："'发乎情'而不必'止乎礼义'，自陆平原'缘情'一语，引入歧途。其究乃至于绘画横陈，不诚已甚与。"① 道出了陆机诗"缘情"观念对于南朝艳情诗的影响。不过，南朝诗人堕入艳情的泥沼，乃是缘于他们对于陆机所倡言的"情"的极端狭隘的理解，其责任当然不应由陆机来承担。而自南朝之后，由于时空背景的变化，人们已经很难从陆机拟作的"泛说"中获得情感共鸣，而文学的审美趣味也已发生了种种变迁，陆机文学史地位的沉浮便成为一种必然。

陆机的模拟行为及其文学史地位的沉浮，已经超越了个体的意义。自汉魏之际的傅玄发端，西晋文学已经扇扬起一股模拟和雕琢之风，陆机是这种风气的发扬光大者，因而成为了西晋文学的典型代表。但是，与傅玄注重儒家言志诗教不同，陆机一方面通过"欲丽前人"和"声为情变"的模拟实践，在确立自己的文学史地位的同时，构筑了西晋文学的"繁缛"特色；另一方面，通过模拟构筑了"诗缘情绮靡"的价值尺度，直接启发了声色大开的南朝文学，因而他受到了南朝诗人的追捧，这其实也可以视为西晋文学对南朝文学影响的具体体现。

---

① 纪昀：《云林诗钞序》，转引自张少康《文赋集释》，上海古籍出版社1984年版。

第九章

模拟与南朝文学

　　与前代相比，南朝作家在模拟时呈现以下特点：一是，对于新声乐府的模拟，成为一个突出现象。南朝新声乐府的兴盛，与自东晋以来南渡士人对江南的开发和江南商品经济的发达不无关系。《南史·循吏传序》载：宋文帝时"凡百户之乡，歌谣舞蹈，触处成群"。在这样的经济文化环境中，"民间竞造新声杂曲"（《南齐书·王僧虔传》）。新声乐府和汉魏旧曲的区别主要在于前者"虽言情制作，或出一时，而声辞浅近，少复近古"（《乐府诗集·杂曲歌辞》）。魏晋作家多模拟汉乐府，而南朝作家纷纷模拟此类少复近古的作品。新声乐府一则言情，一则声辞浅近，南朝诗人对之进行模拟，开创了一条求新于俗尚之中的道路。二是，古典传统的进一步衰落。南朝作家仍有数量不少的拟古之作，刘宋元嘉时甚至有一个小小的拟古高潮。但总的来说，南朝诗人们只是根据自己的审美和情感需要有选择性地拟古，并不是要真心上绍汉魏传统，同时在模拟时也不追求再现古诗风貌，而是一味追求流宕华丽，技巧化的倾向也愈演愈烈，宫体诗人甚至将拟古作为他们新变的策略。因此，南朝拟古诗实际上逐渐离开了汉晋古诗的传统。许学夷《诗源辨体》卷七云："太康五言，再流而为元嘉。然太康体虽渐入俳偶，语虽渐入雕刻，其古体犹有存者；至谢灵运诸公，则风气益漓，其习尽移，故其体尽俳偶，语尽雕刻，而古体遂亡矣。此五言之三变也。"① 许氏深刻地道出了南朝文学远离古体、实现新变的过程。应当指出的是，南朝诗人是在模拟中完成南朝文学的新变的。

第一节　模拟与刘宋诗运转关

刘宋（公元 420—479）一代，虽然享祚不长，但实乃诗运转关的重要时期。《文心雕龙·时序篇》云："自宋武爱文，文帝彬雅，秉文之德，孝武多才，英采云构。自明帝以下，文理替矣。"裴子野《雕虫论》亦云："宋初迄于元嘉，多为经史。大明之代，实好斯文。高才逸韵，颇谢前哲。"齐梁时期的批评家，都意识到刘宋初至元嘉（公元 420—453）与大明、泰始（公元 457—471）中的文风有明显的差异。但是自严羽《沧浪诗话》以"元嘉体"概论刘宋一代文学以来，人们往往忽略了刘宋前后期文学的差异，而对于晋宋文学的转变、元嘉与大明泰始文学的路径差异以及元嘉文学如何向大明泰始文学演变未遑深论。

整个刘宋一代，创作中的模拟倾向十分突出，模拟作品很多。据逯钦立《先秦汉魏晋南北朝诗》所载，刘宋现存的 560 余首诗中，其中标题上含有"代、拟、效、学"等字样、明确地表明模拟前人作品者，约占总数的 20%。② 这里对刘宋拟作的统计尚不包括相当一部分标题上没有标明、但实为模拟之作的作品。如果把这类作品也包括在内，则拟诗在刘宋诗坛所占比例还会上升许多。模拟，作为一种连接过去的文学传统与现在的文学风尚的中介，无疑可让我们把文学的演变过程看得尤为清晰。本章特以刘宋一代全部拟作为考察对象，试图通过"模拟"这一特定的视角来考察刘宋一代文学的演变。

---

① 许学夷：《诗源辨体》，人民文学出版社 1987 年版，第 108 页。
② 谌东飚：《论刘宋诗坛的复古》，《求索》1992 年第 1 期。

一 刘宋初期拟古与脱晋入宋

刘宋初至元嘉末有模拟作品的主要有以下诸人：陶渊明（公元 365—427?）、①王叔之（生卒年不详，晋宋时处士）、孔欣（生卒年不详，曾仕晋）、孔宁子（公元? —425）、谢灵运（公元 385—433）、谢惠连（公元 407—433）、袁淑（公元 408—453）、颜延之（公元 384—456）。这些作家在元嘉末都已谢世，我们不妨视之为刘宋前期作家。此外，刘烁（公元 434—458）虽然应视为刘宋后期作家，但是他的模拟之作创作时间在刘宋前期（下文有说明），故在此一并论述。

就模拟对象而言，刘宋前期作家主要模拟古诗与汉晋旧题乐府。

模拟古诗的作品，主要以汉代无名氏《古诗》和建安诗歌为模拟对象。从模拟方法来看，主要有以下三类。第一类以陶渊明《拟古》9 首为代表，这类拟古诗在标题中没有明确说明所拟何人何作，名为"拟古"，但却看不出具体的模拟对象，只是模糊地感到诗歌风调的古朴。如陶渊明《拟古》9 首其四，张玉穀说是"拟登废楼远望而伤荣华不久之诗"②，其七则有论者认为"拟的是古代那些表现'美人迟暮'的作品"③。这类拟古诗，只是模糊地模拟了古诗中的"一类"而非"一个"，换句话说，只是继承了古诗的整体风貌，而非模拟具体作家作品。第二类拟作以谢灵运《拟魏太子邺中集诗》为代表。这类拟作不是直接和所模拟的诗人的具体作品对应，而是在知人论世的基础上，追摹模拟对象的整体风格。《拟魏太子邺中集诗》八首，每首诗前皆有序，论及所拟对象的身世与经历，并据此来再现他们的诗歌风貌，如陈琳诗小序曰："袁本初书记之士，故述丧乱事多。"徐干诗小序曰："少无宦情，有箕颖之心事，故仕世多素辞。"

---

① 陶渊明生卒由晋入宋，人们一般将陶渊明作为东晋作家来论述，但他的《拟古诗》写于宋篡晋之后，故本书将其放在刘宋时期来讨论。

② 张玉穀：《古诗赏析》，上海古籍出版社 2000 年版，第 315 页。

③ 吴小如等：《汉魏六朝诗鉴赏辞典》，上海辞书出版社 1992 年版。

何焯指出："谢灵运《拟魏太子邺中集诗》，当是与庐陵周旋时所作。惟陈、徐二诗为可观，首篇真副君语矣，不在貌似也，拟古变体。"① 但是，谢灵运这组拟作的自身色彩仍是很明显的，如方回点评曰："序拟曹丕作。'良辰、美景、赏心、乐事，四者难并'，实灵运语。"② 第三类拟古诗对古诗字模句效，这种方法来自陆机，如刘铄《拟行行重行行》、《拟明月何皎皎》、《拟孟冬寒气至》、《拟青青河畔草》诸作。《南史》卷十四载："南平穆王铄字休玄，文帝第四子也。元嘉十六年，年九岁，封南平王，少好学，有文才，未弱冠，拟古三十余首，时人以为亚迹陆机。"刘铄不仅所选择的模拟对象与陆机一致，模拟方法也来自陆机。如其《拟行行重行行》，其命意、章法乃至字句都不出古人机杼，如陆机首句之"悠悠"拟原作首句之"行行"，而刘铄则作"渺渺"，二者模拟方法如出一辙。但是刘铄之作在艺术表达上后出转精，对偶句比陆机拟作更多，而用语也极尽雕刻之能。吴淇指出："前半部虽紧依原诗，然遣词处亦自清丽可颂。'日夕'以下，稍为自胜。如'明灯'云云，将一片幽思，写得黯黯惨惨，末急收以'愿垂'二语，遂振起一片精神，故较士衡此拟尤胜。"③ 又如谢惠连《代古诗》一作《拟客从远方来》，与古诗原作主题一致、结构对应，只在辞采上踵事增华。

刘宋前期作家对汉魏古诗的模拟，恢复了东晋以来由于玄言诗大盛而几乎中断的古诗传统，重新确认了晋宋诗歌的联系。从创作的时间来看，陶渊明《拟古诗》的创作在元嘉前期，作品更多古朴风貌；谢灵运拟诗的创作在元嘉中期，作品有自家语，古朴面貌不及陶诗；而刘铄拟诗的创作在元嘉后期，作品虽存古调，但已开了雕琢之风。因此，刘宋前期的拟古诗只是有限复兴，这其中包含了一种和古辞渐行渐远的趋向，晋宋诗运转关由此开始。

---

① 何焯：《义门读书记》卷四十七，中华书局 1987 年版。
② 方回点：《瀛奎律髓汇评》，李庆甲集评点校，上海古籍出版社 2005 年版。
③ 吴淇：《六朝选诗定论》卷十三，四库全书存目丛书补编，齐鲁书社 1996 年版。

　　刘宋以前的文人拟乐府诗主要形成了两种做法：一是建安文人的做法，他们往往脱略古辞而自出新意；一是西晋作家的做法，他们把古辞和建安乐府一同纳入了模拟视野。刘宋前期文人对于汉晋旧题乐府的模拟，主要接受了西晋作家的做法，但有两点值得注意。一是他们对于汉乐府中言情内容较多的作品，往往直接模拟，如孔欣《相逢狭路间》、《猛虎行》，颜延之《秋胡行》等，全部摹仿古辞，内容与古辞一一对应。二是对于魏晋以来的文人拟乐府，他们则以陆机为经典。以创作乐府诗最多的谢灵运、谢惠连而论，谢灵运现存拟乐府诗 19 首，其中有 16 首模拟了陆机，谢惠连有拟乐府诗 13 题，其中 8 题与陆机题目相同，几乎全都模拟陆机。二谢对文人拟乐府与古辞的差异的处理，说明了他们对于乐府文人化的认同与参与。如二人同题之作《陇西行》、《顺东西门行》、《鞠歌行》等，皆与古辞不合而与陆机作意同。《鞠歌行》古辞内容是表现鞠歌游戏，而陆机将他们改造成抒发知音难遇的托意之作，已经与古辞完全没有关系。谢灵运、谢惠连的同题之作，或云"永言知己感良辰"，或云"厉志莫赏徒劳疲"，显然是模拟了陆机之作。与陆机相比，谢灵运等人的拟作，文人化色彩更重，如谢灵运《悲歌行》在内容旨趣、构思布局方面与陆机同题之作妙肖不二，但在遣词造句上却更为典丽精工，如"差池燕始飞，夭袅桃始荣。灼灼桃悦色，飞飞燕弄声"四句，采用所谓"丫叉句法"[①]，二、三句紧承，一、四句遥应，有效地避免了景物描写的平板之效。同时，"差池"、"夭袅"为双声，"灼灼"、"飞飞"为叠字，颇能再现春天鸟语花香、欣欣向荣的声情。并且，"差池"和"灼灼"两句分别出自《诗·邶风·燕燕》、《诗·周南·桃夭》，典型地体现了裴子野所说"宋初迄于元嘉，多为经史"的特征。刘宋前期作家拟乐府诗的文人化趋势，表明他们的作品虽则承汉晋而来，但是却在对诗歌文人化的追求中离质朴的"古体"越来越远了。

　　综上所述，刘宋文学在模拟的同时，悄然开始了诗风的转换。罗宗强

---

　　①　钱钟书：《管锥编》第一册，中华书局 1979 年版，第 66 页。

先生曾指出："这一时期（元嘉）出现了大量的拟古之作，学术界有人以此论证此时存在着一个复古思潮者。其实，以为此时存在复古思潮，是不确。拟古只是一种体裁的借用与模拟，而就其实质来说，乃是继承文学的抒情特质的发展脉络。自建安时期文学的抒情特质受到重视之后，中间曾因玄理化倾向的出现而未能继续发展，重新重视抒情特质乃是对于玄理化的反拨，与其说是复古，不如说是文学特质的进一步张扬的又一阶段，是重文学特质的文学思想主潮发展的不同环节。"① 由此看来，刘宋前期拟古诗的复兴，蕴涵脱晋入宋的新变萌芽。

二　新旧兼拟的鲍照与刘宋诗运转关

鲍照（公元414？—466）堪称刘宋时期的拟古大家。他始登文坛之时，正是刘宋前期主要作家谢灵运、谢惠连等辞世的时候。从作家的代谢来看，鲍照正好是联系刘宋前后期文学的过渡性人物，考察他的全部拟作，我们可以更清晰地看到他在刘宋前后期文风变化中承上启下的作用。

就数量而言，鲍照的拟作在整个刘宋时期最多，其拟古诗有《拟古》8首、《绍古辞》7首、《学刘公干体》5首、《学陶彭泽体》、《拟古诗》、《学古诗》、《古辞》、《拟阮公夜中不能寐诗》、《拟青青陵上柏诗》等。拟乐府旧题之作，仅标题中有"代"（或"拟"）字的，就多达51首。鲍照的拟古诗，对刘宋前期作家做到了尽可能的继承。就形态而言，他的拟作既有组诗，也有单篇，具有刘宋前期拟古诗的全部形态。从模拟对象来看，鲍照近学陶渊明，远追汉代无名氏，模拟范围比刘宋前期更大。从模拟方法来看，前期作家拟作所使用的方法，鲍照皆有尝试，但用得比较多的方法是杂拟。所谓杂拟，是指模拟数篇作品的辞与义，以成一篇作品，这与陶渊明拟古诗的做法有一致之处，如《绍古辞》其四，黄节认为："此篇……杂拟不伦，更出以换字之法。"② 又如《学陶彭泽体》："长忧非生意，短愿不

---

① 罗宗强：《魏晋南北朝文学思想史》，中华书局2002年版，第200页。
② 钱钟联：《鲍参军集注》，上海古籍出版社1980年版，第352—353页。

须多。但使尊酒满，朋旧数相过。秋风七八月，清露润绮罗。提瑟当户坐，叹息望天河。保此无倾动，宁复滞风波。"便一共化用陶渊明三首诗。一、二句化用《九日闲居诗》"世短意常多，斯人乐久生"句，三、四句化用《移居诗》其二"过门更相呼，有酒斟酌之"句，五、六句化用《拟古》其七"佳人美清夜，达曙酣且歌"句。黄节先生云："明远此篇，当是杂拟而成。"① 沈德潜评《拟古》8 首"拟古诸作，得陈思、太冲遗意"。② 杂拟方法的运用，使鲍照拟古诗保留了汉魏古诗风调，这一点与刘宋前期文人颇有不同。

鲍照的模拟旧题乐府之作，以魏晋文人乐府诗的代表曹植和陆机为模拟对象。鲍照直接模拟陆机的作品有《代陆平原君子有所思行》、《代悲哉行》（《乐府诗集》以为谢惠连作，误）等。不过，与谢灵运等人对陆机的模拟略有不同的是，鲍照的拟乐府旧题诗在追求文人化的同时，尚能注意对古辞风貌的再现。如其《代悲哉行》主题与陆机、谢灵运一致，"皆言客游感物忧思而作也"，这样的主题显然是文人格调。但是，鲍照并不像谢灵运那样努力追求遣词造句的典丽精工，反而追求"朴而能老"，陈胤倩评曰："华实翔鸣，叠作开阖，故令语拙，见其朴而能老。"③ 鲍照拟旧题乐府的另一主要模拟对象是曹植。鲍照模拟曹植的作品主要有《代陈思王白马篇》、《代陈思王京洛篇》、《出自蓟北门行》、《苦热行》、《代升天行》、《结客少年场行》等。如《结客少年场行》篇名来自曹植《结客篇》"结客少年场，报怨洛北邙"。《乐府解题》曰："《结客少年场行》，言轻生重义，慷慨以立功名也。"而鲍照之作"言少年时结任侠之客，为游乐之场，终而无成，故作此曲也"④。这些带有任侠色彩的作品，前期刘宋作家很少有人感兴趣，他们主要倾向于士大夫阶层的闲情雅致与官场得失，如谢灵运《拟邺中集诗》八首，只以建安文人的公宴诗为鹄的，拟王粲虽拟

---

① 钱钟联：《鲍参军集注》，上海古籍出版社 1980 年版，第 363 页。
② 沈德潜：《古诗源》卷十一，中华书局 1963 年版，第 262 页。
③ 钱钟联：《鲍参军集注》，上海古籍出版社 1980 年版，第 172 页。
④ 郭茂倩：《乐府诗集》卷六十六，中华书局 1979 年版。

其"遭乱流寓"，但重心放在"自伤情多"，拟阮瑀则拟其"颇有优渥之言"，拟曹植，只把他当作一个"不及世事，但美遨游"的公子来看，并不涉及他们的社会性较强的作品。而鲍照却偏偏选择曹植一些社会性强的作品来模拟，如《出自蓟北门行》从曹植《艳歌行》化出，言"备叙征战苦辛之意"（《乐府诗集》卷六十一）。《苦热行》拟曹植《苦热行》，"言南方瘴疠之地，尽节征伐，而赏之太薄也"（《乐府诗集》卷六十五）。这样一来，鲍照的这些拟乐府诗，既再现了社会事象，又包含了个人情志，实际上既吸取了汉乐府的基本精神，也巩固了文人诗的特点。《宋书》本传说鲍照"常为古乐府，文甚遒丽"。"丽"乃刘宋以来文人拟乐府诗的共同特点，而"遒"则是鲍照通过模拟汉乐府形成的个人艺术风格。

　　刘宋前期文人的拟乐府诗没有很好的整合乐府诗的社会性和抒情性，而鲍照则把二者很好的结合起来。《拟行路难》18首是一个成功的典范。《行路难》本为北人旧歌，后经袁山松改制而逐步文人化。《世说新语·放诞》刘注引《续晋阳秋》曰："袁山松善音乐，北人旧歌有《行路难》，山松好之，乃文其章句，婉其节制。每因酒酣，从而歌之，听者莫不流涕。"① 汉乐府诗的主流是再现社会事象以引起观听者的兴趣，袁山松的改制却是文人的自抒怀抱。鲍照《拟行路难》18首一方面仍然保留了汉乐府诗再现社会事象的特点，另一方面又坚持对其进行文人化改造。王船山评其十五曰："全以声情生色。宋人论诗以意为主，如此类祇用意相标榜，则与村黄冠盲女子所弹唱亦何哉？"② "村黄冠盲女子所弹唱"体现的正是像乐府文学那样的民间文学的面貌，鲍照之作"以声情生色"，实际是指在保留民歌风调的基础上的文人化。可以说，在对旧题乐府的模拟上，鲍照既坚持了文人化趋势，又部分保留了乐府的本色，前者是对刘宋前期作家的继承，后者则是他本人的特色。

　　鲍照与刘宋前期作家另一显著不同之处，是他有许多模拟新声乐府之

---

①　徐震堮：《世说新语校笺》，中华书局2001年版。
②　王夫之：《古诗评选》卷一，文化艺术出版社1997年版，第49页。

作，如《吴歌》3首、《代白纻舞歌辞》4首、《代白纻曲》2首、《中兴歌》
10首、《彩菱歌》7首、《幽兰》5首等。《宋书·乐志》载："吴歌杂曲，
并出江南。晋、宋以来，稍有增广。"但是，晋时文士对难登大雅之堂的
民间乐曲是持批评态度的，如《晋书·王恭传》载："（会稽王）道子尝集
朝士，置酒于东府，尚书令谢石，因醉为委巷之歌。恭正色曰：'居端右
之重，集藩王之第，而肆淫声，欲令群下何所取则？'"缘于对新声乐府的
歧视，当时文人很少拟作。《玉台新咏》中所录仅《桃叶歌》题东晋王献
之作，《碧玉歌》题孙绰作，但是这两首诗的作者现在还有争议。在《宋
书·乐志》所载"吴歌杂曲"中，除《前溪歌》为晋车骑将军沈玩所制
外，其余都是女性在特定情境下感情的自然流露，非有意识的文人拟作。
刘宋前期文士中仅有谢灵运《东阳溪中问答》是模拟民歌之作，表明刘宋
前期虽然开始注意到新声乐府，但还没有大量的自觉模拟。鲍照是第一个
大量模拟新声乐府之作的诗人。如其《代白纻舞歌辞》4首、《代白纻曲》
2首（《乐府诗集》卷五十五统称《白纻歌六首》）。《乐府解题》曰："古词
盛称舞者之美，宜及芳时为乐，其誉白纻曰：'质如轻云色如银，制以为
袍余作巾。袍以光躯巾拂尘。'"（《乐府诗集》卷五十五）鲍照的拟新声乐
府，表现了一定的雅化倾向。《代白纻舞歌辞》4首本是奉始兴王命而作，
所以作品中有"命逢福世丁溢恩，簪金藉绮升曲筵。思君厚德委如山，洁诚
洗志期暮年"这样的颂语，但鲍照尚且以"言既无雅，声未能文，不足以宣
赞圣旨，抽拔妙赏"（《奉始兴王命作白纻舞曲启》）为遗憾。又如《中兴歌》
10首，内容多写男女游乐之事，但却题为"中兴"。王夫之对此很困惑："居
然是《中兴歌》"（《古诗评选》卷三），鲍照对新声乐府所作的雅化的努力，
引起了王夫之的困惑。其实，正是由于鲍照对新声乐府的雅化，使得这一曾
经遭受轻视的体裁居然可以用来应诏，不再难登大雅之堂了。

清人贺贻孙说："明远与颜、谢同时，而能独运灵腕，尽脱颜、谢之
板滞之习。"①纵观鲍照的全部拟作，我们认为鲍照虽与颜、谢同时却能尽

---

① 贺贻孙：《诗筏》，清道光二十六年刻本。

脱颜、谢之习，是因为鲍照既重文人诗又重乐府诗，既重旧题乐府，又对新声乐府表现了浓厚的模拟兴趣。这种兼综各家的艺术取向，成就了他超越时流的文学史地位，也成就了他在刘宋前后期诗运转关之际的承上启下的地位。一方面，他通过模拟汉魏古诗和文人拟乐府，整合了汉魏乐府与文人诗，既推进了刘宋前期文人对乐府诗的文人化改造，又使其文人诗吸收乐府的精神，从而走出了狭小的个人天地；另一方面，他大胆模拟新声乐府，为刘宋后期作家指出了寻求新变的路径。因此，鲍照的模拟，在刘宋前后期文学的嬗变中实际上起到了过渡的作用，"极大地推动了文人诗歌朝着通俗化的方向发展，并且使它成为大明、泰始中诗歌的一种主要形态"①。

三 拟新声乐府与声色大开

大明、泰始中，有模拟作品存世的作家主要有荀昶（元嘉初出仕）、鲍令晖（鲍照之妹，生卒年不详）、何偃（公元 413—458）、王僧达（公元 423—458）、刘骏（公元 430—464）、刘铄（公元 434—458）、颜峻（公元？—459）、颜师伯（公元 419—465）、汤惠休（生卒年不详，主要活动时期为宋孝武帝时期）、刘义恭（公元 413—465）、王素（公元 418—471）、吴迈远（公元？—474）诸人。这些活跃于大明年间的作家，在刘宋前期创作尚未进入全盛状态，我们将其视为刘宋后期作家。

刘宋后期作家，受到鲍照的直接影响，开始大量的拟制新声乐府。"大明、泰始中，鲍、休美文，殊已动俗。"（《诗品序》）那么，这里的所谓"美文"，是指鲍照作品中的旧曲还是新声呢？鲍照的拟作包括拟古诗、拟汉魏旧题乐府和拟新声乐府三个种类，而汤惠休现存作品主要是模拟晋宋以来的新声乐府，如其《江南思》虽然收入了《乐府诗集》"相和歌辞"，但其内容风格与古辞《江南》并不相似，从其五言四句的体式来看，

---

① 陈庆元：《大明、泰始诗论》，《文学遗产》2003 年第 1 期。

倒是受吴歌的影响较深。显然，鲍照和汤惠休诗风的相同之处就在于对新声乐府的模拟，他们对当时影响最大的就是这类拟新声乐府之作。这一点实际上是时人的一种普遍看法，《南史·颜延之传》载："延之尝问鲍照己与灵运优劣，照曰：'谢五言如初发芙蓉，自然可爱。君诗若铺锦列绣，亦雕缋满眼。'延之每薄汤惠休诗，谓人曰：'惠休制作，委巷中歌谣耳，方当误后生。'"事实上，模拟新声乐府，在刘宋后期已经成为普遍趋势。如刘烁《白纻曲》、汤惠休《白纻歌三首》等，正是沿鲍照《白纻歌六首》而来。

如前所述，鲍照在模拟新声乐府时尚对之进行了一定程度的雅化，表明他对新声乐府登大雅之堂尚存顾忌。元嘉时期，登大雅之堂的还是乐府旧题之作，如宋文帝尝各敕颜延之与谢灵运"拟乐府《北上篇》"（《南史·颜延之传》）。然而，"自宋大明以来，声伎所尚多郑、卫，而雅乐正声鲜有好者"（南史卷十八《萧惠基传》）。刘宋后期新声乐府堂而皇之的进入藩府、甚至宫廷，更不用说文士模拟无所顾忌了。如随王诞造《襄阳乐》、南平穆王造《寿阳乐》、荆州刺史沈攸之造《西乌夜飞哥曲》，"并列于乐官、词多淫哇，不典正"（《宋书·乐志一》）。甚至，排斥新声的人还会招致耻笑。《南史》卷二十三《王琨传》载："大明中，尚书仆射颜师伯豪贵，下省设女乐，琨时为度支尚书，要琨同听。传酒行炙，皆悉内妓。琨以男女无亲授，传行每至，令置床上，回面避之然后取，毕又如此。坐上莫不抚手嗤笑。"在这样的社会风尚下，刘宋后期文人的主要兴趣在模拟新声乐府也就不足为怪了。如刘烁在元嘉时期曾"拟古三十余首，时人以为亚迹陆机"，清人吴淇曾赞之曰："东平当晋宋绮靡之时，独表洁秀。"但是到了刘宋后期他却模拟新声乐府大作绮靡之辞，看来文风的嬗变，真是"意欲追汉，适以肇唐，风气所至，固不由人"①。纵向来看，刘宋前期通过一定数量的模拟旧题乐府与拟古诗，保持着晋宋文学的内在联系；鲍照则旧题与新声兼拟，上承元嘉下开大明；而刘宋后期作家把兴趣主要放

---

① 吴淇：《六朝选诗定论》卷十三，载《四库全书存目丛书补编》，齐鲁书社 1996 年版。

在模拟新声乐府，则刘宋文学已经明显的脱汉晋而入齐梁了。

　　就模拟对象而言，刘宋后期作家的拟古诗数目锐减。刘宋后期再也没有出现像陶渊明、谢灵运那样的拟古组诗，单篇的拟古诗也很少，仅有荀昶《拟青青河畔草》、何偃《冉冉孤生竹》、王素《学阮步兵诗》、刘义恭《拟古诗》和《拟陆士衡诗》、鲍令晖《拟客从远方来》5篇。联系何、王、刘三人的年龄（元嘉末年，他们都已30余岁）和刘宋前期的拟古风气，上述拟古之作还有可能是在前期创作的。即便这些拟古诗作品的创作时间是在刘宋后期，但单从数目的锐减来看，我们也可推断出刘宋后期模拟古诗的风气已经明显不如前期了。这一现象的出现，说明刘宋后期的人们对"古诗"的兴趣，已经不再像从前那般浓厚了，古诗的风调已经很难引起刘宋后期作家普遍模拟的兴趣了。

　　此外，刘宋后期作家对古诗主题的选择，明显偏向相思离别之辞。刘宋初至元嘉时的拟古诗主题呈现了一定的丰富性，既有传统的羁旅闺愁、文会游宴，也有深切的现实寄托。如陶渊明《拟古》9首，刘履《选诗补注》云："凡靖节退休之后，类多悼国伤时之作，然不欲显斥，故以《拟古》、《杂诗》名其篇云。"[1] 谢灵运《拟魏太子邺中集诗八首》也是如此。明代何梁俊《唐雅序》云："此其意不无少望也。"[2] 刘宋前期的拟古诗作，借古人酒杯浇心中块垒，性质上相当于咏怀诗，冠以"拟古"之名，不过是为了避免在险恶的环境下直言当世之事而已。但是刘宋后期作家拟古诗却只青睐相思之辞，如何偃《冉冉孤生竹》、鲍令晖《拟客从远方来》都为相思之辞，即使王素《学阮步兵诗》，也是将阮籍《咏怀诗》中的游仙之辞夹以相思之辞而出之。所谓"古意"在他们那里被狭隘的理解了，如王微"为文古甚"，认为"且文词不怨思抑扬，则流澹无味。文好古，贵能连类可悲，一往视之，如似多意"（《与从弟僧绰书》，《全宋文》卷十九）。在颜竣《淫思古意诗》、鲍令晖《古意赠今人诗》中，"古意"都是相思之

---

　　① 刘履：《选诗补注》，载《陶渊明研究资料汇编》，中华书局1962年版。
　　② 黄宗羲：《明文海》卷二百十五，中华书局1987年版。

辞，也可旁证刘宋后期作家拟古之趣味所在。《文镜秘府论·论文意》："古意者，非若其古意，当何有今意；言其效古人意，斯盖未当拟古。"换句话说，刘宋前期作家尽管也拟古，但实际上淡化了与古诗的精神联系，这与陶渊明、谢灵运、鲍照诸人的《拟古诗》有根本的不同。刘宋后期拟古诗的衰落表明，汉魏以来的文学经典，已经很难获得刘宋后期作家的认同，他们势必要寻找新的文学资源，因此转而青睐新声乐府。

刘宋后期的模拟乐府旧题之作在模拟对象的选择上也发生了明显的变化。刘宋后期作家对乐府旧题中那些叙事性强的作品很少模拟，保留了汉乐府情调的作品仅有荀昶《拟相逢狭路间》、吴迈远《飞来双白鹄》等作。不仅如此，他们对陆机等人的文人拟乐府也不感兴趣，模拟这类作品的仅有汤惠休《怨诗行》、吴迈远《棹歌行》、刘义恭《艳歌行》等数篇作品。刘宋后期作家对乐府旧题的模拟，只是为了获得题材上的启示，在作品体式与风格上却主要接受晋、宋以来的新声乐府的影响。如鲍令晖《代葛沙门妻郭小玉诗》："君子将遥役，遗我双题锦。临当欲去时，复留相思枕。题用常著心，枕以忆同寝。行行日已远，转觉心弥甚。"虽然在用语与构思都显然来自《古诗》，但全诗的格调却近似江南新声乐府，陈胤倩曰："亦是《子夜》之流。"① 刘义恭《艳歌行》也是这样。《艳歌行》曰："言燕尚冬藏夏来，兄弟反流宕他县。主妇为绽衣服，其夫见而疑之也。"② 但这一颇具社会性的题材在刘义恭手中却变成了一首真正的"艳歌"："江南游湘妃，窈窕汉滨女。淑问流古今，兰音媚邓楚。瑶颜映长川，善服照通浒。求思望襄滢，叹息对衡渚。中情未相感，搔首增企予。悲鸿失良匹，俯仰恋俦侣。徘徊忘寝食，羽翼不能举。倾首伫春燕，为我津辞语。"他的这一写法在南朝同样颇为流行，梁简文帝和陈顾野王皆有拟作。刘宋后期作家模拟得最多的作品是《自君出之矣》。《乐府诗集》卷六十九录刘宋作者有刘骏、颜师伯、刘义恭、鲍令晖（一作《题书后寄行人诗》）等人。

---

① 钱钟联：《鲍参军集注》，上海古籍出版社 1980 年版，第 425 页。
② 郭茂倩：《乐府诗集》卷三十九，中华书局 1979 年版。

《四溟诗话》卷一云："徐干《室思诗》其末句云：'自君之出矣，明镜暗不治。思君如流水，何有穷已时？'宋武帝拟之曰：'自君之出矣，金翠暗无精。思君如日月，回环昼夜生。'暨诸贤拟之，遂以《自君之出矣》为题。杨仲宏谓五言绝句，乃古诗末四句，所以意味悠长，盖本于此。"[①] 徐干《室思》原有 6 首，第 3 首之最后四句，一、二句写相思内容，三、四句用比喻修辞。刘骏等人所拟乃截取其三之最后四句，这种五言四句的篇制正是江南民歌的典型篇制，而相思内容又符合他们对声色的需求，原作使用比喻则给他们留下了在修辞技巧上逞才的空间。刘骏等人的拟作，在比喻的新巧上各显神通，雕琢之迹非常明显。这样一篇作品，引起了齐梁文人的极大的模拟热情，也说明了刘宋文学对齐梁文学的影响所在。刘宋后期作家对新声乐府的自觉模拟，表明他们已经找到了文学发展的新资源，从"破"的方面讲，这导致了旧题乐府的逐渐衰落；从"立"的方面讲，为整个南朝诗歌的发展注入了新鲜血液，南朝诗歌由此开始具有了迥异于魏晋的面貌。

关于刘宋文学嬗变的原因，刘勰《文心雕龙·通变》云："宋初讹而新，从质及讹，弥近弥淡。何则？竞今疏古，风末气衰也。今才颖之士，刻意学文，多略汉篇，师范宋集，虽古今备阅，然近附而远疏矣。"诚然，"风末气衰"乃是刘宋前后期文风递变的外部原因，从文学内部来看，刘宋前期作家多拟"古"，刘宋后期作家多拟"今"，前后期作家在取法路径的差异，导致了文风的根本差异。从更大的范围来看，中国诗歌由魏晋向齐梁的转变，则是刘宋文人"多略汉篇，师范宋集"、"近附而远疏"的结果。

第二节　模拟与南齐文学新变

一般来说，人们习惯以"新变"来评价永明文学，以拟作为考察对象

---

① 　谢榛：《四溟诗话》卷一，人民文学出版社 1998 年版，第 26 页。

来观察永明文学，似乎会看不到我们想要领略的文学史景观。然而，辩证来看，模拟作为一种创作方法，并不生来就与新变绝缘；此外，模拟的对象可以"古"也可以"今"，模拟者不仅可以通过拟"古"连接过去的文学传统，也可以通过拟"今"来展现文学发展的未来趋势。缘此，本节以通常为文学史研究者所轻忽的拟作为考察对象，通过对齐代作家对于模拟对象的选择和处理过程的考察，来管窥永明诗人在文体选择和理论路线方面的分歧与冲突，以及在这场冲突中诗人地位的沉浮。

一 拟旧题乐府的衰落

永明文学中尽管也不乏拟旧题乐府诗，但是它们的创作走入了困境，却是不争的事实，这主要表现为质量的下降和数量的减少。

拟旧题乐府诗走入困境，在刘宋元嘉时期已经露出了端倪。当然，这种趋势在当时并不是十分明显，直至宋、齐之际，一些作家仍然带着晋宋拟古的遗风跨入齐代，如沈约便是这样。沈约早期的拟旧题乐府，主要拟魏晋以来的陆机、谢灵运等人的作品。如《君子有所思行》、《长歌行》、《日出东南隅行》、《梁甫吟》、《东武吟行》、《从军行》、《豫章行》等题，正是陆、谢最喜欢做的题目。以《豫章行》为例，自陆机、谢灵运以来形成了"言寿短景驰，容华不久"[1]的抒情主题。沈约之作云："燕陵平而远，易河清且驶。一见尘波阻，临途引征思。双剑爱匣同，孤莺悲影异。宴言诚易篡，清歌信难嗣。卧闻夕钟急，坐阅朝光亟。往欢坠壮心，来戚满衰志。殂芳无再馥，沦灰定还炽。夏台尚可忘，荣辱亦奚事。愧微旷士节，徒感鄙生饵。劳哉纳辰和，地远托声寄。"此作写旧事、袭旧篇，且又多用典故，"语多经史"而典雅滞重，句法拗折、组词峭硬，仍是典型的元嘉体。又如《乐府诗集》卷六十一录陆机、谢灵运、鲍照、沈约等人的《君子有所思行》，《乐府解题》曰："《君子有所思行》，晋陆机云：'命

---

[1] 郭茂倩：《乐府诗集》卷三十四，中华书局 1979 年版。

驾登北山.'宋鲍照云:'西上登雀台.'梁沈约云:'晨策终南首.'其旨言雕室丽色,不足为久欢,宴安鸩毒,满盈所宜敬忌."鲍照的拟作改造了乐府旧题,但沈约却一味模拟鲍照,在写作上已经陷入了程式化,这标志着拟旧题乐府在南齐已逐渐失去了创新的活力。拟乐府诗的程式化现象,在南齐已变成一种普遍趋势。如南齐孔稚珪《白马篇》,萧衍《长安有狭邪行》、《拟青青河畔草》,何逊《拟轻薄篇》、《门有车马客》等拟旧题乐府,主题、题材、乃至篇制、还是沿袭了晋宋作家的老路,词义都陈陈相因,只在文辞上踵事增华。我们还应该注意到,以陆、谢为代表的晋宋文人的拟乐府诗对于乐府诗的文人化改造,展示了乐府诗走向文人诗歌自身审美理想的趋势,尚有的积极的历史意义。到了南齐,文人拟乐府已经基本上完成了"文人化",沈约等人的模拟在立意与表现上都没有超越陆、谢之作,自然再也无法取得陆、谢拟作那样的历史地位。

南齐拟旧题乐府的衰落,还表现为主题的狭隘化、单一化。最典型的莫过于《三妇艳》对古辞《相逢行》、《长安有狭斜行》的模拟了。乐府古辞《相逢行》述官宦贵人家中情景,结尾云:"大妇织绮罗,中妇织流黄,小妇无所为,挟瑟上高堂。丈人且安坐,调丝未遽央。"《长安有狭斜行》古辞略同。《相逢行》古辞自丈人的三个儿子写起,然后叙述到三个媳妇在家中的活动,最后写丈人很满意地与家人一起享受着天伦之乐。而刘宋刘烁的《三妇艳》只取后六句为式,只写丈人与子妇的活动,这就显得有点不合伦理。南齐王融、沈约等人,将丈人改为"丈夫",三妇变成良人的妻妾了,避免了可能的伦理冲突,而为艳情描写开了方便之门,故而成为《三妇艳》艳情化的扇扬者。《颜氏家训·书证》云:"古乐府歌词,先述三子,次及三妇,妇是对舅姑之称。其末章云:'丈人且安坐,调弦未遽央。'古者,子妇供事舅姑,旦夕在侧,与儿女无异,故有此言。丈人亦长老之目,今世俗犹呼其祖考为先亡丈人。……近代文士,颇作《三妇诗》,乃为匹敌并耦己之群妻之意,又加郑、卫之辞,大雅君子,何其谬乎?"① 沈约等人对古辞的模拟,将一首伦理教化的古诗变成了一首表现要妾成群生活的艳情之作,反映了南齐拟旧题乐府主题的单一化与狭隘化倾向,也表明了拟作与原作在审美趣味上的隔膜之深。

拟古之作在南齐衰落的原因是多方面的。客观上,这与旧题乐府音乐系统的坠失有关。以"清商乐"而论,《乐府诗集》卷四十四"题解"云:"清商乐,一曰清乐。清乐者,九代之遗声。其始即相和三调是也,并汉魏以来旧曲。其辞皆古调及魏三祖所作。自晋朝播迁,其音分散,苻坚灭凉得之,传于前后二秦。及宋武定关中,因而入南,不复存内地。自时已后,南朝文物号为最盛。民谣国俗,亦世有新声。故王僧虔论三调歌曰:'今之清商,实由铜雀。魏氏三祖,风流可怀。京洛相高,江左弥重。而情变听改,稍复零落。十数年间,亡者将半。所以追余操而长怀,抚遗器而太息者矣。'"作为旧题乐府诗背景而存在的音乐系统既然已经崩颓,后人的拟乐府旧题的减少也就自然而然的了。主观上,这与南齐文人审美趣味的改变也不无关系。南齐永明年间,社会政治相对稳定,经济比较繁荣,奢华享乐之风甚盛。《南齐书·良政传序》说:"永明之世,十许年中,百姓无鸡鸣犬吠之警,都邑之盛,士女富逸,歌声舞节,袨服华妆,桃花绿水之间,秋月春风之下,盖以百数。"在这样的文化环境中,南齐作家对汉魏乐府旧题中的社会性题材兴趣大减,而对于包含艳情与享乐因素的题材则颇有兴趣。永明作家中有拟古之作留存的,除江淹(下文有专论)外,仅有沈约、孔稚珪、萧衍、何逊等少数几人,且题材多局限于艳情一路,主题狭窄单一。拟旧题乐府的衰落,其实是旧题乐府所代表的审美趣味的衰落。

当然,穷则思变,就在拟古之作走向困境的同时,南齐作家也开始了走出困境的探索。如张融《门律自序》云:"吾文体英绝,变而屡奇。既不能远至汉魏,故无取嗟晋宋。"明确主张放弃晋宋旧体,追求文体新变。其《海赋》创作就说明了这一点。汉魏六朝时期,出现了一系列以海为主

---

① 王利器:《颜氏家训集解》,上海古籍出版社 1980 年版。

要意象的赋作,如班彪《览海赋》、王粲《游海赋》、曹丕《沧海赋》、木华《海赋》、潘岳《沧海赋》、庾阐《海赋》、孙绰《望海赋》等。张融之作虽然模拟、沿袭旧题材,但是仍力求超越。其序云:"壮哉! 水之奇也;奇哉! 水之壮也。故古人以之颂其所见,吾问翰而赋之焉。当其济兴绝感,岂觉人在我外。木生之作,君自君矣。"(《全齐文》卷七十五)张融之作虽模拟木华《海赋》,但力求变化,结果也实现了"文辞诡激,独与众异"(《南齐书·张融传》)。不过,张融《海赋》尽管新变意识强烈,但是也仅仅改变了原作的语言风格而已。他并没有找到有效的变革文体的路径。他现存诗 5 首,其中《别诗》稍具特色,但也仍然没有跳出相思离别的俗套。

二 模拟与永明新体

真正找到出路的是以沈约为代表的永明诗人。永明诗人的探索之一是拟赋古题。所谓拟赋古题,即左克明所说的"追拟古题,立义不同"[①],也就是钱志熙先生所说的"采用专就古题曲名的题面之意来赋写的作法"[②]。沈约是这种模拟方法的提倡者。王融、谢朓、刘绘等皆有《同沈右率诸公赋鼓吹曲二首》,表明沈约至少组织过一次规模较大的赋鼓吹曲的创作活动。在这次赋鼓吹曲活动中,当时并没有规定具体题目,诸人都有选曲名的自由,王融赋《巫山高》、《芳树》,谢朓赋《芳树》、《临高台》,刘绘赋《巫山高》、《有所思》,王、刘、谢三人所赋曲名并不完全一致。又,王融尚有《临高台》、《有所思》,而谢朓则有《同王主簿有所思》(王主簿是指王融),沈约也有《有所思》,梁武帝萧衍有《芳树》、《临高台》、《有所思》,可能也是同时唱和之作。

上述赋曲名之作,文义与古辞表现了明显的差别。我们来看《乐府诗

---

① 左克明:《古乐府》卷二,四库全书本,上海古籍出版社 1987 年版。
② 钱志熙:《齐梁拟乐府诗赋题法初探——兼论乐府诗写作方法之流变》,《北京大学学报》1995 年第 4 期。

集》卷十六所引《乐府解题》对南齐以来一些汉铙歌旧曲文义所发生的变化的描述：

> 《巫山高》："古词言，江淮水深，无梁可度，临水远望，思归而已。若齐王融'想像巫山高'，梁范云'巫山高不极'。杂以阳台神女之事，无复远望思归之意也。"

> 《芳树》："古词中有云：'妒之子愁杀人，君有他心，乐不可禁。'若齐王融'相思早春日'，谢朓'早玩华池阴'，但言时暮、众芳歇绝而已。"

> 《有所思》："古词言'有所思，乃在大海南。何用问遗君？双珠玳瑁簪。闻君有他心，烧之当风扬其灰。从今已往，勿复相思而与君绝'也。"……若齐王融"如何有所思"，梁刘绘"别离安可再"，但言离思而已。

> 《临高台》："古词言：'临高台，下见清水中有黄鹄飞翻，关弓射之，令我主万年。'若齐谢朓'千里常思归'，但言临望伤情而已。"

沈约等人的赋鼓吹曲名之作，其性质与历朝的鼓吹歌诗完全不同。在《宋书·志序》中沈约曾对自己采用赋题法作了解释，他说："今鼓吹铙歌，虽有章曲，乐人传习，口相师祖，所务者声，不先训以义。""今乐府铙歌，校汉、魏旧曲，曲名时同，文字永异，寻文求义，无一可了。"缘此，他们的拟作自然也就无法"与古文合"了，他们不采用魏晋人通行的拟旧篇、写旧事的方法，不去模拟汉铙歌原作，而是借用当时流行的咏物赋事的诗格，直接从"芳树"、"有所思"、"临高台"这些字面意义上发挥，形式上将古辞的杂言改为整饬的五言，内容上则淡化古辞的叙事背景，将主题艳情化。如《古今乐录》记载萧衍模拟古辞《上声歌》，"因之改辞，无复雅句"（《乐府诗集》卷四十五）。在对古辞的模拟中，萧衍进行了化雅为俗的改造，说明了一种求新于俗尚之中的新的审美趣味开始形成。

如果说，沈约组织的赋曲名活动所留下的作品，与古辞在意义上还有一些隐约的联系；那么谢朓所组织的赋《随王鼓吹曲》创作，则可以说无复依傍了。谢朓任宣城太守时，作《赋杂曲名》、《秋竹曲》、《曲池之水》等，宣城郡文士檀秀才、江朝清、陶功曹、朱孝廉等效法唱和。这些作品前人不曾创作过，因此也就不存在模拟的问题了。钱志熙曾指出，拟赋古题"在齐梁时代是一种富有创新性和革新意义的新方法"①，对于永明文人来说，其意义在于通过拟赋古题法找到了一条彻底摆脱模拟古辞困境的新变之路。不过，我们也应注意到，这种创作方法虽然摆脱了对古辞的模拟，但同一时代的作家赋写同一曲名，他们之间的横向模拟还是相当明显的。换句话说，拟赋古题虽然不再拟古但依然拟今，其实并没有完全脱离模拟。如王融、范云皆在《巫山高》中夹以巫山神女的风流韵事，彼此间的模拟痕迹十分清晰。不过，这种横向模拟对于推广新的文学风格，无疑是有积极意义的。② 这样一来，齐代作家在拟古中实现了求新，同时又通过横向模拟把他们的新变扩大到全社会，文学风尚由此转移。

探索之二是对新题乐府的模拟，这直接促进了永明新体诗的产生。如果说拟赋古题是一种不得不然的突破，那么对新声乐府的模拟，则可以看作一种自觉的审美追求。

刘宋以前，文士们对新声乐府多持批评态度，所以拟作甚少；刘宋后期以来南朝诗坛逐渐兴起了拟作新声民歌的热潮，到南齐达到全盛局面。永明文人影响最大的拟制新题乐府活动，莫过于《永明乐》的拟制。《南齐书·乐志》曰："《永明乐歌》者，竟陵王子良与诸文士造奏之，人为十曲。道人释宝月辞颇美，武帝常被之管弦，而不列于乐官。"《乐府诗集》录有谢朓、王融、沈约三人的《永明乐》，可见参与创制《永明乐》的文士至少包括上述诸人。首先，诸人所作《永明乐》学习了江南民歌，几乎

---

① 钱志熙：《齐梁拟乐府诗赋题法初探——兼论乐府诗写作方法之流变》，《北京大学学报》1995 年第 4 期。

② 陈恩维：《论模拟与文学史演进——以汉魏六朝文学为例》，《中国文学研究》2008 年第 4 期。

完全不用典故，也无生僻字，文风由典重转为轻快。如前所述，沈约的拟旧题乐府对于用典则是乐此不疲的。显然，模拟对象的改变，带来了的审美追求的变化。其次，《永明乐》以当时流行的新声乐府为音乐背景，是可以被之管弦的，这也与南齐的拟古题乐府日渐脱离音乐的趋向大异其趣；其诗歌音韵铿锵而又协调流畅，很可能是受到了新声音律的影响。再次，王融等人的《永明乐》，篇幅比旧题乐府短小得多，无一例外皆为五言四句，也显然是模拟了当时流行的吴歌西曲的体制。可以说，《永明乐》乃是"永明体"的典型代表。刘跃进先生认为："从元嘉体到永明体，以子夜吴歌和西曲歌为代表的江南民歌在其间起到了关键的推动作用。"①《永明乐》对吴歌西曲的模拟，有力地证明了这一点。

　　永明文人对《永明乐》的拟制，还形成了三点比较明确的审美追求：一是对华美文辞的爱赏；二是对平易文风的追求；三是对声病的避免。沈约《谢竟陵王示永明乐歌启》云："凤彩鸾章，霞鲜锦缛。觌宝河宗，未必比丽。观乐帝所，远有惭德，虽日月在天，理绝称咏。而徘徊光景，不能自息。"②所谓"凤彩鸾章，霞鲜锦缛"是要求辞采华美。《颜氏家训·文章》引沈约语曰："文章当以三易，易见事，一也；易识字，二也；易诵读，三也。"③。《南齐书·陆厥传》说："永明末，盛为文章，吴兴沈约、陈郡谢朓、琅琊王融以气类相推毂，汝南周颙善识声韵，约等文皆用宫商，以平上去入为四声，以此制韵，不可增减，世呼为'永明体'。"在"永明体"以前，诗坛上流行的是"古体诗"，"永明体"的新的体式和审美特征，乃是在模拟新声乐府的过程中形成。

　　综上所述，永明文人通过拟赋古题和新声乐府，实现了模拟方法上的突破、文学资源上的更新、文学新体式和新的审美风尚确立，这与他们此前模拟旧题乐府诗陷入困境恰成鲜明对比。

---

① 刘跃进：《门阀士族与永明文学》，生活·读书·新知三联书店 1996 年版，第 149－150 页。
② 严可均：《全上古三代秦汉三国六朝文·全梁文》，中华书局 1999 年版，第 3114 页。
③ 王利器：《颜氏家训集解》，上海古籍出版社 1980 年版，第 272 页。

三 江淹、沈约的路线之争

纵观齐代诗坛，人们并非一边倒地模拟新声乐府。例如，以"诗体总杂，善于模拟"① 著称的江淹，拟古兴趣浓厚，但却对于新声乐府保持距离，在理论与实践上与沈约诸人皆有显著的区别。

从模拟对象来看，江淹选择的主要是古体。其《杂体诗序》云："夫楚谣汉风，既非一骨；魏晋制造，固亦二体，譬犹蓝朱成彩，杂错之变无穷；宫角为音，靡曼之态不极。故蛾眉讵同貌，而俱动于魄，芳草宁共气，而皆悦于魂，不其然欤！"② 在这里，江淹所提出的模拟对象包括楚辞、汉乐府和魏晋诗人的不同风格作品。他对此有很认真的实践。如《遂古篇》、《刘仆射东山集学骚》、《山中楚辞》5 首等作品，显然是对"楚谣"的模拟；《杂体诗》30 首则"椎轮汉京，迄乎大明、泰始，五言之变，旁备无遗"③。此外，他还有《效阮公咏怀诗》15 首、《学魏文帝诗》等拟作。江淹的模拟对象都为古体，模拟的重点不在文辞而在立意。王夫之评江淹拟骚之作云："梁江淹工于拟似，与刘、谢之徒，自谓学古制今，触类而广之，作《山中楚辞》。其用意幼眇，言有绪而不靡，特足绍嗣余风。"《山中楚辞》以屈原作品为模拟对象，如第一首仿《九歌》之《东皇太一》，第二首仿《招隐士》等，而《杂三言五首》其五《爱远山》拟屈原《哀郢》。《爱远山》云："悲郢路之辽远，实寸忧之相接。欸美人于心底，愿山与川之可涉。"王夫之注曰："梁都建康，而云郢路者，以己情同屈子，故即楚事以自况也。美人，谓君也，身在江湖，而心存魏阙，非己不见知之闷，而惟君是思。淹之拟骚，异于汉人之怨尤远矣。"④ 对比沈约自永明以来一味模拟新声乐府，他们审美取向的差异是很明显的：江淹好

① 曹旭：《诗品集注》，上海古籍出版社 1994 年版，第 306 页。
② 胡之骥：《江文通集汇注》，中华书局 1984 年版，第 136 页。
③ 何焯：《义门读书记》，中华书局 1987 年版，第 938 页。
④ 王夫之：《楚辞通释》，上海人民出版社 1975 年版，第 172 页。

古，而沈约趋新。

江、沈审美取向的差异，从他们对鲍照的接受也可以看出。江淹曾经大力模拟过鲍照，① 江、鲍拟古诗的模拟对象有惊人的一致性。鲍照所取法的作家，包括汉末《古诗十九首》的作者无名氏、建安时期的刘桢、曹植，正始诗人阮籍，晋代傅玄、左思、陆机、刘琨、陶渊明，刘宋时期的谢惠连、谢灵运，几乎囊括了自有五言诗以来的优秀作家，② 这显然启发了江淹《杂体诗三十首》的创作。从具体作品来看，他们也颇有一致之处，如鲍照《学刘公干体》乃模拟刘桢《赠从弟诗》，江淹《杂体诗》中"刘文学感遇"也模拟了《赠从弟诗》；鲍照《登庐山》、《登庐山望石门》、《从登香炉峰》诸作模拟谢灵运山水诗，《杂体诗》中"谢临川游山"也模拟了谢灵运《登庐山》、《初发石首城》诸诗；鲍照有《效阮公夜中不能寐》诗，而江淹《效阮公诗》15 首之一也是模拟阮籍《咏怀·夜中不能寐》。在《杂体诗三十首》中，江淹模拟鲍照的是"鲍参军照戎行"，吴淇指出："此拟鲍参军《拟古》三首之意。旧注云'险侧自快，婉然明远风调，但未及傲诡靡曼之致。'不知未及傲诡靡曼，正所以善拟明远。盖明远长于乐府，故古诗中皆带有乐府意，乃明远之体也。此诗险侧自快，正是诗中稍带乐府意。若更极傲诡靡曼，则是拟明远之乐府而非拟明远之诗矣。"③吴淇的体察，可谓深矣。但是，应当指出的是，鲍照的拟乐府诗风格也大致有两种：拟旧题乐府"险侧自快"，拟新题乐府"傲诡靡曼"。江淹模拟鲍照《拟古》，摹仿的是其旧题乐府的艺术风格，对他的新声乐府却是不感兴趣的。

沈约也曾大力模拟鲍照，钟嵘曾指出："详其文体，察其余论，固知宪章鲍明远也。"④ 但是，与江淹不同的是，自永明以来，沈约对旧题乐府不感兴趣，他模拟的主要是鲍照那些"傲诡靡曼"的拟新声乐府之作。如

---

① 曹道衡：《鲍照和江淹》，《齐鲁学刊》1991 年第 6 期。
② 详参本章第一节。
③ 吴淇：《六朝选诗定论》卷十七，四库全书存目丛书补编本，齐鲁书社 1996 年版。
④ 曹旭：《诗品集注》，上海古籍出版社 1994 年版，第 321 页。

其《四时白纻歌》显然模拟了鲍照《代白纻舞歌词四首》、《代白纻曲二首》。沈约虽然也曾赞赏鲍照"尝为古乐府，文甚遒丽"①，但他自永明以来所模拟的只是鲍照见重闾里的"委巷中歌谣"，遗其俊逸气骨而得其丽辞。

江淹《杂体诗三十首》有明确的现实针对性，其商榷的对象就是以沈约为代表的永明新变派。《杂体诗序》云："至于世之诸贤，各滞所迷，莫不论甘而忌辛，好丹而非素，岂所谓通方广恕，好远兼爱者哉！乃及公干、仲宣之论，家有曲直，安仁、士衡之评，人立矫抗，况复殊于此者哉！又贵远贱近，人之常情，重耳轻目，俗之恒蔽，是以邯郸托曲于李奇，士季假论于嗣宗，此其效也。然五言之兴，谅非夐古，但关西邺下，既以罕同，河外江南，颇为异法，故玄黄经纬之辨，金碧沉浮之殊，仆以为各具美兼善而已。今作三十首诗，学其文体，虽不足品藻渊流，庶亦无乖商榷云尔。"②从表面上看，江淹主张对古今作品持折中的"兼爱"态度。但是，我们应当注意到永明时期创作和批评界的主要倾向是贵今贱古而非贵古贱今，因此江淹实际上还是偏重批评贵今贱古者。

永明以来，沈约可以说是贵今贱古者的典型代表。关于永明以来的创作和理论偏执，钟嵘有过具体的描述："次有轻薄之徒，笑曹、刘为古拙，谓鲍照羲皇上人，谢朓今古独步。"③"古拙"成为了取笑的对象，鲍照、谢朓受到极力追捧，这是典型的贵今贱古，实际也是江淹所批评的"各滞所迷"的重点所在。当时反对古拙而追捧鲍照和谢朓的主要代表是沈约。沈约称赞谢朓"二百年来无此诗"④，实际含有"谢朓今古独步"的意思。又，钟嵘曾指出过沈约"宪章鲍明远也"⑤，因此"谓鲍照羲皇上人"的人可能也包括沈约。江淹认为不同时期不同地域的作品各具特色，创作界和批评界不应该厚此薄彼，既不能贵古贱今，也不能贵今贱古。具体就拟作

---

①　沈约：《宋书》，中华书局 1974 年版，第 204 页。

②　胡之骥：《江文通集汇注》，中华书局 1984 年版，第 136 页。

③　曹旭：《诗品集注》，上海古籍出版社 1994 年版，第 58 页。

④　萧子显：《南齐书》，中华书局 1972 年版，第 825 页。

⑤　曹旭：《诗品集注》，上海古籍出版社 1994 年版，第 321 页。

而言，则不能只拟汉魏旧题，也不能一味模拟江南新声。《杂体诗》模拟了自汉魏以还的五言诗之优秀者共30家，这显然是在落实这一理论主张。而沈约却认为："古情拙目，每伫新奇。"① 他自永明以来放弃模拟乐府旧题转而模拟新声乐府，可以看作在这一理论支配下的实践行动。由此可见，江、沈的理论和实践均具有针锋相对的性质，《杂体诗三十首》完全可以看作和沈约等人一味模拟新声乐府做法的商榷。沈约和江淹的关系也非常冷淡，他们尽管年资相近，同朝为官多年，甚至还同被招致于竟陵王萧子良所开西府，但是从他们的集子中却找不到诗歌赠答的痕迹，这应该是诗学观念的差异所致。

四　江、沈沉浮与齐代文学的趋向

江、沈的分歧与论争，已经不仅仅是个人审美观念的差异，而是关乎着南齐诗歌发展路径的不同选择。一般来说，拟古者最容易遭遇的批评是贵古贱今。江淹曾遭到过这种批评。其《学梁王菟园赋序》对此有所记载："或重古轻今者。仆曰：何为其然哉？无知音，则已矣。聊为古赋，以奋枚叔之制焉。"② 江淹并没有明确指出批评他重古轻今的是何许人，但是这种批评来自他所商榷者是显而易见的。江淹为自己辩护说，他之所以模拟古人之作，并非重古轻今，而是由于在当代找不到知音。事实上，人们批评江淹"贵古贱今"是有根据的，江淹《铜剑赞》曾云："今太极殿前，两大铜镜，即周景王铸也。制作精巧，独绝晚世。今之作，必不及古镜，今钟不及古钟矣。"③ 这里流露出了鲜明的贵古贱今的思想。这一点从从江淹拟乐府诗在模拟对象的选择上也可以得到证明。江淹现存拟乐府诗仅《凤凰衔书伎歌辞》、《祀先农迎神升歌》、《飨神歌辞》、《从军行》、《善哉行》、《铜爵妓》、《采菱曲》。前三首是奉命改制的郊庙歌辞，《从军行》、

---

① 严可均：《全上古三代秦汉三国六朝文·全梁文》，中华书局1999年版，第3115页。

② 胡之骥：《江文通集汇注》，中华书局1984年版，第94页。

③ 胡之骥：《江文通集汇注》，中华书局1984年版，第388页。

《善哉行》是旧题乐府，姑且勿论。后两首新声乐府虽入《乐府诗集》，但更像是缘题而写的诗，所以《江文通集》尽管列了"古乐府"一类，但是却并不收录这两首诗，严格说来，江淹几乎没有一首模拟新声乐府的作品，这说明他对新声乐府是持明显排斥态度的。江淹在艺术上也排斥永明诗人以为新变的声律之说。冯班曾指出："齐时如江文通诗不用声病。"[①]上述几点均与沈约自永明以来完全转向模拟新声乐府恰成鲜明对比，这也说明了自永明以来，江淹的模拟兴趣主要在"古"，而沈约的模拟兴趣主要在"新"。

江淹与沈约对待拟古与拟今的态度差异，也导致了他们命运的差异。江淹比沈约年轻了4岁，门第也不如沈约高，但其成名却在沈约之前，尔后当沈约在永明开始崭露头角、在梁代俨然一代文宗时，江淹却又蒙"才尽"之讥。他们地位的戏剧性变化，与他们所选择的诗学道路不同有深刻关联，同时也与齐代诗坛的发展大势不无关系。

江淹至迟在齐武帝时就已经独步一时。据《南齐书》卷四十三载："世祖尝问王俭：'当今谁能为五言诗？'俭对曰：'谢朓得父膏腴，江淹有意。'"[②] 这里所说的"江淹有意"，是指江淹诗文意深，钟嵘谓沈约"意浅于江"，也是说江淹诗意蕴较深的意思。江淹之作何以会显得意蕴较深？为什么意蕴较深会成为一种优点？前面提到，江淹拟古诗之作众多，但其拟乐府却寥寥无几，显然他在拟旧题乐府诗陷入困境时，有意识地规避了风险。不过，江淹也是有所坚持的，当王融等人创作《拟古五杂组诗》、《拟古四色诗》（范云作）、《拟古联句》（何逊作）一类拟古诗，将拟古诗游戏化的时候，他却坚持通过拟古诗来咏怀。如其《效阮公诗》15首，系模拟阮籍《咏怀诗》。《南史·江淹传》道出了其写作动机："景素与腹心谋议，淹知祸机将发，乃赠诗十五首以讽焉。"[③] 江淹意欲对尚未公开的政

① 冯班：《钝吟杂录》卷五，四库全书本，上海古籍出版社1987年版。
② 萧子显：《南齐书》，中华书局1972年版，第764页。
③ 李延寿：《南史》，中华书局1977年版，第1449页。

治密谋进行讽谏，模拟"厥旨渊放，归趣难求"①的阮籍《咏怀诗》，实在是一种最佳的选择。此外，江淹也着意于意蕴的开发，如其《学魏文帝诗》，王夫之评曰："通首全用子桓，改构者无几，而子桓自子桓，文通自文通，各有其事，各有其情。笔墨之妙，唯人所用，然非绝代才人，亦乌知其有如是之妙而恣用之。末二语不尽悲词，其悲彻骨。"②正是因为江淹前期能善于扬长避短，所以他在齐初拟乐府古题陷入困境时能做到一枝独秀。吴丕绩《江淹年谱·自序》云："杂拟之制，众体弗该；骚赋诸篇，别裁藻雅，固已陵铄时彦，度越前英矣。"③可谓深有见地。但是，成也萧何，败也萧何，永明年间模拟新声乐府之风很快席卷了南齐文坛，而江淹仍然对新声乐府保持冷漠的态度，没有融入新的创作潮流之中。江淹在永明年间蒙"才尽"之讥，其实是因为文学审美风尚的转移。

沈约的命运与江淹恰成对照。在永明以前，沈约主要创作了一些拟汉魏旧题乐府之作，篇模句拟，新意全无，在旧题乐府业已走入困境的状况下，始终找不到出路。所以他入齐时尽管已有39岁，却尚不能有所树立而自成一家，名气远在江淹之下。然而，正是这种尴尬处境促使他改弦更张。永明以来，沈约几乎不再创拟旧题乐府，而是效法刘宋时鲍照等人模拟乐府民歌的做法，将主要精力投入了新声乐府的模拟改制，其集中的年代可考的拟新题乐府，全为永明之后所作。沈约这一引领时代潮流的转型，很快为他赢得了名声与地位。钟嵘指出："详其文体，察其余论，固知宪章鲍明远也。所以不闲于经纶，而长于清怨。永明相王爱文，王元长等，皆宗附之约。于时，谢朓未遒，江淹才尽，范云名级故微，故约称独步。虽文不至其工丽，亦一时之选也。见重闾里，诵咏成音。"④虽不无批评之意，但也道出了沈约之作受到追捧的客观情况。其实，沈约岂止是见

① 曹旭：《诗品集注》，上海古籍出版社1994年版，第123页。
② 王夫之：《古诗评选》，文化艺术出版社1997年版，第258页。
③ 吴丕绩：《江淹年谱》，商务印书馆1938年版，第2页。
④ 曹旭：《诗品集注》，上海古籍出版社1994年版，第321页。

重阃里，梁代以来宫体诗人萧纲、萧绎等人皆奉沈约为"述作之楷模"①。如天监年间，沈约奉梁武帝诏拟制《四时白纻歌》5 首、《襄阳蹋铜蹄歌》3 首、《江南弄》4 首，便直接启迪了宫体诗人。有论者认为，沈约创作中的"'宪章鲍明远'倾向，引领了齐梁文风"②。更具体地说，沈约模拟新声乐府以为新变的做法，成就了他卓然大家的地位，也引领了齐梁文风。

江淹和沈约在齐梁间诗坛地位的戏剧性变化，是永明文学文风新变的一个缩影。事实上，拟古题乐府在永明时期日益衰落，从而导致雅好拟古的江淹诗坛地位的下降，而拟新声乐府日益兴盛，让拟作新声的沈约诗坛地位上升。二人在诗坛地位的此消彼长，与永明诗歌在模拟中脱晋宋旧体而入梁陈新体的发展大势有深刻的内在关联，这其实是古体衰落而新体崛起的必然结果。《封氏闻见记》卷二云："永明中，沈约文词精拔，盛解音律，遂撰《四声谱》。文章八病有平头、上尾、蜂腰、鹤膝，以为自灵均以来此秘未睹。时王融、刘绘、范云之徒，皆称才子，慕而扇之，由是远近文学，转相祖述，而声韵之道大行。以古之为诗，取其宣道情致、激扬政化，但含徵韵商，意非切急，故能包含元气，骨体大全，诗骚以降是也。自声病之兴，动有拘制，文章之体格坏矣。"③ 封氏对于永明文人"转相祖述"永明声律颇有微词，对人们不再热衷拟作古诗而惋惜，且不论其价值判断如何，但也道出了一个基本事实：即永明文学的文体选择是通过模拟来实现的。通过模拟，永明文学弃旧体而迎新体，在模拟改制中实现了诗风新变。

第三节 模拟与梁陈宫体诗人的文体策略

梁天监十二年（公元 513），最后一位永明体的重要作家沈约去世；天

---

① 严可均：《全上古三代秦汉三国六朝文·全梁文》，中华书局 1999 年版，第 3011 页。
② 罗春兰：《"宪章鲍明远"：沈约对鲍照的接受》，《求索》2005 年第 1 期。
③ 赵贞信：《封氏闻见记校注》，中华书局 1958 年版，第 11—12 页。

监末、普通初，上承永明诗风的柳恽、何逊、吴均又相继亡故，萧纲已长大成人，宫体诗在此期间形成。① 中大通三年（公元531）萧纲继萧统立为太子入主东宫，"宫体"名称正式确立。而所谓宫体诗人则指萧纲和萧绎兄弟及其随从文人徐摛、徐陵父子、庾肩吾、庾信父子，再加上刘遵、刘孝仪、刘孝威兄弟以及陆罩、阴铿等人。宫体诗风形成以后，一直延续到了陈朝，并且又形成了一个以陈后主为核心再加上一些宫廷文人组成的集团。因而，南朝宫体诗又合称"梁陈宫体"。

梁陈宫体诗一开始就以"新变"的姿态走上了文学史舞台，《梁书·徐摛传》载：徐摛"属文好为新变，不拘旧体。……王入为皇太子，转家令，兼掌管记，寻代领直。摛文体既别，春坊尽学之，'宫体'之号，自斯而起"②。宫体诗人们不仅在实践时"颇变旧体"③，而且在理论上公然宣称"惟属意于新诗"，自诩"新制联翩"④。然而，考察宫体诗人的创作实际，我们却发现梁陈宫体诗人有相当数量的模拟之作，为宫体诗张本的《玉台新咏》也收录不少拟作。一般而言，模拟创作乃是文学思想保守、创造力枯竭的象征，为什么宫体诗人要以如此矛盾的姿态来实现"新变"呢？本节试图就模拟与宫体诗人的新变之联系略陈管见，一则通过对宫体诗人的模拟行为的考察，来描述他们告别旧体，形成新体以及滑入歧途的过程；一则提请人们辩证地看待模拟的文学史功能。

一　模拟与"颇变旧体"

梁代宫体诗人对于乐府古辞的模拟是显而易见的。萧纲现存诗180首，其中拟乐府诗85首；萧子显现存诗18首，其中拟乐府诗10首；萧绎现存诗117首，其中拟乐府诗21首。⑤从拟乐府诗占作品总量的比例来看，宫

---

① 曹道衡、沈玉成：《南北朝文学史》，人民文学出版社1991年版，第239页。
② 《梁书》卷三十，中华书局1973年版。
③ 《南史》卷六十二，中华书局1975年版。
④ 徐陵：《玉台新咏序》，载穆克宏点校《玉台新咏笺注》，中华书局1985年版。
⑤ 樊荣：《拟体诗与宫体诗的形成》，《新乡师专学报》1995年第4期。

体诗人对乐府古辞的兴趣与宋、齐作家没有显著的区别。然而，问题不在作品数量而在模拟对象的选择上。萧纲《与湘东王书》云："未闻吟咏性情，反拟《内则》之篇；操笔写志，更模《酒诰》之作；迟迟春日，翻学《归藏》；湛湛江水，遂同《大传》。"① 按照萧纲的逻辑，"吟咏性情"应该选择模拟吟咏性情之作，而不应该盲目模拟经书。那么，怎样的作品才是"吟咏性情"之作呢？萧纲《答新渝侯和诗书》云："垂示三首，风云吐于行间，珠玉生于字里，跨蹑曹左，含超潘陆，双鬓向光，风流已绝，九梁插花，步摇为古，高楼怀怨，结眉表色，长门下泣，破粉成痕，复有影里细腰，令与真类，镜中好面，还将画等。此皆性情卓绝，新致英奇。"② 萧纲认为描写女子的容饰体貌、别愁宫怨才是性情卓绝、文辞美丽的"英奇"之作。这样的认识显然将性情的理解狭隘化了，是对自南齐永明以来拟旧题乐府主题狭隘化趋势的进一步发展。③ 这一点也决定了宫体诗人在模拟乐府古辞时，只是选取那些包含艳情因素的作品来模拟，以实现他们狭隘的抒情和追求华丽辞藻的审美需要。这一点是宫体诗人自诩的"跨蹑曹左，含超潘陆"的新变之处，也是宫体诗最招后人诟病之处。

　　然而，成长于民间的乐府古辞，即使含有艳情因素也难以完全适合宫体诗人的口味，因而宫体诗人在模拟时"不拘旧体"，便是一种必然了。如萧纲、庾肩吾《长安有狭斜行》，都模拟了古辞。

　　古辞：

　　　　长安有狭斜，狭斜不容车。逢逢两少年，挟毂问君家。君家新市傍，易知复难忘。大子二千石，中子孝廉郎。小子无官职，衣冠仕洛阳。三子俱入室，室中自生光。大妇织绮纻，中妇织流黄。小妇无所为，挟琴上高堂。丈夫且徐徐，调弦讵未央。

---

① 《梁书》卷四十九，中华书局 1973 年版。
② 严可均：《全梁文》卷十一，中华书局 1958 年版。
③ 详参本章第二节。

萧纲:

　　长安有径涂,径径不通舆。道逢双总帅,扶轮问我居。我居青门北,可忆复易津。大息骞金勒,中息绾黄银。小息始得意,黄头作弄臣。三息俱入门,雅志扬清尘。三息俱上堂,肴满四陈。三息俱入户,照耀光容新。大妇舒绮绚,中妇拂罗巾。小妇最容冶,映镜学娇嚬。丈人且安坐,清讴出绛唇。

庾肩吾:

　　长安曲陌阪,曲曲不容幰。路逢双绮襦,问君居近远。我居临御沟,可识不可求。长子登麟阁,次子侍龙楼。少子无高位,聊从金马游。三子俱来下,左右若川流。三子俱来入,高轩映彩斿。三子俱来宴,玉柱击清瓯。大妇襞云裘,中妇卷罗帱。少妇多妖艳,花钿系石榴。夫君且安坐,欢娱方未周。

　　萧、庾二人的拟作,亦步亦趋地追随原作的情节结构,但是诗中之铺金叠翠、设色秾丽、充斥着富贵气和脂粉味,一改原作语言的质朴古拙。古辞原作歌咏市井甲第中仕贵妇艳之事,主要表达的是作者羡慕富贵的心理;而宫体诗人看中的是这一题材所具有的艳情因素,借以抒发他们的色情心理,因此他们的拟作与古辞意同而体异。

　　如果说"不拘旧体"尚还是在旧体的框框里打转的话,那么"颇变旧体"则是对旧体的脱胎换骨了。所谓脱胎换骨,即拟作立意从古辞中来,但是篇体性质却"宫体化"了。如《怨诗行》乃是中古诗人爱写的老题目,其情感基调乃在一"怨"字。《乐府解题》曰:"古词云:'为君既不易,为臣良独难。'言周公推心辅政,二叔流言,致有雷雨拔木之变。梁简文'十五颇有余',自言姝艳,以谗见毁。又曰'持此倾城貌,翻为不肖躯'。与古文意同而体异。"①所谓"与古文意同而体异",正是脱胎换骨的体现。萧纲的拟作虽然仍保留了"怨"的感情基调,但汰去了原作中的政治感慨,把一首寄寓君臣际遇的古诗变成了宫体之作。具体说来,宫体诗人寻求"体异"的办法主要有以下两种:一是改变诗中人物形象。如萧纲《采桑》后半部分云:"年年将使君,历乱遣相闻。欲知琴里意,还赠锦中文。何当照梁日,还作入山云。重门皆已闭,方知留客袂。可怜黄金络,复以青丝系。必也为人时,谁令畏夫婿。"立意出自《陌上桑》,但是将《陌上桑》中美丽坚贞的采桑女,置换成为一个接受使君挑逗的风流少妇,宫体的色情倾向十分明显。又如《明君词》,石崇所作以代言体的形式叙述了昭君背井离乡、远嫁异族的悲苦,叙议之中"多哀怨之声"②,比较完整的保留了汉乐府诗"缘事而发,感于哀乐"的风味。而萧纲的拟作虽也以"胡风"、"妙工"等语带出昭君本事,但却一味描写昭君外貌,而不突出她的特殊经历,实际上将昭君的悲剧形象泛化为一个普通的闺中少妇形象,从而也将这首叙事色彩较浓的乐府变为了货真价实的宫体。二是改变原诗格调。如《从军行》,王粲、陆机、颜延之、江淹之作,"皆军旅苦辛之辞"。但萧纲《从军行》其一末句云:"何时反旧里,遥见下机来。"其二云:"先平小月阵,却灭大宛城。善马还长乐,黄金付水衡。小妇赵人能鼓瑟,侍婢初笄解郑声。庭前桃花飞已合,必应红妆来起迎。"将艳情糅入军旅,不见军旅苦辛之辞,尽是闺中香艳之态,从而改变了原作的风貌。宫体诗人的拟作注重感官刺激,而不注意感情的开掘。如萧纲《江南思二首》,虽然保留了古辞的有关游戏的内容,但是舍弃了其情感内涵,《乐府解题》指出:"《江南》古辞,盖美芳晨丽景,嬉游得时。若梁简文'桂楫晚应旋',歌游戏也。"又如其《京洛行》模拟了鲍照同题之作,但是鲍照之作"始则盛称京洛之美,终言君恩歇薄,有怨旷沉沦之叹。"而萧纲之作则只称京洛之美而无怨阔之叹,流露出重色不重情的艺术倾向。

---

① 郭茂倩:《乐府诗集》卷四十一,中华书局 1979 年版。
② 郭茂倩:《乐府诗集》卷三十九,中华书局 1979 年版。

胡应麟《诗薮》外编曰："古诗乐府，似易拟而实难，犹画家之于狗马人物也。"① 宫体诗人在对古辞的摹仿中改变了古辞风格，失落了古辞的某种精神，但是在对古辞的解构中，他们同样也构建了宫体的新风格。

从"颇变旧体"，再前进一步便是"旧体宜弃"了。宫体诗人对《相逢狭路间》的模拟典型再现了这一过程。刘宋刘铄、南齐王融、沈约等人模拟《长安有狭斜行》作《三妇艳》，而萧纲模拟《三妇艳》作《中妇织流黄》。萧纲《中妇织流黄》着意刻画了一位织妇的姿态与神情；徐陵《咏中妇织流黄》塑造了一位缠绵悱恻、候夫不归的怨女。他们二人的作品已经完全远离了古辞，乃是典型的宫体笔调。卢文弨指出："宋南平王（刘）铄，始仿乐府之后六句作《三妇艳》诗，犹未甚猥亵也。梁昭明太子、沈约，俱有'良人且高卧'之句。王筠、刘孝绰尚称'丈人'，吴均则云'佳人'。至陈后主乃有十一首之多，如'小妇正横陈，含娇情未吐'之句，正颜氏所谓郑、卫之辞也。张正见亦然，皆大失本指。"② 《南史·徐陵传》称："其文颇变旧体，缉裁巧密，多有新意。每一文出，好事者已传写成诵。"其实，对旧体的"变"，是在模拟中实现的。古辞《长安有狭斜行》—《三妇艳》—《中妇织流黄》，这一模拟演化过程，就是宫体和古辞渐行渐远的过程，也是宫体诗人实践"旧体宜弃"、确立自己的传统的过程。

总之，宫体诗人对于乐府古辞，从"不拘旧体"到"颇变旧体"再到"旧体宜弃"，终于在模拟中解构了旧体—古辞，建构了新体—宫体，同时也获得了艳情的题材来源。胡大雷先生认为拟古是宫体诗侧艳之词的形成路径之一，③ 显然看到了问题的实质。

二 模拟与"新制联翩"

如果说宫体诗人通过对乐府古辞的模拟以寻求脱旧入新的话，那么他

---

① 胡应麟：《诗薮》卷一，上海古籍出版社 1979 年版。
② 王利器：《颜氏家训集解》，上海古籍出版社 1980 年版。
③ 胡大雷：《试论宫体诗的历程》，《文学评论》1998 年第 4 期。

们对于永明新体诗的模拟，则是直接沿袭他们的新变路径，以实现其抒写艳情的需要。

梁代初期的文坛在"永明体"之外，有"谢康乐体"和"裴子野体"。萧纲《与湘东王书》云："又时有效谢康乐、裴鸿胪文者，亦颇有惑焉。"他认为，谢灵运"巧不可阶"，模拟他的结果只能是得其冗长而失其精华；裴子野则不值得模拟，因为他本为史家，文章"了无篇什之美"。萧子显《南齐书·文学传论》也指出了谢灵运不可学之处在于"典正可采，酷不入情"①，而《梁书·裴子野传》载：子野之文"不尚丽靡之词。其制作多法古，与今文体异。"② 由此可见，宫体诗人反对"效谢康乐、裴鸿胪文者"，主张"若以今文为是，则古文为非，若昔贤可称，则今体宜弃"，主要是为了反对两种创作倾向：一是缺乏性情（不过，宫体诗人所谓性情，主要指艳情），一是缺乏文采。不仅如此，萧纲还正面树立了应该仿效的"今文"榜样。其《与湘东王书》云："至如近世谢朓、沈约之诗，任昉、陆倕之笔，斯实文章之冠冕，述作之楷模。"萧绎也说："诗多而能者沈约，少而能者谢朓、何逊。"③ 萧纲提出以谢朓、沈约等永明诗人为楷模，实则是欲沿袭永明诗人的新变路径，为宫体的新变张本。

宫体诗人对于永明诗人的推崇，认真付诸了模拟实践。不过，应当指出的是，宫体诗人只是以沈约等人创造的讲究声律、要求对偶的永明新体诗为"述作之楷模"的。对于永明作家的旧体，宫体诗人的处理方法与对古辞的改造并无二致。宫体诗人模拟永明新体的作品很多，如萧纲《拟沈隐侯夜夜曲》、《拟落日窗中坐诗》（拟谢朓《赠王主簿诗二首》其一）是在标题中明确说明的。其他一些虽然没有作出说明，但题名与永明诗人之作相同，写法基本一致的模拟之作尚为数不少，如萧纲有《贞女引》、《江南思》、《有所思》等；萧绎也有《巫山高》、《芳树》等。我们先来考察一

---

① 《南齐书》，中华书局 1972 年版。
② 《梁书》卷三十，中华书局 1973 年版。
③ 《梁书》卷四十九，中华书局 1973 年版。

下萧纲《拟落日窗中坐诗》对谢朓的模拟。

> 日落窗中坐，红妆好颜色。舞衣襞未缝，流黄覆不织。蜻蛉草际飞，游蜂花上食。一遇长相思，愿寄连翩翼。（谢朓《赠王主簿诗二首》其一）
>
> 杏梁斜日照，余辉映美人。闻函脱宝钏，向镜理纨巾。游鱼动池叶，舞鹤散阶尘。空嗟千岁久，愿得及阳春。（萧纲《拟落日窗中坐诗》）

谢朓之作描写美女之容貌与愁怨，按萧纲的标准乃是一首典型的"性情卓绝"之作，因此，萧纲对此进行了亦步亦趋的模拟，这与他模拟古辞时渐渐脱离旧体是有所不同的。永明新体诗既然符合宫体诗人的审美标准，那么他们的新变重点就不在于变"体"，而在于艺术技巧方面的"精讨锱铢，核量文质"（《与湘东王书》）了。就上引两诗而言，萧诗对谢诗的改造主要有变首二句为对偶句、变仄声韵为平声韵。讲求声律、要求对偶本为永明新体"新"之所在，宫体诗人对永明体这两方面的模拟改造，显示了他们其实是沿袭了永明新体的新变路径，只不过其抒情趣味较之永明诗人进一步狭隘化了。

宫体诗人对于永明体的模拟与改造，发展和完善了永明体，使之进一步向近体诗发展。我们再来看萧纲《拟沈隐侯夜夜曲》对沈约的模拟：

> 北斗阑干去，夜夜心独伤。月辉横射枕，灯光半隐床。（沈约《夜夜曲》其一）
>
> 河汉纵复横，北斗横复直。星汉空如此，宁知心有忆。孤灯暧不明，寒机晓犹织。零泪向谁道，鸡鸣徒叹息。（沈约《夜夜曲》其二）
>
> 霭霭夜中霜，何关向晓光。枕啼常带粉，身眠不著床。兰膏尽更益，薰炉灭复香。但问愁多少，便知夜短长。（萧纲《拟沈隐侯夜夜曲》）

　　萧纲糅合了沈约所作二首的全部意象，抒写了孤灯寒夜闺中少妇的独处之愁，尽管和沈约之作的字句并不对应，但模拟是很明显的。萧纲之作除首二句外，其余皆为对偶，比沈约之作显得更为整饬；结句以夜之短长来写愁之多少，巧妙尖新，而沈约之作直接写愁，相比之下则缺乏巧思。从押韵来看，沈约《夜夜曲》部分句子平仄互押，而萧纲之作则是全篇押平声韵。顾炎武曾敏锐地指出："今考江左之文，自梁天监以前，多以去入二声同用，以后则若有界限，绝不相通：是知四声之论，起于永明，而定于梁、陈之间也。"[①]平声韵替代仄声韵，乃新体诗向近体诗过渡的不可缺少的重要一环，宫体诗人在对永明诗人的模拟中完成了这一重要的变革。又如萧纲《江南思》也模拟了沈约同题之作。《江南思》本有古辞，《乐府解题》曰："江南古辞，盖美芳晨丽景，嬉游得时。若梁简文'桂楫晚应旋'，唯歌游戏也。"[②]　其实，"唯歌游戏也"不是从萧纲而是从沈约开始的。沈约作云："擢歌发江潭，采莲渡湘南。宜须闲隐处，舟浦予自谙。罗衣织成带，堕马碧玉簪。但令舟楫渡，宁计路嵌嵌。"萧纲拟作："桂楫晚应旋，历岸扣轻舷。紫荷擎钓鲤，银筐插短莲。人归浦口暗，那得久回船。"与沈约作相比，萧纲之作更加富丽精工，如"紫荷"两句对仗严整，雕琢之迹明显，诗之首句和末句遥相呼应，使全篇显得立意完整、结构精巧、颇见巧思。沈约之作则显得松散一些，最后两句甚为笨拙。从萧纲对沈约的模拟与改造可以看出，宫体诗人主要在"争驰新巧"、"转拘声韵"两个方面[③]发展和完善了永明体，使之进一步向近体诗发展。明胡震亨云："自古诗渐作偶对，音节亦渐叶而谐，宫体而降，其风弥盛。徐、庾、阴、何以及张正见。江总持之流，或数联独调，或全篇通稳，虽未有律之名，已浸具律之体。"[④]此论主要概括了宫体诗人在声韵和偶对两方面对近体诗

---

①　顾炎武：《音学五书》，中华书局 1982 年版。
②　郭茂倩：《乐府诗集》卷二十六，中华书局 1979 年版。
③　王钟陵：《中国中古诗歌史》，江苏教育出版社 1988 年版，第 753—758 页。
④　胡震亨：《唐音癸签》卷一，上海古籍出版社 1981 年版。

形成的贡献。

永明诗人最富体裁创新意义的创作乃是赋咏古题法，宫体诗人也热衷于模拟这一方法。萧纲有《和湘东王横吹曲三首》，分别是指《折杨柳》、《洛阳道》、《紫骝马》。"湘东王"是指萧绎，萧绎集中确有《洛阳道》、《长安道》、《紫骝马》三首。这说明他们兄弟组织过像永明文人那样的赋写古题曲名的同题共作活动。庾肩吾有《洛阳道》、《赋得横吹曲长安道》，证明他也参加了萧氏兄弟所组织的文学活动。《洛阳道》等三曲乃"汉横吹曲"。《乐府解题》曰："汉横吹曲，二十八解，李延年造。魏、晋已来，唯传十曲：一曰《黄鹄》，二曰《陇头》，三曰《出关》，四曰《入关》，五曰《出塞》，六曰《入塞》，七曰《折杨柳》，八曰《黄覃子》，九曰《赤之扬》，十曰《望行人》。后又有《关山月》、《洛阳道》、《长安道》、《梅花落》、《紫骝马》、《骢马》、《雨雪》、《刘生》八曲，合十八曲。"①赋写故曲名的活动乃是永明诗人首创。横吹曲有声乐无歌辞，②但沈约、王融、谢朓、刘绘等永明诗人皆缘题赋义，借以进行永明新体诗的创作实践。萧纲、萧绎赋"汉横吹曲"之作，显然是对永明诗人的模拟，沈约集中现有《洛阳道》，我们可通过比较来发现这一点：

> 洛阳大道中，佳丽实无比。燕裙傍日开，赵带随风靡。领上蒲桃绣，腰中合欢绮。佳人殊未来，薄暮空徒倚。（沈约《洛阳道》）

> 洛阳佳丽所，大道满春光。游童时挟弹，蚕妾始提筐。金鞍照龙马，罗袂拂春桑。玉车争晚入，潘果溢高箱。（萧纲《洛阳道》）

> 洛阳开大道，城北达城西。青槐随幔拂，绿柳逐风低。玉珂鸣战马，金爪斗场鸡。桑萎日行暮，多逢秦氏妻。（萧绎《洛阳道》）

---

① 郭茂倩：《乐府诗集》卷二十一，中华书局 1979 年版。
② 王运熙：《汉代鼓吹曲考》，载《乐府诗论丛》，古典文学出版社 1958 年版。

徼道临河曲，层城傍洛川。金门才出柳，桐井半含泉。日起罘罳
外，车回双阙前。潘生时未返，遥心徒眷然。（庾肩吾《洛阳道》）

沈约之作是首创，开篇入题，径直写明洛阳和道路这两层意思，以下
用两组对偶句描绘采桑女之衣饰，最后两句描绘其相思情态。萧纲、萧
绎、庾肩吾 3 人所作，首两句将沈约开篇入题的方法变成了一个通例，而
以下 6 句则各有侧重。萧纲六句全用对偶，描绘仕女行游的情景，三、五
句写游童，四、六句写蚕妾，交叉错综，而最后两句则以一典故绾合二
者，比沈约之作更见精巧。萧绎之作沿用沈约之作的韵脚，并且只从游童
的角度去写，和沈约只从蚕妾的角度去写殊途同归。而庾肩吾之作整体写
法接近萧绎，但最末两句用典则与萧纲一致，对于自己的两位主子各有逢
迎。从内容来看，宫体诗人对于永明诗人的模拟，均选择一些欣赏和描绘
女子的体貌神情和抒发男女之情的作品。从形式来看，宫体诗人则在永明
新体的基础上追求将诗歌写得更加整饬、音韵更为和谐、构思更为精巧、
文采更为华丽，情思更为哀婉。换句话说，他们对以沈约为代表的永明体
作家作品的模拟，实则体现了他们对于"性情卓绝，新致英奇"（《答新渝
侯和诗书》）以及"好为新变"的追求。

对于新声乐府民歌的模拟改制，也是宫体诗人形成新体的方法之一，
而这也直接仿效了永明诗人。据《古今乐录》载："梁天监十一年冬，武
帝改西曲，制《江南上云乐》十四曲，《江南弄》七曲：一曰《江南弄》，
二曰《龙笛曲》，三曰《采莲曲》，四曰《凤笛曲》，五曰《采菱曲》，六曰
《游女曲》，七曰《朝云曲》。又沈约作四曲：一曰《赵瑟曲》，二曰《秦筝
曲》，三曰《阳春曲》，四曰《朝云曲》，亦谓之《江南弄》云。"①萧纲《江
南曲》、《龙笛曲》、《采莲曲》模拟了永明诗人对民歌的改制。我们试以之
与永明诗人的同题之作比较，以看出他们之间的模拟关系：

---

① 郭茂倩：《乐府诗集》卷五十，中华书局 1979 年版。

游戏五湖采莲归，发花田叶芳袭衣。为君侬歌世所希。世所希，
有如玉。江南弄，采莲曲。（萧衍《采莲曲》）

桂楫兰桡浮碧水，江花玉面两相似。莲疏藕折香风起。香风起，
白日低，采莲曲，使君迷。（萧纲《采莲曲》）

萧衍为永明诗人，其作品描写江南采莲情景，较多保留了民歌风味。
萧纲之作句式与其父完全一致，但是对采莲女的描写比原作更具观赏性，
"香风"两句使整首诗带上了脂粉味和浓郁的宫体情调。

与永明诗人相比，宫体诗人在理论上更为自觉地把模拟民歌作为其诗
体创新的手段。萧纲《答安吉公主饷胡子书》云："方言异俗，极有可观，
山高水远，宛在其邈，不使去来执辔，媲彼青衣，正当出入烧香，还依丹
縠。岂直王济女奴，独有罗袴，方使乐府行胡，羞论歌舞。垂赉新奇，伏
增荷抃。"① 以帝王之尊肯定了民间乐府的"可观"和"新奇"价值。萧子
显也认为："三体之外，请试妄谈。若夫委自天机，参之史传，应思悱来，
勿先构聚，言尚易了，文憎过意，吐石含金，滋润婉切，杂以风谣，轻唇
利吻，不雅不俗，独申胸怀。"② 他们皆重视"方言异俗"，主张在创作中
"杂以风谣"，认为这乃是形成新奇风格、形成新体的条件。如萧纲曾有
《伤离新体诗》，此诗仍是典型的宫体情调，内容抒写离愁别恨，句式五、
七言相间，节奏轻快活泼，语言流丽轻靡，显然吸收了民歌风调。此体之
"新"，乃在于把永明诗人改制民歌的经验自觉用于文体改造。

三　《玉台新咏》的"大其体"策略

梁代宫体诗人以对于乐府古辞以及永明新体的模拟为新变的策略，也

---

① 严可均：《全梁文》卷十一，中华书局 1999 年版。
② 《南齐书·文学传论》，中华书局 1972 年版。

是应梁代诗歌体式之争的现实需要而产生。宫体形成之初，受到过来自各方的压力。据《梁书·徐摛传》载，梁武帝曾因宫体的风行而指责徐摛，但徐摛却轻易地脱身了。徐摛如何脱身，史籍语焉不详。但是，从前述宫体诗的新变策略，我们则可以推知他无非有两点可为自己辩解：（1）说明宫体诗作与古体的关系，证明宫体古已有之；（2）说明宫体与永明体的联系（梁武帝萧衍本人虽然不懂声律说，但也是永明新体的创立者之一），说明宫体新变并非由他而起。这可以从徐摛之子徐陵所编《玉台新咏》的编纂目的以及编辑选目得到印证。

关于《玉台新咏》的编纂目的，向有二说。唐刘肃《大唐新语》卷三云："梁简文为太子，好作艳诗，境内化之，浸以成俗，谓之宫体。晚年改作，追之不及，乃令徐陵撰《玉台集》以大其体。"①此说意谓萧纲晚年采取补救措施，令徐陵博采汉以来有关女性题材的诗作以充宫体，以示此体古已有之。唐天宝年间的李康成则认为《玉台新咏》撰于徐陵父子在东宫"特见优遇"之时，他说："昔陵在梁世，父子俱事东朝，特见优遇。时承平好文，雅尚宫体。故采西汉以来词人所著乐府艳诗，以备讽览。"②此论意谓梁代宫体诗人把《玉台新咏》当做宫体教科书。刘肃、李康成二人的说法虽有分歧，但都提到了《玉台新咏》的编撰有为宫体诗"大其体"的策略。③这一点从《玉台新咏》作品的选录可以看出。

徐陵虽明确宣称"无遗神于遐景，惟属意于新诗"，但是《玉台新咏》卷一首两条即收录古诗和古乐府。古诗包括《古诗八首》和《枚乘诗九首》，这17首诗中有12首收录在《古诗十九首》中。古乐府包括以下6

---

① 刘肃：《大唐新语》卷三，中华书局1984年版。

② 晁公武：《郡斋读书志》卷二，四库全书本，上海古籍出版社1987年版。

③ 目前学界关于《玉台新咏》的作者和成书年代颇有争论。关于其成书年代，兴膳宏认为是"中大通六年"（《〈玉台新咏〉成书考》，董如龙、骆玉明译，载《中国古典文学丛考》第一辑，复旦大学出版社1985年版），刘跃进则认为成于陈代（《玉台新咏研究》，中华书局2000年版）。关于其编撰者，章培恒认为是张丽华所作（见《〈玉台新咏〉为张丽华所"撰录"考》，《文学评论》2004年第2期），胡大雷认为是徐元妃所作（见《玉台新咏——为梁元帝徐妃所"撰录"考》，《文学评论》2005年第2期）。本书仍持传统看法，即《玉台新咏》为徐陵在中大年间编订。

首：《日出东南隅行》、《相逢狭路间》、《陇西行》、《艳歌行》、《皑如山上雪》（一作《白头吟》）、《双白鹄》。徐陵当时能看到古乐府和古诗并不限于以上所录，但他选定这些作品，显然是以此为新诗（宫体）之源。首先，这可以从《玉台新咏》卷一以下所录拟卷一古乐府和古诗之作可以看出。如拟古乐府之作有曹植《美女篇》、陆机《艳歌行》（六臣作《日出东南隅行》）、苟昶《拟相逢狭路间》、鲍照《拟乐府白头吟》、吴迈远《飞来双白鹄》、沈约《拟三妇》、梁武帝《拟长安有狭邪十韵》。对于拟古诗的收录，则有陆机《拟古七首》、陶潜《拟古诗一首》、刘烁《杂诗五首》、鲍照《拟古》、沈约《效古》、王僧孺《为何库部旧姬拟蘼芜之句》等。其次，宫体诗人在创作中多次直接模拟或间接化用《玉台新咏》卷一所录作品。如萧纲《采菊篇》末句云"更不下山逢故夫"显然从卷一所录的《上山采蘼芜》中化出。而萧纲《艳歌行》、《相逢狭路间》，《陇西行》，萧子显《日出东南隅》、庾肩吾《陇西行》、萧绎《飞来双白鹤》正是模拟了卷一所录古题。《玉台新咏》也部分收录了这些作品。既宣称"惟属意于新诗"，又大量收录含有艳情因素的古辞及其拟作，意在提醒人们新是从旧中变化而来的。这一点与宫体诗人模拟古辞时脱旧入新的策略其实是一致的，与我们对徐摛的辩解策略的推测也是一致的。

《玉台新咏》大量收录了永明诗人以及宫体诗人自己的作品，这显示了萧纲等人为"宫体"张目的意图，而根本谈不上"自悔少作"。从收录数量来看，"《玉台新咏》前三卷共 123 首，四至八卷共 261 首。若就单卷的情况看，以卷七萧氏父子作品最多，六人共录 75 首作品，排各卷之首。若以个人收录情况看，当以萧纲为首，他一人在卷七中就收录了 43 首，若加上卷九、卷十，全书共收 80 首。由此可见，《玉台新咏》以萧纲为中心的编辑宗旨。这个比例在卷九和卷十中也一样，卷九收汉魏晋 28 首，刘宋 10 首，齐梁以来共 46 首，其中已故者沈约等人是 13 首，存世者为 33 首。卷十收汉魏晋 14 首，刘宋 8 首，近代杂歌等民歌 20 首，齐梁已故者 43

首，存世者 70 首"①。由此也可看出，《玉台新咏》虽然以萧纲为中心，但是却非常重视永明诗歌。联系以上所述宫体诗人对与永明诗人的模拟，我们认为《玉台新咏》对永明诗人之作的大量收录，实际是欲通过选本来说明宫体和永明新体的关系。这从《玉台新咏》选录永明诗人的作品的内容也可以看出。以沈约为例，卷五收录沈约诗 24 首，宫体诗人对其中的《昭君辞》、《有所思》、《夜夜曲》、《拟三妇》有过直接的模拟；而收录的其他作品从篇名即可看出宫体情调，如《登高望春》、《少年新婚为之咏》、《十咏二首》（《领边袖》、《脚下履》）、《拟青青河畔草》、《梦见美人》、《悼往》等。可以说，《玉台新咏》对永明新体作品的选录，与他们对于永明新体的模拟在意图上是一致的。

《玉台新咏》对近代杂歌等民歌的大量选录也值得注意。其实，在对永明诗人的作品的收录中，《玉台新咏》即注重收录他们模拟民歌的作品。如卷五收录沈约《杂曲三首》、卷九收录梁武帝《江南弄》4 首、《白纻辞》2 首等。这些作品的选录，说明宫体诗人自觉把对民歌的模拟改制作为形成新体的条件，而这一点显然来自永明诗人的路径提示。

《玉台新咏序》云："但往世名篇，当今巧制，分诸麟阁，散在鸿都。不籍连章，无由披览。于是燃脂暝写，弄笔晨书，撰录艳歌，凡为十卷。曾无忝于雅颂，亦靡滥于风人，泾渭之间，若斯而已。"② 徐陵指出，搜集往世名篇、当今巧制的目的有二：一是便于披览，二是"无忝于雅颂"。这实际揭示了《玉台新咏》收录拟作所具有的两重意义：就形而下的层面而言，是旨在提供一个可供模拟习作的范本；就形而上的层面来说，目的在于抬高宫体诗的地位，从而推动宫体诗的发展。萧纲《劝医论》云："又若为诗，则多须见意，或古或今，或雅或俗，皆须寓目，详其去取。然后丽辞方吐，逸韵乃生。岂有秉笔不讯，而能善诗，塞况不谈，而能善

---

① 傅刚：《玉台新咏与文选》，《中国典籍与文化》2003 年第 1 期。

② 徐陵：《玉台新咏序》，载穆克宏点校《玉台新咏笺注》，中华书局 1985 年版。

义？杨子云言，读赋千首，则能为赋。"① 萧纲坦言，他们对于古辞今体、雅言俗韵的模拟，实则是为塑造丽辞逸韵的宫体诗作服务，在模拟中来完成宫体诗的体制转换和技巧完善。扬雄所言乃为其模拟行为张目，好为新变的宫体诗人竟然也引以为据，由此亦可反证宫体诗在模拟中求新变的发展策略与路径。梁启超评《玉台新咏》曰："欲观六代哀艳之作及其渊源所自，必于是焉。"② 可以补充的是，如果把《玉台新咏》和宫体诗人的模拟创作结合起来，我们会对宫体诗的渊源所自和文体新变理解得更为透彻。

四 "赋得"模拟与"旧体宜弃"

从梁代宫体诗人对于乐府古辞和永明新体的模拟以及编撰《玉台新咏》所体现的"大其体"策略可知，模拟实际是宫体诗人谋求新变的策略。应当指出的是，梁代宫体诗人对旧体的抛弃是不彻底的。萧绎《内典碑铭集林序》曾对"或新意虽奇，无所倚约"③ 的现象提出过批评，说明梁代宫体诗尚还追求有所倚约，"旧体宜弃"的主张直到陈代才开始全面落实。

与梁代相比，陈代宫体诗人的拟乐府诗与乐府古辞的关系更为疏远。我们来看江总的《妇病行》："窈窕怀贞室，风流挟琴妇。唯将角枕卧，自影啼妆久。羞开翡翠帷，懒对葡萄酒。深悲在缣素，讬意忘箕帚。夫婿府中趋，谁能大垂手。"汉乐府古辞《妇病行》通过描写病妇托孤、父求买饵、孤儿索母等一幕幕场景，典型再现了了汉代下层社会的人间悲剧。但是江总之作却糅入《陌上桑》、萧纲《赋得乐府大垂手》之意，满纸绮罗香泽之态，根本找不到《妇病行》古辞的丝毫踪迹。显然，江总仅仅把古辞变成一种题材来源或是触发写作的媒介，在立意、写法、体制上已经完全离开了古辞，这完全是旧题新作而非拟作了。

① 严可均：《全梁文》卷十一，中华书局1999年版。
② 徐陵：《玉台新咏序》，载穆克宏点校《玉台新咏笺注》，中华书局1985年版。
③ 释道宣：《广弘明集》卷二十，上海书店1989年版。

对于梁代宫体诗人的拟乐府，陈代宫体诗人则在沿袭其基本立意的基础上变本加厉向色情化发展。我们来看陈后主《采桑》对萧纲的模拟：

春色映空来，先发院边梅。细萍重叠长，新花历乱开。连珂往淇上，接幰至丛台。丛台可怜妾，当窗望飞蝶。忌跌行衫领，熨斗成襦褶。寄语采桑伴，讶今春日短。枝高攀不及，叶细笼难满。（萧纲《采桑》）

春楼髻梳罢，南陌竞相随。去后花丛散，风来香处移。广袖承朝日，长鬟碍聚枝。柯新攀易断，叶嫩摘前萎。采繁钩手弱，微汗杂妆垂。不应归独早，堪为使君知。（陈后主《采桑》）

萧纲之作描写江南春日少女采桑情景，虽有艳情笔调，但还清新可读。而陈后主则将笔墨完全集中在采桑女的装扮、动作，刻画虽然细腻，却无情致可言，已经完全是狎客笔调，真可谓"绮艳相高，极于轻薄"①。陈代宫体诗人进一步滑入了色情的泥沼。

陈代宫体诗人对于古辞的疏离，还可以从当时流行的以"赋得"为题的作品的创制可以看出来。"赋得"一体，虽然早在齐、梁时期就已经产生，但是真正形成规模却是在陈代。与前代略有不同的是，陈代以"赋得"为题的作品，多以古人诗句为题，如张正见《赋得落落穷巷士诗》（左思句）、《赋得日中市朝满诗》（鲍照句）、《薄帷鉴明月诗》（阮籍句）、《秋河曙耿耿诗》（谢朓）、《赋得岸花临水发诗》（何逊句）、《赋得浦狭村烟渡》（萧纲句）、《赋得佳期竟不归诗》（庾肩吾句）、沈炯、周弘正《名都——何绮》、孔奂《赋得名都——何绮诗》（陆机句）、祖孙登《赋得涉江采芙蓉诗》（古诗句）、萧诠《赋得婀娜当轩织诗》（陆机句）、贺彻《赋得长笛吐清气诗》（曹丕句）、贺循《赋得庭中有奇树诗》（古诗句）、蔡凝

① 《隋书》卷十三，中华书局1973年版。

《赋得处处春云生诗》（谢朓句）、阮卓《赋得黄鹄——远别诗》（传苏武句）、江总《赋得谒帝承明庐诗》（曹植句）、《赋得携手上河梁应诏诗》（古诗句）等。这些作品只不过是从古诗中借得一个题目，和古辞并无其他关系。如张正见《薄帷鉴明月诗》，以阮籍《咏怀诗》（夜中不能寐）中的一句为题，我们来看看二者的联系：

> 夜中不能寐，起坐弹鸣琴。薄帷鉴明月，清风吹我襟。孤鸿号外野，翔鸟鸣北林。徘徊将何见，忧思独伤心。（阮籍《咏怀诗》）

> 长河上桂月，澄彩照高楼。分帘疑碎璧，隔幔似垂钩。窗外光恒满，惧中影暂流。岂及西园夜，长随飞盖游。（张正见《薄帷鉴明月诗》）

阮籍写明月重在咏怀，故别有言外之意；张正见一味咏物，彩丽竞繁而兴寄都绝。张正见只是从古诗中获得一个写作对象而已，在艺术精神上则与古诗相去甚远了。陈代宫体诗人把古辞变成了渔猎丽辞的对象，其结果导致了古体艺术精神的灭亡。胡应麟曰："古体至陈，本质亡矣。"[①] 可见，陈代宫体诗人的新变是付出了沉重代价的。古体的消亡，不仅仅是一种体式的消亡，更是一种关注现实的诗歌精神的消亡。直至唐初陈子昂不满齐梁艳体的彩丽竞繁、兴寄都绝，唐代诗人才又重新肩负起了恢复汉魏古诗诗歌精神的重任。

综上所述，宫体诗的新变不是一蹴而就，而是有一个逐渐告别旧体，形成新体以及滑入歧途的过程，而这一过程是以模拟为策略的。于古辞而言，这是一种带有破坏性、解构性的模拟；于永明新体而言，这是一种具有建设性、建构性的模拟。模拟，这一备受指摘的创作方式，对于文学发展竟然具有如此复杂的作用！

---

① 胡应麟：《诗薮》外编卷一，上海古籍出版社 1979 年版。

第 十 章

模拟与南北朝文学融合

南北朝的政权虽然对峙，但文化和文学的交流并没有因此而中断，南北方文人的相互模拟，也颇为常见。当然，从相互影响的程度来看，南方文学发达而北朝文学相对落后，所以南北文化文学的交流主要表现为北朝文人对南朝文学的模拟学习，而进入北方的南方文士对北朝文学的模拟则相对有限。从模拟的发生效果来看，北方本土文人和因时局变化而入北朝的南方文人，乃是南北文化文学交流的主要力量。基于以上两点认识，本章重点讨论北朝文人对南方文学的模拟仿效、入北南人的拟作以及由此带来的文风变化，试图理清模拟对南北文学融合的影响。

第一节　模拟与北朝文学演进

北朝文学的演进，与北朝作家对南方文学的模拟一直相伴而行。大致说来，这一过程可分三个阶段：第一阶段从北魏初到东、西魏分裂，是北朝文学开始模拟南方文学的阶段，代表作家有高允和温子升等，这是北朝文学从复苏到发展的阶段；第二阶段从东、西魏分裂到北周灭北齐，是北朝文学全面模拟南方文学的阶段，主要代表有邢劭、魏收等，这是北朝文学进一步发展的阶段；第三阶段从北周灭北齐到隋统一南北，是北朝文学与南方文学全面融合的阶段，代表作家有卢思道、隋炀帝杨广等。这是北朝文学与南朝文学并驾齐驱、相互影响的阶段。通过模拟，北朝文学对南方文学的学习，经历了一个由疏离到融合的过程。

一　模拟与北方文学的复苏

自五胡十六国到北魏统一北方，原来曾是全国政治文化中心的黄河中下游地区，长期处于兵荒马乱之中，经济惨遭破坏，文化急剧衰落。《周书·王褒庾信传论》作了这样的描述："既而中州版荡，戎狄交侵，僭伪相属，士民涂炭，故文章黜焉。……竟（章）奏符檄，则粲然可观；体物缘情，则寂寥于世。非其才有优劣，时运然也。"不过，时运尚只是文学发展的外部原因。就文学内部而言，文人南迁才是北方文学衰落的原因，"魏晋之间已经繁茂的文学根株，被逃亡的士大夫移植到江南而继续开花结实，北方文坛遂成一片荒芜"①。

公元 439 年北魏灭北凉，纷纷扰扰了 120 余年的北部中国，至此复归于统一。北魏统一北方后，政局逐渐安定，为各族之间的经济文化交流和融合创造了有利条件。北朝文学开始从一片废墟中复苏。《北史·文苑传序》如此描述北魏前期的文学状况："洎乎有魏，定鼎沙朔，南包河、淮，西吞关、陇。当时之士，有许谦、崔宏、宏子浩、高允、高闾、游雅等，先后之间，声实俱茂，词义典正，有永嘉之遗烈焉。"北朝文学的上述拓荒者多为汉族人，虽处在"胡风国俗，杂相糅乱"（《南齐书·魏房传》）的民族环境中，但是所继承的主要还是汉文化，只不过其继承的传统与江南有地域差异。曹道衡先生对此曾有论述："本来，江南和河北的文风，都从东汉时中原一带的学术和文化发展而来；不过江南所继承的是稍后一

---

① 胡国瑞：《魏晋南北朝文学史》，上海文艺出版社 1980 年版，第 146 页。

个时期即魏晋时代的中原文化；河北所继承的则是东汉时代的中原文化。"① 具体就文学而言，北魏文学的复苏，是从模拟汉代文学开始的。

北魏文学的复苏自"北朝文学的先驱"——高允（公元 390—487）② 始。据《魏书》、《北史》本传载，高允作有《代都赋》，"亦《二京》之流也"。《二京》是指东汉张衡所作的《西京赋》和《东京赋》，可惜的是，《代都赋》没有保存下来，我们已经无法考查此文在何种程度上模拟了张衡的作品。不过，高允现存《鹿苑赋》，描写云冈石窟的壮丽景观，大力歌颂当朝皇帝，乃是典型的汉大赋写法。从高允赋的创作，我们可以看出他秉承的的确是东汉时代的中原文化。这一点在他的诗歌创作中可以看得更清晰。高允现存的两首乐府诗均为模拟汉乐府之作。他的《罗敷行》是一首典型的拟古之作：

> 邑中有好女，姓秦字罗敷。巧笑美回盼，鬒发复凝肤。脚著花文履，耳穿明月珠。头作堕马髻，倒枕象牙梳。姗姗善趋步，袒袒曳长裾。王侯为之顾，驷马自踟蹰。

此诗乃是模拟汉乐府《陌上桑》而成，全诗基本具备了《陌上桑》的故事梗概。在高允之前，魏晋作家模拟《陌上桑》的作品很多，如曹植《美女篇》、傅玄《艳歌行》、陆机《日出东南隅》等。曹植《美女篇》抒写美女"盛年处房室"的哀伤，借此表达自己怀才不遇之感。傅玄《艳歌行》完整地保留了古辞的结构，但是将罗敷改造成了道德的化身，以实践他寓风教于乐府的诗学观。陆机仅以华丽的辞藻极力铺陈美女之美，意在逞其辞藻之美。与高允同时代的南朝作家，如谢灵运（公元 385—433）有《日出东南隅》、鲍照（约公元 415—470 年）有《采桑》、沈约（公元 441—513）有《日出东南隅》等作（详见《乐府诗集》卷二十八），虽在内

---

① 曹道衡：《中古文学史论文集》，中华书局 1986 年版，第 83 页。
② 兴膳宏：《六朝文学论稿》，岳麓书社 1986 年版。

容上模拟古辞，但艺术上则充分吸取了曹植、陆机等人的乐府文人化经验。然而，高允此作却对魏晋作家所积累的艺术经验不感兴趣，显然走了一条与南朝作家不同的艺术道路。例如，高允把模拟的重点放在罗敷的姿容与装扮上，没有涉及罗敷的心理，因而无法像曹植之作那样有所寄托。同时，高允拟作还略去了原作中罗敷拒绝使君调戏的后半部分，致使罗敷个性不明，在故事和人物形象的完整性上又比傅玄之作逊色。至于高允对美女容貌的描绘，多罗列美女的装饰品，文辞的华美与描写的工致显然赶不上陆机，与同时代的南朝作家的同题之作无法相比。这样看来，高允关注的还是汉代中原文学的传统，魏晋文学还没有进入高允的模拟视野，他所继承的文学传统有别于继承魏晋传统的江南文学。这是南、北朝特定的政治、经济、文化差异以及缺乏文化交流的情状所决定的。

高允《王子乔》也"刻意模仿汉乐府"①。汉乐府古辞《王子乔》以三、六言夹杂的句式，描写了仙人王子乔遨游仙界的经历，其中还夹有宣扬神仙道教和赞扬作为听众的皇帝的内容："三王五帝不足令，令我圣明应太平。养民若子事父明，当究天禄永康宁。玉女罗坐吹笛箫。嗟行圣人游八极，鸣吐衔福翔殿侧。圣主享万年，悲吟皇帝延寿命。"对听众的关注，表明古辞当年用于舞台演唱，这体现了乐府古辞"首先是一种音乐艺术，然后才是文学艺术"②的原生状态。高允之作，将乐府古辞的语言形式略加整饬，使其变成了三、三、六的句式："王少卿，王少卿，超升飞龙翔天庭。遗仪景，云汉酬，光骛电逝忽若浮。骑日月，从列星，跨胜入廓逾杳冥。寻元气，出天门，穷览有无究道根。"此诗内容上仅保留了古辞前半部分的游仙而删去了后半部分的颂圣，但仍然留有宣教色彩，可见高允只是对汉乐府进行了初步的文人化改造，尚还没有把古辞变成个人的抒情之作。这与南朝作家江淹、高允生的《王子乔》相比，则显得比较粗糙。江

---

① 曹道衡、沈玉成：《南北朝文学史》，人民文学出版社 1991 年版，第 373 页。

② 钱志熙：《乐府古辞的经典价值——魏晋至唐代文人乐府诗的发展》，《文学评论》1998 年第 2 期。

淹、高允生作品全篇都用五言，形式更为整齐、内容上已无宗教色彩，而更显文人意趣，比较彻底地摆脱了汉乐府古辞的痕迹。这种差距的出现，主要是由他们所秉承的文化（学）传统的差异造成的。对南朝文人而言，文人拟乐府诗经过魏晋文人的反复摹写，积累了一定的艺术经验，他们的模拟充分吸收了魏晋人乐府文人化的成果，因而艺术上显得精致一些。而对于北朝文人来说，他们所继承的魏晋以前的东汉文化（学），魏晋文人的艺术经验对他们几乎没有发生多少直接的影响，所以他们模拟汉乐府古辞时，艺术上就粗糙了许多。

　　与南朝作家相比，高允的拟作在艺术上的差距是明显的。但是，他的拟作在一片荒芜的北方文坛"标志着黄河中下游地区的文学创作正在开始复苏"①。不过，当北朝文学呼吸着东汉中原文化的空气长出稚嫩的新芽的时候，南朝文学已从魏晋文学的沃土中孕育出了五彩缤纷的诗学景观，这客观上决定了南北朝文学的差别和差距。

二　模拟与北朝文学"稍革其风"

　　公元 494 年，北魏孝文帝迁都洛阳，北朝文学进入了一个新的发展阶段。《北史·文苑传序》称："及太和在运，锐情文学，固以颉颃汉彻，跨蹑曹丕，气韵高远，艳藻独构。衣冠仰止，咸慕新风，律调颇殊，曲度遂改。"孝文帝实行全面、彻底的汉化政策，北朝文化和文学有了长足的发展。与北魏前期相比，北魏中期文学对南朝文学的模拟不仅仅局限于汉代文学，而是延伸到了魏晋，这便和继承了魏晋传统的江南文学有了沟通和比肩的可能。这里的"新风"，其实就是指模拟学习南方文学的风气。

　　《魏书·祖莹传》有一则耐人寻味的记载：

　　　　（祖莹）以才名拜太学博士。征署司徒彭城王勰法曹行参军。帝

---

① 曹道衡、沈玉成：《南北朝文学史》，人民文学出版社 1991 年版，第 373 页。

顾谓飏曰:"萧赜以王元长为子良法曹,今为汝用祖莹,岂非伦匹也?"……尚书令王肃曾于省中咏《悲平城诗》,云:"悲平城,驱马入云中。阴山常晦雪,荒松无罢风。"彭城王勰甚嗟其美,欲使肃更咏,乃失语云:"王公吟咏情性,声律殊佳,可更为诵《悲彭城诗》。"肃因戏飏云:"何意《悲平城》为《悲彭城》也?"飏有惭色。莹在座,即云:"所有《悲彭城》,王公自未见耳。"肃云:"可为诵之。"莹应声云:"悲彭城,楚歌四面起。尸积石梁亭,血流睢水里。"肃甚嗟赏之。飏亦大悦,退谓莹曰:"即定是神口。今日若不得卿,几为吴子所屈。"

在当时,无论是制度上还是文学上,北朝统治者都有摹仿南朝之意,但与模拟相伴而生的则是一种仰慕与争衡交织的矛盾心理。祖莹之作事实上模拟了王肃。元飏也曾应孝文帝之命写过一首《问松林》:"问松林,松林经几冬?山川何如昔,风云与古同",也是模拟王肃《悲平城》。元飏倾慕王肃《悲平城》"吟咏情性,声律殊佳",并且付诸于模拟实践,但又担心"为吴子所屈"。这表明北朝文人一方面对南朝的文学有着真诚的羡慕,一方面出于政治和民族自尊的需要而不愿屈尊于南朝文学。在这种矛盾的心态下,有人曾提出要构建北朝文学的特色。《北史·祖莹传》载:"莹以文学见重。常语人曰:'文章须自出机杼,成一家风骨,何能共人同生活也。'盖讥世人好窃他文以为己用。"这里有两点值得注意:一是当时的模拟之风很是普遍。北朝作家喜欢模拟什么,这里没有明确的交代,但是联系《魏书·祖莹传》所载,我们有理由认为当时人们热衷模拟的乃是南朝文学。二是祖莹要求作家要有自己的特色。从他模拟王肃的《悲彭城》的内容来看,确实做到了"自出机杼,成一家风骨",但是形式上的模拟却也是不争的事实。说到底,在一片荒芜的北方文坛,祖莹即使主观上想"自出机杼,成一家风骨",客观上也很难做到,因此追摹南方文学,乃成为北朝文学不以个人意志为转移的发展趋势。

北魏中期的作家模拟南朝文学,经历了一个从模拟民间乐府向模拟文人作品转移的过程。《洛阳伽蓝记》卷三"报国寺"条记载，王肃入北后娶了北魏陈留长公主，他的原配谢氏后来也到了北方，赠诗王肃："本为箔上蚕，今作机上丝。得络逐胜去，颇忆缠绵时。"陈留长公主代肃作答："针是贯绅物，目中常纴丝。得帛缝新去，何能衲故时。"①谢氏所作乃模拟南朝民歌《子夜歌》体，而陈留长公主所作又是对谢氏之作惟妙惟肖的模拟。又魏胡太后所作的《杨白华》，切隐姓名，句句双关，特别是采用七言形式，风格旖旎婉转，显然模拟了南方民歌。通常说来，民歌以自然朴素见长，所以模拟起来容易胜出；而文人之作以精于雕琢取胜，模拟时难以争胜，所以北魏前期作家多喜欢模拟南朝的民间乐府而较少模拟文人作品。《北史·文苑传序》在指出太和作家"咸慕新风，律调颇殊，曲度遂改"之后，接着说："辞罕泉源，言多胸臆，润古雕今，有所未遇。是故雅言丽则之奇，绮合绣联之美，眇历岁年，未闻独得。"北朝作家偏好模拟南方民歌，所以多直抒胸臆的质朴浅近之作，而较少模拟南朝经典作家，则造成了"雅言丽则"之作较少。稍后一段时期，一些艺术水平较高的文士开始了模拟南方的文人制作。如祖叔辨《千里思》："细君辞汉宇，王嫱即虏廷。寂寂人径阻，迢迢天路殊。忧来似悬旆，泪下若连珠。无因上林雁，但见边城芜。"《千里思》乃是模拟南朝文士之中颇为流行的咏昭君之作。值得注意的是，祖氏是北魏人，也就是南朝人所称的"魏虏"（《南齐书》有《魏虏传》），"虏廷"即是早期北魏人的主要活动区域。在种族上，北魏人其实是相当自尊的，元勰蔑称王肃为"吴子"，魏收著《魏书》特立《岛夷萧道成传》、《岛夷萧衍传》，便说明了这一点。但是，祖叔辨诗中竟然依旧沿袭南朝文人的带有种族歧视的用语，可见此时文化的认同，不知不觉超越了种族与政治的隔膜。正是因为有这样的南北文化融合的大趋势，才可能出现"既而陈郡袁翻、河内常景，晚拔畴类，稍革其风"（《北史·文苑传序》）的状况。

常景等人"稍革其风"之处，在于对南朝文坛中出现的理论与实践的

---

① 范祥雍：《洛阳伽蓝记校注》，上海古籍出版社 1978 年版。

新动向有足够的敏感。南齐永明间，沈约、王融等人大倡声律说，"以为自灵运以来，此秘未睹"，从而在南朝掀起了一次论争。北朝文人也参与了这场论争。甄琛作《磔四声》，并从沈约诗歌中找出一些不符合"四声八病"说的例子，从而指出此说在实践中行不通。为此，沈约特作《答甄公论》作了辩解。① 而常景则作《四声赞》热情拥护声律说。不仅如此，他还以实践落实自己的主张。如其《蜀四贤赞》乃模拟鲍照《蜀四贤咏》及颜延之《五君咏》而成。鲍照《蜀四贤咏》中赞扬雄："良庶神明游，岂伊覃思作。玄经不期赏，虫篆散忧乐。首路或参差，投驾均远托。身表既非我，生内任丰薄。"而常景《扬雄赞》云："蜀江导清流，扬子挹余休。含光绝后彦，覃思邈前休，世轻久不赏，玄谈物无求。当途谢权宠，置酒独闲游。"鲍照号称"元嘉之雄"，但就这首作品而言，常景之作由于有了后发的优势，再加之充分吸收了永明声律说的理论成果，对仗更加工整，平仄基本相对，已有超越鲍照之势，由此可见北朝优秀文人在模拟南朝经典作家时在艺术上的进步。另据《魏书》本传记载，常景还曾模拟刘琨《扶风歌》12首。鲍照也作有《扶风歌》一首，可惜的是常景之作已佚，我们无从考察它们之间的渊源与异同，也无法比较二者的艺术高下，但这至少说明了他敢于在南朝经典作家创作过的题材上进行新的尝试。

然而，总的说来，此时模拟南方文学的北朝作家"学者如牛毛，成者如麟角"（《北史·文苑传序》），学习南方文学而又真正有所树立的是温子升（公元495－547）。与前面诸人的全面模拟南朝文学不同，温子升走出了一条在本色中孕育变革的道路。他的诗歌创作明显受到北方民歌的影响，如《敦煌乐》、《凉州乐歌》，从标题既可以看出西凉音乐的影响。但是，温子升并没有直接走向摹仿北方民歌的道路，而是尝试走一条融合南北的道路。其《安定侯曲》云："封疆在上地，钟鼓自相和。美人当窗舞，妖姬掩扇歌。"《结袜子》云："谁能访故剑，会自逐前鱼。裁纨终委箧，织素空有余。"这两首诗的前两句拙朴真率，气象开阔，情调高昂，与北

---

① 遍照金刚：《文镜秘府论·天卷·四声论》，人民文学出版社1975年版。

方民歌情调类似，但后两句轻巧柔婉，显然是齐梁体格。温子升将这两种情调加以糅合，显示出融合南北诗歌的艺术追求。最有代表性的是其《白鼻騧》模拟《梁鼓角横吹曲》中的《高阳王乐人歌》。《高阳王乐人歌》曰："可怜白鼻騧，相将入酒家。无钱但共饮，画地作交赊。何处碟觞来？两颊色如火。自有桃花容，莫言人劝我。"此诗描写一群游侠少年相聚酒肆，狭邪买醉，忘情销魂，语言拙朴，热情奔放，有浓郁的北方民歌情调。《古今乐录》指出："魏高阳王乐人所作也，又有《白鼻騧》，盖出于此。"（《乐府诗集》卷二十五）温子升《白鼻騧》云："少年多好事，揽辔向西都。相逢狭斜路，驻马诣当垆。"显然，他对北方乐歌《高阳王乐人歌》进行了文人化改造。他的拟作并不直接写少年的醉态，只是以"揽辔"、"驻马"两个富有个性的动作提醒读者注意少年们在"狭斜路"的所作所为，相比之下显得含蓄而更有韵致，颇有南朝文人喜欢拟作的《相逢行》、《长安有狭邪行》一类作品的情调。

融合南北诗歌的艺术追求，使温子升赢得了南、北士人的共同赞誉。萧衍称之曰："曹植、陆机复生于北土。"北魏济阴王晖业尝云："江左文人，宋有颜延之、谢灵运，梁有沈约、任昉，我子升足以陵颜轹谢，含任吐沈。"（《魏书·文苑传·温子升传》）萧衍、元晖业分别援曹陆、颜谢、沈任以譬温子升，说明他们可能已经认识到了温子升学习魏晋、南朝文风的一方面。但是，温子升拟作的最富启示意义之处，也许不在于对于南朝文学的学习，而在于对北方民间文学的模拟。因为，模拟具有自身特色的北方民歌，或许是北朝文学形成特色、自我发展的出路，可惜的是当时没有人意识到这一点，因而北朝文学中也就失去了自我独立发展的可能。不仅如此，与北魏前期高允等人相比，北魏后期的作家甚至对汉乐府也不再感兴趣，在模拟对象上也与南朝作家的选择进一步趋同，北方文学事实上已经失去了构建自身特色的可能性，南方化成为了一种必然。

三　模拟与南北文学的折冲

公元 534 年，北魏分裂为东、西魏，继而又分别为北齐、北周所取代，政治上的分裂，造成了文化、文学上的分裂。西魏、北周文学，由于宇文泰和苏绰的提倡，走上了模拟复古的道路。而东魏、北齐则继续走模拟南方文学的道路。

西魏立国之初，综合国力远不如东魏强盛，文学也不如东魏发达。为了与东魏抗衡，西魏统治者宇文泰重用谋臣苏绰，以"托古改制"为手段厉行改革。文体文风改革，则是通过对《尚书》古文的模拟来实现的。《北史·柳庆传》载："大统十年，除尚书都兵郎中，并领记室。时北雍州献白鹿，群臣欲贺。尚书苏绰谓庆曰：'近代已来，文章华靡，逮于江左，弥复轻薄。洛阳后进，祖述未已。相公柄人轨物，君职典文房，宜制此表，以革前弊。'庆操笔立成，辞兼文质。绰读而笑曰：'枳橘犹自可移，况才子也！'""江左"是指南朝，苏绰认为这里是华靡轻薄文风的策源地；"洛阳后进"是指北魏孝文帝迁都洛阳后诸文士，包括东魏文士，苏绰认为他们沿袭了南朝的华靡文风。苏绰之所以选择柳庆作为文风改革的突破口，一来是因为柳庆来自南方，以他为例可以证明文风改变的可能性；二来是因为柳庆"职典文房"，有利于变可能性为现实性。为了强化革除华靡轻薄文风的效果，宇文泰让苏绰亲自出马以模拟《尚书》文体。《周书·苏绰传》载："自有晋之季，文章竞为浮华，遂成风俗。太祖欲革其弊，因魏帝祭庙，群臣毕至，乃命绰为大诰，奏行之。……自是之后，文笔皆依此体。"《尚书》文辞古朴，佶屈聱牙，苏绰以此为文体的典范，其《大诰》云："礼俗之变，一文一质。爰自三五，以迄于兹，匪惟相革，惟其救弊，匪惟相袭，惟其可久。惟我有魏，承乎周之末流，接秦汉遗弊，袭魏晋之华诞，五代浇风，因而未革，将以穆俗兴化，庸可暨乎。"（《北史·苏绰传》）这里虽然是泛指礼俗而言，但也反映了其文学思想。苏绰提出了上承周代的主张，对秦汉以至魏晋南朝的文学一笔抹杀，完全是服从南北政治对立的需要，没有考虑到文学发展的规律。所谓"文笔皆依此体"，实质是以行政力量强制推行的结果，而并非出于文学的自然发展，也难以得到当时文人的普遍认同。《北史·柳虬传》载："时人论文体者，有今古之异。虬又以为时有古今，非文有古今，乃为《文质论》。"可见，当时即有人反对这种带有浓厚复古色彩的文学主张，不过当时的话语权在苏绰、柳虬等人手中而已。但是，文学的发展自有其不以人的意志为转移的内在规律，苏绰的文体改革，仅仅推行了 15 年便很快失败了。① 随着西魏攻灭江陵，王褒、庾信入关，宇文泰的儿子赵王宇文招、滕王宇文逌等人纷纷拟作"庾信体"，江左文风很快席卷了关东。《北史·文苑传序》："然绰之建言，务存质朴，遂糠粃魏、晋，宪章虞、夏，虽属辞有师古之美，矫枉非适时之用，故莫能常行焉。既而革车电迈，渚宫云撤，梁、荆之风，扇于关右，狂简之徒，斐然成俗，流宕忘反，无所取裁。"苏绰文体改革，也可以视为一种建构北朝文学自我特色的尝试，但由于脱离了当时文学发展的实际，违背了文学发展的规律，从而导致了失败，这也从反面说明了北朝文学南方化的势不可当。

东魏、北齐与西魏、北周不同，它们占据着原来北魏时代政治、经济和文化最发达的黄河中下游地区，北魏分裂后，绝大部分文人都留在了这里，《北齐书·文苑传序》："有齐自霸图云启，广延髦俊，开四门以纳之，举八纮以掩之，邺京之下，烟霏雾集。"因而，东魏、北齐的文学便直接继承了北魏文学，继续沿着南方化的道路前进，而没有走东魏文学那样的弯路。首先，北齐文人虽然在理论上主张"江南江北，意制本应相诡"（邢劭《萧仁祖集序》），文宣帝甚至批评王昕"好咏轻薄之篇，自谓模拟伧楚，曲尽风制。推此为长，余何足取"（《北史·王昕传》）。但实践上却对南方流行的题材趋之若鹜。如卢询祖《中妇织流黄》、裴让之《有所思》、邢劭《思公子》等题，正是永明和宫体诗人爱做的题目。如邢劭《思公子》云："绮罗日减带，桃李无颜色。思君君未归，归来岂相识。"《有所思》本是汉乐府古题，《乐府解题》曰："古词言'有所思，乃在大海南。何用问遗君？双珠玳瑁簪。闻君有他心，烧之当风扬其灰。从今已往，勿复相思而与君绝'也。"古辞抒情直率，很好的表现了民间女子那种敢爱敢恨的泼辣性格，也典型地体现了北方文学的坦率粗犷的特色。但是永明

---

① 王运熙、杨明：《魏晋南北朝文学批评史》，上海古籍出版社 1989 年版，第 585 页。

诗人王融等人将其改造为一首细腻缠绵的相思之曲。邢邵不学汉乐府古辞，转而模拟王融《思公子》，化粗犷为细腻，变直率为婉约，这说明了北朝作家已经完全认同南朝文学的审美情趣。邢邵的《思公子》，入选南朝徐陵所纂《玉台新咏》，这也可以反映出其创作的南方化程度之高。

当然，在具体的模拟取法对象上，他们仍有差异。邢劭和魏收分别以沈约和任昉为模拟对象。沈约和任昉诗歌的主要差异在于前者诗风"不闲于经纶，而长于清怨"（《诗品》"梁左光禄沈约"条），诗风自然工丽；而后者"动辄用事，所以诗不得奇"（《诗品》"梁太常任昉条"）。《北齐书·魏收传》载："始收与温子升、邢劭称为后进。邢既被疏出，子升以罪死，收遂大被任用，独步一时，议论更相訾毁，各有朋党。收每议鄙邢文。邢又云：'江南任昉，文体本疏，魏收非直仿真，亦大偷窃。'收闻，乃曰：'伊常于沈约集中作贼，何意道我偷任！'"邢、魏虽然是相互诟病，但都说出了部分事实。邢劭《思公子》，无一处用典，深得沈约自然工丽之妙。而魏收《美女篇》其一云："楚襄游梦去，陈思朝洛归。参差结旌旆，掩霭顿骖騑。变化看台曲，骇散属川沂。仍令赋神女，俄闻要虑妃。照梁何足艳，升霞反奋飞。可言不可见，言是复言非。"像任昉诗那样夹用典故，导致理胜其辞，表现力大不如萧纲、萧子显等人的同题之作。祖珽认为"任、沈之是非，乃邢、魏之优劣也"① 完全符合事实。甚至南朝诗人对邢、魏的评价，也是以任、沈的优劣为标准的。在南朝，沈约被看作是一代文宗，任不如沈已成普遍接受的事实。邢劭被南朝人士认为是"北间第一才士"（《北史》本传），而魏收希望自己的诗集传之江左，却被徐陵投入水中，说是"吾为魏公藏拙"②。这反过来也证明了邢、魏二人的南方化程度之深。

西魏——北周和东魏——北齐的文学所走过的发展道路表明，北朝文学南方化是不可阻挡的潮流。《南史·徐陵传》称陵："每一文出，好事者

---

① 王利器：《颜氏家训集解》，上海古籍出版社 1980 年版。
② 刘𫗧：《隋唐嘉话》，中华书局 1979 年版。

已传写成诵。遂传于周、齐，家有其本。"《梁书·刘孝绰传》载："孝绰辞藻为后进所宗，世重其文。每作一篇，朝成暮遍，好事者咸讽诵传写，流闻绝域。"刘孝绰、徐陵乃南方著名宫体诗人，他们的作品流入北方，成为南北共同模拟仿效的对象，表明周齐之时北方文学的南方化已经成为普遍的追求。

四　隋代拟作与南北文学融合

公元 577 年，北周平北齐，四年后杨坚篡北周，改国号隋，北周亡，不久隋又平陈，至此久经分裂的中国又复归一统。隋的统一使原来分处北齐和陈的文人云集长安，为文学的融合创造了更为有利的条件。在此期间，卢思道和隋炀帝杨广为南北文学的融合作出了尤为杰出的贡献。

卢思道（公元 535—586）本北齐人氏，后入北周、最后入隋，有机会接触方方面面的文人，从而也有了转益多师的可能性。事实上，他曾师事邢劭，也曾借书魏收（《隋书·卢思道传》），因而创作上也直接延续了他们走过的南方化道路。如他的《有所思》："长门与长信，忧思并难任。洞房明月下，空庭绿草深。怨歌裁洁素，能赋受黄金。复闻隔湘水，犹言限桂林。凄凄日已暮，谁见此时心。"题目直接承自邢劭，诗中首二句用陈皇后请司马相如作《长门赋》和班婕妤作《怨歌行》典故写出忧思，以下四句具体写出忧思之情状，"复闻"二句又用张衡《四愁诗》典，最后两句写出忧思难以断绝，篇体结构与魏收《美女篇》完全一致，而整个诗的情调与王融、谢朓、沈约、萧衍等永明诗人以及萧纲、庾肩吾等宫体诗人所作相差无几，可见卢思道《有所思》融合了邢、魏二人之长，而诗作南方化的程度又高于他们。又如他的《日出东南隅行》云："初月正如钩，悬光入绮楼。中有可怜妾，如恨亦如羞。深情出艳语，密意满横眸。楚腰宁且细，孙眉本未愁。青玉勿当取，双银讵可留。会待东方骑，遥居最上头。"我们只能从最后两句勉强看出是从汉乐府古辞《陌上桑》化出的痕迹，整个诗的情调已经与宫体诗毫无二致了。对比北魏高允《罗敷行》对

《陌上桑》前半部分的亦步亦趋，简直让人难以相信这两首诗同样产生于北朝，亦足以见出北朝文学南方化程度的加深。卢思道模拟魏收的篇目有《棹歌行》、《美女篇》两篇，相比之下，卢思道的作品刻画细致，构思也精巧得多。如魏收《美女篇》，围绕宋玉笔下的高唐神女和曹植赋中洛水女神来展开，只是将他人眼中的神女变作自己诗中美女，美女形象模糊，个性也不突出，缺乏真实感。而卢思道细致描绘美女的活动，甚至美女的内心，"情疏看笑浅，娇深眄欲斜。微津梁长黛，新溜湿轻纱"。抓住美女的浅笑、微汗时的情状，以细节巧妙地点染出美女风流妩媚、勾魂夺魄的娇态，较之魏收，其艺术上的进步是十分明显的，南方化的特色也更突出。

卢思道之所以能超越魏收，与其敏感的把握南朝诗歌的审美倾向有关。魏收以本不擅长作诗的任昉为模拟对象，取法乎下，所以其作品终究难以为南朝人所接受，以至于徐陵为其藏拙。而卢思道则选取了在南朝扇扬起宫体诗风的梁简文帝萧纲为模拟对象。他模拟梁简文帝的具体篇目有《有所思》、《棹歌行》、《升天行》、《蜀国弦》、《采莲曲》、《从军行》、《神仙篇》等。如此集中地模拟一个人，当非偶然为之。如《蜀国弦》诗萧纲首作，拟作者仅卢思道一人。而《从军行》，自王粲以来皆以五言写"军旅苦辛之辞"（《乐府诗集》卷三十二引《乐府解题》），而萧纲《从军行》其二内容上一改前作，不作辛苦之词，而多英雄之气，诗末杂以相思之词，又有几分宫体诗情调，形式上则用五、七言交错，颇收酣畅淋漓、抑扬顿挫的效果。但是此后的拟作中，仅有卢思道模拟了这一作品：

朔方烽火照甘泉，长安飞将出祁连。犀渠玉剑良家子，白马金羁侠少年。平明偃月屯右地，薄暮鱼丽逐左贤。谷中石虎经衔箭，山上金人曾祭天。天涯一去无穷已，蓟门迢递三千里。朝见马岭黄沙合，夕望龙城阵云起。庭中奇树已堪攀，塞外征人殊未还。白云初下天山外，浮云直向五原间。关山万里不可越，谁能坐对芳菲月。流水本自断人肠，坚冰旧来伤马骨。边庭节物与华异，冬霰秋霜春不歇。长风萧萧渡水来，归雁连连映天没。从军行，军行万里出龙庭。单于渭桥今已拜，将军何处觅功名？

这首诗继承了萧纲之作七言体所带来的轻清流宕，但是又糅合了自王粲以来《从军行》所写的苦寒之状。更重要的是，"单于渭桥今已拜，将军何处觅功名"两句，曲折表达了自己有意仕进而无路可走的苦闷，这是此前诸人拟作都没有的。从具体的句子来看，"流水本自断人肠，坚冰旧来伤马骨"二句，上句是化用《梁鼓角横吹曲·陇头歌辞》中"陇头流水，鸣声幽咽；遥望秦川，心肝断绝"的诗句；下句是化用陈琳《饮马长城窟》中"水寒伤马骨"句意。"边庭节物与华异，冬霭秋霜春不歇"二句，乃取法于蔡琰《悲愤诗》中"边荒与华异，人俗少义理；处所多霜雪，胡风春夏起"的句意。显然，卢思道的这首拟作，运用了杂拟方法，充分融合了南北文学之长。卢照邻《南阳公集序》云："北方重浊，独卢黄门往往高飞。"①卢思道脱颖而出的原因，也就在于融合南北文学之长。

隋文帝杨坚时期，北朝文学南方化的过程，曾经一度受到行政的干扰。据《隋书·音乐志》载："开皇二年，齐黄门侍郎颜之推上言，'礼乐崩坏，其来由久，今太常雅乐，并用胡声，请凭梁国旧事，考寻古典。'高祖不从，曰：'梁乐亡国之音，奈何遣我用耶？'"颜之推提出的建议，就文学而言，实质就是要求文学的南方化。但是"不悦诗书"的隋文帝，和北周宇文泰一样，对南方的靡丽文风深为不满，《隋书·文学传论》说："高祖初统万机，每念斫雕为朴，发号施令，咸去浮华。然时俗词藻，犹多淫丽，故宪台执法，屡飞霜简。"为了杀一儆百，他将文表华艳的泗州刺史司马幼之治罪。后来，治书侍御史李谔上书请正文体。他说：

魏之三祖，更尚文词，忽君人之大道，好雕虫之小艺。下之从上，有同影响，竞骋文华，遂成风俗。江左齐、梁，其弊弥甚，贵贱

---

① 祝尚书：《卢照邻集笺注》，上海古籍出版社1994年版。

贤愚，唯务吟咏。遂复遗理存异，寻虚逐微，竞一韵之奇，争一字之
巧。连篇累牍，不出月露之形，积案盈箱，唯是风云之状。世俗以此
相高，朝廷据兹擢士。禄利之路既开，爱尚之情愈笃。于是闾里童
昏，贵游总丱，未窥六甲，先制五言。至如羲皇、舜、禹之典，伊、
傅、周、孔之说，不复关心，何尝入耳。以傲诞为清虚，以缘情为勋
绩，指儒素为古拙，用词赋为君子。故文笔日繁，其政日乱，良由弃
大圣之轨模，构无用以为用也。损本逐末，流遍华壤，递相师祖，久
而愈扇。及大隋受命，圣道聿兴，屏黜轻浮，遏止华伪。自非怀经抱
质，志道依仁，不得引领缙绅，参厕缨冕。（《隋书·李谔传》）

全盘否定了自魏晋以来南朝文学发展的成绩，以行政力量来反对文学
的南方化。

但是，隋文帝的继任者隋炀帝杨广，彻底改变了隋文帝对江南文化所
持的态度。《大业拾遗记》曾载其怒斥窦威、崔祖濬把吴人视为东夷的一
段话："昔汉末三方鼎立，大吴之国，以称人物。故晋武帝云：江东之有
吴、会，犹江西之有汝、颍。衣冠人物，千载一时。及永嘉之末，华夏衣
缨，尽过江表。此乃天下之名都。自平陈之后，硕学通儒，文人才子，莫
非彼至。尔等著其风俗，乃为东夷之人，度越礼义，于尔等可乎？然著述
之体，又无次序，各赐杖一顿。"① 杨广尊重江南文化的态度与其父形成了
鲜明的对比，较之元勰蔑称王肃为"吴子"，更是天壤之别。杨广文化态
度的形成，与其周围有一个由北入南的文人群体不无关系。《隋书·柳辩
传》载："（柳辩）转晋王咨议参军。王好文雅，招引才学之士诸葛颖、虞
世南、王胄、朱玚等百余人以充学士。"这个文学群体中的著名人物如诸
葛颖、虞世南、王胄都是由梁入隋的，这些人无疑影响了隋炀帝。

隋炀帝的创作有一个较为鲜明的转向过程，《隋书·文学传序》载：
"炀帝初习艺文，有非轻侧之论。暨乎即位，一变其风。其《与越公书》、

① 颜师古：《大业拾遗记》，载《笔记小说大观》第5编，新兴书局有限公司1980年版。

《建东都诏》、《冬至受朝诗》及《拟饮马长城窟》，并存雅体，归于典制。虽意在骄淫，而词无浮荡，故当时缀文之士，遂得依而取正焉。"隋炀帝早期的《拟饮马长城窟》和《白马篇》两首拟作，可以说是北朝特色的代表。沈德潜《说诗晬语》称其"边塞诗作，铿然独异，剥及将复之候也"①。隋炀帝此作之所以能"铿然独异"，是因为他有过戎马倥偬的战斗生活，非南朝诸作纸上得来可比。但是平陈后，隋炀帝的文风迅速地和南方文风接近。除了他"以北方朴俭之资，熏染于江南奢靡之俗"② 的原因之外，入北南人的影响是直接原因。《隋书·柳䛒传》记载："初，王属文，为庾信体，及见已后，文体遂变。"柳䛒乃入北南人，因此他用以影响隋炀帝改变文体的当是南朝文学。

杨广"文体遂变"，具体表现为他开始模拟《四时白纻歌》一类的江南新声乐府。由陈入隋的虞世基也有《四时白纻歌二首》，乃和隋炀帝之作，大概爱逞才的隋炀帝想与南朝人士比一比谁更成功一些。刘师培《南北文学不同论》认为："隋炀诗文，远宗潘陆，一洗浮荡之言，惟隶事研词，尚近南方之体。"③ 判断大体符合事实，但对于隋炀帝诗作南方化程度还估计得不够充分。《隋书·乐志》曰："后大制艳篇，辞极淫绮。令乐正白明达造新声，创《万岁乐》、《藏钩乐》、《七夕相逢乐》、《投壶乐》、《舞席同心髻》、《玉女行觞》、《神仙留客》、《掷砖续命》、《斗鸡子》、《斗百草》、《泛龙舟》、《还旧宫》、《长乐花》及《十二时》等曲，掩抑摧藏，哀音断绝。帝悦之无已，谓幸臣曰：'多弹曲者，如人多读书。读书多则能撰书，弹曲多即能造曲。此理之然也。'因语明达云：'齐氏偏隅，曹妙达犹自封王。我今天下大同，欲贵汝，宜自修谨。'"这则记载表明隋炀帝所喜欢的正是南朝流行的新声乐府，他已经完全沉浸在南朝文化当中了，而对白明达的交代则说明他已经意识到了天下一统所带来的文学交流的便

---

① 沈德潜：《说诗晬语》，人民文学出版社 1998 年版。
② 岑仲勉：《隋唐史》，中华书局 1982 年版，第 39 页。
③ 刘师培：《刘师培论学论政》，复旦大学出版社 1990 年版。

利。隋炀帝以帝王之尊而提倡南北文学合流，则早先残存在北朝文人心中的南北文学对立的芥蒂，便荡然无存了。

纵观整个隋代文学，在题材与文风上均呈现出了南北合流的趋势。无论是南朝人的新声乐府，还是魏晋以来的古题乐府，隋代作家均有模拟。如辛德源《短歌行》云："驰射罢金沟，戏笑上云楼。少妻鸣赵瑟，侍妓啭吴讴。杯度浮香满，扇举细尘浮。星河耿凉夜，飞月艳新秋。忽念奔驹促，弥欣执烛游。"模拟了魏晋同题之作"皆言当及时为乐也"（《乐府诗集》卷三十引《乐府解题》）的主题，但形式上不用典雅板滞的四言而用"流丽居宗"的五言，具体的内容则与南方流行的齐梁体十分接近，这首小诗显然整合了南北诗歌的发展经验。又如其《白马篇》具有北方诗歌的特色，但其《霹雳引》、《东飞伯劳歌》拟简文帝，乃是典型的南方情调。李孝贞《巫山高》、萧岑《棹歌行》也沿袭了永明、宫体诗人的缘题制义写法。刘师培认为："隋唐文体，力刚于颜、谢，采缛于潘、张，折中南体、北体之间，而别成一派。"① 诚然，隋代诗歌通过模拟，有效实现了折中南体、北体，从而实现了南北文学的融合。

第二节　入北南人的拟作与南北文学融合

南北朝时期由于种种变故进入北朝并在北朝长期生活的入北南人，是实现南北文风融合的一支最主要的力量。长期以来，人们把他们的文风改变仅仅理解为个人生活变故以及南北文学融合的自然结果，从而也就无法全面深入理解这一文化群体在南北文学融合中的独特作用。事实上，入北南人的文风变化以及南北文风的融合，不是一开始就是自觉的，而是随着其创作、特别是拟作的发展以及北朝文学环境的改变而经历了一番曲折的

---

① 刘师培：《刘师培论学论政》，复旦大学出版社1990年版。

过程。考察入北南人的拟作，不仅可以通过他们对于模拟对象的选择，管窥他们对于理想文风的认识，而且还可以从其在模拟过程中的取舍，探测他们文风递变的路径及过程。缘此，本节试图通过对入北南人的拟作的考察，来剖析南北文风融合的过程。

一　入魏文人文风的不自觉变化

在北魏分裂以前，由南朝入北魏的文人刘宋时期有刘昶、南齐有王肃、梁武帝时期有萧正德、萧综等，他们都留下过风格迥异于南朝诗歌的作品。

刘昶是宋文帝第九子，因宋废帝怀疑他有异志，不得已而起兵，兵败奔魏。《南史·晋熙王昶传》载："昶知事不捷，乃夜开门奔魏，弃母妻，唯携妾一人，作丈夫服骑马自随。在道慷慨为断句曰：'白云满鄣来，黄尘半天起。关山四面绝，故乡几千里。'因把姬手南望恸哭，左右莫不哀哽。每节悲恸，遥拜其母。"《断句》乃事有所急、意有所感的慷慨悲歌，作品风格迥异于风流柔媚的南朝诗歌。

王肃出奔北魏在齐武帝永明十一年（魏孝文帝太和十七年）。王肃负杀父之仇而出奔，常以伍子胥自况而欲伐南齐，他还曾参与过多次对南战争，并取得了一些重大的胜利。南朝的风花雪月，自然再也难以引起他创作的兴趣了。入魏后，他曾作《悲平城诗》："悲平城，驱马入云中。阴山常晦雪，荒松无罢风。"[①]此诗叙述北方生活，描写北方风物，不事雕琢，情调悲凉，迥异于南朝山水诗的纤细清丽。

普通三年，梁临贺王萧正德奔魏，《资治通鉴》卷一百四十九详细记载了他出奔的始末："初，太子统之未生也，上养临川王宏之子正德为子。……正德意望东宫。及太子统生，正德还本，赐爵西丰侯。正德怏怏不满意，常蓄异谋。是岁，正德自黄门侍郎为轻车将军，顷之，亡奔魏，

---

① 李延寿：《北史·祖莹传》卷四十七，中华书局 1999 年版，第 1735 页。

自称废太子避祸而来。"①又据《南史》本传载："初去之始，为诗一绝，内火笼中，即《咏竹火笼》，曰：'桢干屈曲尽，兰麝氛氲消。欲知怀炭日，正是履霜朝。'"萧正德为人虽不足取，但是这首咏物诗真实记录了他无奈出逃时大势已去、无可奈何的心理状态，较之他此前的一些无所寄托、类同游戏之作的咏物诗，明显胜出一筹。

萧综，号为梁武帝第二子，实为东昏侯萧宝卷的遗腹子。由于这种复杂的身世背景，他对梁朝心存异志，《梁书·豫章王综传》载："初，综既不得志，尝作《听钟鸣》、《悲落叶辞》，以申其志。"《听钟鸣》3首在艺术上并不特别工巧，但是由于委婉传达了自己特殊身世造成的有志难申、孤苦无依的苦闷，因而感人至深，"当时见者莫不悲之"。梁武帝普通六年，萧综奔魏。《洛阳伽蓝记》载："（孝昌）初，萧衍子豫章王综来降，闻此钟声，以为奇异，造《听钟歌》三首，行传于世。"②萧综在北方所作的《听钟歌》，只剩下一首，云："历历听钟鸣，当知在帝城。西树隐落月，东窗见晓星。雾露朏朏未分明，乌啼哑哑已流声。惊客思，动客情，客思郁纵横。翩翩孤雁何所栖，依依别鹤半夜啼。今岁行已暮，雨雪向凄凄。飞蓬旦夕起，杨柳尚翻低。气郁结，涕滂沱，愁思无所托，强作听钟歌。"这首诗中"当知在帝城"，"翩翩孤雁何所栖，依依别鹤半夜啼"三句出自《梁书》本传所录《听钟鸣》三首之一、二，据此可知此诗乃隐括在梁朝的作品而成。此诗加入了景物描写以渲染愁思，比起在梁之作的直接言情，艺术韵味浓郁得多，更重要的是，它切合了萧综当时的处境，因而别具动人的抒情效果。

以上四人入北后的创作，虽然都迥异于南朝文风，但并没有向当时的北朝文学靠拢的迹象。他们的个别作品的文风变革是由其特殊的个人经历所引起的，并不是出于对南朝靡弱文风的反拨。从创作方式来看，他们都没有采取模拟的方式来创作。这表明，此间的入北南人尚没有关于新文风

---

① 司马光：《资治通鉴》卷一百四十九，中华书局1956年版，第4671页。
② 范祥雍：《洛阳伽蓝记校注》卷二，上海古籍出版社1978年版，第75页。

的理想，更谈不上寻绎文风变革的路径了。他们的文风变化还处于一种不自觉的状态中。

二　颜之推入北与其"体裁改革"

自觉的文风变革，严格说来应满足以下两个条件：其一是作家对过去和现在的文风有明显的不满，对文风变化有明确的要求，有关于新文风的理想。其二是出现文风变革的作品数不止一篇，也就是说，文风的改变不是偶然的行为。以如此条件来衡量，颜之推（公元531—590）可以说是第一位自觉要求文风变革的入北南人。

在入北之前，颜之推曾任湘东王（萧绎）常侍，萧绎即位后他又任其散骑侍郎。萧绎乃宫体诗人的代表之一，颜之推作为其文学侍从，恐怕不会不受其宫体诗风的影响。正如他自己所说："人在年少，神情未定，所与款狎，熏渍陶染，言笑举动，无心于学，潜移暗化，自然似之；何况操履艺能，较明易习者也？"[①]如其《神仙诗》，文采浮艳，用典繁复，有很浓郁的宫体诗情调。江陵之变后，颜之推先入西魏，后又逃奔北齐，"流离播越，闻见已多"[②]，开始对南朝诗风进行反思。

首先，他对南朝文士的生活有了强烈的不满。他说："吾见世中文学之士，品藻古今，若指诸掌，及有试用，多无所堪。居承平之世，不知有丧乱之祸；处庙堂之下，不知有战陈之急；保俸禄之资，不知有耕稼之苦；肆吏民之上，不知有劳役之勤。"[③]文学乃是生活的反映，南朝文士的贪图享受、空虚无聊的生活只能产生出"连篇累牍，不出月露之形，积案盈箱，唯是风云之状"[④]的作品。颜之推可以说找出了南朝文风浮艳的真正弊病。

---

① 王利器：《颜氏家训集解·慕贤》卷二，上海古籍出版社1980年版，第128页。
② 王利器：《颜氏家训集解·慕贤》卷二，上海古籍出版社1980年版，第128页。
③ 王利器：《颜氏家训集解》，上海古籍出版社1980年版，第292页。
④ 魏征等：《隋书·李谔传》卷六十六，中华书局1971年版，第1544页。

其次，在反思南朝文风的基础上，颜之推明确提出了"改革体裁"（即改革文风）的要求。他说："今世相承，趋本弃末，率多浮艳。辞与理竞，辞胜而理伏；事与才争，事繁而才损。放逸者流宕而忘归，穿凿者补缀而不足。时俗如此，安能独违？但务去泰去甚耳。必有盛才重誉，改革体裁者，实吾所希。"那么，如何来实现改革体裁、建设理想的文风呢？针对"趋本弃末"的现状，颜之推提出了这样的路径导向："宜以古之制裁为本，今之辞调为末，并须两存，不可偏弃也。"①

从"以古之制裁为本"的要求出发，他对于南朝诗人的模拟之作不遵守"古之制裁"的行为提出了批评。例如，自刘宋以来谢惠连、荀昶、萧衍、萧纲、沈约、庾肩吾、王囿、徐防、张正见、王褒等人，皆模拟汉乐府古辞《相逢行》（又名《长安有狭邪行》）。刘铄还从中绎出《三妇艳》，模拟者有王融、萧统、沈约、王筠、吴均、刘孝绰、陈后主、张正见等。萧纲又绎出《中妇织流黄》，模拟者有徐陵、卢询祖等。② 颜之推对此深为不满，他说："古乐府歌词，先述三子，次及三妇，妇是对舅姑之称。……近代文士，颇作三妇诗，乃为匹嫡并耦己之群妻之意，又加郑、卫之辞，大雅君子，何其谬乎？"③《相逢行》古辞写富贵人家的豪奢生活，内容并不淫邪；而南朝文人的拟作则日趋淫荡，把再现古人家庭生活的乐府古辞变成了华艳的郑卫之辞。其实，南朝文人模拟古辞，却并不依古辞原意来创作，实际上只不过借模拟来实现文风向华靡"新变"罢了。因此，颜之推反对南朝文人不"以古之制裁为本"，实际上是对南朝文风变革路径的一种矫正。又如，他还批评陆机《拟挽歌辞》不遵循原作之意："挽歌辞者，或云古者虞殡之歌，或云出自田横之客，皆为生者悼往告哀之意。陆平原多为死人自叹之言，诗格既无此例，又乖制作本意。"④颜之推要求拟作立意、体制必须与原作对应，有为南朝诗歌救弊纠

① 王利器：《颜氏家训集解·文章》卷四，上海古籍出版社 1980 年版，第 249—250 页。
② 郭茂倩：《乐府诗集》卷三十四、三十五，中华书局 1998 年版，第 511—521 页。
③ 王利器：《颜氏家训集解》，上海古籍出版社 1980 年版，第 431 页。
④ 王利器：《颜氏家训集解·文章》卷四，上海古籍出版社 1980 年版，第 264 页。

偏，以建构新文风的目的。

在实践上，颜之推通过模拟来实现"以古之制裁为本"的主张。如其《古意诗二首》，从标题就可以看出他"以古之制裁为本"的用意。《古意诗》其一云："十五好诗书，二十弹冠仕。楚王赐颜色，出入章华里。作赋凌屈原，读书夸左史。数从明月燕，或侍朝云祀。登山摘紫芝，泛江采绿芷。歌舞未终曲，风尘暗天起。吴师破九龙，秦兵割千里。狐兔穴宗庙，霜露沾朝市。璧入邯郸宫，剑去襄城水。未获殉陵墓，独生良足耻。悯悯思旧都，恻恻怀君子。白发窥明镜，忧伤没余齿。"这首诗以对比手法描述自己一生的坎坷经历和前后遭际的巨大变化：青年时期风华正茂、君臣相得，好不惬意；然而江陵之变摧毁了这美好的一切，诗人流落异域，心念旧都，好不凄凉。这种以对比手法来结构全篇的写法在古诗中十分常见，如阮籍《咏怀诗》82 首中，很多作品以盛衰对比来传达一种失路之悲，颜之推诗的"古意"正是由此而来。从语句的化用来看，此诗也明显有模拟古辞的痕迹。前六句显然模拟阮籍《咏怀》"昔年十四五，志尚好诗书。被褐怀珠玉，颜闵相与期"以及左思《咏史诗》"弱冠弄柔翰，卓荦观群书。著论准过秦，作赋拟子虚"。而"歌舞"等数句也是化用阮籍《咏怀诗》"歌舞曲未终，秦兵已复来。夹林非吾有，朱宫生尘埃。军败华阳下，身竟为土灰"数句。从风格来看，通过化用古意，此诗一改南朝诗的纤弱柔婉。王夫之认为《古意》其一"乃似东京人制作"，其二"晋宋以来斯为希有矣"[1]。由此可见，通过"以古之制裁为本"的模拟实践，颜之推成功地构建了一种迥异于南朝的新文风，这是有别于此前入北南人文风的不自觉变化的。

颜之推尽管对南朝文学的淫靡内容和浮浅风格强烈不满，但是对南朝诗歌的艺术技巧还是有充分的认识，这就是他仍然坚持"今之辞调为末"，要求与"古之制裁""并须两存，不可偏弃"的认识基础。首先，他对南朝文人提出的关于文风变革的有价值的建议表示了赞赏。如他对沈约提出

---

① 张国星点校：《古诗评选》，文化艺术出版社 1997 年版，第 294、295 页。

的"三易说"表示了认同："沈隐侯曰：'文章当从三易：易见事，一也；易识字，二也；易读诵，三也。'邢子才常曰：'沈侯文章，用事不使人觉，若胸忆语也。'深以此服之。"① 沈约"三易"说意在建设平易的文风，这与颜之推要求对南朝文风"去奢去泰"颇有一致性，与其对南朝文风"事与才争，事繁而才损"的弊端的批评也是一致的。因此，颜之推表示了认同。其次，颜之推对部分优秀的南朝诗歌所代表的审美情趣表现了赞赏。如他赞赏王籍《入若耶溪诗》"文外断绝"、"有情致"，爱萧悫《秋诗》"萧散"、"宛然在目"②。"文外断绝"意思接近钟嵘所说的"言有尽而意有余"③和《文心雕龙·隐秀》所说的"文外之重旨"、"义主文外"④，是指一种较为空灵的情味、神韵。而"宛然在目"，则要求细腻传神的艺术表达能力。这类作品风格是一些优秀的南方作家所孜孜追求的，不过并不被当时文风质实的北方文人所接受。如卢询祖、魏收便认为王籍诗"此不成语，何事于能"，卢思道之徒则对萧悫诗"雅所不惬"⑤。颜之推对北方文人的看法是不以为然的。从其创作实践来看，《古意诗》二首一方面由于模拟"厥旨渊放，归趣难求"⑥的咏怀诗而丰富了内涵，另一方面则贯彻了"以今之辞调为末"的要求，做到了用典不着痕迹，对仗工整，流利婉转，因而既能高于同时期南方作品的"辞胜而理伏"，又胜过当时的北方作品质实拙野。

事实上，颜之推对于南北朝的文风差异有所认识，《颜氏家训·音辞》篇云："南方水土和柔，其音清举而切诣，失在浮浅，其辞多鄙俗。北方山川深厚，其音沈浊而鈋钝，得其质直，其辞多古语。然冠冕君子，南方为优；闾里小人，北方为愈。易服而与之谈，南方士庶，数言可辩；隔垣而听其语，北方朝野，终日难分。而南染吴、越，北杂夷、虏，皆有深

---

① 王利器：《颜氏家训集解·文章》卷四，上海古籍出版社 1980 年版，第 253 页。
② 王利器：《颜氏家训集解·文章》卷四，上海古籍出版社 1980 年版，第 273—274 页。
③ 曹旭：《诗品集注》，上海古籍出版社 1994 年版，第 39 页。
④ 范文澜：《文心雕龙注》卷八，人民文学出版社 2000 年版，第 632 页。
⑤ 王利器：《颜氏家训集解·文章》卷四，上海古籍出版社 1980 年版，第 273—274 页。
⑥ 曹旭：《诗品集注》，上海古籍出版社 1994 年版，第 123 页。

弊，不可具论。"① 这里虽然谈论的是南北语音的差异，但是实际也反映了南北地域和文化环境的不同所造成的文风差异。颜之推虽然对南北各打五十大板，但实际上还是颇以南朝之"冠冕君子"自矜的。他之所以在坚持吸收南朝文学的艺术优点的基础上模拟古体，而不愿模拟身边的北朝作家作品来实现文风变革，也与其骨子里的文化优越感有内在联系。因此，他的文体改革要求，并没有包含向北方文学学习的主张。

颜之推"宜以古之制裁为本，今之辞调为末"的理论主张，揭示了其关于新文体的理想，而其模拟实践则昭示了文风变革的路径：一方面通过模拟古辞来丰富作品的内涵，另一方面则充分吸收南朝诗歌艺术上的优点，以熔铸成一种高于过去的南朝和当时的北朝的新文风。可惜的是，颜之推创作不多，名位也不够高，所以其号召力与示范性均受到了制约。再加之在南北尚未统一的情势下，入北南人的数量有限，而且多数人还没有充分认识到南方文学的缺点。如北齐时由南入北者萧祗、萧放、荀仲举等人尽管生活也发生了变化，但他们的拟作《铜雀台》，仍与南朝何逊、刘孝绰诸人所作如出一辙。天保中入齐的萧悫拟作《上之回》、《临高台》、《飞龙引》等乐府诗，依然是纯粹的南朝风格。因此，颜之推只好把改革体裁的希望寄托在"盛才重誉者"身上。这"盛才重誉者"者乃入周之庾信。

三 庾信拟作与其文风变革

入北南人中，拟作数量最多而又引人注目的是庾信（公元 513—581）。其《拟咏怀》27 首历来被视作入北南人文风变革的代表之作。早期的庾信，所作多艳情题材，情调哀怨轻艳，号称"徐庾体"。但是"侯景之乱"以来的系列变故，彻底地改变了他的创作风格。陈祚明《采菽堂古诗选》卷三十三称："北朝羁迹，实有难堪；襄汉沦亡，殊深悲恸。子山惊才盖代，身堕殊方，恨恨如亡，忽忽自失。生平歌咏，要皆激楚之音，悲凉之

---

① 王利器：《颜氏家训集解·音辞》卷四，上海古籍出版社 1980 年版，第 473—474 页。

调。"① 庾信文风的变革还与北周初期的文体改革有关。庾信入北周之前，北周统治者宇文泰任用苏绰进行过一场声势浩大的文体改革。这场改革是建立在批判南朝文风的认识基础上的，其具体方式则是通过模拟《尚书》体来变革文风。这场改革虽然最终因违背艺术规律而失败，但在庾信留北不遣之时还声息尚存，故不能不对庾信发生一定的影响。唐张鷟《朝野佥载》卷六有一则耐人寻味的记载："梁庾信从南朝初至北方，文士多轻之。信将《枯树赋》以示之，于后无敢言者。"② 庾信早期"夸目侈于红紫，荡心逾于郑卫"的诗文，在南朝时"京都莫不传诵"③，但是在入北周之初却受到了冷遇，当与北周盛行的对南朝文风的批判有关。可以说，当时的主客观的情况皆要求庾信变革自己的文风。

然而，究竟依怎样的路径来实现变革呢？庾信《赵国公集序》有所交代："屈平宋玉，始于哀怨之深；苏武李陵，生于别离之代。自魏建安之末，晋太康以来，雕虫篆刻，其体三变。人人自谓握灵蛇之珠，抱荆山之玉矣。"④ 一方面，生活的变故和文化环境的改变，使庾信不愿也不能再走南朝的旧路，因而他对魏晋以来萌芽至南朝而大兴的一味雕章琢句之风颇有微词；另一方面，北周文学事实上的落后状况，也导致了他不屑仿效北朝文学，因而转向屈宋、苏李以来的汉魏文学传统，也就成为了庾信不得不然的选择。

《拟咏怀》27 首就是模拟汉魏抒情传统以实现文风变革的产物。《拟咏怀》27 首模拟的是阮籍五言《咏怀诗》，清倪璠云："昔阮步兵《咏怀》诗十七首，颜延年以为在晋文代虑祸而发。子山拟斯而作二十七篇，皆在周乡关之思，其辞旨与《哀江南赋》同矣。"⑤ 关于《拟咏怀》与《咏怀》的关系，李锡镇具体分析为"选取阮籍的行为事迹，在诗中作为一典故加以

---

① 陈祚明：《采菽堂古诗选》，清乾隆二十三年刻本。
② 张鷟：《朝野佥载》，载《笔记小说大观》第 4 编，新兴书局有限公司 1976 年版。
③ 令狐德棻等：《周书·王褒庾信传》卷十一，中华书局 1971 年版，第 744、733 页。
④ 许逸民：《庾子山集注》，中华书局 1980 年版，第 656 页。
⑤ 许逸民：《庾子山集注》，中华书局 1980 年版，第 656 页。

运用"、"使用相同的典故"、"采用某些共同的语词"三方面。① 上述观点，本人深表赞同。但是，我们似乎应更多注意到咏怀诗的特性。李善注阮籍《咏怀诗》曰："咏怀者，谓人情怀。……观其体趣，实谓幽深，非夫作者，不能探测之。"② "谓人情怀"，揭示了咏怀诗的抒情性；"厥旨渊放"、"不能探测"，则是指咏怀诗所抒之情的深刻性、复杂性。《拟咏怀》诗本身对庾信的模拟动机有隐约的说明。《拟咏怀》其一曰："步兵未饮酒，中散未弹琴。索索无真气，昏昏有俗心。涸鲋常思水，惊飞每失林。风云能变色，松竹且悲吟。由来不得意，何必往长岑。"开篇即以阮籍自况，意在说明自己在风云变色中所遭逢的失路之悲，同时也在提醒读者注意自己拟作的动机。《拟咏怀》其四说得更清楚："楚材称晋用，秦臣即赵冠。离宫延子产，羁旅接陈完。寓卫非所寓，安齐独未安。雪泣悲去鲁，凄然忆相韩。唯彼穷途恸，知余行路难。"史载：阮籍"常率意独驾，不由径路，车迹所穷，辄恸哭而反"③。从阮籍的失路之悲中，庾信感受到了自己屈仕北方、无所适从的痛苦。可见，庾信之所以拟阮籍，关键在于情感的共鸣。庾信将其作品题作"拟咏怀"，乃是表明自己创作的重点在于情感的抒发，同时也提醒读者注意这一组诗的咏怀性质。庾信在南朝的应教、奉和之作，"人相习于相拟，无复有由衷之言，以自鸣其心之所可相告者。其贞也，非贞也；其淫也，亦非淫也；而心丧久已"④。南朝的那些模拟竞赛之作，最根本的缺失就在于抒情内容的浮浅以至抒情性的丧失；而此时的模拟"咏怀诗"的体式，却成为了一种独特的抒怀手段，正好可以补救庾信前期诗歌的缺失。由此可见，《拟咏怀》之"拟"，乃是在寻找一种合适抒情的体式。沈德潜说："无穷孤愤，倾吐而出，工拙都忘，不专拟阮。"⑤ 指出了《拟咏怀》模拟只不过是借"咏怀"的体式来抒自我之情而

---

① 李锡镇：《试论庾信拟咏怀诗二十七首》，《台大中文学报》第十七期。
② 李善等：《六臣注文选》，浙江古籍出版社1999年版，第401页。
③ 徐震堮：《世说新语校笺》，中华书局2001年版，第355页。
④ 王夫之：《读通鉴论》卷十七，中华书局1975年版。
⑤ 沈德潜：《古诗源》卷十四，中华书局2000年版，第349页。

已。这样一来，庾信的模拟，便既不是为了学习属文，也不是为了逞耀才华，而成为一种文风变革的方式。

《拟咏怀》模拟阮籍《咏怀》，在艺术上则借鉴了汉魏古诗相对古朴、自由的语言风格，来满足抒情的需要。钱钟书先生云："子山此诗（《拟咏怀》），抗志希古，上拟步兵，刮除丽藻，参以散句。"① 诚如钱钟书先生所言，《拟咏怀》中出现了一些刻意去除华藻的作品，从而改变了他在南朝形成的轻艳风格。中国诗歌发展到南朝，语言华丽雕琢、形式日益精致，表达日趋精巧，从纯技术层面讲本是一种进步，但是南朝诗人往往弃本趋末，对形式的追求成为了抒发性灵的束缚。相比之下，庾信的《拟咏怀》语言古朴、尚且保留了一些散句，因而抒写怀抱反而自由一些。《拟咏怀》的语言风格，用他自己的话说就是"不无危苦之辞，惟以悲哀为主"②。其实，庾信在南朝时已有的一些抒发哀思之作，如《燕歌行》等，但这类作品不过是在以悲为美的审美心理作用下的无病呻吟，悲情常与艳辞相连，形成了《隋书·文学传序》所说得"词尚轻险，情多哀思"的特点。所谓"危苦之辞"，当与"轻险"相对，指一种相对质朴的语言风格。变"轻险"为"危苦"之辞，乃是顺应作品情感内涵变化的必然结果。这一点可以从庾信有意识地追求以迥异于南朝的句法看出来。如《拟咏怀》其四云："寓卫非所寓，安齐独未安。"其五云："惟忠且惟孝，为子复为臣。"其十八云："残月如初月，新秋似旧秋。"其二十四云："无闷无不闷，有待何可待。"这些句子用语重复，类同散文，颇伤流丽，迥异于他在南朝的雕章琢句、流利轻婉，但是却准确地传达了亡国辱身的庾信当时那种无可逃避、度日如年的悲苦心境。王夫之对此有较深的认识，他说："子山则情较深，才较大，晚岁经历变故，感激发越，遂弃偷弱之习，变为汗漫之章。"但是他固守儒家诗教，说什么"故闻温柔之为诗教，未闻以为健也"，全盘否定杜甫所作的"庾信文章老更成，凌云健笔意纵横"的评价，

① 钱钟书：《谈艺录》补编本，中华书局1984年版，第299—300页。
② 许逸民：《庾子山集注》，中华书局1980年版，第95页。

从而做出了"读子山《拟咏怀》诸篇，哀其志意，矜其诗则，固有未当也"①的偏颇结论。钱钟书先生所说与王夫之有相承之处，他说："子山所擅，正在早年结习咏物写景之篇，斗巧出奇，调谐切对，为五古之后劲，开五律之先路。至于慨身世而痛家园，如陈氏（沆）所称《拟咏怀》二十七首，遂有肮脏不平之气，而笔舌木强，其心可嘉，其词则何称焉。……如：'谁知志不就，恐有直如弦'；'愦愦天公晓，精神殊乏少'；'对君俗人眼，真兴理无当'。……'吉人长为吉，善人终日善'（按：子山颇喜此体，几类打诨。如……）。皆稚劣是底言语，与平日精警者迥异。其中较流丽如'榆关断音信'一首，而'纤腰减束素，别泪损横波；恨心终不歇，红颜无复多'等语，亦齐梁时艳情别思之常制耳。若朴直凄壮，勿事雕绘而造妙者……在二十七首中寥寥无几。……其诗歌，则入北以来，未有新声，反失故步，大致仍归于早岁之风华靡丽，与词赋之后胜于前者，为事不同。"②钱先生超越了王夫之所固守的儒家诗教说，他所指出的庾信的形式变化也是符合实际的，但是他似乎忽略了庾信作品内容与形式的紧密联系，因而其"其心可嘉，其词则何称焉"的评价稍嫌偏颇。无可否认，《拟咏怀》中有些作品"刮除丽藻"并不彻底。但是钱钟书先生一方面认为"子山所擅，正在早年结习咏物写景之篇"，另一方面又赞赏"朴直凄壮，勿事雕绘而造妙者"，那么就应当尊重庾信在实现文风转变中的努力，而不必苛责他"未有新声，反失故步"。事实上，庾信的《拟咏怀》"刮除丽藻，参以散句"行为，至少部分地革除了南朝文学过分华靡的习气，更有利于作者自由表现自己那种杂乱无章、头绪颠倒的心理状态，这就是王夫之所说的"遂弃偷弱之习，变为汗漫之章"。因此，我们认为《拟咏怀》中出现的一些"拙笔"，是他在追求以合适的形式来表现复杂的内容，这既显示了庾信对于艺术表达的重视，也反映了他所达到的艺术高度。杨慎认为："子山之诗，绮而有质，艳而有骨，清而不薄，新而不尖，

---

① 张国星点校：《古诗评选》，文化艺术出版社1997年版，第290—291页。
② 钱钟书：《谈艺录》补编本，中华书局1984年版，第299—300页。

所以为老成也。"① 沈德潜也认为"悲感之篇，常见风骨"②，这些赞誉充分说明了《拟咏怀》形式变革的意义所在。《拟咏怀》的出现，表明庾信通过模拟汉魏文学，一方面丰富了作品抒情内涵，另一方面又部分地革除了在南方形成的华靡文风。

较之颜之推，庾信的文体改革路径更为明确，实绩也更为突出。学界向来认为庾信主动吸收了北方文学的优长，从而成为南北文风融合的集大成者，但我们似乎忽略了庾信轻视北方文学这一事实。据《朝野佥载》卷六载："时温子升作《韩陵山寺碑》，信读而写其本。南人问信曰：'北方文士何如？'信曰：'唯有韩陵山一片石堪共语，薛道衡、卢思道少解把笔，自余驴鸣犬吠聒耳而已。'"③ 庾信本南方贵族，其文化优越感决定了他主观上难以向北方文人学习。事实上，庾信影响北周的也仍是那些具有南朝特色的作品。《周书·赵僭王招传》载：北周赵王宇文招"学庾信体，词多轻艳"。这样看来，盛材重誉的庾信，虽然和颜之推一样自觉地追求文风变革，但并没有真正改变当时的北朝文风。换言之，入北南人完全与北方文学真正融合的时期，尚没有到来。

四 隋代入北南人的拟作与南北文学的自觉融合

在隋统一中国的进程中，入北南人的数量空前地多了起来。一方面，随着梁、陈的相继覆灭，南方士人的政治优越感丧失殆尽，其文化优越感也日渐丧失；另一方面，北方文士在不断地模拟学习南方的过程中不断成长，一些北方本土优秀作家创作水平已经超越了入北南人和南方作家。政治和文化优势的转换，促使南朝诗人开始主动融合北朝文学。当然，情况也并非一帆风顺。《北史·文苑传序》载："隋文初统万机，每念斫雕为朴，发号施令，咸去浮华。然时俗词藻、犹多淫丽；故宪台执法，屡飞霜

---

① 杨慎：《升庵诗话》卷九，历代诗话续编本，2001 年版。
② 沈德潜：《古诗源》，中华书局 2000 年版，第 3 页。
③ 张鷟：《朝野佥载》，载《笔记小说大观》第 4 编，新兴书局有限公司 1976 年版。

简。炀帝初习艺文，有非轻侧，暨乎即位，一变其体。《与越公书》、《建东都诏》、《冬至受朝诗》及《拟饮马长城窟》，并存雅体，归于典制，虽意在骄淫，而词无浮荡。故当时缀文之士，遂得依而取正焉。"隋文帝试图以行政命令来实现文风变革，然文风变革自有其不以人的意志为转移的规律，轻靡的南朝文风仍然占据着主导地位；直到继位之初的隋炀帝以其帝王之尊和构建"并存雅体"、"词无浮荡"文风的创作实践来引领文风变革，入北南人才开始真正心悦诚服地"依而取正"，具体表现为他们开始模拟以隋炀帝为代表的北方文人的作品。

入隋南人中创作转变最为明显的是王胄和虞世基。王胄仕陈时，起家鄱阳王法曹参军，历太子舍人、东阳王文学。其《枣下何纂纂》二首乃模拟梁简文帝萧纲的同题之作，清丽纤弱，是典型的齐梁体格。陈灭后，王胄为晋安王（杨广）学士，至大业初又为著作佐郎。《北史·文苑传》载："大业初，（胄）为著作佐郎，以文词为炀帝所重。……帝所有篇什，多令继和。"如其《白马篇》便模拟了隋炀帝。《白马篇》是乐府旧题，南朝诗人也有拟作，但是他们大多数并无边塞征战的经历，只是从汉乐府和《汉书》中取材，所以作品内容空洞，如出一辙。而王胄此作虽然也是模拟之作，但是毕竟有现实基础，如诗中所言"鼓行徇玉检，乘胜荡朝鲜"，便是征辽东事件的真实记载，所以此诗对于勇士形象与边塞景象的刻画便具体真实得多。其《纪辽东》二首，也是模拟隋炀帝之作。作品采用前六后五的句式，一改《枣下何纂纂》那种五言四句的精巧形式，打破了南朝新体诗平稳的节奏，一变南方文学的纤弱之态。又如其《敦煌乐二首》，其一云："长途望无已，高山断还续。意欲此念时，气绝不成曲。"此诗乃模拟北朝温子升之作，境界开阔、气象浑成，已具北方特色。总的说来，王胄入北后由于模拟北朝作品，风格已经完全北方化了。与庾信、颜之推不同，王胄已经完全没有前期入北南人的文化矜持，已经主动模拟北方文学，从而也就这真正自觉开始了南北文学的融合。

虞世基的模拟更能说明问题。他在陈朝生活之时，诗风纤弱，如《衡阳王斋阁奏妓诗》，从题目即可看出宫体情调。陈灭之时，他的诗作颇多绝望哀愁之意，如《初渡江诗》："敛策暂回首，掩涕望江滨。无复东南气，空随西北云。"其他如《入关诗》、《零落桐诗》皆情文兼备，已呈现文风变革的迹象。入隋后，由于有了直接跟北朝文人打交道的机会，他开始模拟北朝文人，自觉追求南北文学融合。如其《出塞二首》诗乃和杨素之作。杨素曾统兵到塞上抗击突厥入侵，于边塞征战有亲身体验，而虞世基此前并无亲临边塞的经历，但此诗写边塞的种种情状，尤其是"雾烽黯无色，霜旗冻不翻"一句，刻画细腻，让人有身临其境之感，表现力甚至超过了杨素之作。虞世基通过模拟从杨素的诗歌中获得了直接的启发，但又利用了自己在南朝积累的善于细腻刻画的艺术经验，因此虞世基的成功，实际是融合南北文学之长的结果。虞世基还模拟北方人士的模拟南朝之作。如其《四时白纻歌二首》系模拟隋炀帝之作。《四时白纻歌》本江南民歌，南朝文士如刘烁、鲍照、萧纲、沈约等人均有拟作，北朝文士则很少拟作，直到隋统一后才开始出现少量拟作，但具有明显的北方情调。如隋炀帝诗中"枫叶萧萧江水平"、"飞楼绮观轩若惊"、"还似扶桑碧海上，谁肯空歌采莲唱"等句，于绮靡中常作壮语，非柔媚的南朝作品可比。虞世基本为南人，模拟江南民歌自然驾轻就熟，如"兰苕翡翠但相逐，桂树鸳鸯恒并宿"两句，较之隋炀帝的作品宫体情调要浓郁得多。但是虞世基此作毕竟模拟了隋炀帝，因而其作品也不可避免地带上了北方情韵，如诗之首两句"长洲茂苑朝夕池，映日含风结细漪"，境界开阔，清新而不流于软媚，显然是受北方文学熏染的结果。由此可见，虞世基在会通南北的模拟中，已经初步地形成了扬长避短的自觉，这比王胄的完全倒向北方又要高明一些，因而其创作实绩更大一些。

《北史·文苑传论》："王褒、庾信、颜之推、虞世基、柳䛒、许善心、明克让、刘臻、王贞、虞绰、王胄等，并极南土誉望，又加之以才名，其为贵显，固其宜也。"与王褒、庾信、颜之推等入北作家相比，虞世基等隋代入北南人群体，不再轻视北方文学，开始自觉模拟北朝作家作品，模拟对象由汉魏古辞变为北朝当代作家；从模拟效果来看，他们自己通过模拟实现了文风变革，而这种变革的成果又被时人所摹仿，从而成为一股普遍的文学潮流。通过模拟北朝文学，隋代入北文人一方面改造了自我，另一方面也把自身的优势带入了北朝文学，真正意义上的南北文学融合在隋代开始出现了。《北史·文苑传》载："（胄）与虞绰齐名，同志友善，于时后进之士，咸以二人为准的。"这说明南北文学的融合，已经随着南北政治的一统真正到来了。

　　综上所述，模拟乃是入北南人文风变革的手段。长期以来被人们视为拙劣的模拟以及缺乏创造性的拟作，竟然乃是一种引领和实践文风递变的有效方式。模拟者对于模拟对象的选择，往往意味着对于一种理想文风的认同，而其对于模拟对象所作的种种改变，则可以看作一种建设新文风的努力。从不自觉的文风改变，到自觉的文风建设，再到会通南北的实践，入北南人通过模拟走出了一条曲折的融合南北文学之路。至唐初，魏征在理论上正式提出了融合南北文风的主张："江左宫商发越，贵于清绮，河朔词义贞刚，重乎气质。气质则理胜其词，清绮则文过其意，理深者便于时用，文华者宜于咏歌，此其南北词人得失之大较也。若能掇彼清音，简兹累句，各去所短，合其两长，则文质彬彬，尽善尽美矣。"① 这样看来，入北南人通过模拟实现的文风变革，为唐代新文风的建设指明了路径。

---

　　① 魏征等：《隋书·文学传序》卷七十六，中华书局 1999 年版，第 1730 页。

第十一章

模拟与汉魏六朝文学理论

《文赋序》云："余每观才士之所作，窃有以得其用心。夫放言遣辞，良多变矣，妍蚩好恶，可得而言。每自属文，尤见其情，恒患意不称物，文不逮意，盖非知之难，能之难也。故作《文赋》，以述先士之盛藻，因论作文之利害所由，他日殆可谓曲尽其妙。"陆机这段话的本意是要说明其理论来自对前代作者用心和自己的创作经验的体察，但也启发我们理解模拟和文学理论的关系。在模拟过程中，模拟者一方面，要发现并理解前代才士之用心，还要将其具体化为自身的创作实践，把作为文学理论的"知"转化为作为创作实践的"能"；另一方面，模拟者所固有的"知"，又必然和前人的"知"发生这样或那样的碰撞与融合，在"知"与"能"的互动中，获得新"知"、发展新"能"。这些新"知"、新"能"，或作为经验背景，或以理论形态，间接或直接地推动着文学理论的丰富和发展。换言之，模拟的过程，实际是一个实践与理论的互动过程，模拟必然要推动文学理论的发展。就汉魏六朝文学理论的发展实际而言，模拟主要促进了文体理论、创作理论和风格批评理论的发展。

第一节　模拟与文体论

　　模拟者对于作品体式的模拟，促进了文体的定型与转换，而文体论则是其理论收获。有论者指出："魏晋人在文体研究方面取得成就，与诗文写作中的拟古风气有密切关系"，"不论出于何种原因，拟作者总要大量阅读、揣摩前人所作，于是人们必然对该种文体的起源和发展、代表作家和作品，写作要求和风格特点等逐渐加深了了解"①。这是十分深刻的。总的说来，模拟主要促进了人们对文体特征、文体源流、文体分类和文体研究方法四个方面的理论认识。

　　为了保证模拟的顺利进行，拟作者必须对模拟对象进行深度介入，这也就有利于他们对拟作对象的语言特征、表达方式、结构体式、实际效果等诸多文体特征的认识。以扬雄为例，可以很好地说明这一点。扬雄早年居蜀中时期慕司马相如赋"甚弘丽温雅"，常"拟之以为式"。"拟之以为式"的过程，必然涉及对赋之"式"的认识。扬雄认识到："赋者，将以风之。必推类而言之，极丽靡之辞，闳侈钜衍，竞于使人不能加也；既乃归之于正，然览者已过矣。"② 这段话说明了赋的文体功能、表现手法、语言特征以及实际效果。"将以风之"是指其讽谏的文体功能；"必推类而言之"指赋以铺陈为表现手法；"极丽靡之辞"指赋的语言特征；"劝而不止"则是其实际效果。由此可见，模拟与文体研究是一个双向互动的过程：一方面，文体研究保证了模拟的顺利进行；另一方面，模拟又推动了文体研究的深入。

　　模拟者对模拟对象的选择，推动了人们对文体源流的研究。首先，模拟推动了对文体之源的探究。如汉人多拟作楚辞，在这一过程中他们认识

---

　　① 　王运熙、杨明：《魏晋南北朝文学批评史》，上海古籍出版社 1989 年版，第 11—12 页。
　　② 　班固：《汉书》，中华书局 1962 年版，第 3575 页。

到了"楚辞"乃汉赋之源。如班固《幽通赋》拟《离骚》，理论上则明确奉《离骚》为宗："其文弘博丽雅，为辞赋宗。后世莫不斟酌其英华，则象其从容。"（《全后汉文》卷二十五）显然，他对文体之源的探讨，是建立在模拟楚辞的经验基础上的。后来，刘勰鉴于"爰自汉室，迄至成、哀，虽世渐百龄，辞人九变，而大抵所归，祖述《楚辞》"① 的事实，作出了汉赋"拓宇于楚辞"的结论。其次，模拟还促进了对文体之流的研究。对于后出的模拟者来说，可供他们选择的是一条不断延伸的作品链，因此模拟者常常在序言中罗列可供模拟的对象。不过，这种罗列也不可能是网罗殆尽的，模拟者选取模拟对象的办法，如同编撰总集一样，即先尽可能网罗收集可供模拟的作品，然后取那些对于文体发展比较重要的作品来进行模拟。这一做法，直接启发了人们对文体流别的研究。如傅玄曾拟历代七体作品作《七谟》，又"集古今'七'而品论之，署曰《七林》"②。傅玄编纂《七林》这一总集的过程，和他模拟前代"七"体作品而作《七谟》是同步的。在模拟对象的选取以及再现模拟对象的文体特征的过程中，傅玄对古今"七"体及其文体特征有了深入的认识；而《七林》总集的编撰又方便了人们包括他自己对七体的模拟。挚虞文体研究的方法与目的都与傅玄完全一致。《隋书·经籍志》论"总集"云："总集者，以建安之后辞赋转繁，众家之集日以滋广，晋代挚虞苦览者之劳倦，于是采摘孔翠，芟剪繁芜，自诗赋下各为条贯，合而编之谓为《流别》，是后又集《总钞》。作者继轨，属辞之士，以为覃奥而取则焉。"所谓"以为覃奥而取则"，实质就是作为模拟的样本。由此我们亦可看出，文体研究以历代累积的模拟为基础，而其研究成果又为后人继续模拟提供了方便。据《隋书·经籍志》载，除挚虞《文章流别志》2 卷、《文章流别论》2 卷外，中古研究文体的理论著作尚有李充撰《翰林论》54 卷、谢混撰《文章流别本》12 卷、孔宁撰《续文章流别》3 卷等。单从题名来看，我们就可以推知这些文论

---

① 范文澜：《文心雕龙注》，人民文学出版社 2000 年版，第 672 页。
② 欧阳询：《艺文类聚》卷五十七，中华书局 1965 年版，第 1020—1021 页。

著作的研究目的与傅玄、挚虞等人一致，都重在文体源流的考察。因此，我们有理由认为，历代模拟者对于模拟对象的选择，以及在模拟过程中所获得的认识，促进了人们对文体源流的深入探讨。

模拟者对文体特点的认识，构成了文体分类理论的认识基础。这里的文体分类包含两个层次。第一层次是指体式类别。如《文心雕龙》文体论部分所论以及《文选》所分的诗、赋、论、难等文体类别。模拟的大量存在，实际上确立了某一类文体的体式规范，①从而使之得以和其他文体区别开来，文体分类由此产生。如沈约曾模拟《连珠》，对"连珠"体的认识也较前代有所发展，《艺文类聚》卷五十七录其《注制旨连珠表》云："窃寻连珠之作，始自子云；放易象论，动模经诰。班固谓之命世，桓谭以为绝伦。连珠者，盖谓辞句连续，互相发明，若珠之结排也。虽复金镳互骋，玉轸并驰，妍蚩优劣，参差相间，翔禽伏兽，易以心威，守株胶瑟，难与适变。水镜芝兰，随其所遇；明珠燕石，贵贱相悬。"《隋书·经籍志》总集类收录有沈约注《梁武连珠》一卷。模拟者对文体特点的认识，推动了文体分类的发展；而总集的出现，则是对这一理论成果的确认。显然，集合同一文体的总集的出现，乃是以模拟所获得的文体知识为基础的。《隋书·经籍志》录有大量按文体分类的总集，如《设论集》2卷、《七林》10卷、《论集》73卷等，这些总集的出现与模拟对于文体分类理论的贡献不无关系。第二层次是指题材类别。如陶渊明拟张衡《定情赋》等作《闲情赋》，其序归纳了"情"赋类作品"始则荡以思虑，而终归闲正"②的文体结构方式，成了后人普遍遵守的范式。如谢灵运《江妃赋》、江淹《水上神女赋》，都自觉遵循了这一体式。此外，嵇康《琴赋序》对"音乐"赋、左思《三都赋序》对"京都"赋、陆机《遂志赋序》对"序志"赋、谢灵运《归途赋序》对"行旅"赋、杜台卿《淮赋序》对"江海"赋等都进行了深入的研究，为题材分类作了理论准备。萧统编

① 参见陈恩维《论汉代拟骚之作的文体价值》，《云梦学刊》2004 年第 3 期。
② 逯钦立校注：《陶渊明集》，中华书局 1979 年版，第 153 页。

《文选》赋类下列"京都"、"江海"、"情"、"音乐"等目，而且所收篇目也与上述各赋序所举颇多一致之处，这正说明二者之间的因果关系。另据《隋书·经籍志》载，"某类题材的专集"也在这一时期大量出现，如《乐器赋》10 卷，《伎艺赋》6 卷，《相风赋》7 卷，《杂都赋》11 卷，《遂志赋》10 卷。这些专集往往就是同一题材的模拟之作的总集，如其中"《五都赋》六卷"下注"并录张衡及左思撰"，左思《三都赋》乃拟张衡《二京赋》，由此可见模拟对文体题材分类的影响。以诗为例，江淹《杂体诗三十首》选取自西汉至刘宋时期共 30 家（"古离别"为一家）为模拟对象，并且以二字为每位诗人标出其题材特点，如陈思王"赠友"、阮步兵"咏怀"、潘黄门"述哀"、左思"咏史"、郭弘农"游仙"、陶征君"田居"、谢临川"游山"等。《文选》诗分类与选目大体与此相同，并且最后列"杂拟"一类，所录诗作居各类之首，并以江淹《杂体诗三十首》殿后，这些无一不显示出模拟与《文选》分类的渊源。模拟还促进了文体研究方法的自觉。如傅玄《连珠序》、《七谟序》的文体研究方法是先探文体之源，然后罗列历代模拟以检文体之流，最后归纳出文体基本特征；挚虞的文体研究，先定《流别》，后集《总钞》，其基本思路仍是沿袭傅玄。

第二节　模拟与创作论

在模拟过程中，模拟者居进到作者的位置，对作者的用心进行近似的再现，因此能够整合前代才士之用心和自我创作经验，形成新的创作经验。也就是说，模拟者既是他人创作经验的继承者，也是新的经验的创造者，而创作理论就是对这些经验的提升。缘此，模拟对创作理论的发展，有特殊的促进作用。中古时期以比较系统的理论形态出现的创作理论虽然主要集中在陆机《文赋》、刘勰《文心雕龙》等专文、专著中，但许多创作理论实际上在人们的模拟实践中已经萌芽。

模拟的发生过程，实际是模拟者为自己的"情"寻找情感共振点以及合适的文本形式的过程。因而，模拟者在模拟实践中有机会涉及并解决创作理论中的基本问题——情与辞的关系问题。汉代赋家的模拟多强调作品的政教功能，而不大注重形式创新。建安时期，开始出现偏重作品文辞的倾向。陆云在拟王粲《登楼赋》作《登台赋》的过程中，首次明确提出了"文"如何"言情"的问题，其《与兄平原书》云："今送君苗《登台赋》，为佳手笔，云复更定，复胜此不？知能愈之不？……视仲宣赋集，《初征》、《登楼》，前耶甚佳，其余平平，不得言情处，此贤文正自欲不茂，不审兄呼尔不？"随后，他又在自己的模拟实践中对这一问题进行了探索。陆云有《愁霖赋》、《喜霁赋》，从其序文可知它们都是不折不扣的拟作。《与兄平原书》谈及这两篇作品的写作过程："久不复作文，了无复次第。真玄昔屡闻周侯至论，前比《霖雨》。此下人亦作《愁霖赋》，好丑允敦。又因人见督，自愁惨，又了无复意。此家勤勤难违之，亦复毒此雨，忧邑聊作之，因以言哀思，又作《喜霁》，今送。云作为易得耳，穷不好，故都绝意。此间人呼作者皆休，故不得不有所送，不审此何成。已出之，故为存不弃耳。"《愁霖赋》、《喜霁赋》是在情感准备不足的情况下写的，其创作过程可谓"先辞而后情"。陆云在模拟实践中蒙眬地意识到了先辞而后情的不足，因此尽管别人对《愁霖赋》等评价甚高，但他自己仍是有所保留。相反，他对其得意之作《岁暮赋》的创作与评论便不是这样了。《岁暮赋序》云："余祗役京邑，载离永久。永宁二年春，忝宠北郡；其夏又转大将军右司马于邺都。自去故乡，荏苒六年，惟姑与姊，仍见背弃。衔痛万里，哀思伤毒。而日月逝速，岁聿云暮。感万物之既改，瞻天地而伤怀，乃作赋以言情焉。"《岁暮赋》的创作有深刻的情感体验，故其成就在《愁霖》等赋之上。《与兄平原书》云："诲《岁暮》，如兄如所诲，云意亦如前启。情言深至，《述思》自难希。每忆常侍自论文，为当复自力耳。云意呼发头，但当小不如复耳。兄乃不好者，试当更思之。所诲云文，所比《愁霖》、《喜霁》之徒，实有可尔者。"陆云在模拟中认识到了

"先辞而后情"的弊端以及"先情而后辞"的合理性，因而改弦更张，并进而劝导陆机也改变创作原则："往日论文，先辞而后情，尚洁而不取悦泽。尝忆兄道张公父子论文，实自欲得。今日便欲宗其言。"陆机此前模拟一味注重"欲丽前人，而悠游清典"，先辞而后情，但受陆云的影响，他以"文温以丽，意悲而远"的五言古诗为所拟对象，情辞兼重，并进而在《文赋》中提出了"诗缘情而绮靡"这一新语，对创作中的情辞关系作出了比较圆满的回答。《文心雕龙·定势》云："又陆云自称'往日论文，先辞而后情，尚势而不取悦泽，及张公论文，则欲宗其言。'夫情固先辞，势实须泽，可谓先迷后能从善矣。"此后，《文心雕龙·情采》对情辞关系有更详细的解说："故情者，文之经；辞者，理之纬。经正而后纬成，理定而后辞畅，此立文之本源也。"《文心雕龙·熔裁》亦云："凡思绪初发，辞采苦杂，心非权衡，势必轻重。是以草创鸿笔，先标三准：履端于始，则设情以位体；举正于中，则酌事以取类；归余于终，则撮辞以举要。"所谓"三准"，归根到底还是服务于情辞兼重的创作原则。今天，我们在高度肯定陆机"诗缘情而绮靡"这一新语以及刘勰的相关论述的理论价值的同时，不应该忘记，这一理论与模拟实践的深刻关联。

模拟还促进了人们对一些具体的创作技巧的重视。模拟对象的存在，使模拟者有了可供比较的参照物，能够通过比较发现自己作品的优缺点。此外，模拟者常常持一种超越的态度，也会刺激他们格外重视写作技巧。陆云曾拟蔡邕《祖德颂》，进行了多次修改，《与兄平原书》云："海颂兄意乃以为佳，甚以自慰。今易上韵，不知差前不？不佳者，愿兄小为损益。今定下云'灵旆电挥'，因兄见许，意遂不恪。不知可作蔡氏《祖德颂》比不？"①在超越心理的支配下，在斟词酌句的技巧磨炼中，写作技巧理论自然会获得发展。如陆云对其模拟《九愍》的修改，便直接启发了刘

---

① 黄葵：《陆云集》卷八，中华书局1979年版，第146页。（按："灵襫电挥"一语，其义难通。考陆云《祖考颂》中有"灵旆电挥"语，故当据改。此虽一字之差，但正可见古人在模拟创作中用字之谨慎，故出校。）

勰关于字句删削的理论。《与兄平原书》云："《九悲》、《九愁》，连日钞除，所去甚多。才本不精，正自极此，愿兄小为之定一字两字，出之便欲得。"而《文心雕龙·熔裁》云："故三准既定，次讨字句。句有可削，足见其疏；字不得减，乃知其密。精论要语，极略之体；游心窜句，极繁之体。谓繁与略，适分所好。引而申之，则两句敷为一章，约以贯之，则一章删成两句。思赡者善敷，才核者善删。善删者字去而意留，善敷者辞殊而义显。字删而意缺，则短乏而非核；辞敷而言重，则芜秽而非赡。"当然，模拟中涉及的写作技巧理论不止如此。陆云拟王粲《登楼赋》作《登台赋》，因为"《登楼》名高，恐未可越尔"，所以致书其兄请求："愿小有损益，一字两字，不敢望多。音楚，愿兄便定之。"《文心雕龙·声律》云："及张华论韵，谓士衡多楚，《文赋》亦称不易……音以律文，其可忘哉？"由此可证，陆云兄弟在模拟中对音韵问题的探讨，为刘勰论声律提供了参考。在接受了陆机的意见对《登台赋》作出修改后，陆云终于敢进一步说："《登楼赋》无乃烦《感丘》。其《吊夷齐》，辞不为伟。兄二吊自美之。但其呵二子小工，正当以此言为高文耳。文中有'于是'、'尔乃'，于转句诚佳。然得不用之益快，有故不如无。又于文句中自可不用之，便少亦常。云四言转句，以四句为佳。往曾以兄《七羡》'回烦手而沈哀'结上两句为孤，今更视定，自有不应用时，期当尔，复以为不快，故前多有所去。《喜霁》'俯顺习坎、仰炽重离'，此下重得如此语为佳，思不得其韵。愿兄为益之。"这里又提出了如何转韵的问题。这一成果也被刘勰所吸收。《文心雕龙·章句》云："昔魏武论赋，嫌于积韵，而善于资代。陆云亦称四言转句，以四句为佳。观彼制韵，志同枚、贾。然两韵辄易，则声韵微躁；百句不迁，则唇吻告劳。"刘勰对陆机、陆云产生于模拟实践中的有关创作主张作了引用，说明了模拟实践对于发展创作理论所具有的一定的意义。

第三节　模拟与风格论

　　模拟的过程，实际是模拟者对模拟对象的审美体味与艺术认同的过程。在模拟发生的每个环节，无论是模拟对象的选择、服务于写作的阅读，还是表意的物化的过程，都必然会涉及对被模拟者的个性色彩和个人风格的发现与评价。模拟就是在这个意义上和风格批评理论建立了联系。

　　模拟者对于模拟与风格形成的关系的认识，有一个渐进的过程。汉代人多汲汲于文体模拟，还难以认识到模拟对于作家风格形成的意义。如《全后汉文》卷十五载桓谭"少时好《离骚》，博观他书，辄欲反学"，见"扬子云之丽文高论，不自量年少新进，而猥欲逮及"。在频繁更换模拟对象的过程中，他虽然发现了"文家各有所慕，或好浮华而不知实核，或美众多而不见要约"（《文心雕龙·定势》引）的现象，但并没有认识到模拟对于个体风格形成的作用。刘勰认识到了模拟对于风格形成的影响。《文心雕龙·杂文》论模拟之于文体风格的形成云："自《七发》以下，作者继踵……自桓麟《七说》以下，左思《七讽》以上，枝附影从，十有余家。或文丽而义暌，或理粹而辞驳。观其大抵所归，莫不高谈宫馆，壮语畋猎。穷瑰奇之服馔，极蛊媚之声色。甘意摇骨髓，艳词洞魂识，虽始之以淫侈，而终之以居正。然讽一劝百，势不自反。"《文心雕龙·才略》论模拟之于作家个人风格的形成云："相如好书，师范屈宋，洞入夸艳，致名辞宗。"《文心雕龙·定势》论模拟之于个体风格的变化则云："模经为式者，自入典雅之懿；效《骚》命篇者，必归艳逸之华。"《文心雕龙·情采》论时代风格的转换则云："后之作者，采滥忽真，远弃风雅，近师辞赋，故体情之制日疏，逐文之篇愈盛。"刘勰上述关于风格形成的种种论述，大多与他对模拟的考察有关。

　　魏晋以来，模拟重点由文体向作家、作品个体转换，与之相应，风格批评也经历了由文体风格批评向个体风格批评的变迁。汉代文学尚没有自觉，专业的批评家也暂时还没有出现，只有一些作家在对屈骚和汉赋进行模拟时顺带对所拟对象进行了一些比较粗略的批评。汉代人对所拟对象的批评多半还是一种文体批评，还不能准确地把握作家个体的创作个性。如扬雄批评"诗人之赋丽以则，辞人之赋丽以淫"①，就主要是着眼总体上的差别来进行风格批评。而班固《汉书·叙传》批评司马相如"文艳用寡，子虚乌有，寓言淫丽，托风终始，多识博物有可观采，蔚为辞宗赋颂之首"。这与其说是对作家个人的风格批评，毋宁说是一种文体批评。魏晋以来，作家的创作个性与风格逐渐凸显。与此相应，人们在模拟中也开始关注作家作品的个性与风格。傅玄《七谟序》、《连珠序》在总结了文体风格后，进一步辨析了每一位作家的个体风格。而陆机《遂志赋序》对模拟的批评"崔氏简而有情，《显志》壮而泛滥，《哀系》俗而时靡，《玄表》雅而微素，《思玄》精练而和惠"，则完全是对作家个体创作风格的批评。有了对模拟对象的个体风格的把握，作家自身也就获得了求同存异的可能，反过来个体风格批评意识的形成，又会促使作家在模拟中追求创作个性。由此可见，模拟的个性化与作家风格批评的自觉是互为因果的。

模拟还促进了人们对于时代风格的批评。当模拟者比较倾心于某一时期的作家作品而对之进行整体模拟时，他们便获得了呈现作家个体特性与时代共性的机会，同时也可能推动对某一时代的创作风格的批评。如谢灵运有《拟魏太子邺中集诗》8首，分拟曹丕、曹植兄弟和建安诸子。首先，谢灵运通过拟诗的总序介绍了建安文学产生的背景。接着，他又以小序结合个人身世论作家创作特色，如评王粲："家本秦川，贵公子孙，遭乱流寓，自伤情多"；称陈琳为："袁本初书记之士，故述丧乱事多"；述徐干："少无宦情，箕颍之心事，故仕世多素辞"；论刘桢："卓荦偏人，而文最有气，所得颇经奇"；论应瑒："汝颍之士，流离世故，颇有飘薄之叹"；叙阮瑀："管书记之任，有优渥之言"；论曹植："公子不及世事，但美遨

---

① 汪荣宝：《法言义疏·吾子》，中华书局 1987 年版，第 49 页。

游，然颇有忧生之嗟"①。其组诗对建安文人的整体模拟，则具体再现了建安文学的总体时代特色。在谢灵运之前，我国文学批评史上还不曾有人从细致的个体风格批评的基础上进而总体把握一个时代的创作风格。《拟魏太子邺中集诗》这组拟作在我国批评史上具有深刻的方法论意义：一方面，它直接启发了人们通过集中模拟一个时代作家的个体风格来把握这个时代的总体风格；另一方面，它开启了从时代背景、个人经历上把握作家创作个性的批评范例。

如果说谢灵运《拟魏太子邺中集诗》引发的还只是对一个时代风格的品评，注重的主要还是同一时代作家风格的共性的话，那么江淹《杂体诗三十首》，则注意到了不同时代、地域作家风格之差异。其序云："夫楚谣汉风，既非一骨；魏晋制造，固亦二体，譬犹蓝朱成彩，杂错之变无穷；宫角为音，靡曼之态不极。故蛾眉讵同貌，而俱动于魄，芳草宁共气，而皆悦于魂，不其然欤！"② 江淹认为偏爱一时一地的作品都是"滞"与"迷"的表现，因此他选择了自西汉到刘宋共 30 位诗人的不同题材的作品进行模拟，目的是要展现自己的具美兼善的思想，以抵制流俗。何焯《义门读书记》曰："所拟既众，才力高下，时有不齐，意制体源，阔轶尺寸。爰自椎轮汉京，迄乎大明、太始，五言之变，旁备无遗矣。"③《竹林诗评》曰："江淹清婉秀丽，才思有余。《杂拟》之作，如季札聘鲁，四代之乐并歌于庭，非天下之至聪，其孰能喻。"④ 谢灵运、江淹以模拟为批评，直接推动了风格批评的丰富与深入。《石林诗话》云："魏晋间人诗，大抵专工一体，如'侍宴'、'从军'之类。故后来相与祖习者，亦但因所长而取之耳。谢灵运《拟邺中七子》与江淹《杂拟》是也。梁钟嵘作《诗品》，皆云某人诗出于某人，亦以此为然。"⑤ 诚然，人们在模拟时，对众多的作家

---

① 顾绍柏：《谢灵运集校注》，中州古籍出版社 1987 年版，第 140—155 页。
② 胡之骥：《江文通集汇注》卷四，中华书局 1984 年版，第 136 页。
③ 何焯：《义门读书记》卷四十七，中华书局 1987 年版，第 938 页。
④ 吴景旭：《历代诗话》卷三十三，中华书局 1958 年版，第 351 页。
⑤ 叶梦得：《石林诗话》，丛书集成初编本，中华书局 1991 年版，第 26 页。

作品从风格上加以辨别和分析，比较各家风格的异同，这就逐渐形成了某家源出某家的概念，由此也可看出模拟之于风格批评理论的启发与推动作用。

主要参考文献

阮元校刻：《十三经注疏》，中华书局 1980 年影印本。

朱熹撰：《诗集传》，上海古籍出版社 1980 年版。

皮锡瑞撰：《经学历史》，中华书局 1959 年版。

毛先舒撰：《诗辩坻》，四库全书存目丛书补编本。

朱熹：《四书章句集注》，上海古籍出版社、安徽教育出版社 2001 年版。

司马迁撰：《史记》、《裴骃集解》、《司马贞索隐》、《张守节正义》，中华书局 1959 年版。

班固撰：《汉书》，颜师古注，中华书局 1962 年版。

范晔：《后汉书》，李贤等注，中华书局 1973 年版。

陈寿撰：《三国志》，裴松之注，中华书局 1959 年版。

房玄龄等撰：《晋书》，中华书局 1974 年版。

沈约撰：《宋书》，中华书局 1974 年版。

子显撰：《南齐书》，中华书局 1972 年版。

襄撰：《梁书》，中华书局 1973 年版。

撰：《陈书》，中华书局 1972 年版。

《南史》，中华书局 1975 年版。

魏收撰：《魏书》，中华书局 1974 年版。

李百药撰：《北齐书》，中华书局 1972 年版。

令狐德棻撰：《周书》，中华书局 1971 年版。

李延寿撰：《北史》，中华书局 1974 年版。

魏征撰：《隋书》，中华书局 1973 年版。

张廷玉等撰：《明史》，中华书局 1974 年版。

章宗源撰：《隋书经籍志考证》，二十五史补编本，中华书局 1955 年版。

郭庆藩撰：《庄子集释》，中华书局 1961 年版。

扬雄：《法言义疏》，汪荣宝校，中华书局 1987 年版。

桓谭撰：《新论》，上海人民出版社 1977 年版。

扬雄：《太玄校释》，郑万耕校释，北京师范大学出版社 1989 年版。

段玉裁撰：《说文解字段注》，成都古籍书店 1981 年版。

刘义庆：《世说新语校笺》，徐震堮校笺，中华书局 2001 年版。

萧绎撰：《金楼子》，四库全书本。

杨衒之：《洛阳伽蓝记校注》，范祥雍校注，上海古籍出版社 1978 年版。

遍照金刚：《文镜秘府论》，人民文学出版社 1975 年版。

皮日休撰：《皮子文薮》，上海古籍出版社 1981 年版。

王楙撰：《野客丛书》，中华书局 1987 年版。

颜之推：《颜氏家训集解》，王利器集解，上海古籍出版社 1980 年版。

刘知几：《史通通释》，浦起龙释，上海古籍出版社 1978 年版。

遍照金刚：《文镜秘府论》，周维德点校，人民文学出版社 1980 年版。

朱熹：《朱子语类》，黎靖德编，中华书局 1986 年版。

洪迈：《容斋随笔》，上海古籍出版社 1978 年版。

周婴撰：《卮林》，丛书集成初编本，商务印书馆 1936 年版。

陶宗仪撰：《说郛》，四库全书本。

顾炎武：《日知录集释》，黄汝成释，上海古籍出版社 1985 年版。

顾炎武撰：《音学五书》，中华书局 1982 年版。

刘肃撰：《大唐新语》，中华书局 1984 年版。

晁公武撰：《郡斋读书志》，四库全书本。

何焯：《义门读书记》，崔维高点校，中华书局 1987 年版。

章学诚：《文史通义校注》，叶瑛校注，中华书局 1985 年版。

马总撰：《意林》，丛书集成初编本，中华书局 1991 年版。

刘撰：《西京杂记校注》，向新阳、刘克任注，上海古籍出版社 1991 年版。

释道宣撰：《广弘明集》，上海书店 1989 年版。

刘餗撰：《隋唐嘉话》，中华书局 1979 年版。

洪迈撰：《楚辞补注》，中华书局 1983 年版。

朱熹撰：《楚辞集注》，上海古籍出版社 1979 年版。

杜松柏主编：《楚辞汇编》，台北新文丰出版股份有限公司 1986 年版。

汪瑗撰：《楚辞集解》，北京古籍出版社 1994 年版。

王夫之撰：《楚辞通释》，上海人民出版社 1975 年版。

姜亮夫撰：《楚辞书目五种》，中华书局 1961 年版。

严可均辑：《全上古三代秦汉三国六朝文》，中华书局 1999 年版。

逯钦立辑校：《先秦汉魏晋南北朝诗》，中华书局 1998 年版。

萧统编：《六臣注文选》，李善等注，浙江古籍出版社 1999 年版。

徐陵编：《玉台新咏笺注》，穆克宏点校，中华书局 1985 年版。

郭茂倩辑：《乐府诗集》，中华书局 1979 年版。

阳询撰：《艺文类聚》，上海古籍出版社 1982 年版。

辑：《汉魏六朝百三名家集》，江苏古籍出版社 2002 年版。

《六朝选诗定论》，四库全书存目丛书补编本。

选唐宋诗醇》，四库全书本。

苑》，万有文库本，商务印书馆 1937 年版。

》，中华书局 1987 年版。

司马相如：《司马相如集校注》，金国永校注，上海古籍出版社 1993 年版。

扬雄：《扬雄集校注》，张震泽校注，上海古籍出版社 1993 年版。

张衡：《张衡诗文集校注》，张震泽校注，上海古籍出版社 1986 年版。

俞绍初辑校：《建安七子集》，中华书局 1989 年版。

曹植：《曹植集校注》，赵幼文校注，人民文学出版社 1984 年版。

丁晏：《曹集诠评》，商务印书馆 1935 年版。

阮籍：《阮籍集校注》，陈伯君校注，中华书局 1987 年版。

嵇康：《嵇康集校注》，戴明扬校注，人民文学出版社 1962 年版。

陆机：《陆机集》，金涛声点校，中华书局 1988 年版。

陆云：《陆云集》，黄葵点校，中华书局 1988 年版。

陶渊明：《陶渊明集》，逯钦立校注，中华书局 1979 年版。

谢灵运：《谢灵运集校注》，顾绍柏校注，中州古籍出版社 1987 年版。

鲍照：《鲍参军集注》，钱钟联增补集校，上海古籍出版社 1980 年版。

江淹：《江文通集汇注》，胡之骥汇注，中华书局 1984 年版。

庾信：《庾子山集注》，倪璠集注，中华书局 1980 年版。

沈约：《沈约集校笺》，陈庆元校笺，浙江古籍出版社 1995 年版。

卢照邻：《卢照邻集笺注》，祝尚书笺注，上海古籍出版社 1994 年版。

元稹：《元稹集》，冀勤点校，中华书局 1982 年版。

杨维祯：《东维子集》，四库全书本。

李梦阳：《空洞先生集》，明代论著丛刊本，伟文图书出版有限公司 1976 年版。

何景明：《何天复先生全集》，明代论著丛刊本，伟文图书出版有限公司 1976 年版。

袁宏道：《袁宏道集笺校》，钱伯城笺校，上海古籍出版社 1981 年版。

钟惺：《隐秀轩集》，李先耕、崔重庆标校，上海古籍出版社 1992 年版。

姜夔：《白石道人诗集》，上海书店 1987 年版。

王若虚：《滹南遗老集》，丛书集成初编本，商务印书馆 1935 年版。

方苞：《方望溪先生全集》，万有文库本，商务印书馆 1935 年版。

朱彝尊：《曝书亭集》，商务印书馆 1935 年版。

吴景旭：《历代诗话》，中华书局 1958 年版。

何文焕辑：《历代诗话》，中华书局 1981 年版。

丁福保辑：《历代诗话续编》，中华书局 1983 年版。

刘勰：《文心雕龙注》，范文澜注，人民文学出版社 2000 年版。

钟嵘：《诗品集注》，曹旭集注，上海古籍出版社 1994 年版。

陆机：《文赋集释》，张少康集释，上海古籍出版社 1984 年版。

黄伯思撰：《东观余论》，丛书集成初编本，中华书局 1991 年版。

祝尧：《古赋辩体》，四库全书本。

陈第撰：《屈宋古音义》，四库全书本。

叶梦得撰：《石林诗话》，丛书集成初编本，中华书局 1991 年版。

严羽：《沧浪诗话》，郭绍虞校释，人民文学出版社 1983 年版。

左克明撰：《古乐府》，四库全书本。

胡应麟撰：《诗薮》，中华书局 1958 年版。

刘熙载撰：《艺概》，上海古籍出版社 1978 年版。

沈德潜撰：《古诗源》，中华书局 2000 年版。

王夫之辑：《清诗话》，上海古籍出版社 1978 年版。

郭绍虞辑：《清诗话续编》，上海古籍出版社 1983 年版。

陈祚明撰：《采菽堂古诗选》，康熙四十五年刻本。

王夫之：《古诗评选》，张国星点校，文化艺术出版社 1997 年版。

方东树撰：《昭昧詹言》，人民文学出版社 1961 年版。

许学夷：《诗源辩体》，杜维沫点校，人民文学出版社 1987 年版。

王国维：《人间词话讲疏》，许文雨讲疏，成都古籍书店 1983 年版。

魏庆之撰：《诗人玉屑》，上海古籍出版社 1978 年版。

蔡桢撰：《词源疏证》，中国书店 1985 年版。

王世贞撰：《艺苑卮言校注》，罗仲鼎校注，齐鲁书社 1992 年版。

刘衍文、刘永翔：《续诗品详注》，上海书店出版社 1993 年版。

袁枚撰：《随园诗话》，人民文学出版社 1982 年版。

薛雪撰：《一瓢诗话》，人民文学出版社 1998 年版。

叶燮撰：《原诗》，人民文学出版社 1979 年版。

王苞孙撰：《读赋厄言》，国朝名人著述丛编，斐然山房刻本，清光绪九年。

张玉縠撰：《古诗赏析》，上海古籍出版社 2000 年版。

冯班撰：《钝吟杂录》，四库全书本。

章太炎：《章氏丛书》，世界书局 1983 年版。

鲁迅：《鲁迅全集》，人民文学出版社 1973 年版。

郭沫若：《郭沫若全集》，人民文学出版社 1982 年版。

朱光潜：《朱光潜全集》，安徽教育出版社 1987 年版。

朱自清：《朱自清全集》，江苏教育出版社 1996 年版。

刘师培：《中国中古文学史·论文杂记》，人民文学出版社 1998 年版。

刘师培：《刘师培论学论政》，复旦大学出版社 1990 年版。

钱穆：《中国文学论丛》，生活·读书·新知三联书店 2002 年版。

鲁迅：《汉文学史纲要》，人民文学出版社 1973 年版。

曾毅：《中国文学史》，泰东图书局 1929 年版。

陆侃如、冯沅君：《中国诗史》，人民文学出版社 1956 年版。

刘大杰：《中国文学发展史》，古典文学出版社 1957 年版。

萧涤非：《汉魏六朝乐府文学史》，人民文学出版社 1986 年版。

徐公持：《魏晋文学史》，人民文学出版社 1999 年版。

胡国瑞：《魏晋南北朝文学史》，上海文艺出版社 1980 年版。

曹道衡、沈玉成：《南北朝文学史》，人民文学出版社 1991 年版。

许结：《两汉文学思想史》，南京大学出版社 1990 年版。

陆侃如：《中古文学系年》，人民文学出版社 1985 年版。

罗宗强：《魏晋南北朝文学思想史》，中华书局 2002 年版。

王运熙、杨明：《魏晋南北朝文学批评史》，上海古籍出版社 1989 年版。

王钟陵：《中国中古诗歌史》，江苏教育出版社 1988 年版。

王钟陵：《文学史新方法论》，苏州大学出版社 1993 年版。

王钟陵：《中国前期文化心理研究》，重庆出版社 1991 年版。

王瑶：《中古文学史论》，北京大学出版社 1998 年版。

曹道衡：《中古文学史论文集》，中华书局 1986 年版。

陈庆元：《中古文学论稿》，天津人民出版社 1992 年版。

程章灿：《魏晋南北朝赋史》，江苏古籍出版社 2001 年版。

姜书阁：《汉赋通义》，齐鲁书社 1989 年版。

陈庆元：《赋：时代投影与体制演变》，广西师范大学出版社 2000 年版。

钱钟书：《管锥编》，中华书局 1986 年版。

钱钟书：《谈艺录》补编本，中华书局 1984 年版。

程千帆：《文论十笺》，黑龙江人民出版社 1983 年版。

周勋初：《周勋初文集》，江苏古籍出版社 2001 年版。

钱志熙：《魏晋诗歌艺术原论》，北京大学出版社 1993 年版。

许结：《张衡评传》，南京大学出版社 1999 年版。

魏明安、赵以武：《傅玄评传》，南京大学出版社 1996 年版。

刘跃进：《门阀士族与永明文学》，生活·读书·新知三联书店 1996 年版。

钟优民：《曹植新探》，黄山书社 1984 年版。

胡大雷：《中古文学集团》，广西师范大学出版社 1996 年版。

胡大雷：《文选诗研究》，广西师范大学出版社 2000 年版。

胡大雷：《中古诗人抒情方式的演进》，中华书局 2003 年版。

胡大雷：《宫体诗研究》，商务印书馆 2004 年版。

郭建勋：《汉魏六朝骚体文学研究》，湖南教育出版社 1997 年版。

刘跃进主编：《六朝作家年谱辑要》，黑龙江教育出版社 1999 年版。

徐志啸辑：《历代赋论辑要》，复旦大学出版社 1991 年版。

梅家玲：《汉魏六朝文学新论——拟代与赠答篇》，里仁书局 1997 年版。

《汉魏六朝诗鉴赏辞典》，上海辞书出版社 1992 年版。

余英时：《士与中国文化》，上海人民出版社 2003 年版。

李彬：《传播学引论》，新华出版社 1993 年版。

刘绍瑾：《庄子与中国美学》，广东高教出版社 1989 年版。

林文月：《拟古》，洪范书店有限公司 1993 年版。

李泽厚、刘纲纪：《中国美学史》，中国社会科学出版社 1984 年版。

朱立元主编：《二十世纪西方美学经典文本》，复旦大学出版社 2001 年版。

朱立元：《现代西方美学史》，上海文艺出版社 1993 年版。

朱立元：《现代西方美学史》，上海文艺出版社 1993 年版。

伍蠡甫：《西方文论选》，上海译文出版社 1976 年版。

张隆溪：《比较文学译文集》，北京大学出版社 1982 年版。

兴膳宏：《六朝文学论稿》，彭恩华译，长沙岳麓书社 1986 年版。

〔日〕清水凯夫：《六朝文学论集》，韩基国译，重庆出版社 1989 年版。

〔日〕铃木虎雄：《赋史大要》，殷石臞译，正中书局 1947 年版。

〔古希腊〕亚里士多德：《诗学》，罗念生译，中国戏剧出版社 1986 年版。

〔美〕哈罗德·布鲁姆：《影响的焦虑》，徐文博、甘阳译，生活·读书·新知三联书店 1986 年版。

〔英〕爱德华·扬格：《试论独创性作品》，袁可嘉译，人民文学出版社 1963 年版。

〔德〕黑格尔：《美学》，商务印书馆 1979 年版。

〔俄〕高尔基等：《给青年作家》，靖华、绮雨等译，生活书店 1937 年版。

〔德〕布洛瓦：《诗的艺术》，人民文学出版社 1959 年版。

〔美〕蒂菲纳·萨莫瓦：《互文性研究》，天津人民出版社 2003 年版。

［加］斯蒂文·托托西：《文学研究的合法化》，北京大学出版社 1997年版。

［英］艾略特：《艾略特文学论文选》，百花洲文艺出版社 1992 年版。

宇文所安：《中国文论英译与评论》，王柏华、陶庆梅译，上海社会科学院出版社 2003 年版。

曹道衡：《论江淹的拟古诗》，载《中古文学史论文集》，中华书局1986 年版。

毛庆：《如何评价陆机拟古诗》，《中州学刊》1987 年第 1 期。

谌东飚：《论刘宋诗坛的复古》，《求索》1992 年第 1 期。

宗明华：《先秦两汉辞赋的模拟观象分析》，《烟台大学学报》1995 年第 4 期。

钱志熙：《齐梁拟乐府诗赋题法初探——兼论乐府诗写作方法之流变》，《北京大学学报》1995 年第 4 期。

俞灏敏：《文学的模拟与文学的自觉——魏晋六朝杂拟诗略论》，《学术月刊》1997 年第 2 期。

胡大雷：《论江淹拟古诗的两大类别》，《首都师范大学学报》2000 年第 5 期。

刘则鸣：《上追汉魏，不染时风——鲍照拟乐府诗略论》，《内蒙古大学学报》2000 年第 6 期。

赵红玲：《中古拟诗研究》，博士论文，上海师大，2002 年。

冯秀娟：《魏晋六朝拟古诗研究》，硕士论文，台湾大学"中国文学研究所"2003 年。

陈恩维：《论中古拟古诗的传统与新变》，《广西师范大学学报》2002年增刊。

陈恩维：《试论扬雄赋的模拟与转型》，《中国韵文学刊》2003 年第2 期。

陈恩维：《司马相如的拟作与汉赋之定型》，《南阳师范学院学报》2004 年第 1 期。

陈恩维：《论汉代拟骚之作的文体价值》，《云梦学刊》2004 年第 3 期。

陈恩维：《论汉代反复古文学思想的逻辑进程》，《内蒙古社会科学》2004 年第 6 期。

陈恩维：《创作、批评与传播——论建安同题共作的三重功能》，《中国文学研究》2004 年第 4 期。

陈恩维：《论曹植的拟赋及其创作历程》，《苏州大学学报》2004 年第6 期。

陈恩维：《傅玄拟作与魏晋之际文学变迁》，《宁夏大学学报》2005 年第 4 期。

陈恩维：《汉代设论文的魅力及魅力的失落——兼论汉代士人典型人格的构建》，《韶关学院学报》2006 年第 1 期。

陈恩维：《江淹〈杂体诗〉的方法论意义——兼驳〈杂体诗〉"非其本色"说》，《佛山科学技术学院学报》2006 年第 3 期。

陈恩维：《试论模拟与北朝文学的南方化》，《湖南文理学院学报》2006 年第 4 期。

陈恩维：《论张衡拟赋与汉赋递变的路径》，《怀化学院学报》2006 年第 7 期。

陈恩维：《论汉魏六朝拟作的创造性》，《求索》2006 年第 6 期。

陈恩维：《论汉魏六朝模拟之作的类型及其文学史意义》，《井冈山学院学报》2008 年第 1 期。

陈恩维：《汉代模拟辞赋的文体意义》，《广西师范大学学报》2008 年第 3 期。

陈恩维：《论模拟与文学史演进——以汉魏六朝文学为例》，《中国文学研究》2008 年第 2 期 。

陈恩维：《模拟与汉魏六朝文论》，《文艺理论研究》2008 年第 4 期。

陈恩维：《陆机的模拟策略及其诗学意义》，《中国韵文学刊》2009 年第 2 期。

陈恩维:《入北南人的拟作与南北朝文风的融合》,《福州大学学报》2009 年第 5 期。

后　记

　　此书以我的博士论文为基础，也是我的博士后出站报告。更早的缘起，则可以追溯到我攻读硕士学位时的一篇小论文《论中古拟古诗的传统与新变》。算来，我对"模拟与汉魏六朝文学嬗变"这一课题，耕耘已经十个春秋了。

　　选择研究中国古代文学中"模拟"创作方式，与我的一段独特的成长经历有关。1991 年 6 月，初中即将毕业的我，为了早日跳出"农门"，选择报考了中等师范学校，永远地失去了读大学的机会。三年后，为了一圆业已破碎的大学梦，我在任教于家乡的一所乡村小学的同时，选择参加了全国高等教育自学考试。当时面对的困难是很明显的，没有老师点拨，没有同事交流，甚至还买不到指定的教材。摹仿，成了我的最好的学习方式。

　　1999 年 9 月，我考入了广西师范大学胡大雷教授门下，攻读古代文学硕士学位。胡大雷教授是研究汉魏六朝文学的著名学者，自身研究和指导学生均有一套带有"魏晋风度"的方法。我常常因仰慕而私下摹仿，希望能够"窃有以得其用心"。在读书过程中，我对汉魏六朝作家的模拟之作特别关注。为什么在文学自觉的汉魏六朝，有那么多的模拟之作？喜欢标新立异的中古文人，通过模拟究竟获得了什么？研究前人的模拟之作，对于一直自学的我，会不会有一种特殊的启迪和体验？这些问题萦绕着我。入学一年后，我向胡老师提出想研究汉魏六朝的拟诗，先生略作思考，说："这个选题牵涉面较广，你有兴趣可以先写一篇小文章试试。更深入全面的研究，可以在以后攻读博士学位时再考虑。"我按老师的吩咐做了。从那时开始，我开始对于中古拟作较多的作家进行个案研究。司马相如、扬雄、张衡、班固、曹植、陆机、鲍照、沈约、江淹、庾信……大约进行了14个专题研究。

2002年7月，我考入苏州大学王钟陵教授门下攻读博士学位。王先生早年以一本《中国中古诗歌史》享誉学林，后转攻西方文论、现当代文学等，同样卓有成就。由于学术路径的差异，王先生并不认同我的选题，一度要求我改题。但是，固执而愚钝的我，由于自身成长经历中的特殊情结，还是坚持选择了这个题，在扎实的个案基础上尝试把文学史研究和理论创造联系起来，最终完成了以论为主的、题为《论汉魏六朝之拟作》的博士论文，并顺利通过了论文答辩，获得了博士学位。

2005年7月，我入职广东佛山大学，学术兴趣逐渐转移到了岭南文学，但始终放心不下这一我付出了多年心血和熔铸了生命体验的选题。因此，对博士论文边看边改，一晃过了三年。2008年9月，我有幸入福建师范大学陈庆元教授门下，从事博士后研究。陈先生在魏晋南北朝文学、福建区域文学和文献研究方面均取得突出成就。当年报考博士时，我曾投考过先生门下。不料，却因种种原因失之交臂。但是，我们的学术联系一直没有中断。先生每有大作发表，我即找来反复研读，一边想见其人，一边窥其门径。自己偶有得意之作，也常不揣冒昧，寄给先生指教，每每获得嘉许。入先生门下，亲承嘉诲，得偿夙愿，真乃三生有幸。在此期间，我的研究视野拓展到了"模拟与文学史演进"层面。在系列个案的基础上，我开始综合思考模拟与汉魏六朝文学的个人成长、文体变迁、文风嬗变的深层关系。

回首自己的学术历程，正是在转益多师中蹒跚成长，在多方模拟中成就自我。由此，我也领悟并体验到了模拟之于个人成长、学风嬗递，甚至学术薪火相传的意义。当然，给予我启迪的，还有学界的众多前贤今彦。法国作家纪德说："爽爽直直的模仿和那鬼鬼祟祟的剽窃的下作毫无关系……伟大的艺术家，从不害怕模仿。"我不敢自称艺术家，更不敢奢言伟大。但是，我深深地希望自己的工作，能够有效推进学界对这一问题的研究。因此，我不仅将人们关于汉魏六朝模拟诗赋的研究当做摹仿学习的对象，而且也当做在学术上超越的目标。由此，我亦体会到了模拟之于学术演进的可能和意义。如果说，本书有所创新的话，那必定是来源以"模拟与文学史演进"为视角，对汉魏六朝文学的模拟现象和文学史嬗变的一种独特观照。本书的错误和不当之处，则望读者有以教之。

感谢导夫先路、耳提面命的三位导师，感谢广西师范大学张明非教授、力之教授、韩非教授、莫道才教授，苏州大学王英志教授、暨南大学魏中林教授、福建师范大学李小荣教授、王汉民教授、方宝川教授等给我诸多教益和帮助。记得当初我为了得到一篇台湾的硕士论文，贸然写电子邮件向台湾大学知名教授王国璎先生求助。先生第二天即给予回复，并让她的学生冯秀娟小姐寄来了她的硕士论文，这份学术上的情谊，让我感念至今。感谢我的众多情谊相契、互相帮助的师兄、师姐、师弟、师妹和学界同仁。同门黄亚卓、丁功谊、刘玉珺、莫真宝、王伟萍、刘中文、张勤、刘振伟、刘涛、吕双伟、吴劲雄、陈玉武诸位，或惠寄资料、或提出宝贵意见、或校对文稿，让我获益良多。

感谢我的亲人。我的父母生我养我，在我成年后，还一直在经济上和精神上，鼎力支持我。感谢我的爱妻高宇，多年来我们一直相濡以沫，风雨同舟。感谢佛山大学的有关领导和同事，你们的勉励关怀，温暖并鼓舞着我。

最后，我要特别感谢冼为坚先生对于学术事业的支持。

谨以此书纪念我在学术之途上蹒跚跋涉的十年。

2009 年 10 月 21 日　于佛山

2010 年 2 月 11 日　改定